Fidanzamento Mortale

LIBRI DI LUCINDA BRANT

'Occhialino e penna d'oca, e via nella mia portantina—il 1700 impazza!'

LUCINDA BRANT SCRIVE romanzi e mistery ambientati nell'era georgiana, famosi per la loro arguzia, l'atmosfera drammatica e il lieto fine. Ha una laurea in storia e scienze politiche ottenuta all'Australian National Universiry e una specializzazione post-laurea in scienza dell'educazione della Bond University, che le ha anche assegnato la medaglia Frank Surman.

Nobile Satiro, il suo primo romanzo, ha ottenuto il premio Random House/Woman's Day Romantic Fiction di 10.000 $ ed è stato per due volte finalista del Romance Writers' of Australia Romantic Book of the Year.

Tutti i suoi libri hanno ottenuto riconoscimenti e premi e sono diventati bestseller mondiali.

Lucinda vive in quella che chiama 'la sua tana di scrittrice' le cui pareti sono ricoperte da libri che coprono tutti gli aspetti del diciottesimo secolo, collezionati in oltre 40 anni... il suo paradiso. È felice quando i lettori la contattano (e risponderà!).

lucindabrant@gmail.com	|	lucindabrant.com
pinterest.com/lucindabrant	|	twitter.com/lucindabrant
facebook.com/lucindabrantbooks	|	youtube.com/lucindabrantauthor

MIRELLA BANFI

QUANDO NON STO LEGGENDO, passo il tempo libero traducendo i libri che mi sono piaciuti, per dare anche ad altri la possibilità di leggerli in italiano. I vostri commenti sono importanti, mandatemi un messaggio a:

mirella.banfi@gmail.com

UN GIALLO STORICO GEORGIANO
I GIALLI DI ALEC HALSEY, PRIMO VOLUME

Lucinda Brant

TRADUZIONE DI MIRELLA BANFI

A Sprigleaf Book
Pubblicata da Sprigleaf Pty Ltd

Fidanzamento Mortale
Copyright © 2018, 2020 Lucinda Brant
Originale inglese: Deadly Engagement
Traduzione italiana di Mirella Banfi
Revisione a cura di Marina Calcagni
Copertina e fotografia: Larry Rostant
Modello in copertina: Dan Cook
Progettazione artistica e formattazione: Sprigleaf
Tutti i diritti riservati

Disponibile come e-book, audiolibri e nelle edizioni in lingua straniera.

ISBN 978-0-9873752-1-6

10 9 8 7 6 5 4 3 2 1 (s) I

per i miei genitori

Grace & Eric

…e un grazie speciale a Veronica,
per tutti gli errori che ha trovato e troverà…

UNO

LONDRA, PRIMAVERA 1763

ALEC HALSEY ENTRÒ A GRANDI PASSI NELL'ENORME ATRIO DELLA St. Neots House, residenza della sua madrina, la duchessa di Romney-St. Neots, e si affrettò a togliersi il pastrano, i guanti di pelle, il cinturone e la spada. Consegnò il tutto a un cameriere in attesa e poi salì lo scalone ricurvo di marmo due gradini alla volta. Si fermò sul pianerottolo del primo piano, come ricordandosi le buone maniere, e si chinò sopra la balaustra di mogano. «Neave?» disse al maggiordomo: «Informate la duchessa che sarò da lei tra un momento!»

«Sua grazia ha ospiti a pranzo, signore!» gli rispose Neave, alzando la testa dall'atrio cavernoso. «E miss Emily è...» la testa di riccioli neri di Alec Halsey scomparve dalla visuale e il maggiordomo si voltò di colpo, vide due servitori che si destreggiavano con gli effetti personali del visitatore e puntò il dito contro il più giovane, un ragazzo con le lentiggini e una testa di capelli rossi. «Vagli dietro! Non deve disturbare Miss Emily. Ti giochi il lavoro, ragazzo!»

Alec era nel corridoio che portava alle stanze occupate dalla nipote della duchessa, quando un respiro affrettato alle sue spalle lo fece voltare. Un giovane servitore arrivava di corsa verso di lui, quasi come un cucciolo che non fosse ancora cresciuto a sufficienza per le sue lunghe gambe.

Da dietro una porta a due battenti arrivava il suono di chiacchiere femminili e risate.

«Signore? Per favore. No!» lo implorò il giovane servitore, fermandosi di colpo davanti all'alto gentiluomo delle membra agili. «Non potete entrare! Il signor Neave mi licenzierà se lo farete!»

Alec si fermò con le lunghe dita intorno alla maniglia e fissò il ragazzo con le lentiggini, che abbassò rispettosamente gli occhi trascinando i piedi. C'era qualcosa di stranamente familiare nel ragazzo, che lo fece riflettere. «Come ti chiami?»

Il servitore sobbalzò. La voce piacevole, dalla parlata lenta, non era arrabbiata, solo curiosa e gli fece alzare la testa diffidente, mentre si chiedeva quale fosse il motivo della domanda del gentiluomo. Ma non c'era il minimo accenno di insolenza negli occhi azzurri, gentili e amichevoli che si increspavano agli angoli; niente arie studiate o voce affettata, come tanti dei visitatori della St. Neots House. Perfino gli abiti che indossava questo gentiluomo non erano niente di straordinario; niente bordi d'argento, niente pizzo spumeggiante ai polsi, niente fibbie di diamanti sulle linguette delle scarpe di pelle; solo buon panno scuro, una semplice cravatta di lino e scarpe dal tacco basso. Forse avrebbe potuto ragionare con lui senza farsi dare uno scappellotto sulle orecchie per aver fatto il suo lavoro. «Chiedo scusa, signore. Mi hanno battezzato Thomas Fisher, ma tutti mi chiamano Tam, signore.»

«Thomas Fisher» ripeté Alec, frugandosi nella memoria; non gli veniva in mente niente. Seguì lo sguardo del ragazzo verso la porta. «Beh, Thomas Fisher, Tam, io ho intenzione di entrare, con o senza la tua approvazione. Ritieni che sia abbastanza presentabile da annunciarmi?»

Tam si chiese se stava per prendersi una lavata di capo. C'era uno sguardo in quegli occhi azzurri che non riusciva a capire. Se Neave l'avesse scoperto a conversare con un visitatore si sarebbe trovato un'altra volta per strada. E i gentiluomini che venivano in visita, se *erano* dei gentiluomini, non entravano negli appartamenti privati di una signora; certamente non sollecitavano il parere dei servitori. Quindi strinse i denti e mise giusto quel pizzico di insolenza nella voce per rimettere al suo posto quel gentiluomo. «Presentabile, signore?»

Alec alzò una mano. «Non sono fragile, forza, sputa il rospo. Sono i capelli, vero?» disse, raccogliendo con cura sulla nuca i capelli lunghi fino alle spalle, e legando nuovamente il nastro che li teneva a posto. «Non abbastanza cera e niente cipria, non sopporto né l'una né l'altra!»

Suo malgrado, Tam sorrise: «È proprio come dite voi, signore. Le scarpe andranno bene. Alle donne non interessa un tubo se c'è polvere sulle scarpe, però vogliono che un gentiluomo sia *in ordine*. Almeno, è quello che dice Jenny. Non sopporta una parrucca fuori posto oppure senza abbastanza cipria. Dice che non è giusto. Ma i vostri capelli...»

«...sono al naturale. Sì, è la mia unica concessione alla vanità» disse Alec ammiccando, e scivolò dall'altra parte della porta prima che il servitore potesse fermarlo.

Tam imprecò sottovoce e si precipitò dietro a lui, dicendo, mentre entrava in un salottino decisamente femminile: «Per favore, signore! Miss Emily è con la sarta. Non riceve visitatori e dubito...»

«Non preoccuparti, Tam, ti coprirò io con Neave.»

«...che noterà i vostri stivali o i capelli per via dei festeggiamenti.»

Questo fece fermare di colpo Alec Halsey, che si voltò e lo fissò, sorpreso. «Festeggiamenti?»

Tam si avvicinò. «I festeggiamenti per il fidanzamento, signore. Ci sarà una festa nel finesettimana, qui. Qui alla St. Neot House.»

«Festeggiamenti per un fidanzamento? *Qui*?»

Tam vide l'espressione di completa confusione del gentiluomo. Era ovvio che questa svolta gli era completamente nuova. «Sì, signore. Non siete stato informato, signore?»

«Sono tornato ieri dal continente. Sono stato assente otto mesi. Festeggiamenti per un fidanzamento, dici. Di chi?»

«Miss Emily, signore.»

«No!»

«Sì, signore. Miss Emily si è fidanzata.»

«Quando?»

«Scusate, signore?»

«Quando. *Quando* è successo?»

«Jenny, è la cameriera di Miss Emily...»

«So chi è Jenny!»

Tam abbassò gli occhi. Non aveva mai visto un volto diventare bianco come un lenzuolo. Aveva sentito quell'espressione. La governante la usava di continuo. Ora ne era testimone. Il volto spigoloso di Alec Halsey non solo aveva perso il suo colore naturale, ma sotto la cravatta di lino la gola si era chiusa. Di colpo sembrò malato. Tam si chiese se non fosse il caso di andare a prendere un brandy.

Alec deglutì. «Non intendevo... è solo che...»

«Non serve che spieghiate, signore» disse in fretta Tam, distogliendo lo sguardo e strascicando i piedi, percependo l'imbarazzo del gentiluomo. Avrebbe voluto poterlo aiutare in qualche modo. Non gli piaceva il fidanzato di Miss Emily, nonostante Jenny ritenesse il conte di Delvin il più bel nobiluomo in tutto il regno. Lord Delvin sicuramente si presentava ben vestito, con la parrucca incipriata all'ultima moda, redingote con le spalle aderenti di seta a ricami preziosi, diamanti sulle fibbie delle scarpe, e metri e metri di pizzo spumoso ai polsi e alla gola, ma c'era qualcosa in quel nobiluomo che non quadrava. Tam avrebbe voluto avere una prova tangibile a sostegno di questa sensazione, specialmente quando Jenny insisteva a cantare le lodi del conte. «Jenny mi ha riferito, signore» disse un po' cupo, «che Miss Emily si è fidanzata tre giorni fa.»

«Tre giorni...»

Tam fece una smorfia all'infelicità palese nella voce profonda. «Mi-mi dispiace, signore.»

Ci fu un lungo silenzio. Fu interrotto da Jenny, che corse fuori dalla camera della sua padrona, con la testa voltata mentre diceva qualcosa, e si scontrò direttamente con Tam. Ricadde indietro di un passo e si mise la mano tra i capelli. «Tam? Che cosa ci fai... Oh!» Vide Alec e fece una riverenza rispettosa. «Mr.-Mr. Halsey? Signore!» Spalancò gli occhi e diede un'occhiata a Tam, che teneva gli occhi bassi e le mani dietro la schiena.

Ci fu un fruscìo di sete dietro di lei, una o due voci che si alzavano per protestare, e poi Emily fu lì in piedi in tutta la sua grazia, i riccioli biondo grano raccolti dalle spalle con due lunghi spilloni. Aveva un abito nuovo di seta fantasia tenuto assieme dall'imbastitura, e che aveva bisogno di ritocchi al corpino, perché era troppo scollato per piacere alla duchessa.

Madame, la sarta francese, era al suo fianco e la invitava a tornare nella sua stanza, per poter continuare il suo lavoro. Vedendo il gentiluomo, diede uno strillo francese di allarme. Jenny si voltò per nascondere la sua padrona dagli occhi curiosi, ma quando Emily vide chi era dimenticò gli spilli e si gettò contro la forma immobile di Alec.

«Siete a casa, finalmente! Non avete idea di quanto mi siete mancato. La nonna non mi ha detto una parola. Avete cospirato per sorprendermi? È proprio da voi. Oh, è *così* bello rivedervi.» Gli afferrò la mano e lo tirò nella stanza, senza accorgersi che l'umore di Alec non rispecchiava il suo. «Attento a dove mettete i piedi. È il giorno delle prove, oggi. Jenny? Jenny! Dimentica il tè, porta dello champagne. *Sì*. Lo champagne. Festeggeremo il ritorno di Alec.» Cacciò via la sarta e le sue assistenti. «Mi toglierò questa stupida cosa e poi potrò darvi il benvenuto a casa. Allora, ditemi. Che ne pensate dell'abito? Lo approvate?»

«Il corpino è indecente.»

«Così dice la nonna. Ma è la moda.» Scomparve dietro un paravento decorato in un angolo della stanza piena di sole e Madame la seguì, chiocciando nel suo inglese stentato. «Sarete contento di me. Ho tenuto in esercizio Phoenix» gli disse Emily da dietro il paravento. «A discapito dei miei cavalli. Sono uscita con lui stamattina. Ricordate il problema che aveva al garretto sinistro? Ebbene, va molto meglio, quindi non dovete preoccuparvi. Immagino che ora lo riporterete a St. James's Place? Ecco!»

Quando riapparve, Alec era accanto alla finestra con lo sguardo fuori, sul vasto prato a est, senza vedere nulla. Avrebbe desiderato essere ovunque ma non lì. Si sentiva improvvisamente esausto. Quando Emily si avvicinò e gli tirò scherzosamente la manica, non riuscì a guardarla.

«Sono vestita decentemente» gli disse, sedendosi sulla panchetta sotto la finestra davanti alla quale stava lui. «Fino al collo e ho perfino le scarpe ai piedi!» Quando Alec non rispose alla sua battuta scherzosa, aggiunse, in tono tranquillo: «Com'era Parigi? Mi avete portato qualcosa di meraviglioso? Qualcosa da indossare? O forse qualcosa per questa stanza? E vi devo ringraziare per il ventaglio che avete mandato a Natale. È splendido, la nonna era abbastanza invidiosa.»

Alec si voltò e guardò la stanza in disordine, i folti tappeti coperti di figurini e tessuti, i quadri familiari sulle pareti con la tappezzeria di carta fantasia, ma non lei. Tutto era come lo ricordava. Era venuto lì spesso. Per prendere il tè al tavolino accanto alla finestra. Per sentire le ultime notizie della città e dirle in cambio gli avvenimenti delle corti continentali. L'espressione sul volto di Tam! Il ragazzo non aveva idea, no? Si chiese se Jenny non gli stesse dando una bella strigliata proprio in quel momento.

Jenny tornò nella stanza proprio allora, seguita da Tam che portava un vassoio. Lo depose su un tavolino accanto all'insieme di divani, chaise longue e poltrone, e diede un'occhiata ad Alec, trovandolo che lo fissava con uno sguardo vacuo. Anche Jenny se ne accorse e, a una parola detta in fretta, Tam li lasciò soli.

«Vi ho portato un brandy, signore» disse gentilmente Jenny.

«No, Jenny, berremo champagne, vero, Alec?»

Alec prese il bicchiere di brandy e lo bevve senza gustarlo.

Emily sorseggiò il suo champagne, pensierosa. «Adesso vi daranno un incarico qui, vero? Non-non andrete di nuovo via subito, no?»

«Come si chiama?»

Emily sbatté gli occhi alla sua rudezza. «Scusate?»

«Il nome del vostro *fidanzato*» enunciò freddamente. «Come. Si. Chiama?»

Si sentì grattare alla porta e Jenny fu lieta di andare ad aprire, lasciando Emily da sola e, per la prima volta in vita sua, a disagio con il figlioccio di sua nonna. Non capiva la sua freddezza. Quante volte le aveva fatto la predica, come un fratello maggiore, sull'importanza di farsi guidare dai più anziani ma di non lasciarsi costringere a un matrimonio che non desiderava. Ed era esattamente quello che aveva fatto. Forse aveva bisogno di essere rassicurato? Fortificata da un sorso di champagne, lo fissò coraggiosamente e disse:

«Voglio sposare Edward. Quando ha chiesto la mia mano, la nonna mi ha informato che la decisione doveva essere mia, che non dovevo accettarlo se non volevo. Ma,» disse con una voce più chiara, con la felicità che le dava forza, «io voglio sposarlo, lo voglio tantissimo.»

«Edward? Edward...» ripeté sommessamente Alec. «Non è molto da cui partire. Chi è questo tizio?»

«Ci eravamo incontrati solo in poche occasioni, e solo a riunioni pubbliche, ma ho capito subito che se me l'avesse chiesto lo avrei accettato» continuò Emily, perché Alec sembrava poco convinto. «La nonna è molto felice per me, specialmente perché sposerò un conte.» Guardò le bollicine dello champagne, aggiungendo nervosamente: «Non che questo voglia dire molto per voi...»

«No. Non mi interessano i titoli» dichiarò. «Edward, conte di che cosa?»

«...ma è importante per la nonna» disse fermamente Emily, finendo la frase nonostante fosse vicina alle lacrime. Desiderava che tornasse Jenny. Non sapeva per quanto avrebbe resistito a restare lì seduta, con Alec che sembrava proprio considerare il suo fidanzamento come la peggior notizia che avesse mai ricevuto. «Edward mi aveva avvisato che l'avreste presa male» gli confessò ingenuamente. «Ma io gli ho assicurato che volete solo la mia felicità. E voi volete che io sia felice, vero, Alec?» chiese con una vocina flebile. «Nonostante i cattivi rapporti tra di voi, spero che capirete che lui vuole rendermi felice. È molto sollecito e amorevole e, oh... è *tutto* quello che una ragazza potrebbe volere in un marito. So che siete stati separati fin da quando eravate bambini. Potreste essere degli estranei, non fratelli...»

Alec smise di ascoltare nell'attimo in cui si rese conto che era fidanzata al suo fratello maggiore. Se era stato tramortito dalla sorpresa scoprendo che era fidanzata, ora aveva superato la capacità di pensare razionalmente scoprendo che l'uomo che gliel'aveva rubata era il suo stesso fratello; e questa non era la prima volta che il fratello interferiva nella vita di Alec.

Sei anni prima, Delvin aveva messo fine al fidanzamento di Alec

con Selina Vesey. Un secondo figlio con solo un migliaio di sterline
l'anno non aveva il diritto di sposare un'ereditiera, per quanto brillanti
fossero le sue prospettive nel Ministero degli Esteri. Quando il suo
fratello maggiore, che era anche capo della famiglia, aveva pubblicamente annunciato la sua opposizione a un'unione così disparata, il
fato di Alec era stato deciso. Non solo aveva dovuto sopportare l'umiliazione di veder respinto il suo corteggiamento da parte del padre di
Selina, era stato anche obbligato a restare a guardare mentre l'amore
della sua vita era costretta a sposare George Jamison-Lewis, che aveva
una rendita di diecimila sterline l'anno, era nipote di un duca e uno
degli amici di suo fratello.

Alec non si era aspettato di riprendersi completamente da quella
delusione ma il tempo aveva aiutato a guarire la ferita. E, proprio
quando si era convinto che chiedere in moglie Emily avrebbe signifi-
cato continuare a vivere, l'interferenza tempestiva di suo fratello lo
aveva derubato ancora una volta della felicità. Che cosa doveva fare?

Prima di sapere quello che stava facendo, si trovò a metà della
scalinata ricurva, deciso, a fare che cosa non ne aveva idea. Sapeva solo
che doveva uscire dalla St. Neots House, fuggire dai mille ricordi
rinchiusi tra quelle mura e allontanarsi da Emily. Doveva trovare un
posto dove pensare con calma e razionalmente. O, almeno, un posto
dove non dover pensare per niente…

UNA SIGNORA VESTITA CON ABITI A LUTTO STAVA SALENDO LE
scale ed era inevitabile che si scontassero, tale era l'ampiezza delle sue
gonne e la cieca determinazione di Alec ad andarsene dalla St. Neots
House. I riflessi pronti della signora le evitarono un capitombolo. Si
afferrò alla ringhiera con una mano guantata, mentre l'altra si teneva
alla manica del gentiluomo; un gruppetto che prendeva congedo al
piano di sotto emise un sospiro collettivo di sollievo.

Fu solo quando il corpo della donna cadde pesantemente contro
di lui, e lui l'afferrò istintivamente, che Alec si rese conto di essersi
scontrato in piena velocità con qualcuno che saliva le scale. La tenne
stretta contro il petto, con i cuori che battevano forte all'unisono
mentre aspettava che entrambi riprendessero l'equilibrio. Nel breve
momento in cui la donna fu tra le sue braccia, respirò il piacevole
profumo fiorito dei suoi capelli e inesplicabilmente provò una fitta di
nostalgia. Capì immediatamente chi era. La lasciò andare all'istante,
con una breve frase di scuse per averle stropicciato la seta delle sottane,
e sarebbe passato oltre, ma lei si mosse senza volerlo nella stessa dire-

zione e si bloccarono nuovamente la strada a vicenda. Le scuse sommesse della donna finalmente fecero alzare gli occhi ad Alec, che la guardò in volto.

Era un gradino sotto a lui e aveva raccolto le gonne gonfie, mettendosi con la schiena diritta contro la balaustra di mogano per farlo passare. Eppure, Alec restava come incollato al gradino di marmo. La fissò come se fosse un'apparizione, perché non era mai stato a meno di tre metri da lei negli ultimi sei anni. Non aveva mai immaginato di vederla vestita a lutto, anche se nei giorni più bui della sua disperazione glielo aveva augurato più e più volte. Ma non lì, non proprio in quel momento. Grandi occhi piedi di dolore lo fissavano e Alec voltò la testa, con il colore che gli copriva le guance ben rasate.

«Emily vi ha raccontato le sue notizie, Mr. Halsey?» chiese a bassa voce Selina Jamison-Lewis, con il sangue che le rimbombava tanto forte nelle orecchie a quell'incontro inaspettato, da non riuscire a impedire alla voce di tremare. «Il suo fidanzamento, è-è stata una sorpresa per tutti noi.»

Gli occhi azzurri di Alec fissarono intenzionalmente i suoi abiti a lutto, prima di guardarla nuovamente negli occhi. «Senza dubbio un annuncio intempestivo e deludente per voi, madame…?»

Le labbra di Selina si divisero ma non si fidò a parlare, quindi restò in silenzio mentre lui le faceva un breve inchino e continuava per la sua strada, e lei arrossì del colore dei capelli del giovane cameriere che le sbatté rudemente contro la spalla, mentre inseguiva Alec Halsey.

Alec ignorò il gruppetto di persone che si stava congedando accanto alla porta e si infilò tra i camerieri che li stavano aiutando, senza una parola o uno sguardo. Quando il maggiordomo si fece avanti con il suo pastrano, chiese la sua spada e tese la mano per i guanti. Neave gli disse qualcosa ma lui non stava ascoltando. Una mano ingioiellata gli toccò il braccio. Era la sua madrina. Ma Alec scosse via rabbiosamente la mano della duchessa di Romney-St. Neots, mentre afferrava il cinturone e la spada da un servitore, facendo perdere l'equilibrio alla duchessa, che inciampò facendo un passo indietro, per essere afferrata per il gomito dal suo maggiordomo. Cinque camerieri accorsero in suo aiuto. Un uomo anziano con i capelli grigi brizzolati fece un passo avanti ma fu il conte di Delvin che prese la faccenda nelle sue mani.

Il conte picchiettò suo fratello all'altezza dei reni con la punta del suo bastone di Malacca.

«Hai fretta, *Secondo*» disse Delvin strascicando le parole. «Non puoi andare in giro a scontrarti con le persone a farle cadere volenti o nolenti. Non è una bella cosa. Per niente. La cara signora Jamison-Lewis avrebbe potuto rompersi il collo sulle scale, proprio un momento fa, e tu per primo non vorresti vedere la bella e giovane vedova raggiungere il suo caro defunto così presto, no? Per essere un diplomatico, certamente mostri una considerevole mancanza di buone man...»

Mancava solo quello. Alec gli strappò il bastone di mano e lo gettò via prima di spingere il fratello contro la parete più vicina, con una mano sugli strati di pizzo alla gola, con le lunghe dita che spingevano il mento del conte in alto, finché fu obbligato a guardare Alec direttamente negli occhi. Non all'altezza della forza del fratello minore, accresciuta dalla rabbia, Delvin offrì poca resistenza.

«Tu sanguisuga senza cuore» gli sputò in faccia Alec. «Vorrei che non fossi mio fratello!»

Il conte tentò di apparire coraggioso. «Sei un folle, Secondo» sibilò malignamente. «È ora che impari qual è il tuo posto: nessuna donna vuole la seconda scelta.»

«Se vogliono te, allora non vale la pena di averle» lo derise Alec, con le dita che stringevano la gola del fratello, finché questi cominciò a farfugliare cercando di respirare e artigliò la mano forte.

Un gruppetto di camerieri ammutoliti fissava i due gentiluomini che lottavano davanti alla porta aperta. Incantato come i suoi colleghi, il maggiordomo sembrava aver messo radici sul posto, finché la duchessa ordinò che si facesse qualcosa per dividere i litiganti. Con uno schioccare di dita imperioso, Neave mandò via i camerieri. Toccò all'anziano brizzolato farsi avanti e mettere fino a questa lotta unilaterale tra i suoi nipoti.

«Alec! Basta!» ringhiò Plantagenet Halsey. «Lascialo andare.»

Alec lasciò andare immediatamente Delvin, che cadde sulle ginocchia, annaspando per incamerare aria nei polmoni vuoti. Si alzò in fretta, cercando di riprendere l'aspetto arrogante, spazzolandosi le maniche della redingote di velluto e raddrizzando il pizzo ai polsi, come se fosse stato toccato da qualcosa di sporco. Alec lo fissava con disprezzo, con i pugni stretti per la rabbia e la frustrazione. Vide il maggiordomo con gli occhi debitamente abbassati e accanto a lui il servitore dalla faccia lentigginosa, che si era presentato come Tam. E quando guardò suo zio, vide tanta tristezza inespressa nei vecchi occhi azzurri che si voltò impaziente. Un'occhiata sulla scalinata, e c'era Selina, ancora sul gradino dove l'aveva lasciata. Dio, che cosa aveva fatto per meritarsi quella muta testimone? La sua umiliazione era completa, Alec fece un breve inchino alla duchessa e uscì in fretta dalla casa.

TAM SEGUÌ ALEC IN CITTÀ. PRESE UN CAVALLO DALLE SCUDERIE, mentre gli stallieri erano occupati con i cavalli della carrozza del conte di Delvin. Nessuno pensò a fargli domande. Era in groppa all'animale e al galoppo sul viale di ghiaia prima che uno dei suoi compagni camerieri venisse a cercarlo per andare a rispondere a Neave.

La cavalcata non fu facile, e non era semplice seguire Alec abbastanza da vicino senza farsi vedere. Alec non si guardò mai indietro. Cavalcava come se la sua vita dipendesse da quello, ignaro del cavallo e del cavaliere che lo seguivano e che gli restarono vicino per tutta la strada, fino all'angolo di Hyde Park.

Più si avvicinavano alla città, più i campi aperti e villaggi si trasformavano nei nuovi sobborghi dei ricchi principi mercanti e nelle residenze di città dell'aristocrazia. Poi, le nuove ampie piazze si restrinsero nelle sudice stradine congestionate, con il rombo continuo delle carrozze, dei cavalieri e dei carri pieni di merce per i mercati della città. I banditori cercavano di farsi sentire sopra i richiami dei venditori di arance e mele, fiori, casalinghi e ostriche appena cotte, tutti che urlavano vantando l'alto valore e la qualità superiore della loro merce.

Appena raggiunsero il traffico congestionato della città, Alec rallentò la velocità. Tam doveva continuare a stare attento, per non perdere di vista il suo uomo. Avrebbe facilmente potuto scomparire in una stradina laterale e l'avrebbe perso. E a quel punto, che cosa sarebbe successo a Tam? Così come stavano le cose, sapeva di non poter ritornare mai più a St. Neots House. Se ne sarebbe accertato Neave. Il suo futuro ora era nelle mani di Alec Halsey. E, se non gli restava alle costole, per scoprire dove viveva, non avrebbe avuto la possibilità di perorare la sua causa.

Londra non era nuova per Tam. In effetti, trovò stranamente esilarante trovarsi di nuovo in mezzo al suo rumore e alla sporcizia, ma stava attento a tenere d'occhio senza distrarsi la schiena diritta di Alec Halsey, appena davanti a lui, e che ora era smontato nel cortile acciottolato del Rose, nel Drury Lane: un posto frequentato da prostitute e gente di bassa lega che non cercava altro che azzuffarsi.

Quando Alec tornò per strada era pomeriggio tardi e non era solo. Alle sue spalle c'erano tre uomini dall'aspetto rozzo. Vestiti con redingote mal tagliate, di tessuto ruvido e calze rammendate con schizzi del fango della città, si spintonavano come condividendo uno scherzo, mentre seguivano a piedi Alec in direzione dei mercati del Covent Garden. Tam, che aveva sonnecchiato in un angolo sporco del cortile della scuderia, cercando in tutti i modi di far credere che quello fosse il suo posto, si affrettò ad alzarsi e li seguì, lasciando il cavallo che aveva preso dalle scuderie di St. Neots alle cure di uno stalliere sdentato.

Fu al Covent Garden che Tam perse di vista Alec e i suoi compagni. Lasciando il Rose, era corso per la strada fino a essere solo a pochi metri dietro alla sua preda. Alec sembrava non avere fretta. Passeggiava lungo il marciapiedi, con le mani sprofondate nelle tasche della giacca da equitazione, mentre i suoi nuovi amici continuavano a scambiarsi battute; qualunque cosa dicessero ad Alec ricevevano solo una risposta monosillabica. Tam aveva qualche difficoltà a stargli dietro e fu felice quando raggiunsero il margine della piazza del mercato. C'erano venditori di frutta, chioschi di fiori, carri e carretti che si contendevano lo spazio e dappertutto l'odore della campagna mischiato alla fuliggine e al lerciume della città. Il rumore era assordante.

Tam zigzagò tra i carri carichi, inciampò sui ciottoli ineguali, scivolosi per le verdure marce, e si rialzò per scoprire di essere al centro dell'attenzione di un certo numero di piccoli straccioni, che ridevano a sue spese. Li scacciò, si spazzolò i vestiti e per un attimo dimenticò i suoi propositi, cogliendo il profumo di pasticci caldi e frutta dolce. Si sentì di colpo famelico e ricordò che non mangiava da prima dell'alba e che si era trattato solo di un pezzo di pane e un po' di formaggio. Il cibo era fuori questione. Non aveva soldi.

Eppure, mentre continuava a camminare pensando al suo stomaco vuoto, con il mercato ora dietro di lui, il pensiero dei pasticci caldi divenne di colpo repellente. Aveva perso Alec Halsey nella folla. Si fermò in mezzo al marciapiede, chiedendosi cosa fare, e fu spintonato da una parte e dall'altra dai pedoni che andavano per la loro strada. Un mercante che spingeva un carro gli urlò contro ma Tam né lo vide né lo sentì. Si voltò e tornò sui suoi passi fino all'angolo dove era caduto e cominciò a cercare nelle vie laterali e nei vicoli. Corse fino quasi allo Strand, senza fiato e con il fianco che gli doleva. Non c'era segno dell'uomo e dei suoi compagni. Tornò nuovamente all'angolo dove era caduto e questa volta si accucciò nell'androne di un magazzino in disuso, con le finestre più basse coperte da assi.

Cercò di non farsi prendere dal panico. Probabilmente rimaneva solo un'ora, prima che facesse notte. La luce stava già diminuendo. Anche se conosceva bene la zona, non gli piaceva l'idea di passare la notte senza cibo e senza riparo. Che Alec Halsey potesse essere caduto vittima dei tre uomini del Rose, poi, non riusciva nemmeno a pensarci. Il gentiluomo aveva una spada e, dalla larghezza delle sue spalle e dai muscoli dei polpacci, sembrava perfettamente in grado di cavarsela in uno scontro. Eppure, erano tre contro uno, le probabilità non erano a suo favore, da qualunque parte la si rigirasse. E, mentre guardava senza vedere la fila di edifici in diagonale davanti a lui, l'andirivieni delle carrozze e portantine e uomini a piedi, Tam si chiese come potevano quattro uomini sparire completamente. Osservò l'attività nella strada per parecchio tempo, prima di rendersi conto di avere la risposta davanti agli occhi. La sua preda era entrata in uno di quegli edifici. Uno in particolare spiccava tra gli altri.

L'entrata era un po' arretrata rispetto alla strada, sotto un portico elegante, ed era facile non notarla per un pedone indaffarato. Tam attraversò la strada per avere una visuale migliore dell'entrata. C'era un portiere in servizio. Doveva essere un club privato di un qualche tipo perché i gentiluomini che entravano non appartenevano alla classe o al tipo di gente che frequenta questa zona per altri scopi. Se Alec era scomparso dietro quelle porte, forse per liberarsi dei suoi compagni, probabilmente Tam aveva parecchio da aspettare. Si rannicchiò nell'androne di una casa dall'altra parte della strada, tenendo gli occhi fissi sull'entrata del club, e aspettò.

Lo svegliò il calcio di una guardia notturna, con una lanterna in una mano e un manganello nell'altra, che gli chiese che ci facesse lì ed era pronto a somministrare la sua particolare forma di giustizia se Tam non avesse fornito dei buoni motivi. Tam spiegò che stava aspettando un gentiluomo che era nell'edificio dall'altra parte della strada e aggiunse, per buona misura, di avere un messaggio importantissimo da dargli. Il portiere si era rifiutato di farlo entrare e gli aveva detto di aspettare fuori. A quel punto la guardia notturna era scoppiata in una grande risata e aveva dato un colpetto a Tam con il suo manganello, ma in maniera amichevole.

«Tu, stupido giovincello. Certo che non fanno entrare quelli come te! A meno che tu abbia sei ghinee.» La sua stessa battuta lo fece ridere più forte.

«Non capisco» disse Tam educatamente, affrettandosi ad alzarsi in piedi e aggiungendo 'signore' per buona misura, perché diffidava del manganello della guardia notturna.

L'uomo si asciugò gli occhi con il dorso di una mano sudicia e scosse la testa. Indicò l'edificio con il manganello, la sua entrata ora illuminata dai *flambeau*. «Quello, ragazzo mio, è un bordello. Un bordello di alta classe, anche. Ha un nome sofisticato: Bagno Turco. Ecco che cos'è.»

«Bagno Turco» ripeté Tam.

«Giusto. Sei ghinee e ottieni la cena, un bagno nei loro bagni turchi e una puttana di alta classe» disse la guardia notturna, con aria saputa, anche se non aveva mai messo piede in un esercizio del genere, né l'avrebbe mai fatto. «Ora, ragazzo mio, sarà meglio che ti muova, non puoi restare qua e io ho il mio lavoro da fare. Porta il messaggio a casa sua e riferiscilo al portiere.»

«Io-io non posso. Mi hanno ordinato di consegnarlo qui.»

«Come fai a sapere che è ancora qui? Stavi dormendo.»

A Tam caddero le braccia. L'uomo lo guardò con attenzione, tenendo in alto la sua lanterna. Il ragazzo sembrava sinceramente infelice e notò che indossava una livrea, quindi la sua storia era probabilmente vera. Ripose il manganello. «Questo messaggio. Non è della sua signora, vero?»

Tam scosse la testa.

La guardia notturna si strofinò il mento ispido di barba.

«Com'è, questo gentiluomo?»

Tam gli diede la descrizione di Alec.

«Un gentiluomo, alto, con i suoi capelli al naturale?» ripeté la guardia notturna, sorpreso. «E dici che è un gentiluomo? Sarà facile trovarlo, con i capelli così. Resta qui.»

Attraversò la strada e fu fermato sui gradini anteriori da uno dei portieri del Bagno Turco. Il portiere sbirciò nell'oscurità dall'altra parte della strada mentre la guardia notturna gli parlava. La conversazione non durò più di qualche minuto e la guardia ritornò camminando sui ciottoli, con il lungo cappotto slacciato che sventolava. Alla luce della lanterna, Tam vide che stava sogghignando, anche se il suo sorriso sdentato morì quando vide la preoccupazione sul giovane volto di Tam.

«Tipi di poche parole, quelli» gli confidò, indicando con il pollice sopra la spalla. «Non dicono né sì né no. Ma sono riuscito a farmi dire una cosetta o due.»

«È andato?»

«Non c'è bisogno che ti scaldi, ragazzo. È lì. Un gentiluomo come hai descritto è entrato con tre tipi loschi e ha detto che erano amici speciali. Ovviamente, non è un posto per miserabili e così ha detto il portiere al vostro gentiluomo. Ma hanno cambiato in fretta idea quando gli ha lanciato venticinque sterline. Allora hanno spalancato le porte per lui e i suoi amici!» Ridacchiò tra sé e sé. «E ti dirò un'altra cosa, gratis, ragazzo. I suoi amici stanno proprio godendosela, mangiando fino a scoppiare, sguazzando in quei loro bagni turchi e godendosi le attenzioni particolari di tre delle più belle prostitute a nord di Parigi!»

Tam sentì il volto che gli bruciava e si spostò fuori dalla luce. «Grazie per il vostro aiuto, signore.»

La guardia notturna lo guardò da vicino e ebbe una fitta di rimorso per aver raccontato quello che succedeva in un bordello a un ragazzo che parlava con proprietà di linguaggio che chiaramente veniva da una delle grandi case di Westminster. «Sarebbe meglio che andassi a casa, nel tuo letto. Non vale la pena di aspettare perché, da quello che mi dicono, il tuo gentiluomo è seduto in un angolo e si sta ubriacando completamente. Non è interessato alla cena, o ai bagni, e quando una puttana dalla bocca di velluto ha provato a farlo interessare a lei, le ha ringhiato contro. Un vero spreco di buone ghinee, se lo chiedi a me!»

«Grazie, signore. Ma devo aspettare. Avrà-avrà bisogno del mio aiuto per tornare a casa, se è così ubriaco come dite…»

La guardia notturna lo studiò con un'occhiata franca. Il ragazzo gli restituì lo sguardo, anche se si agitò nervosamente.

«Ecco» disse, e offrì a Tam la mela che aveva nella tasca del cappotto. «Io continuerò con le mie ronde. Ricordati di stare attento. Non è sicuro per un ragazzo, da queste parti.» E con questo consiglio continuò per la sua strada, manganello in mano e lanterna tenuta in alto.

DUE

ALEC SI SEDETTE SUL LETTO E SPOSTÒ LE GAMBE FUORI DAL materasso, trascinando con sé la coperta. Piegato in due, con i gomiti sulle ginocchia e il volto tra le mani, si sentiva debole e vuoto. La bocca era secca come stoppa. Voleva un po' d'aria fresca ma sapeva che le gambe non lo avrebbero portato fino alla finestra.

Tra le dita vide che gli porgevano un catino di porcellana e scosse la testa. «Portalo via. Non mi serve» disse con la voce roca. «Apri le finestre.» Sentì la barba che era cresciuta sulle guance e fece una smorfia. Aspettò la prima ventata di aria fredda prima di cercare di mettersi diritto, con la mano che afferrava il bordo del materasso per sostenersi. Si tolse i capelli disordinati dalla fronte e strizzò gli occhi alla luce del primo mattino che invadeva la stanza.

La stanza era nel disordine più completo. Sul pavimento c'erano abiti dappertutto. Giornali, pergamene arrotolate e diversi libri erano caduti dal comodino finendo sul tappeto. Una sedia era rovesciata. C'era un assortimento di bottiglie e piatti sul bureau, che non aveva mai visto prima. Tra quelli c'erano un mortaio e un pestello, e vasi di liquidi non identificati. La stanza puzzava di aria stantia e medicinali.

Grazie al cielo, il vaso da notte era vuoto. Ricordava di averci vomitato una volta. Poi, aveva usato una bacinella allo stesso scopo. Lo avevano obbligato a bere acqua al limone e poi gli avevano messo alle labbra un bicchiere di liquido sciropposo. Dopo averlo bevuto, era crollato esausto tra i cuscini e lo avevano lasciato dormire. Per come si sentiva, non sapeva se avesse dormito per cinque ore o cinque giorni.

«John. Aiutami a mettermi in piedi» mormorò. Invece del suo

valletto dalla faccia impassibile, venne in suo aiuto un giovane dal volto lentigginoso, che gli sembrava vagamente familiare. Alec aggrottò la fronte. «Dov'è John?»

«Lo avete licenziato, signore» rispose Tam pacatamente, anche se il cuore sembrava volesse uscirgli dalle costole.

«Quando?»

«L'altro ieri notte, signore.»

«Davvero?»

«Sì, signore. Non me ne preoccuperei. Era contento di andarsene. Ha fatto i bagagli e se n'è andato in un'ora. Datemi il braccio, signore, e vi aiuterò ad alzarvi. Sembrava anche grato. Avreste dovuto vedere la sua faccia quando siete arrivato a casa.»

«Sono certo di averla vista ma non la ricordo in particolare» mormorò Alec.

«No, signore. Presumo che non la ricordiate. Sedetevi e mi occuperò del vostro bagno.»

Tam fece sedere Alec in una poltrona accanto alla finestra e, senza aspettare il suo permesso, abbassò il vetro. Poi si affrettò a uscire prima che potesse fargli altre domande e tornò portando una delle banyan di seta a colori brillanti di Alec. Gliela mise sulle spalle e cominciò a sistemare la stanza. Sentiva Alec che lo fissava e capì che si ricordava di lui. «Sistemerò tutto in un attimo. Non l'ho fatto prima perché non volevo disturbarvi. Ma avete dormito tanto a lungo che cominciavo a preoccuparmi di avervi dato troppa medicina…»

«Che cosa ci fai qui, Tam?»

«Io, signore?»

«Non fare il tonto. Non ho né la forza né la voglia di scherzare.»

Tam raccolse le pergamene e le impilò ordinatamente con i libri e i giornali sul tavolo, prima di voltarsi a guardare Alec. «Mi dispiace, signore, immagino di essere nervoso. Non voglio che mi diciate di andarmene. Ho lasciato la St. Neots House e non ho intenzione di tornarci!»

«È successo qualcosa?»

«No, signore» abbassò gli occhi. «Cioè, non a me…»

«Vedo» rispose finalmente Alec. «Che cosa vuoi?»

«Essere il vostro valletto, signore» rispose in fretta Tam. «Ho una lettera di presentazione. Farò un buon lavoro. Lavorerò duramente. Non dovrete mai ripetermi un ordine. Sarò certamente meglio di quella creatura musona che avevate prima. Non so ancora dove sono tutte le cose, ma non dovrei metterci molto a organizzarmi…»

«Tam, sei mai stato il valletto di un gentiluomo?»

«No. Ma...»

«Non è solo questione di lucidare gli stivali e legare i capelli.»

«Lo so, signore. Ma...»

«Io viaggio spesso all'estero.»

«Io voglio viaggiare, vedere posti nuovi!»

«Ho due cani da caccia, che viaggiano con me. Dovresti prenderti cura anche di loro.»

«Mi piacciono gli animali, specialmente i cani. E io piaccio a loro. Ai vostri piaccio. Li ho fatti dormire con me nello spogliatoio in modo che non vi disturbassero, e a loro non è dispiaciuto nemmeno un po'. So anche i loro nomi. Cromwell e Marzipan...»

«Marzi*ran*» lo corresse Alec con un sospiro. Sentì che versavano acqua nel suo semicupio. «John era il miglior valletto che avessi mai avuto.»

«Ma non gli piacevano Cromwell e Marz-Marziran, vero, signore?» chiese Tam ansioso, seguendo Alec nello spogliatoio. «*Vero*, signore?»

«No, è vero» disse Alec, sorridendo per il tono implorante della voce del ragazzo. «Mi scuserai se non ti chiedo di dividere il mio bagno.»

Lo lasciarono a insaponarsi e a stare a mollo in pace. L'acqua era deliziosamente calda e leggermente profumata. Accanto alla vasca ce n'era un altro secchio, con diversi asciugamani piegati e una banyan pulita. Ascoltò Tam nella stanza accanto, che apriva cassetti e li richiudeva facendoli scricchiolare, sbatteva le porte del guardaroba, imprecava sottovoce quando un oggetto cadde sul lucido pavimento di legno. Era ben lontano dal silenziosissimo John, che svolgeva i suoi compiti quasi furtivamente, non parlava mai a sproposito ed era preciso come uno spillo nell'abbigliamento. E una noia completa, pensò Alec. Avere Tam intorno non sarebbe mai stato noioso, forse sconcertante a volte, e certamente non tranquillo, ma mai noioso. Eppure non sapeva niente di lui, eccetto che era un cameriere alla St. Neots House che diceva di avere una lettera di presentazione. Per lui? Da chi, si chiese. Si chiese anche che cosa avrebbe avuto da dire la sua madrina riguardo a un cameriere fuggiasco che diventava il suo valletto. Ma non voleva pensare alla sua madrina, o alla St. Neots House, o a Emily o...

Si asciugò e si infilò la banyan. Si stava asciugando i capelli, quando Tam entrò cautamente nella stanza. Alex gli diede una bella occhiata. Era sporco e stropicciato dalla testa ai piedi e aveva le occhiaie scure. Sembrava non dormisse da giorni. Doveva fare qualcosa per quei vestiti.

«Ho preparato solo una camicia, calzoni e calze, dato che non so quali sono i vostri gusti in fatto di panciotto e redingote» disse allegramente Tam. «E ho fatto accendere il fuoco in entrambe le stanze. E il signor Wantage è venuto a chiedere della colazione, signore. E il vostro...»

«Grazie, Tam. Prima di vestirmi dovrei radermi, no? Poi, quando sarò presentabile, tu ed io dovremo parlare.»

«Sì, signore» rispose Tam con la voce molto più sommessa e restò in silenzio mentre il suo padrone si rasava e si vestiva.

Intrecciati e legati i capelli con un nastro di seta nera, Alec fece sedere Tam sulla panchetta sotto la finestra e voltò lo sgabello del tavolo da toilette per guardarlo in faccia. «Prima di tutto mi devo scusare per averti dato tanti fastidi. Credimi, hai visto il peggio di m...»

«Signore, io...»

«Per favore, lasciami finire. Non ho idea di come tu sia finito alla mia porta, ma sono veramente lieto che l'abbia fatto.»

Tam fissò il pavimento. «Se non vi dispiace che lo dica, signore, mi è sembrato che foste a buon punto per ubriacarvi fino a perdere i sensi.»

«Sì. Che cos'era quella pozione orrenda che mi hai cacciato in gola?»

«Una mistura di varie cose» rispose evasivamente Tam. «Solo un po' di questo e un po' di quello per accertarmi che rimetteste tutto quello che avevate bevuto. E poi vi ho dato una dose di laudano per aiutarvi a dormire. Ecco tutto.»

«Vedo. Se la metti così non era poi una gran cosa, no?»

Tam non poté evitare di sorridere.

«Dove hai imparato a mischiare 'questo e... ehm... quello'?» chiese Alec.

Tam si rannuvolò. «Ero l'apprendista di un farmacista prima di diventare cameriere alla St. Neots House.»

«Per quanto tempo?»

«Quasi sei anni, signore.» Guardò Alec implorante. «Ci sono stati dei problemi, non con me. Il signor Dobbs, il mio padrone, è finito nei guai con la legge e abbiamo dovuto chiudere bottega. Io vi dico, signore, il signor Dobbs era un buon padrone. Non ha fatto nemmeno la metà delle cose di cui l'accusavano.»

«Non sei riuscito a trovare un impiego da un altro farmacista?»

Tam scosse la testa. «Nessuno mi voleva dopo che il nome del signor Dobbs è stato trascinato nel fango. Cioè, nessuno di quelli onesti. E io non volevo lavorare con l'altro tipo.»

«Come sei finito a essere un servitore alla St. Neots House?»

«La lettera di presentazione, signore» rispose semplicemente Tam. «È vecchia e consumata e scritta prima del mio periodo con il signor Dobbs, ma la signora Hendy diceva che se mai avessi avuto qualche problema dovevo usarla. È indirizzata a voi, signore.»

Alec sbatté gli occhi: «Perché?»

Tam arrossì penosamente. «La signora Hendy diceva che se mai c'era una persona che mi avrebbe aiutato a uscire dai guai eravate voi, signore. Così, dopo quello che è successo al signor Dobbs, sono andato all'indirizzo scritto sulla busta, ma era la vostra vecchia residenza. Il padrone di casa non ha saputo, o voluto aiutarmi. Non posso biasimarlo, signore, ero in uno stato... Ma uno degli inquilini, che diceva di essere un vostro amico, ha avuto pietà e mi ha mandato alla St. Neots House. La lettera di presentazione mi ha fatto entrare. Devo andare a prenderla, signore?» chiese ansioso.

«Tra un momento. Questa... signora Hendy... Dovrei conoscerla?»

«Era la sorella della moglie del signor Dobbs, che è morta, signore. Ed era la vostra governante a Delvin quando vostro padre era il conte. Io sono nato nella tenuta...»

«A *Delvin*?» lo interruppe Alec, più confuso che mai. Aveva passato talmente poco tempo nell'ancestrale mucchio di pietre nel Kent, che era sorpreso che qualcuno là lo conoscesse e tantomeno che si prendesse la briga di scrivergli una lettera di presentazione. «La signora Hendy avrebbe dovuto indirizzarti a mio fratello. È lui l'attuale conte.» Ma appena espresse questo pensiero privato, si rese conto del suo errore perché il labbro del ragazzo cominciò a tremare e la luce di speranza nei suoi occhi verdi si spense all'istante. Alex gli sorrise rassicurante. «Volevo solo dire che, come capo della famiglia, Lord Delvin è la persona alla quale di solito si rivolgono i servitori.»

Tam non sembrava molto più tranquillo. «Chiedo scusa, signore,» disse imbronciato, «ma la signora Hendy non si fidava che sua signoria facesse la cosa giusta, nel mio caso.»

Alec aggrottò la fronte ma evitò di commentare, dicendo, mentre si voltava a guardare il tavolo da toilette in ordine: «Dopo colazione sarà meglio che mi mostri la lettera della signora Hendy e poi parleremo ancora.»

Tam si illuminò. «Grazie, signore, posso continuare a riordinare, signore?»

Alec guardò preoccupato il proprio riflesso e poi Tam che si dava da fare a raccogliere gli abiti dal pavimento. «Tam... Ho un vago ricordo di essere stato scortato a casa dalle guardie.»

«Sì, signore» rispose allegro Tam. «Due di loro vi hanno portato a casa con un carro.»

«C'era qualcuno con me?»

«Sì, signore. Quei tre... ehm... signori del Rose. Ma il signor Halsey si è liberato in fretta di loro.»

«Mio zio era *qui*?»

Tam annuì mentre si raddrizzava, con le braccia piene di roba da lavare, e stava per aggiungere che il vecchio era ancora lì quando si sentì un forte colpo alla porta e il detto gentiluomo entrò senza essere invitato. Il vecchio aveva occhi solo per suo nipote.

«Ti sei alzato, vedo» disse burbero Plantagenet Halsey, anche se sembrò che un peso gli cadesse dalle spalle magre. «Era ora. Wantage ha messo in tavola la colazione. Devi mettere qualcosa in quello stomaco.» Rivolse la sua attenzione a Tam, fissandolo da capo a piedi. «Sei sporco. Hai bisogno di un bagno. Buono per l'anima, buono per lo spirito.»

«Zio, questo è Ta...»

«So chi è. L'ho trovato rannicchiato sulla porta. Thomas ed io abbiamo fatto una bella chiacchierata. Mi dice che viene da Delvin. Strani i casi della vita. Conoscevo alcuni Fisher quando ero un ragazzo e crescevo nella tenuta. Fabbri. Tutti con i capelli rossi come questo ragazzo. Mi dice anche che è stato apprendista da un farmacista. Non l'avrei creduto se non l'avessi visto pasticciare con tutte quelle pozioni e roba del genere. È un bravo ragazzo ma è sudicio.»

Tam si agitava a disagio, nascondendo un sorriso per la lode ricevuta dietro la montagna di roba da lavare. Il sorriso si allargò e divenne un'espressione di meraviglia alle successive parole di Alec. Il maggiordomo era scivolato nella stanza e aveva annunciato la sua presenza con un leggero colpo di tosse. Non gli fu data l'opportunità di parlare.

«Wantage? Bene. Mandate qualcuno a prendere il mio sarto e il mio calzolaio. Sì, adesso. Voglio mezza dozzina di camicie e la stessa quantità di calzoni per il mio valletto. Potrà prendere le misure per due redingote.» Alec guardò pensieroso Tam. «Penso che un paio di stivali da equitazione e due paia di scarpe bastino per ora. Nel frattempo, Tam, sarà meglio che trovi qualcosa da metterti nel mio guardaroba. Dopo aver fatto un bagno, ovviamente. Wantage, occupatevene voi, grazie.»

Da soli, nella stanza della colazione, zio e nipote cercavano in tutti i modi di evitare l'argomento che era in cima ai pensieri di entrambi. Così la conversazione era un po' stentata e tesa, e serviva solo a sottolineare la profonda preoccupazione dello zio e l'enorme riluttanza del nipote a parlare degli eventi del giorno precedente. Plantagenet Halsey fingeva di concentrarsi sul cibo, mentre Alec sfogliava una pila di corrispondenza che Wantage gli aveva messo davanti su un vassoio d'argento. Gettò da parte un po' di inviti e pacchetti e si fermò su un paio di conti, accordando loro più attenzione di quanto meritassero. Suo zio lo guardava attentamente, capì quando arrivò a un invito in particolare e non fu sorpreso quando Alec si tolse gli occhiali con la montatura d'oro e spinse da parte il piatto, anche se aveva mangiato solo un panino e una forchettata di uova.

«Non mi hai raccontato niente di Parigi» disse Plantagenet Halsey.

«Parigi?» Alec scrollò le spalle. «Non c'è molto da aggiungere all'ultima lettera che ho mandato. Bedford ha fatto tutto quello che poteva per ottenere delle condizioni adeguate per ottenere la pace. È un peccato che non gli abbiano permesso di farlo senza impedimenti.»

«Vuoi dire senza l'interferenza di Bute?»

«Precisamente. Se non fosse stato così ansioso di assicurarsi la pace a tutti i costi, solo per i suoi fini politici, avremmo potuto finire con l'ottenere molto di più di quello che abbiamo ottenuto. Comunque abbiamo raggiunto il nostro scopo in America e in India, quindi non mi lamento.»

Plantagenet Halsey si limitò ad annuire e a mescolare distrattamente il caffè.

«Che c'è?» Alec sorrise e alzò un sopracciglio. «Come minimo mi aspettavo una predica sull'atteggiamento belligerante del signor Pitt, o che approvaste completamente l'impazienza di Bute di raggiungere un accordo con i francesi. Simon mi ha informato che avete dato filo da torcere al parlamento per l'introduzione della tassa sul sidro.»

«*Aye*, l'ho fatto. Meritato, anche. Nessun inglese la sopporterà. Sembra che non se ne rendano conto. Poi, comunque, non gli interessa. Tassa sul sidro per pagare una guerra che non ci ha fruttato quasi niente. Puah! Branco di segaioli. Alec! Dobbiamo parlare...»

«Altro caffè, zio?» lo interruppe Alec. «Pensavo che potremmo andare al club dopo cena. Andrei anche prima ma ho questa montagna di corrispondenza da evadere. E suppongo che dovrei anche cominciare a scrivere il rapporto finale per il dipartimento. Non che ci vorrà molto. Tauton non li legge mai. Dà tutti i rapporti a un impiegatuccio perché li esamini e li archivi come meglio crede. Quell'uomo è uno spreco di spazio. Un esempio perfetto del fatto che l'attuale sistema di sinecure e patrocini proprio non funziona.»

Se aveva sperato di coinvolgere suo zio in una discussione sulle cose che più detestava, Alec non ci riuscì perché Plantagenet Halsey non si lasciò distrarre. Stava ascoltando solo a metà, con gli occhi azzurro pallido che studiavano il nipote con un'espressione quasi triste. Fu sufficiente perché Alec distogliesse gli occhi e guardasse fuori dalla finestra.

«La duchessa di Romney-St. Neots era ai Giardini Ranelagh l'altra sera» disse il vecchio, con una voce inconsuetamente sommessa. «Ci è andata in compagnia di quella sua figlia bacchettona... ho dimenticato il suo nome... e quella lagna di suo genero. La povera donna deve aver passato dei momenti orribili. Ti hanno visto là...»

«Sono andato fino a Ranelagh? Non lo ricordo.»

«Sembra che facessi parte di un gruppo di individui... molto vivaci.»

«Puttane e tagliaborse» disse tranquillamente Alec. «Non c'è bisogno di essere schivi.»

«Hai dato spettacolo, regalando a una di quelle puttane un braccialetto di diamanti.»

«Spero che fosse abbastanza carina da meritarselo. Se ha un po' di buon senso lo venderà e si ritirerà con il ricavato!»

«Alec...»

«Che cosa importa? Importa qualcosa, adesso? Allora, Olivia mi ha visto dare spettacolo, mi ha visto in compagnia di un branco di miserabili. Quasi un fiasco, dopo aver visto la mia esibizione alla St. Neots House. Deve ringraziare il cielo che sua nipote abbia scelto l'altro fratello. Il fatto che sia un conte, poi, è un bonus.»

«Alec...»

«Avrebbe evitato un oltraggio alla sua sensibilità semplicemente inviandomi una cortese lettera per informarmi del prossimo sposalizio della nipote. In effetti, non c'era nemmeno bisogno di darsi tanta pena. Un invito alla festa di fidanzamento inviato al mio indirizzo di Parigi sarebbe stato più che sufficiente. Se qualcuno deve bere fino a perdere i sensi, Parigi è decisamente il posto migliore.»

«Vorrei che la smettessi di autocommiserarti!» esplose il vecchio.

«Pensavo avessi più spirito. Di tutte le cose stupide, sconsiderate e inutili da fare! Non solo hai fatto venire qualche capello bianco in più a quella povera donna, ma mi hai fatto star male per la preoccupazione. Ce l'hai quasi fatta. Per Dio, Alec, non ti ho cresciuto per vederti buttare via tutto per una ragazza che ha talmente poco buon senso da innamorarsi di un tipo come Delvin!»

«Ovviamente Emily è ancora troppo giovane per avere le idee chiare» dichiarò sommessamente Alec. «Delvin ha pensato anche per lei e Olivia stupidamente l'ha permesso, perché ritiene che sua nipote sarà felice come contessa di Delvin. Ma non lo sarà, no?» Finse di interessarsi alla sua tazza di porcellana. «Le vostre lettere non menzionavano la morte di Jamison-Lewis...»

Il vecchio aggrottò la fronte. «È perché è a malapena freddo. È successo meno di un mese fa. Si è accidentalmente sparato in testa. Stupido pazzo.»

Alec sentiva lo sguardo curioso di suo zio. «Perdonatemi. Sono stato un somaro senza testa. Non pensavo... Presumevo... Venire a casa e trovare Emily fidanzata con Delvin... è stato un colpo.»

«Credimi, ragazzo mio, se l'avessi saputo te l'avrei detto tempo fa. E sei ingiusto con Olivia St. Neots. Non aveva idea che Delvin stesse seriamente corteggiando sua nipote finché non l'ha chiesta in moglie.»

Alec fece un sorrisetto. «Allora mi chiedo quando e come ha scoperto *lui* che io la stavo corteggiando?»

Le sopracciglia del vecchio si riunirono sopra il lungo naso.

«Non credete che sia una possibilità?» chiese Alec, sorpreso.

«Possibilità? Certo che lo penso! Non è mai stato particolarmente sottile nei suoi metodi per cercare di causarti dolore. Ha interferito nel tuo corteggiamento di Selina e ha cercato di farti scacciare dal Ministero degli Esteri con un'accusa inventata, anche se non possiamo provare che sia stato lui, quindi è perfettamente capace di sposare Emily St. Neots solo per farti dispetto. Il tutto reso ancor più appetibile dal fatto che sia la nipote della duchessa di Romney-St. Neots e valga trentamila sterline.»

«Davvero? Per quella cifra mi meraviglia che Olivia non abbia la casa piena di cacciatori di dote con cui vedersela.»

«Beh... ehm... me l'ha detto in confidenza.»

Alex sorrise. «Scambiarsi confidenze con una duchessa non aiuterà la vostra causa repubblicana, se mai dovesse diventare di dominio pubblico, zio. Olivia è immersa nella vanità e nei privilegi aristocratici come pochi.»

«Non essere assurdo» disse burbero il vecchio. «Sono stato educato

con una signora, ecco tutto. Ti ha fatto visita ieri, quindi naturalmente l'ho invitata per il tè.»

«Naturalmente.»

Plantagenet Halsey rispose al sogghigno scherzoso del nipote con
la solita espressione severa. «Ascolta, ragazzo mio. Quella donna ne ha
passate abbastanza la settimana scorsa senza che si debba preoccupare
anche dei tipi come te! Sua nipote si fidanza senza preavviso con
Delvin e l'attimo dopo Delvin si batte a duello...»

«Delvin?» lo interruppe Alec, molto sorpreso. «In un *duello*?»

«*Aye*, ed è riuscito a infilzare il suo avversario.»

Alec guardò lo zio sbattendo gli occhi. «Buon Dio! Non riesco a
immaginare Delvin che rischia la sua preziosa pelle, men che meno in
un combattimento d'onore. Proprio non è da lui.»

«Beh, Delvin dice che è stato obbligato a battersi» disse Plantagenet Halsey senza convinzione. «Dice che il suo avversario l'ha
sfidato perché anche lui era innamorato di Emily St. Neots. Gelosia.
Puah! Delvin può dire quello che vuole, vero? visto che non c'erano
secondi, testimoni, medici e il suo avversario è morto. I giornali non
hanno parlato d'altro per una settimana e con Emily St. Neots proprio
al centro di un duello tra due pari del regno, puoi immaginare come si
senta la duchessa in questo momento.»

Alec aggrottò la fronte. «Se l'incontro è stato come dite, allora non
sembra proprio un affare d'onore, no?»

Il vecchio alzò le sopracciglia. «Proprio così, ragazzo mio.»

«L'avversario di Delvin?»

«Lord Belsay.»

Alec si alzò a metà dalla sedia. «Belsay? *Jack* Belsay?»

«Proprio così.»

«Jack è *morto*?»

Il vecchio annuì e guardò il nipote andare verso la finestra. «Sua
Grazia ha detto che conoscevi Belsay.»

Alec appoggiò una spalla contro la parete e fissò il verde intenso
del Green Park. «Piuttosto bene. Non di recente. Eravamo ad Harrow
insieme. Quando sono entrato al Ministero degli Esteri ci siamo persi
di vista. Scriveva ogni tanto, ma era un corrispondente sorprendente-
mente trascurato. Lui e Sel... la Signora Jamison-Lewis erano primi
cugini. Mio Dio! Non riesco a credere che quel povero cristo sia
morto!»

Il vecchio raggiunse il nipote alla finestra. «Alec. C'è qualcosa che
puzza in questa storia.»

«Sono d'accordo. Il Jack che ricordo io non era tipo da gettare al vento la cautela. Certamente non avrebbe fatto niente di così azzardato come sfidare qualcuno a duello. E certamente non senza tutte le formalità del caso. Era pignolo in quel genere di cose. Inoltre aveva una natura delicata. Portava la spada per proteggersi ma non riesco a immaginarlo a usarla. E costringere Delvin a un duello per Emily…? Sì, Wantage?» chiese, quando il maggiordomo entrò silenziosamente nella stanza.

«Scusate signore. C'è una signora che chiede di voi. Non ha voluto dirmi il suo nome.»

Alec strinse i denti. «Ci deve essere un errore.»

«No, signore.»

Zio e nipote si scambiarono un'occhiata. Il maggiordomo lo prese come un segno di continuare.

«L'ho accompagnata in salotto, signore. Ha detto che è urgentissimo.»

Plantagenet Halsey diede un colpetto al braccio del nipote. «Ho qualcosa da fare per conto mio in città; ci vedremo al club dopo cena. E cerca di mangiare!»

Alec stava ancora sorridendo per l'invito preoccupato di suo zio a mangiare… proprio come faceva quando Alec era un ragazzo, quando Wantage lo annunciò alla visitatrice.

Era effettivamente una signora, non una ma due, ed entrambe vestite con abiti a lutto. La loro vista bloccò Alec. Guanti neri coprivano le mani e una fitta veletta nascondeva i volti. L'agitazione e l'angoscia erano evidenti nel modo di comportarsi della donna più piccola. Non riusciva a restare ferma. Continuava a stringere e allentare le dita tra le pieghe dell'abito. Fu solo quando la donna più alta le toccò il braccio e disse una parola sottovoce che notò Alec in piedi da solo accanto alla porta. La donna più piccola allora alzò cautamente la veletta. Gli occhi erano pieni di lacrime.

Alec non aveva idea di chi fosse.

«Suppongo che non vi ricordiate di me, signor Halsey?» disse la signora con la voce rotta.

Alec si allontanò dalla porta, ancora all'oscuro. A un più attento esame, la donna era molto più vecchia di quanto apparisse a prima vista. Probabilmente verso i sessanta. Anche se sembrava fragile, la voce era forte e aveva una nota amara. Guardò la compagna, che non aveva ancora alzato la veletta, e prima che potesse rispondere fu interrotto.

«So che avrei dovuto mandarvi il mio biglietto da visita, o almeno chiedervi di venirmi a trovare a Cavendish Square. Ma meno pettego-

lezzi ci sono meglio è. Ecco perché sono venuta io. Francamente, non
sopporto un altro giorno in quella casa!» Rabbrividì. «I parenti solle-
citi possono diventare opprimenti. Eccetto la mia cara nipote,» disse
con un sorriso pieno di lacrime e toccò con affetto la manica dell'altra
signora, «che è stata una tale-una tale *roccia*.»

«Non volete sedervi?» chiese Alec. «Gradireste del tè?»

«Tè?» disse con la voce rotta. «No, qualcosa di più forte per
entrambe, se possibile.»

Quando Alec tornò nel salotto portando un decanter e dei
bicchieri, che aveva preso nello studio dall'altra parte del corridoio,
trovò le sue ospiti sedute sul divano a righe al centro della stanza.
Versò un generoso goccio di brandy per entrambe le signore con
lentezza deliberata perché, con la coda dell'occhio, vide che la nipote
stava confortando la signora che aveva parlato con lui. Diede un
bicchiere a ciascuna di loro e dovette dominarsi un momento quando
si rese conto che la nipote, che ora si era alzata la veletta a mostrare il
pallido ovale del volto e una massa di riccioli color albicocca, non era
altro che Selina Jamison-Lewis. Alzò gli occhi verso di lui, che la
ignorò dicendo alla zia:

«Ditemi cosa posso fare per aiutarvi, milady.»

«Spero che possiate, ragazzo mio» fu l'ardente risposta. «Ma dove
sono le mie buone maniere? Capisco che non abbiate la più pallida
idea di chi io sia, o che cosa ci facciamo vestite di questo colore atroce.
È tutto così tetro.»

«Devo confessare che non avevo capito chi eravate quando siete
entrata nella stanza» le disse gentilmente Alec. «Ma Jack vi assomigliava molto. Mi mancherà, anche se non eravamo più così vicini
dopo la scuola. Più per colpa mia che sua. Sembra che passi gran parte
del mio tempo in viaggio. Una circostanza che non favorisce la vita
sociale. Suppongo che essere un diplomatico abbia i suoi vantaggi.
Facce nuove e la possibilità di assaggiare il vitto locale sono due di
questi, anche se tendono a perdere il loro fascino dopo la terza
missione.»

Stava chiacchierando con voce calma e misurata perché Lady
Margaret Belsay aveva ripreso a singhiozzare con il fazzoletto alla
bocca, e pensava fosse meglio lasciarglielo fare senza interferire.
Sembrava avesse bisogno di un bel pianto e forse, confinata in casa
sua, circondata da dozzine di parenti appiccicosi, non aveva avuto la
possibilità di sfogarsi. Le porse il suo fazzoletto bianco pulito e guardò
Selina che le metteva un braccio intorno alle spalle. Ma quando Selina

cercò nuovamente di guardarlo negli occhi, Alec si voltò per riempire nuovamente il bicchiere di Lady Margaret.

«Grazie,» gli disse Lady Margaret, dopo essersi asciugata gli occhi e sedendosi diritta, «grazie per non aver fatto tante scene e per avermi dato un buon brandy. Le mie figlie sono stupide. Se chiedo un brandy, pensano immediatamente che mi sia data al bere. Se non me la sento di scendere a cena, arrivano subito alla conclusione che sto cercando di lasciarmi morire di fame.» Tirò un sospiro tremolante e si soffiò il naso. «Vorrei solo che se ne andassero tutti e mi lasciassero al mio dolore.»

«Ovviamente si preoccupano per voi, anche se forse in modo poco considerato. Forse una conseguenza del loro stesso dolore?»

Lady Margaret lo guardò con un'aria di intesa. «Siete bravo con le parole, signor Halsey. Eppure non vi ritengo poco sincero. Anche quel vostro fratello è un buon parlatore. Ma è totalmente insincero, nelle parole e nei fatti. L'ho capito subito, ma Jack... Jack era completamente affascinato da lui. Ho cercato di avvertirlo. Ma quale figlio adulto ascolta gli avvertimenti dei genitori, specialmente di una madre? Per Jack, Delvin era quello che appariva, affascinante, amichevole, un vero amico. Tutte le madri con una figlia in età da marito volevano Delvin come genero. Jack era ammaliato e non è riuscito a vedere sotto quella facciata, finché non è stato troppo tardi.»

«Jack aveva altrettanti lati positivi, milady» disse Alec con un sorriso. «Penso che molte mamme desiderassero il visconte Belsay per le loro figlie. E non era certamente brutto, e, se ricordo bene, era piuttosto spiritoso. Non certo una noia, ben lungi.»

Lady Margaret allungò la mano per stringergli la sua. «Grazie, ragazzo mio. È vero. Jack era tutto quello e di più. Era-era terribilmente timido in compagnia femminile. È stata una sorpresa anche per me. Il ragazzo è cresciuto con sei sorelle che lo adoravano, eppure era imbarazzatissimo quando doveva conversare con una donna. Quindi capite perché Jack era ammaliato da Delvin, il consumato donnaiolo. Oh, dà sempre l'impressione di esserlo ma resta sempre un dubbio con gli uomini che sfoggiano costantemente la loro virilità. Ciononostante, qualunque sia l'abilità di Delvin con le donne, ha lasciato un segno indelebile su mio figlio.»

«Immagino che Jack sia diventato l'ombra di Delvin a quegli eventi in cui trovava necessario impegnarsi in conversazione con le ragazze in età da marito?»

«Esattamente!»

«Povero Jack, doveva trovare spaventose le feste per la presenta-zione in società.»

Lady Margaret consegnò il bicchiere vuoto a sua nipote e si lisciò le gonne, pesando attentamente le parole, eppure voleva confidarsi. «I giornali dicono che mio figlio si è battuto a duello con Delvin per Emily St. Neots. I pettegolezzi hanno alimentato questa pretesa con ricordi sussurrati del corteggiamento della ragazza da parte di mio figlio e di Delvin. Nessuno può negare che mio figlio sia stato visto spesso in compagnia di Emily St. Neots, ma lo stesso si può dire di Delvin. La società vuole credere che esistesse una rivalità tra di loro. È una bella favola romantica. Continuerò a lasciarglielo credere, per ora.»

Alec la guardò preoccupato. «Voi non date molto credito alla vali-dità di questa storia, milady?»

Lady Margaret fece una verso sdegnoso. «È un'assoluta scempiag-gine! Non c'è un grammo di verità. È assurdo pensare che mio figlio, un *Belsay*, potesse considerare seriamente il matrimonio con qualcuno come Emily St. Neots. Scommetterei che non ha mai nemmeno flirtato con la ragazza. Probabilmente era a suo agio in sua compagnia perché Delvin la stava corteggiando e quindi avrà passato un minuto o due più di quanto fosse accettabile in conversa-zione con lei, dando ai pettegoli qualcosa cui aggrapparsi. Ma il matrimonio? Mai! Jack non avrebbe mai sporcato il nome di fami-glia in quel modo. Era, prima di tutto, un Belsay. Sapeva che cosa doveva al suo nome. Non si sarebbe mai legato con del sangue bastardo.»

«Zia, per favore» disse Selina Jamison-Lewis, con un sussurro stri-dulo. «Non dovreste dire…»

Lady Margaret fissò cupa sua nipote, chiedendosi perché il volto della giovane fosse diventato bordò sentendo nominare Emily St. Neots. «Non fare l'oca, Selina! Posso benissimo parlare degli sfortunati natali di Emily St. Neots. Che qualcuno possa suggerire che Jack avrebbe preso in considerazione l'idea di sposare la nipote mal nata di una duchessa è un'assoluta scempiaggine.»

«Zia, non stavo suggerendo…»

«Lasciando stare per il momento la sua sfortunata paternità» disse Alec, interrompendo Selina. «Non pensate che sia possibile che Jack si possa essere infatuato di Miss St. Neots mentre Delvin la stava corteg-giando?» chiese sommessamente, sembrando intento a fissare la fibbia d'argento della sua scarpa destra, prima di alzare lo sguardo diretta-mente negli occhi di Lady Margaret. «Dopo tutto, avete detto che

Jack era timido in compagnia femminile, eppure con lei si sentiva a suo agio. E Miss St. Neots non è... ehm... sgradevole.»

«Dove avete gli occhi, ragazzo? Emily St. Neots è una bellezza: occhi grigi e capelli d'oro. Ha i lineamenti delicati di sua madre e ha un bel portamento, come Olivia. Ma so che mio figlio non era infatuato e non così pazzamente geloso di Delvin da volerlo sfidare a duello per lei.» Rabbrividì. «E un matrimonio? *Mai.*»

«Eppure,» disse Alec con la gola secca, «Delvin sta per sposarla?»

«Lo so. È una disgrazia. Ma sono affari suoi. Serve solo a confermare che serpe mercenaria sia veramente. Anche se non approvo la ragazza, non sono insensibile alla sua difficile situazione. Mi meraviglia che Olivia l'abbia permesso.» Lady Margaret scrollò le spalle. «Senza dubbio è più che lieta di aver ottenuto Delvin. La renderà nonna di una contessa. È molto più di quello che avrebbe potuto sperare quando ha stupidamente deciso di allevare la progenie bastarda della relazione della sua disgraziata figlia con uno stalliere!»

Alec era sorpreso. «Milady, molti considerano mio fratello un gentiluomo di nome e di fatto. Né ho sentito che abbia fatto qualcosa per disgustare la società. Non è forse uno dei suoi figli prediletti?»

«Il vostro riserbo è lodevole, signor Halsey» disse Lady Margaret con un sorriso triste. «Ma non scusa la deplorevole negligenza di cui avete sofferto per mano di vostro padre e di vostro fratello.» Lo vide guardare Selina e aggiunse: «Oh, non dovete preoccuparvi che abbia discusso la vostra situazione, eccetto che con vostra madre. Lei e io eravamo amiche intime ed è stata lei che si è confidata con me, proprio prima della sua morte...»

«Voi avete avuto più fortuna di me, signora» disse freddamente Alec, con il colore che gli scaldava le guance e un tono che indicava che non intendeva discutere la contessa di Delvin. «Non mi avete detto come posso aiutarvi.»

«Non riesco assolutamente a spiegarmi come possiate essere così insensibile alla vostra condizione» continuò Lady Margaret, che non si lasciava distrarre. «Non è mai stata mia intenzione infrangere una promessa fatta a vostra madre tanti anni fa, ma dopo quello che quel *mostro* di suo figlio ha fatto al mio povero ragazzo, la mia coscienza è tranquilla. Non siete oltraggiato da quello che vi hanno fatto?»

Alec alzò una mano e poi la lasciò cadere. Era un gesto di rassegnazione. «Lady Margaret, non pretendo di capire le azioni dei miei genitori. Cercare di farlo mi farebbe certamente impazzire. Né posso incolpare Delvin. Nessuno avrebbe mai sospettato nulla, se mia madre non avesse deciso di ripulirsi la coscienza prima di morire. La sua confessione ha risposto a tanti dubbi sul modo in cui sono stato allevato. Può solo aver reso mio fratello molto infelice…»

«… e quello che è oggi» disse Lady Margaret in modo perentorio,
finendo la frase per lui, e Alec non protestò per la sua supposizione.
Lady Margaret si alzò e Selina fece lo stesso. Aveva bisogno di camminare. Sentiva una certa rigidità nelle ginocchia e le facevano male.
«Sono venuta a chiedervi un favore, signor Halsey» disse con voce
malferma. «Ero l'amica più intima di vostra madre, e voi e Jack eravate
amici ad Harrow. Ora mio figlio, il mio *unico* figlio, è morto. Voglio
che scopriate perché Delvin ha ritenuto di assassinare il mio incolpevole ragazzo.»

Alec alzò di colpo gli occhi.

«Non guardatemi come se stessi avendo un collasso mentale! La
morte di mio figlio mi ha distrutta, ma non sono ancora pronta per
Bedlam. Sono fatta di ben altra stoffa. E intendo restare forte, perché
sono decisa a vedere quel mostro impiccato a Tyburn per il suo gesto
vile.»

«Non c'è molto amore tra mio fratello e me.» disse Alec pacatamente, «A voler essere franco, lo disprezzo, ma è troppo chiedermi di
crederlo capace di omicidio, l'omicidio di uno dei suoi amici più
intimi, oltre a tutto.»

Lady Margaret si mosse come per andarsene. Infilò il fazzoletto
stropicciato di Alec nella sua reticella e scosse le gonne. «Pensateci,
signor Halsey. Non è così inverosimile come supponete. Venite,
Selina.»

«Se è come dite, che prove avete?» chiese Alec gentilmente. «Che
Jack non sia sopravvissuto alle ferite non basta a marchiare il suo
avversario come assassino, milady. I duelli spesso finiscono con dei
morti. Se Jack fosse sopravvissuto…»

«Delvin si è assicurato che mio figlio non vivesse» dichiarò Lady
Margaret.

Gli occhi azzurri di Alec si spalancarono increduli. «Milady, non
vedo come…»

«Signor Halsey, il corpo di Jack era coperto di ferite» interruppe
Selina, andando in aiuto della zia. Ne aveva avuto abbastanza di
restare seduta in silenzio mentre la zia, che stava soffrendo per il suo
lutto, veniva trattata con condiscendenza, per quanto sua zia desiderasse vederla muta compagna in questo colloquio. «È opinione del
medico che queste ferite non siano state inferte nella freddezza di un
duello orchestrato, dove una stoccata elegante chiude un incontro,
soddisfacendo l'onore, ma in un attacco scatenato, che garantisse che

mio cugino non potesse sopravvivere allo scontro. Ritengo che questo
dia a mia zia il diritto di chiamare Delvin assassino.»

Alec finalmente guardò Selina negli occhi. «E se scoprissi che Jack
era veramente innamorato di Emily St. Neots?»

«Non saremmo venute qua oggi, se pensassimo che c'è un'ombra
di verità in quello che dicono i giornali!» esclamò Lady Margaret
sdegnata. Abbassò la veletta e Alec aprì la porta perché entrambe le
donne uscissero dalla stanza prima di lui. «Signor Halsey, mio figlio è
stato assassinato, Selina e io sappiamo che questa è la verità. Voglio
che scopriate perché. Voglio poter dormire di notte sapendo che mio
figlio non ha perso la vita per colpa della progenie bastarda di una
duchessa disonorata e-e di uno stalliere! Jack era un *nobiluomo*, signor
Halsey, non un avventuriero.»

ALEC FU LASCIATO DA SOLO CON I SUOI PENSIERI, MENTRE
Wantage accompagnava le signore all'ingresso. Ma passò solo un
momento, prima che il maggiordomo ritornasse nel salotto, con
Selina Jamison-Lewis al seguito. Aspettò di essere notato dal suo
padrone, che continuava a fissare pensieroso il tappeto, con le braccia
conserte e seduto sull'orlo dello schienale di un divano. Ma visto che
sembrava sprofondato nei suoi pensieri, Wantage si schiarì la gola e
disse: «Scusate, signore, ma la signora Jamison-Lewis ha dimenticato
la sua reticella» e si fece da parte per permettere alla signora di entrare
nella stanza.

Alec alzò gli occhi di colpo e sentì immediatamente il volto che
diventava caldo. Stava ripensando all'accusa sorprendente di Lady
Margaret nei confronti di suo fratello quando, senza volerlo, aveva
cominciato a pensare a Selina. Il nero degli abiti a lutto le donava.
Sembrava quasi eterea con la pelle così candida contro il nero
profondo del crèpe. Ma i suoi occhi erano sempre stati così scuri o
forse era il nero del lutto che li faceva apparire così? Lei attribuiva il
colore scuro, inconsueto, a un avo spagnolo, un certo Mauricio Del
Medico, che aveva seguito in Inghilterra Filippo di Spagna in qualità
di medico, quando il suo padrone aveva sposato la Regina Mary.
Occhi scuri che lo guardavano come se lui avesse qualcosa da farsi
perdonare, quando era stata lei ad accettare un matrimonio combinato
con Jamison-Lewis piuttosto che sfidare i desideri dei suoi genitori e
fuggire con lui per sposarsi in Scozia. Buon Dio, come avrebbe voluto
non essersi scontrato con lei sulle scale alla St. Neots House! In effetti,
desiderava non esserci mai andato. Si era reso ridicolo. E il suo

comportamento da ubriaco, poi, avrebbe voluto ricordare almeno la metà...

«Vorrei una parola in privato, signor Halsey,» dichiarò Selina con la sua voce chiara e forte, riprendendo possesso della reticella, che aveva convenientemente infilato dietro un cuscino del divano. Aspettò che Alec congedasse il maggiordomo, che se ne andò riluttante, e attese che la porta si chiudesse alle spalle del servitore che si attardava. Fece un respiro profondo, leggermente sconcertata dallo sguardo vuoto di Alec. «Voglio rassicurarvi che il dolore di mia zia non le ha annebbiato la mente. Ha tutti i diritti di pensare che Jack sia stato assassinato e che il duello avesse poco a che fare con Emily St. Neots.»

«E voi, perché pensate che si siano battuti a duello?»

«Io?» chiese Selina, un po' sorpresa dalla sua franchezza. Scelse attentamente le parole. «Non era nella natura di Jack litigare con un amico, specialmente non per una donna. Se Emily era la causa del duello, è stato su istigazione di Delvin. Anche se è mia convinzione che Emily sia stata usata come scusa per coprire un intento più sinistro. Quale sia, non ne ho la minima idea.»

«Mi dispiace per Jack. Era una brava persona.»

Selina annuì, con un curioso groppo in gola. Avrebbe voluto piangere, invece tenne strettamente sotto controllo le sue emozioni e disse, pacatamente: «Sì, ci manca moltissimo.»

«Un doppio colpo per voi?»

Selina trasalì internamente. «La morte di Jack ha dato una ragione al mio lutto, signor Halsey» dichiarò freddamente. «Per favore, scusatemi. Non devo far aspettare mia zia.»

«Pensate che mio fratello sia capace di un omicidio, signora Jamison-Lewis?»

Questa volta Selina trasalì visibilmente. Detestava il modo in cui Alec sottolineava sarcasticamente il suo nome da sposata. Le fece dare una risposta senza riflettere. «Sì. Delvin è un ladro, un bugiardo e un truffatore, quindi non vedo perché non anche un assassino?»

«Parole dure, signora. E per un gentiluomo che era tanto amico del vostro defunto marito.»

«Allora dovrete permettermi di essere il miglior giudice del suo carattere» gli rispose francamente e andò verso la porta.

Alec si frappose tra lei e la porta. «Eppure, avete dato il vostro appoggio a questo matrimonio tra Delvin e Miss St. Neots?»

La rabbia incendiò gli occhi scuri di Selina. «Presumete troppo, signor Halsey. Non sono andata alla St. Neots House quel giorno per offrire le mie congratulazioni!»

«Allora le parlerete di Delvin?» Le chiese ansiosamente. «Cerche-
rete di dissuaderla da questa unione?»

Selina scosse la testa, con la rabbia che diventava tristezza. Ecco la
prova che Alec amava veramente Emily St. Neots. Al solo menzionare
il nome di Emily, il bel volto spigoloso aveva perso le linee decise, la
bocca si era ammorbidita e nei profondi occhi azzurri era entrata la
luce, gli stessi occhi che una volta l'avevano guardata amorevolmente e
che ora la fissavano con poco più che disprezzo. Si era allenata a non
pensare al passato. Sei anni erano venuti e andati; troppo tempo per
continuare a sperare e abbastanza perché lui si innamorasse di un'altra.
Non avrebbe dovuto sorprenderla. Eppure, la morte inaspettata di
Jamison-Lewis aveva acceso un barlume di speranza e aver rincontrato
Alec sulle scale della St. Neots House aveva rinnovato un dolore quasi
fisico, che aveva soppresso da tempo. E ora, guardandolo, vedendo i
suoi occhi pieni di aspettativa, anche quella minuscola scintilla di
speranza si spense silenziosamente. Si sentì stupida e completamente
miserabile.

«Per favore, aprite la porta, signor Halsey» chiese, con gli occhi
fissi sui bottoni intagliati del suo panciotto a fiori.

«Dovete parlarle!»

«No. Non è possibile» gli rispose, con la mano guantata tesa verso
la maniglia di ottone.

Alec le prese la mano e la avvicinò a sé. Tra di loro c'erano solo gli
strati schiacciati delle sottogonne. «Perché? Perché non è possibile?»
chiese. «Miss St. Neots vi ascolterà.»

«No. Non ascolta nessuno» rispose recisamente Selina, anche se la
sua vicinanza le stava invadendo i sensi. «Per favore, lasciatemi
andare.»

«Volete che sposi un uomo che chiamate un truffatore e un
bugiardo, qualcuno che voi e vostra zia avete accusato di omicidio?»
chiese furioso, con la testa china su di lei, un ricciolo dei capelli neri
come il carbone che gli ricadeva negli occhi e la bocca che quasi le
sfiorava la fronte. «Volete che si svegli una mattina sposata a un uomo
simile e tutto perché voi avete scelto stoltamente…»

«Come osate! Come osate autocommiserarvi a *mie* spese!» esclamò
Selina a denti stretti, e con una forte spinta lo allontanò tanto da farlo
barcollare all'indietro, mentre lei ricadeva con la schiena contro la
porta, senza fiato e ribollendo di rabbia. «Non vi preoccupate per
nessuno oltre a voi stesso? Se avete cercato in quel modo rude di far
cambiare idea a Emily, non mi sorprende se non vorrà mai più posare
gli occhi su di voi! Mio Dio! Rientrate nella sua vita dopo un'assenza

di otto mesi e vi aspettate che lei vi cada tra le braccia perché lo desiderate voi?»

«Quindi siete a favore del suo matrimonio con Delvin?»

Selina sospirò esasperata. «Che cosa conta la mia approvazione?» Ma quando Alec sostenne il suo sguardo, con la bocca serrata, Selina capì che avrebbe insistito fino ad avere una risposta. «No, ovviamente non sono a favore» rispose con calma. «Lui è tutto quello che ho detto e anche di più. E... non è innamorato di lei; non potrebbe mai essere un'unione felice.»

«Allora deve saperlo. Deve capire che tipo di uomo sta per sposare!»

«No».

Alec era tutto incredulità e sdegno. «No, signora?»

«Non capite? Emily non vede il vero Delvin perché lui non le ha mai permesso di vedere altro che un gentiluomo raffinato, di buone maniere, ricco e di buona famiglia. È quello l'essere di cui si è innamorata Emily.» Quando Alec aggrottò la fronte, Selina fece un pallido sorriso. «Emily è innamorata di vostro fratello. Ecco perché non posso dire niente contro di lui.»

Alec era incredulo. «Lei è innamorata di lui? *Innamorata* di Delvin?» Si pulì la bocca come se avesse mangiato qualcosa di schifoso.

«Mostrando la vostra opposizione al matrimonio o dando voce ai miei dubbi su Delvin, riusciremmo solamente a rafforzare la sua decisione di sposare vostro fratello.»

Alec si voltò verso la finestra che guardava nel cortile interno di St. James's Place, ma non prima che Selina riuscisse a vedere l'enorme dolore sul suo volto. La fece sentire vuota dentro. Dopo un momento, Alec aprì la porta e parlò come se stesse rivolgendosi a un'estranea. «Grazie per il vostro consiglio, signora. Capisco che l'avete detto perché desiderate il meglio per Emily.»

«È così, signor Halsey» rispose pacatamente Selina, eppure gli occhi scuri erano umidi e lucenti. «Non c'è niente di più devastante che vedersi distruggere le speranze e i sogni da qualcuno che si ama.»

TRE

Quando il portiere chiamò Wantage dalla dispensa, il maggiordomo era sul punto di dirne quattro all'uomo, finché vide chi c'era in piedi nell'ingresso. La duchessa di Romney-St. Neots buttò il mantello, il cappello e il manicotto a un cameriere insonnolito, si sistemò i capelli raccolti e incipriati di fronte a uno specchio dorato, e chiese di vedere il padrone di casa.

Wantage fu estremamente apologetico. Non poteva aiutarla. Il signor Halsey era uscito di casa due ore prima. Non aveva detto quando sarebbe rientrato. Forse Sua Grazia poteva lasciare il suo biglietto e tornare nel pomeriggio?

Assolutamente no! Avrebbe aspettato. E, se c'era una cioccolata calda in casa, Wantage poteva portargliela nel salotto che guardava sul parco. E poteva mandarle il valletto del signor Halsey.

Il maggiordomo non tardò a fare quello che gli aveva chiesto.

Alec passò la prima parte della mattinata all'accademia di scherma di M'sieur Poisson, il rinomato maestro di scherma che aveva la sua scuola a Curzon Street. M'sieur era interessato a sapere che cosa aveva imparato il suo allievo nella celebre *Salle d'escrime* di Parigi. Alec ci era andato diverse volte, insieme al figlio più giovane del duca de la Tournelle, che gli aveva assicurato l'ammissione in cambio del favore di una parolina all'orecchio dell'ambasciatore inglese.

L'ora passò troppo in fretta per entrambi. Purtroppo, M'sieur non poteva concedere ad Alec altro tempo quel giorno. Presto le stanze si sarebbero riempite di giovani gentiluomini che avevano preso l'abitudine di frequentare l'accademia di M'sieur Poisson perché era di moda farlo, prima di andare al club o al caffè.

Questi giovani virgulti non avevano intenzione di lavorare sul serio. Venivano ben pettinati e con le loro sete migliori; per imparare qualche passo elaborato, per perfezionare il loro portamento e per impressionarsi l'un l'altro con l'ultima tecnica di parata e stoccata. Spadaccini, loro, senza entusiasmo, erano avidi spettatori dello spadaccino serio che si metteva alla prova con M'sieur.

Poisson confidò ad Alec che era veramente uno spreco del tempo di un buon maestro di scherma occuparsi di questi stupidi figli minori della nobiltà inglese, ma dato che faceva pagare loro il doppio e loro sembravano ben disposti a pagare un prezzo così esagerato, lui, Poisson, non poteva certo mandarli via. No. Si sarebbe comportato ossequiosamente, li avrebbe coperti di complimenti e avrebbe passato il tempo dando lezioni di posizione, anche se erano una noia mortale.

Poisson aiutò Alec e rimettersi la redingote, dicendo con un sorriso: «A Parigi avete visitato Madame Sophie, sì? Non vi ho detto che in tutta Parigi il suo è il bordello migliore? *Moi*, io non ne posso parlare per esperienza personale, ma *le Chevalier de Fragnoré* non si è vantato a sproposito, vero?»

«No, non si è vantato a sproposito.»

M'sieur batté le mani, soddisfatto. «Bene! Scherma e donne, sono la stessa cosa, no? Entrambe richiedono tecnica e una certa, come dite voi? Ah, sì, *finesse*. Sì!» Si baciò la punta delle dita e fece un inchino esagerato. «Buona giornata, M'sieur Halsey.»

Alec gli restituì il saluto, si voltò per andarsene e si scontrò con un gruppo di giovanotti vocianti che si affollava attraverso la porta che si apriva sulla scala. Si fece da parte per farli passare. Ce n'era almeno una dozzina. Tutti giovani di buona famiglia, con troppo tempo libero e più soldi di quanto fosse un bene per loro, e con la pretesa di essere *à la mode*. Cinguettavano, ridendo tra di loro per delle stupidaggini; incipriati, con le *mouche* e avvolti da una pesante nuvola di profumo.

Nel trambusto del loro arrivo, Alec scivolò alle loro spalle e fu sul pianerottolo, solo per trovarsi a faccia a faccia con due di loro che si erano fermati sull'ultimo gradino. Le scale strette gli impedivano di passare senza interrompere quello che sembrava un litigio a malapena sotto controllo. Diede un colpetto di tosse per avvertirli della sua presenza, ma non lo notarono.

«Ora che cosa hai intenzione di fare?» chiese quello in faccia ad

Alec, con le spalline imbottite appoggiate alla parete. Il suo tupè incipriato arrivava alla ridicola altezza di venti centimetri sopra la fronte
ed era in tono con la sua affettata voce nasale.

«Devo avere il tempo per pensarci. Dio, James, non riesco ancora
a credere che Belsay sia *morto*. Che cosa farò adesso?»

Alec capì immediatamente a chi apparteneva la seconda voce e ne
fu sorpreso. Era Simon Tremarton, un collega al Ministero degli
Esteri. Recentemente, aveva diviso una missione a Parigi con Simon e
prima erano stati insieme all'Aia. Simon avrebbe dovuto cenare con
lui prima di lasciare Parigi ma si era scusato all'ultimo momento,
dicendo che doveva tornare a Londra prima a causa della cattiva salute
di sua madre. Alec si chiese come mai un uomo che doveva lavorare
per vivere, e che non poteva certo permettersi di perdere tempo o le
sue sudate ghinee, passasse il tempo in compagnia di questi virgulti
alla moda, che non avevano niente di meglio da fare nella loro vita che
perdere tempo in passatempi frivoli.

«Fatti dare il contante da qualcun altro» rispose quello con il tupè
di venti centimetri.

«*Contante*?» La voce di Simon Tremarton si ruppe pronunciando
la parola.

«Il vecchio Reubens ti sarà addosso in un battibaleno,» fu la
risposta nasale, «se solo sospetta che non puoi ripagargli quello che gli
devi. Ti presterei anch'io il conquibus, ma vivo a credito già così; e che
ne sa mio padre! E tua sorella?»

«Cindy?» Ci fu un'esitazione patetica nella voce di Simon
Tremarton. «Non le importa un fico secco di me. Non le è mai
importato.»

«Deve pure avere dei gioielli che puoi impegnare.»

«Falsi.»

«Tutti quanti?»

«Tutti quanti.»

Il gentiluomo di fronte ad Alec fece una smorfia. «Dannazione,
pensavo...»

«... che nuotasse nell'oro? Una volta. Ha una predilezione per
Basset. Gioca forte. Tutto quello che le aveva dato Delvin l'ha fatto
copiare e poi vendere per pagare i debiti. Più che altro i conti dei sarti.
A Cindy piace apparire come una signora. *Puttana*.»

«Ascolta, Simon. Dovrai metterti l'orgoglio sotto i piedi e tornare
da lei. Vedere se non può parlare a Delvin per te. Deve essere in grado
di muovere qualche pedina, tutte quelle che vuole, nella sua
posizione.»

Simon scosse lentamente la testa incipriata. «Come puoi chieder-melo, dopo quello che ha fatto a Belsay?»

«Ma ha preso i tuoi soldi. Aveva promesso…»

«E siamo da capo.» Simon sospirò. «Non preoccuparti. È tutto così all'aria per me in questo momento. Non voglio pensare a Reubens o a Cindy o a nient'altro. Se arrivassimo al peggio, cercherò di farmi assegnare a Costantinopoli.»

«Simon?»

Era Alec. Aveva tossito altre due volte, senza successo, quindi aveva risalito le scale e poi era sceso di nuovo, come se non avesse ascoltato la loro conversazione. Nascose la sua sorpresa nel vedere Simon a Curzon Street e disse, conversando amabilmente: «Pensavo ti avessero punito abbastanza nella *Salle d'escrime* con Henri. Ti avverto: Poisson è un negriero.» Fece un cenno di saluto al gentiluomo con gli abiti stravaganti accanto a Simon che a sua volta lo salutò con un breve inchino.

Simon Tremarton balbettò, cercando di dire qualcosa. Aveva il volto bianco come il marmo ma le orecchie erano rosse come i tacchi delle scarpe a punta del suo compagno. «Hal-Halsey? Alec. Ch-che sorpresa! Sono appena stato a vedere mia madre. Mia sorella, Cynthia, forse la conosci? Lady Gervais? Era con me.» Vide Alec dare un'oc-chiata al suo amico. «Oh! Ah! Alec Halsey, James, Lord Farnham. Alec lavora… Beh è un diplomatico…»

«La parola *lavora* è perfettamente accettabile, Simon» disse Alec, tendendo la mano a Lord Farnham. «Il fratello di Freddie?»

«No, secondo cugino, grazie al cielo» rispose Lord Farnham, stra-scicando le parole. «Nessuna offesa, se è un vostro amico.»

«Non lo conosco bene. È più che altro un conoscente» rispose Alec, ignorando il sarcasmo e il fatto che Lord Farnham lo guardasse da capo a piedi con l'occhialino, come cercando di collocare il suo nome e il volto nel suo registro sociale mentale. Se intendeva sconcer-tare l'oggetto del suo scrutinio sociale, mancò completamente l'obiet-tivo. Alec si limitò a fissarlo impassibile.

«Halsey? Halsey. Oddio! Non il fratello di *Delvin*?» Lord Farnham lasciò cadere l'occhialino legato al cordino di seta. «Voi e Delvin non vi assomigliate molto.»

«Grazie.»

«Voi siete la pecora nera» continuò Lord Farnham, con l'ingra-naggio del registro sociale mentale che faceva un altro giro. «Allevato da uno zio o qualcuno. Un vecchio e assillante membro del parla-mento che si diverte a fare il demagogo. Vuole abolire la schiavitù e dare l'autogoverno agli irlandesi; quel genere di ridicole stupidaggini. Mio padre ci annoia continuamente durante le cene dicendo che vostro zio dovrebbe essere impiccato a Tyburn per tradimento.»

Alec sorrise. «Sì, è proprio lui.»

Lord Farnham strinse la bocca per il disgusto. «Oddio. Nessuna meraviglia che Delvin non parli di voi.»

«James...» sussurrò Simon Tremarton, acutamente imbarazzato, senza guardare verso Alec.

«Un peccato» rispose tranquillamente Alec. «Gli darebbe qualcosa di cui parlare oltre che di se stesso.»

Lord Farnham guardò Alec attentamente e poi scoppiò a ridere, come se avesse improvvisamente capito lo scherzo. Diede una gomitata a Simon. «Simon dice che siete troppo noiosamente onesto per essere interessante, ma devo confessare che mi piacete, Halsey. Avete spina dorsale e siete più carino di vostro fratello. Nessuna meraviglia che Delvin non parli di voi.» Alzò l'occhialino e voltò un occhio ingrandito verso Simon Tremarton. «Ho una mezza intenzione di farne un membro del Club Ganimede prima di te, Simon» disse prendendo in giro l'amico impaurito e dal volto arrossato. «Diversamente da te, Halsey può permettersi la quota associativa e suo padre era un conte.»

«James! *No*» sussurrò ferocemente Simon.

Lord Farnham scrollò le spalle e sospirò. «No, hai ragione, Simon. Non sarebbe giusto corrompere un innocente. Peccato.» Fece un sorrisetto ad Alec e inclinò la testa incipriata. «Senza offesa, Halsey.» E con queste parole oltrepassò Alec e chiamò Simon dalla cima delle scale. «Controllerò la durata del vostro *tête à tête*!» E scomparve dalla vista.

Da solo sulla stretta scala, Simon Tremarton si sforzò di ridere anche se non riusciva a guardare Alec. «Ovviamente non si può credere a tutto quello che dice James. Gli piace sconvolgere la gente. Lui-lui... Di tutte le dannate coincidenze, trovarti qui.»

«Va tutto bene, Simon. Non mi importa un fico secco dell'opinione di Farnham.»

«Ti devi chiedere che cosa ci fa un portaborse governativo in compagnia dei tipi come Farnham e quelli del suo nobile stampo.»

«Non sono affari miei, no?»

«Dovevo aspettarmi che fossi condiscendente!» esclamò sarcastico Tremarton.

Alec si inchinò appena e continuò a scendere le scale. Quando raggiunse il livello stradale, Simon arrivò correndo dietro di lui e chiuse la porta d'ingresso per escludere il rumore del traffico.

«Alec! Aspetta! Sono un somaro! So che non sei il tipo di persona che giudica gli altri. Guarda. Sono-sono un po' nei pasticci. Il duello in cui Delvin si è battuto con Jack Belsay, tuo fratello dice che è stata colpa di Belsay. I giornali dicono la stessa cosa. Ma è una stupidaggine. Delvin sta mentendo!»

«Davvero? Sei la terza persona in altrettanti giorni che lo dice» rispose Alec pacatamente. «Perché Delvin e Belsay hanno incrociato le spade?»

«Io-io non lo so!» esclamò Simon Tremarton, sgonfiandosi, visto che la sua dichiarazione drammatica non aveva avuto effetto. Ma non avrebbe dovuto sorprendersi. Alec Halsey era famoso al Ministero degli Esteri perché era un tipo che non scopriva mai le sue carte. «Alec, ascolta. Quello che so è che Belsay non era minimamente interessato a una ragazzina.» Si guardò dietro le spalle. «Conosco... delle cose... *certi particolari*... su Belsay che provano che tuo fratello sta mentendo.»

Alec alzò le sopracciglia scure. Se Simon stava cercando di metterlo a disagio ci stava riuscendo, ma per le ragioni sbagliate. «Ad esempio?»

«Non posso parlarne qui!»

«Sai dove vivo» fu la risposta piatta di Alec, mentre apriva la porta e usciva in strada. Voltò le spalle al traffico di carrozze e portantine, e guardò in faccia Simon. «Qualunque cosa tu sappia, Simon, stanne certo, la sa anche Delvin, altrimenti non sarebbe tanto sicuro di cavarsela con una bugia.»

Simon Tremarton spalancò gli occhi, come se quel pensiero non gli fosse mai venuto in mente e, spaventato, fece un passo indietro, si voltò e volò sulle strette scale. Alec andò a casa a piedi, riflettendo sul collegamento fra tre uomini di temperamento molto diverso: il diffidente, educato visconte Belsay; il conte di Delvin, che si pavoneggiava in società nelle vesti di un consumato aristocratico libertino e Simon Tremarton, un semplice funzionario proveniente da una famiglia povera. Stava ancora pensando ai tre quando entrò al numero 1 di St. James's Place e scoprì il suo valletto che veniva interrogato dalla duchessa di Romney-St. Neots.

WANTAGE AVEVA MANDATO TAM NEL SALOTTO CON UN CENNO del dito, senza dargli alcuna indicazione su chi volesse vederlo. Il maggiordomo detestava che la casa fosse in subbuglio e disapprovava il giovane lentigginoso. Sapeva che era scappato da St. Neots. Era quello che era riuscito a scoprire dalla governante, che l'aveva saputo da un cameriere dei piani alti, che aveva origliato una parte della conversazione tra lo zio del padrone e il ragazzo, la prima notte, quando il portiere l'aveva scoperto sul gradino dell'entrata. Il ragazzo si comportava troppo familiarmente con il padrone e con i servitori; sia quelli sopra sia quelli sotto di lui. Doveva essere rimesso a posto; era necessario ridargli la paura di sapere qual era il suo status. Il precedente valletto del padrone aveva eccellenti referenze ed era stato il valletto del marchese di Dartmouth. C'era una certa aria in lui che indicava il perfetto 'gentiluomo di un gentiluomo'. Wantage lo aveva detestato intensamente ma aveva rispettato la sua posizione. Non aveva un rispetto simile per Tam, che considerava un intruso che mancava delle necessarie raffinatezze sociali e del carattere per occupare l'importante posizione di valletto del padrone di casa.

Mandare il ragazzo dalla duchessa, senza preavviso, gli avrebbe dato la scossa di cui aveva bisogno, pensò Wantage con soddisfazione. Con un sorriso, chiuse la porta del salotto e andò in punta di piedi alla porta di servizio per origliare.

LA DUCHESSA DI ROMNEY-ST. NEOTS ERA L'ULTIMA PERSONA che Tam si aspettava di vedere nella casa del suo nuovo padrone. La piccola figura robusta, con le gonne di seta cinese col cerchio, era comodamente seduta sulla chaise longue, con uno scialle a maglia sulle spalle nude e i piedini, nelle scarpe rivestite di damasco con i tacchi alti e le fibbie di diamanti, appoggiati ai cuscini. Stava leggendo i giornali del mattino e sorseggiando cioccolata dolceamara da una finissima ciotola di porcellana. Il cuore di Tam fece uno strano salto e lui dimenticò di inchinarsi. Avrebbe voluto scappare ma l'istinto gli diceva di restare fermo. Forse non l'avrebbe riconosciuto? Dopo tutto, era stato solo un umile sotto-cameriere e non era praticamente mai sotto gli occhi dei membri della famiglia, meno che mai di questo minuscolo, importante personaggio. Quello, e il fatto che fosse stato al suo impiego solo per sei mesi, significava che difficilmente avrebbe ricordato la sua faccia e men che meno il suo nome.

La donna sentì la porta chiudersi ma finì di leggere il paragrafo. «Bene, John, ho un paio di domande...» Alzò gli occhi e rimase sbalordita. «Dov'è John? Avvicinati.»

Tam avanzò trascinando i piedi e fece il suo miglior inchino. «Sono io il valletto del signor Halsey, Vostra-Vostra Grazia.»

«Stupidaggini! Sei troppo giovane. Ti ha mandato John con qualche scusa fiacca?»

«No, Vostra Grazia.»

Lo guardò intensamente e poi si sedette diritta di colpo. Spalancò gli occhi e Tam capì all'istante che non era così anonimo come supponeva. Non aveva tenuto conto della memoria straordinaria della duchessa per i nomi e i volti.

«Che cosa hai fatto con il cavallo di mia nipote?» Gli chiese. «Ti rendi conto di quanti guai hai causato? Che cosa ci fai qui? Supponi di poter semplicemente scappare da una casa e andare in un'altra, così, senza conseguenze? Bene, ragazzo, che cos'hai da dire a tuo favore? Non guardarmi a bocca aperta! Non sono senile. So esattamente chi sei. Almeno, pensavo di saperlo. Come ti fai chiamare qui? Parla! Parla!»

«Thomas Fisher, Vostra Grazia. Mi sono sempre chiamato Thomas Fisher. È questo il mio nome. Di solito mi chiamano Tam. E non ho rubato il cavallo di Miss Emily. No! Phoenix è il cavallo del signor Halsey. Chiedo scusa, Vostra Grazia, ma è la verità. Chiedetelo al signor Halsey. Ve lo dirà anche lui.»

«Dato che il signor Halsey non è in casa, è difficile che possa farlo, no?» Scattò la duchessa. «Sai che cosa succede ai ragazzi che rubano? Vengono impiccati! Neave ha mandato la milizia a cercarvi, stupido, stupido ragazzo. Ti stanno ancora cercando.»

«Ma io non ho rubato il cavallo!» dichiarò Tam, con le labbra che gli tremavano. «Phoenix è nella sua scuderia. Sinceramente! Per favore, per favore, dovete dirglielo…»

La duchessa si alzò. «Non devo fare niente del genere. Sei maleducato e non permetterò a un ladro di cavalli di urlarmi contro! Che cosa ci fai qui?»

«Sono il valletto del signor Halsey. Lo sono. Davvero. John è stato licenziato, Vostra Grazia. Chiedetelo al signor Wantage. Lui lo sa. Vi dirà tutto.»

«Non voglio parlare con il maggiordomo o qualunque altro servitore in questa casa, eccetto che con il valletto del signor Halsey. Vai immediatamente a cercarlo!»

Tam non sapeva più che cosa fare. Spostò il peso da un piede all'altro. Affondò le mani nelle tasche solo per toglierle immediatamente. Si voltò e poi si girò di nuovo per guardare la duchessa, con le braccia molli e il palmo delle mani sudato. E per tutto il tempo la duchessa lo fissò, con le mani giunte in grembo.

«Vostra grazia. Io sono il valletto del signor Halsey. Gli abiti che porto. Sono i suoi...»

«Hai rubato anche quelli, vero?»

«No, Vostra Grazia! Lui, il signor Halsey me li prestati mentre il suo sarto mi prepara un corredo di abiti adatti. Non avrebbe mandato a chiamare il suo sarto se non fossi il suo valletto, no, Vostra Grazia?»

La duchessa finse di non farsi convincere e i suoi occhi acuti non si spostarono dal volto rosso di Tam. «Dovrai inventare qualcosa di meglio» disse altezzosamente. «Sei scappato con un cavallo delle mie scuderie e ora mi dici che sei un valletto? Incredibile. Solo perché non indossi una livrea e hai del tessuto decente sulle spalle, non significa niente. Continuo a insistere che sei un ladro.»

Gli occhi verdi di Tam si riempirono di lacrime, poi ebbe un'ispirazione. «Vostra Grazia! Quando sono arrivato a St. Neots ho consegnato al signor Neave una lettera di referenze dalla signora Hendy di Delvin Hall. Deve avervela mostrata e...»

«Non essere ottuso, ragazzo» gli disse la duchessa con aria sdegnata, alzando il mento e voltandogli la schiena. «Come se mi interessassi delle referenze consegnate al mio maggiordomo, pfui!»

Lo stratagemma funzionò. Con un fiotto di parole tra le lacrime, Tam le disse tutto quello che voleva sapere: dal momento in cui aveva posto gli occhi sul signor Halsey nell'atrio della St. Neots House, a quando lo aveva seguito a Londra, al Rose, fino a quando aveva sentito il signor Halsey dare il suo indirizzo a un portantino e poi a quando lo avevano trovato sul gradino della sua casa. Non omise niente. Nella sua disperazione di convincere la duchessa che non era un bugiardo le parlò, senza pensarci due volte, del Bagno Turco e della sua conversazione con la guardia notturna, dello stato di ubriachezza del signor Halsey quando era stato scortato a casa dalla guardia, di come il signor Halsey avesse continuato a bere, finché Plantagenet Halsey aveva fatto forzare la porta della camera dai servitori e lì l'avevano trovato mezzo morto. Il ragazzo entrò perfino inutilmente nei dettagli sul malessere del signor Halsey, senza riguardo per la sensibilità della duchessa. Nel tentativo disperato di convincerla della sua onestà, non si accorse che aveva fatto una smorfia alla menzione del vaso da notte e che di tanto in tanto aveva un sorrisino sulle labbra per l'ingenua sincerità della sua voce implorante.

Stava per dare altri particolari per provare la sua identità, offrendosi di andare a prendere la lettera di presentazione, quando la porta si aprì ed entrò il padrone di casa, preceduto da Cromwell e Marziran, che trotterellarono dalla duchessa per farsi accarezzare.

«Olivia?» disse Alec, fermandosi di botto. Uno sguardo al suo volto, che in quel momento rivelava chiaramente i suoi pensieri, e un'occhiata a Tam, e afferrò immediatamente la situazione. Richiamò i levrieri. «Tam, porta Cromwell e Marziran per una corsa nel parco, per favore. Torna tra un'ora. Devo vestirmi per la cena.»

Tam guardò la duchessa per vedere la sua reazione, ma lei era andata a guardare fuori dalla finestra. Fece un passo verso Alec. «Signore... Riguardo a Phoenix... Per favore... Sua Grazia non crede... Le guardie non verranno a cercarmi, vero, signore?»

«Va tutto bene, Tam. Sei al sicuro qui. Ora vai.»

Tam aprì la bocca per dire qualcos'altro, poi la richiuse e, con un inchino, uscì con i cani che saltellavano intorno a lui.

«Era necessario minacciare il ragazzo per ottenere tutta la sordida storia?»

«Giustifico la mia tattica dicendomi che ufficialmente è ancora alle mie dipendenze, finché non mi dicono il contrario» disse disinvolta. «E non gli ho detto bugie. Se intendete tenerlo, posso suggerire qualche lezione di discrezione? Non sono mai riuscita a ottenere uno straccio di informazione da quell'individuo dalla faccia da poker che avevate prima.»

«Sono lieto di sentirlo.»

«Com'era Parigi?»

Alec fece un mezzo sorriso. «Olivia, non siete venuta fin qua per chiedermi questo.»

La duchessa restò alla finestra. Vide Tam e i due cani apparire dall'angolo della casa e correre nella vastità del Green Park. «Vorrei che mi lasciaste sussurrare qualche parolina in una o due orecchie giuste» disse con un sospiro, mentre si voltava a guardare il suo figlioccio. «Perché un tipo come quell'Haverfield, dalla faccia di pesce lesso, deve essere un inviato speciale e voi solo un sottosegretario? Tutti sanno che gli hanno assegnato quella missione in Russia solo perché suo cugino è un membro del Consiglio della Corona. Avete il doppio del suo cervello e molte più capacità. Andiamo, credo che quell'imbecille non sappia parlare nemmeno il francese! E voi parlate... quante? Quattro o cinque lingue straniere.»

«Cinque, se dobbiamo contarle.»

«*Cinque* lingue straniere! Che saranno sprecate se non riuscirete a ottenere niente di meglio che essere l'onorato fattorino di quel buffone di Bedford. Dovreste darvi all'avvocatura o alla politica. Far parte del parlamento...»

«Cosa? Ed essere costretto a sedere alla camera tutto il giorno e ascoltare le farneticazioni di zio Plant?» disse Alec con una risata. «No, grazie.»

«Non siate sarcastico! Sapete che cosa intendo. Il servizio diplomatico deve essere la carriera meno alla moda e meno redditizia in tutto in regno. È un compito senza gratificazioni. E mentre tutti fanno l'impossibile per tirarsene fuori e assicurarsi un buon reddito a casa, voi vi offrite volontario per andare in qualche angolo remoto del continente, a bere tè o caffè, o qualunque cosa sia, con i sultani e gente del genere!»

«E mentre stavo bevendo il caffè con i sultani, o più precisamente, facendo gli inchini a Versailles, mio fratello ha avuto ampia opportunità di prendersi Emily? Mi dispiace, Olivia. Non l'avete dissuasa dall'accettare la sua offerta.»

«No. Perché avrei dovuto? Le ho lasciato scegliere e lei ha scelto uno degli scapoli più ambiti del regno» disse la duchessa, sulla difensiva. «Potete pensare che sia il capriccio di una vecchia signora, ma ero decisa a non ripetere l'errore che ho fatto con sua madre. Ho costretto Madeleine a un matrimonio senza amore, quando l'ultima cosa che voleva era essere la duchessa di Beauly.» Si allontanò dalla finestra e restò in piedi davanti ad Alec, facendosi aria con il ventaglio. «Delvin è la scelta di Emily. Così sia. Ma se avessi potuto decidere io… Quello che volevo per lei…Volevo voi» confessò con voce flebile, guardando le stecche d'avorio del suo ventaglio.

Alec le baciò la fronte. «Grazie, Olivia. Avete dato una mano alla mia autostima a uscire dalla melma dov'è stata fermamente gettata stamattina dalla signora Jamison-Lewis.» Sbuffò imbarazzato, cercando di ridere. «Il mio orgoglio ha preso una bella scossa, ma sopravvivrò. Posso essere pesto e pieno di lividi ma, per quanto detesti ammetterlo, la sua è la voce della ragione: devo accettare il fatto che Emily abbia scelto qualcun altro invece dello stimato sottoscritto!»

La duchessa non era convinta. «Accettate il fidanzamento?»

«Devo accettarlo, ma non necessariamente approvarlo. E mi offende che il suo fidanzato sia mio fratello. Delvin non la merita.»

«Sì, certo, dovete» mormorò, non volendo farsi trascinare nel conflitto tra i due fratelli. Aveva sempre preferito il suo figlioccio al fratello maggiore ma Delvin era il promesso sposo di sua nipote e quindi doveva essere leale, e segretamente grata perché, facendo di Emily la sua contessa, il conte stava aiutandola a cancellare la macchia della sua illegittimità. «Suppongo che sappiate tutto riguardo alla sconvolgente vicenda di Jack e Delvin?» Gli chiese.

«Sì, zio Plant me ne ha parlato. Trovo ancora difficile immaginare

Jack che sfida a duello qualcuno, men che meno uno dei suoi migliori amici.»

La duchessa sospirò. «È veramente straordinario. Eppure, Delvin è categorico sul fatto che è stato Jack a obbligarlo al duello e tutto perché Jack era innamorato di Emily. Non sono mai stata più sorpresa in vita mia. Jack era affezionato a Emily, ma geloso di Delvin?»

«Che ne dice Emily?»

«Non vuole parlare di Jack. Non riesce a pronunciare il suo nome senza scoppiare in lacrime.» La duchessa diede un'occhiata al figlioccio. «Ovviamente la vostra piccola visita non è servita a rasserenarla. Nonostante quello che potete pensare, dà un'enorme importanza alla vostra opinione.»

Alec tirò il cordone del campanello. «Mia cara Olivia, siete destinata a una delusione se siete venuta con la speranza di persuadermi a offrire a Emily le mie congratulazioni per il suo fidanzamento.» Ordinò una birra al cameriere che rispose al campanello e tè per la duchessa, e mentre aspettavano il ritorno del cameriere le parlò della visita di Lady Margaret Belsay con la nipote al seguito, aggiungendo: «La povera donna è naturalmente tanto colpita dal dolore che i suoi ragionamenti sono altamente emotivi. Una cosa è accusare Delvin di mentire riguardo al motivo per cui lui e Jack si sono battuti a duello, ma suggerire che Delvin abbia assassinato Jack…»

«Povera Meg. La sua mente deve essere sconvolta dal dolore» disse la duchessa, riflettendo su quello che le aveva detto il figlioccio. «Ma Selina? Certamente lei non vede la vicenda nella stessa luce di sua zia?»

Alec sorrise tra sé e sé. *Ladro, bugiardo e truffatore, quindi perché non anche un assassino?* Quelle erano le parole di Selina. Eppure, Alec non riuscì a ripeterle alla duchessa. L'accusa schiacciante di Lady Margaret per il momento bastava. Lo salvò l'ingresso del cameriere con il vassoio del tè.

«Che cosa dice Selina di Jack?» Insistette la duchessa, prendendo la ciotola di tè che le offriva Alec. «Lei e Jack erano molto vicini. La sua morte deve essere stata un grave colpo per lei.»

«Date le circostanze, visto che è appena rimasta vedova, mi sorprende di vederla dominarsi tanto bene. La morte di Jamison-Lewis è già un dolore abbastanza grande per…»

La duchessa sbuffò, incredula. «*Dolore*? Selina essere *addolorata* per J-L? Buon Dio, no! Nessuno biasimerebbe Selina se facesse completamente a meno del lutto, tali sono stati i maltrattamenti che ha subito per mano di quel mostro; e non uso quella parola a cuor leggero, ragazzo mio. Quello che ha dovuto sopportare quella povera ragazza...» Si diede mentalmente uno scrollone e rabbrividì, guardando Alec che la fissava intento. «Oh, non tocca a me raccontarvi i sordidi dettagli del suo matrimonio!»

«Pensavo... In pubblico non c'è mai stato il minimo accenno di discordia tra di loro» dichiarò Alec, con la sorpresa evidente nella voce. «Nelle poche occasioni in cui mi sono imbattuto in loro a un avvenimento pubblico, ho ricevuto l'impressione che fosse decisa a mostrarmi quanto era felice il suo matrimonio. E c'è stato quell'incidente al teatro di Drury Lane quando...» Guardò perplesso la duchessa. «Ne siete certa?»

La duchessa si meravigliò, non per la prima volta, dell'assoluta incapacità del cervello maschile di capire i meccanismi del cervello femminile. «Non vi è mai venuto in mente, vista la storia tra di voi, che il suo comportamento fosse un bello spettacolo messo su a vostro beneficio?» Gli chiese pazientemente. «Dopo tutto, non poteva permettervi di vedere quanto era infelice, sarebbe stato ammettere una sconfitta e conoscete Selina, è particolarmente testarda.» Appoggiò la ciotola del tè, mentre con la coda dell'occhio continuava a osservare Alec, il cui volto si era fatto più scuro, e scosse le sottane, alzandosi in piedi. «Vi lascerò rimuginare in privato su questa rivelazione. E se volete sapere qualcosa di Jack, parlate con Selina. Io vado a trovare Meg. Forse verrò a sapere qualcosa di Jack, se è in vena di confidenze. Ve ne parlerò domani. Verrete ai festeggiamenti, vero? E *dovete* restare. Farò preparare le vostre vecchie stanze.»

«Vi avverto, Olivia. Non posso promettervi di comportarmi nel migliore dei modi.»

«Sarebbe tutto molto noioso se lo faceste, ragazzo mio!»

Alec sorrise e le pizzicò il mento. «Donna terribile!»

Olivia guardò il suo bel volto spigoloso e diede voce ai suoi pensieri. «Emily e Selina sono entrambe delle stupide» mormorò e si allontanò in fretta, giocherellando con i lacci della sua reticella. «Siete sicuro che non volete che dica una parolina all'orecchio di Grenville?» chiese ancora, in tono pragmatico. «Sua moglie, una stupida ochetta, è una Romney, alla lontana, ma comunque una Romney. So che farebbe qualunque cosa per me. Se gli lasciassi intendere che desiderate diventare ambasciatore...?»

«Ambasciatore? No, Olivia, grazie» le disse, divertito dalla sua sincerità e prese la lettera ingiallita che aveva tolto dalla reticella e che gli tendeva. «Che cos'è?»

«È la lettera di presentazione della signora Hendy per un certo

Thomas Fisher. Nella sua fretta di corrervi dietro, l'altro giorno, quello stupido ragazzo l'ha dimenticata.»

«L'avete letta?»

La duchessa sorrise maliziosa. «Certo che l'ho letta!»

«E...?»

La duchessa scrollò le spalle. «Non vi rivelerà niente di più sul ragazzo, se è quello che significa quel sogghigno! Viene da Delvin, ovvio, ma è stato mandato a bottega come apprendista quando aveva dodici anni. La signora Hendy non era troppo contenta della circostanza e chiedeva, nel caso il ragazzo avesse avuto bisogno di protezione, di rivolgersi a voi. Niente di più. Un mistero. Leggetela e vedrete.» Toccò il braccio di Alec. «Siete proprio sicuro che non volete che parli a Grenville?»

«Piuttosto sicuro» le assicurò. «Non è che non aspiri a simili esaltanti vette. Ma ci arriverò con miei mezzi, o non ci arriverò del tutto.»

«Anche voi siete così testardo!» si lamentò, uscendo dalla stanza davanti a lui. «Tutta colpa di quel vostro zio! Vi ha riempito la testa con stupidaggini repubblicane.»

«Non siate troppo dura con lui. Ne parlano spesso a sproposito. Non è l'orco che voi cre...»

«Non penso che sia un orco!» ribatté la duchessa. «Lui-lui è...»

«Molto ben educato davanti a una tazza di tè?» Suggerì Alec con leggerezza, e in fondo alla scala baciò la mano che gli tendeva. «Non preoccupatevi, Olivia, non dirò a nessuno che avete preso il tè con un noto repubblicano...»

«Non mi importa un fico secco chi lo sa...»

«... perché non deporrebbe a suo favore.»

QUATTRO

Una cena per cinquanta persone alla St. Neots House segnò l'inizio dei festeggiamenti per il fidanzamento, che sarebbero durati per tutto il fine settimana. Emily era in piedi accanto alla porta di quercia a due battenti, a fianco della nonna e del conte di Delvin, e faceva la riverenza a ognuno degli ospiti mentre sfilavano nella sala da pranzo con i tre pesanti candelieri e un'orchestra d'archi che suonava nella galleria soprastante.

Tra una presentazione e l'altra, il conte ebbe l'opportunità di congratularsi con la sua fidanzata sul buon lavoro fatto e stava per farle un complimento sul bell'abito di seta antica e piccole perle, quando l'attenzione di lei fu distolta da un ritardatario. Delvin alzò gli occhi e vide suo fratello. La visione rese il pensiero della lunga cena poco attraente, eppure continuò a sorridere, e forse il sorriso era un po' più ampio di prima.

Alec entrò in anticamera proprio mentre l'ultimo degli ospiti svoltava nella sala da pranzo. Era in ritardo, ed era un ritardo voluto. Si lisciò un ricciolo e raggiunse il suo amico, Sir Cosmo Mahon, un gentiluomo corpulento sulla trentina che aveva salutato Alec invitandolo al suo fianco. Presentò immediatamente Alec a un uomo di mezz'età con un volto florido e carnoso, e un'espressione cupa, un certo Giudice Gervais. Con loro c'era Lord Andrew Macara, che non aveva bisogno di presentazioni, essendo il genero della duchessa di Romney-St. Neots. Salutò Alec con un'energica stretta di mano e una fila di domande riguardanti il suo incarico a Parigi.

Lord Andrew stava ancora interrogando Alec, questa volta sui costumi prevalenti in un certo regno mediorientale, di cui aveva letto nel diario scritto da un tizio di cui aveva dimenticato il nome, quando arrivarono in cima alla fila.

Se ci fu qualche segno di imbarazzo tra Alec ed Emily, fu solo da parte della ragazza. La sua riverenza fu un pochino goffa e quando alzò gli occhi su di lui con un sorriso timido, lui la stava guardando senza un sorriso o una smorfia. Emily fece un commento innocuo, che più tardi avrebbe dimenticato, e ascoltò appena l'altrettanto innocua risposta. Alec avanzò e lei fu obbligata a essere cortese con Lord Gervais, che ora si stava chinando sulla sua mano, quindi non sentì né vedette quello che si dicevano i due fratelli, sentendo solo che lo scambio era stato molto breve. Ora era Lady Gervais che le faceva la riverenza, vestita con un abito di taffetà rosso vivo, con capelli torreggianti, ornati di piume del colore dell'abito, che blaterava complimenti che, perfino a Emily, pur distratta dalla sua felicità, suonavano forzati e ambigui.

Dopo una lunga cena di ventitré portate, le signore presero il caffè e il tè nel salotto cinese, accomodandosi sui divani e sulle poltrone sistemati da un lato della vasta stanza, lontane dal sole del tardo pomeriggio. La duchessa presiedeva questa riunione, piena di chiacchiere di signore incipriate e dello sventolio di ventagli, con un sorriso sereno che celava un occhio pronto e le orecchie aperte, attenta che la conversazione non prendesse strade poco gradite. Lady Charlotte Macara aiutava sua madre a servire il tè. Porgendo una ciotola a Emily la rimproverò: una ragazza che avrebbe sposato lo scapolo più ambito di Londra avrebbe dovuto comportarsi con più decoro e non ridere forte come un maschiaccio.

Emily ignorò sua zia perché era troppo felice per darle retta e aveva iniziato una conversazione con Lady Gervais, che stava riversando nel grazioso orecchio di Emily tutti gli ultimi pettegolezzi sulle varie signore nella stanza. Quando i gentiluomini si unirono alle signore, Lady Gervais stava raccontando a Emily un aneddoto particolarmente gustoso che comprendeva Lady Charlotte Macara e una pila di sterco di cavallo che non aveva notato mentre passeggiava sul Mall. Si sentivano le loro risatine fin dall'altra parte della stanza.

«Una piccola bellezza, vero?» disse una voce accanto ad Alec.

«Sì» rispose distrattamente, concentrato sul filo di rubini e diamanti che circondava il collo bianco di Emily. Riconosceva la collana. Era appartenuta a Lady Delvin. Ricordò che la indossava verso la fine della sua vita, quando aveva finalmente trovato il coraggio di riconoscerlo.

«Aveva solo sedici anni quando l'ho sposata» disse la voce, dando un sospiro.

«Chiedo scusa» disse Alec, voltandosi e scoprendo Lord Gervais con l'occhialino alzato davanti a un occhio iniettato di sangue. «Sedici?»

L'uomo diresse nuovamente l'attenzione di Alec verso Emily e Lady Gervais. «Mia moglie,» disse, «Cynthia, l'ho sposata il giorno del suo sedicesimo compleanno. Appena finiti gli studi. I colleghi magistrati me l'avevano sconsigliato. Ma non ho voluto sentire una sola parola contro di lei. Anche adesso. Piccola cosina adorabile. Mi rende felice vederla felice. Non può avere figli. Peccato.»

«S-Sì davvero» mormorò Alec e guidò l'uomo sul fondo della stanza con la scusa di prendere una ciotola di caffè. Aveva notato che il giudice ingollava brandy come se fosse acqua ed era ovvio che lo stato di ubriachezza dell'uomo gli aveva messo addosso la malinconia. «Ma se siete felice, certamente…»

«Felice? *Felice*?» Lord Gervais quasi soffocò pronunciando la parola. «Mi piacerebbe renderla felice. È da ridere vederla così in confidenza con quella ragazzetta dai capelli gialli. Povera piccola stupida.»

Alec era sbalordito. «Vostra… ehm… moglie?»

«No, ragazzo! La ragazzetta! La sposina di Delvin. Non ha idea, vero? Voglio dire, no, non potrebbe. Anche lei appena uscita da scuola. Destinata a farsi spezzare il cuore. Proprio così. Lui non rinuncerà a Cynthia per lei. Perché dovrebbe? Mia moglie è una puttana consumata.» Diede un colpetto sul petto di Alec con un grosso dito. «Eh, ragazzo, l'amante di Delvin. Non è una cosa da disprezzare, no?»

Alec sbatté gli occhi. Non sapeva che cosa dire. Non succedeva tutti i giorni che un marito si vantasse del fatto che sua moglie fosse l'amante di un altro. Lord Gervais era orgoglioso di quel fatto. Che Delvin avesse avuto l'audacia di invitare la sua amante e il marito ai festeggiamenti per il suo fidanzamento non avrebbe dovuto sorprendere Alec, ma ci riuscì.

«Non che la ragazzetta non sia una cosina attraente» rimuginò sua signoria e ruttò, ammirando l'abito scollato di Emily attraverso l'occhialino. «C'è qualcosa di molto attraente nell'innocenza. Non ne trovo molta nella mia professione. Tutte puttane e tagliaborse che non valgono uno sputo. Ma l'innocenza…? Ah! Che cosa non darei per riavere la mia prima notte di nozze…»

Ad Alec furono risparmiate ulteriori rivelazioni quando un gruppo di gentiluomini trascinò via sua signoria per una partita di whist.

Guardò il giudice che barcollava allontanandosi e si trovò di fianco Sir Cosmo Mahon.

«Gervais ti stava annoiando con discorsi sui suoi compiti giudiziari?» chiese, scuotendo la testa incipriata. «Non so perché Ned l'abbia invitato. Un giudice forcaiolo e uno dei più attivi, secondo tutti. Non uno di noi.»

«Mi stava parlando di sua moglie» disse Alec, sorseggiando il caffè.

«Ah.»

Alec sorrise. «Ragione sufficiente per essere invitato per il fine settimana, no, Cosmo?»

Sir Cosmo fece una smorfia e indicò Emily con uno scatto della testa. «Spero che non lo scopra mai. Piuttosto di cattivo gusto da parte di Ned invitare qui la donna. Basta guardarla due volte...»

«Due volte?»

«Va bene! Basta *guardarla*!» borbottò Sir Cosmo. «Niente di discreto in lei. Non è di mio gusto. Direi nemmeno del tuo.»

«Assolutamente no» disse Alec, con un luccichio negli occhi davanti all'imbarazzo dell'amico.

«Dov'è quel tuo zio?» chiese Sir Cosmo, cambiando argomento.

«Arriverà domani. Per il ballo. È andato fuori città, oggi, per una riunione della lega contro la schiavitù. Non preoccuparti, Cosmo. Sarà l'anima della festa, te lo prometto.»

«Lo spero proprio» disse Sir Cosmo, ispezionando la stanza con l'occhialino. Diede un colpetto di tosse. «Ha del tenero per Zia Olivia, sai?»

«Sì, ecco perché sarà qui.»

«Chi?» chiese Lady Sybilla un po' ansimante. Figlia minore della duchessa di Romney-St. Neots e sposata a un ammiraglio della flotta, sapevano tutti che Lady Sybilla adorava segretamente il fratello minore del conte di Delvin. La sua innocua infatuazione forniva materia di infinito divertimento a tutti, eccetto ad Alec, che aveva un debole per quell'innocua bellezza e detestava vederla ridicolizzata. «Oh povera me! Vi ho interrotto?» Si chiese, agitando più in fretta il ventaglio dipinto a gouache. «Non volevo... Sono-sono *così* felice di vedervi sano e salvo a casa, signor Halsey.»

Sir Cosmo inarcò le sopracciglia, sorrise e sgattaiolò via, con somma irritazione di Alec, anche se era troppo educato per mostrarlo. Offrì a Lady Sybilla il posto che si era appena liberato su un divano e la intrattenne con una dettagliata descrizione dell'ultima moda al palazzo di Versailles, facendo del suo meglio per ignorare il sorriso un po' vacuo della donna, finché Emily non discese su di loro, con un bicchiere di champagne in mano.

«Zia Sybilla! Siete così ingiusta» dichiarò Emily, con un singulto. «Avete tenuto Alec tutto per voi per venti minuti buoni, mentre Lady Gervais desidera tanto essere presentata.» Lo guardò severa. «Era così sorpresa di sapere che siete il fratello di Edward. Quasi le uscivano gli occhi dalle orbite. Con i capelli al naturale e i vostri vestiti disadorni pensava foste un membro del clero.» Ridacchiò nelle bollicine di champagne. «Pensa che siate terribilmente bello. Immaginate!» Alzò le spalle nude. «Suppongo che sia vero. Sanno tutti che la zia Sybilla è affascinata della vostra bellezza.»

Il ventaglio di Lady Sybilla si fermò di colpo e il volto si infiammò sotto lo strato di biacca, al commento sfacciato di Emily. Si precipitò a trovare una scusa per andarsene senza guardare Alec, raccolse le sottane dal ricamo pesante e zampettò dall'altra parte della stanza, per trovare un rifugio sicuro accanto a Selina Jamison-Lewis, che era seduta a sventolarsi languidamente, con la schiena rigida rivolta verso un gruppo di signore che spettegolavano. Furioso per le infantili parole di scherno di Emily, anche se si rendeva conto che nascevano dal troppo champagne, Alec girò sui tacchi e la lasciò deliberatamente da sola in mezzo alla stanza, cercando aria fresca e sollievo sul balcone.

Umiliata dall'abbandono repentino, avvenuto sotto un centinaio di occhi, Emily seguì Alec sul balcone, al buio, senza pensare a quello che le sue azioni potevano sembrare agli altri. Ovviamente tutti stavano fissando il terzetto e più di un sopracciglio si inarcò quando la futura sposa di Delvin seguì l'altro fratello. Poi, le spesse sopracciglia rialzate si voltarono a osservare la reazione del conte di Delvin attraverso gli occhialini e da dietro i ventagli alzati. Ma sua signoria sembrava indifferente a tutto e tutti, e continuava a parlare con Lord Gervais e Lord Andrew Macara, con un fazzoletto di pizzo profumato elegantemente tenuto nella mano destra.

«Come osate congedarmi in quel modo rude!» sibilò Emily, affrontando Alec sul balcone, con il volto arrossato dall'ira e stupita che potesse trattarla in modo così sprezzante. «Che ci posso fare se zia Sybilla è infatuata di voi da anni e anni? Il povero zio Charles deve esserne segretamente mortificato. Ma visto che è *sempre* per mare, si risparmia di dover sopportare l'umiliazione dell'infedeltà di sua moglie.»

«Se vi stanno a cuore vostra zia e vostro zio non ripeterete queste assurde scempiaggini» rispose rigido Alec, guardando verso il cielo notturno, senza una nuvola e punteggiato di stelle. «Vostra zia non fa niente di male ed è fedele all'ammiraglio.»

«Non sono scempiaggini» lo contraddisse Emily, chiedendosi che cosa le avesse preso per mettere in imbarazzo la sua zia preferita e calunniare la sua reputazione immacolata. Con un altro singulto fissò le bollicine nel suo bicchiere di champagne. Aveva bevuto troppo ma non le importava più. Depose il bicchiere e si appoggiò al freddo marmo della balaustra. «Non capisco perché continui a essere infatuata di voi, quando le avete spezzato il cuore il giorno che vi ha scoperto nel bosco con Selina Jamison-Lewis.»

Alec si voltò a guardarla, imbarazzato. «Il bosco? Che ne sapete voi del bosco?»

«Allora Jack aveva ragione!» tubò con soddisfazione. Tutta la rabbia le era passata a quella rivelazione. Si avvicinò a lui, la manica stretta, con gli strati di pizzo che scendevano a cascata dal gomito che gli strusciava contro. «Mi direte che cosa è successo nel bosco?»

«Buon Dio, no!»

Emily fece il broncio. «Che cosa importa, adesso?» disse scrollando distrattamente le spalle nude. «È una storia talmente vecchia.»

Alex si spostò un po', verso l'estremità del balcone. «Jack è storia vecchia, Emily?»

Il sorriso canzonatorio di Emily svanì e si sentì di colpo la mente e il cuore pesanti. «Non è giusto! Tutti pensano che sia un bello scherzo che Jack ed Edward si siano battuti a duello per me, ma io penso che sia orribile! Non è colpa mia se Jack-Jack... non c'è più.»

«No, non è colpa vostra» ammise Alec, tornando in parte ai suoi soliti modi e voltandosi a guardarla. Le prese la mano. «Sapete perché Jack ed Edward si sono battuti a duello?»

«Non lo so! Veramente, non lo so! Mi viene il mal di testa a pensarci! La nonna mi ha fatto la stessa domanda e tutto quello che posso dire è che non avevo idea che Jack fosse geloso di Edward. Non è vero. Voglio dire, non l'ha mai detto e si è sempre comportato come se non gliene importasse niente di me.»

Alec le scostò un ricciolo incipriato dalla guancia arrossata. «Allora perché Edward direbbe a tutti che il duello con Jack era a causa vostra?»

Emily tirò su col naso. «Forse... Forse è quello che Jack voleva che credesse Edward? Sì. Come una scusa perché Jack potesse attirare Edward in un duello?» Lo guardò ansiosa. «È ragionevole, no?»

«Sì, ma non verosimile. Il Jack che conoscevo non era il tipo di uomo da sfidare qualcuno a duello. In effetti, non era un buon spadaccino. Ed Edward si è accertato che Jack non sopravvivesse alle sue ferite... Perché?»

Emily si sentiva sul punto di scoppiare in lacrime. Tolse la mano da quella di Alec e la mise dietro la schiena. «Pensate che Edward intendesse uccidere Jack? È un'accusa terribile da fare al vostro stesso fratello! Edward aveva detto che lo odiavate senza motivo ma non ci avevo mai creduto finora!»

«Questa è una stupidaggine, Emily.»

«Davvero?» chiese Emily con degnazione, anche se le lacrime ora le scendevano copiose sulle guance. «Perché non dovreste odiarlo? È lui il conte, non voi!»

«Ora siete infantile.»

«Non sono una bambina. Sono cresciuta o non ve ne siete accorto?»

Alec le diede una bell'occhiata alla luce tremolante dei *flambeau*. La massa di capelli biondi raccolti era tanto incipriata da non essere più riconoscibile; l'uso abbondante di cosmetici sulla pelle delicata e il taglio dell'abito con le numerose sottogonne la facevano sembrare una coquette imbronciata. Non era più l'Emily che aveva sperato di sposare. Fece un passo verso di lei, vide un movimento nell'ombra accanto alla portafinestra aperta e si fermò. Il suo inchino fu formale.

«Posso offrire le mie felicitazioni per il vostro fidanzamento? Ora dovete scusarmi. Lord Gervais mi sta aspettando.»

Emily lo guardò a bocca aperta mentre lui tornava in salotto, lasciandola da sola in balcone, disorientata. Non si era scusato per la sua scortesia e non avevano risolto niente tra di loro. E le sue felicitazioni, poi, erano state offerte in un modo così meccanico e poco convincente. Il duello e la sfortunata morte di Jack Belsay non erano riusciti a scuotere la sua convinzione che sarebbe stata felice sposando il conte di Delvin. Eppure, da quando Alec si era precipitato fuori dalle sue stanze, un piccolo dubbio insistente si era acceso dentro di lei, mantenuto vivo dalla sua silenziosa disapprovazione. Voleva che tutti fossero contenti per la sua fortuna. Voleva che la festa di fidanzamento fosse perfetta. Eppure, quello che voleva più di tutto era l'approvazione di Alec per quest'unione. Una mano sulla spalla le fece asciugare in fretta gli occhi e girare con un sorriso coraggioso.

«Alec?»

Ma non era Alec, era Lord Delvin e la guardava preoccupato. Le diede il suo fazzoletto. «Mia cara, state bene?» Le chiese. «La duchessa e io ci siamo preoccupati quando siete sparita così all'improvviso, senza pensare a nostri ospiti.»

Emily tentò con tutte le sue forze di sorridere radiosamente. «Mi dispiace, Edward» si scusò. «Troppo champagne mi ha confuso la mente e fatto venire il mal di testa. Non avrei dovuto correre fuori in quel modo, ma Alec, lui...»

«Non c'è bisogno che vi spieghiate, mia cara» disse il conte in tono rassicurante, e le baciò la mano. «L'unico da biasimare è Secondo. No, non scuotete quella bella testolina. So che è la verità.» Le rivolse un sorriso un po' più ampio del primo mentre la conduceva verso la portafinestra. «Come potete voi, una donna dall'educazione così delicata, conoscere la vera natura di Secondo? Vostra nonna, una donna veramente superiore, come madrina di Secondo non dirà mai una parola contro di lui, specialmente alla sua innocente nipote. Non vorrebbe mai allarmarvi inutilmente. E io non ho dubbi che lui abbia sempre simulato un comportamento da gentiluomo in casa sua. Ma come vostro fidanzato, ora è mio dovere proteggervi.» Sollevò il filo di diamanti e rubini al collo di Emily e le sorrise guardandola nei grandi occhi grigi. «Dovete fidarvi di me e solo di me. Io so che cos'è bene per voi; non saremo presto marito e moglie?» Lasciò cadere il pesante filo di gemme con un sospiro e disse. «Mi dispiace dovervelo dire, e lo faccio in stretta confidenza, ma Secondo non è l'uomo che pensate. Ci sono state delle volte in cui io ho mentito, sì *mentito*, per proteggere il buon nome di Halsey, per via della sua *condotta riprovevole*, chiamiamola così. So che questo non vi piacerà, ma ho mentito per salvare la pelle di Secondo quando ha negato di aver sedotto la signora Jamison-Lewis, proprio all'uomo che stava per sposare. Pesa sulla mia coscienza ma non potevo restarmene da parte e permettere che le possibilità della signora Jamison-Lewis di fare un buon matrimonio fossero rovinate dalla lussuria di mio fratello. Dopo tutto, chi può biasimarla, era ancora in tenera età, sedotta con false promesse.»

«Oh, Edward! Allora è vero che l'ha sedotta nel bosco?»

«Il bosco?» disse Delvin, momentaneamente sorpreso. Lasciò che le labbra si arricciassero. «Sì, certo, nel bosco e in qualunque altro posto potesse metterle addosso le sue sporche mani.»

«Alec non aveva intenzione di sposare la signora Jamison-Lewis?»

Il conte scoppiò in una risata aspra. «Mia povera innocente! *Matrimonio*? Quando mai le intenzioni di mio fratello sono state onorevoli? È un libertino e un mascalzone riconosciuto. Mi capite, Emily cara?»

Emily annuì lentamente, con le implicazioni dietro le parole del conte tanto deprimenti e sbalorditive che le sembrò di avere la testa piena di piombo. In silenzio, permise al conte di ricondurla al calore e alla luce del salotto cinese pieno di rumore. «Edward?» Riuscì a sussurrare, con le dita che stringevano convulsamente la manica di velluto. «Il matrimonio di Selina con George Jamison-Lewis, senza il vostro tempestivo intervento non sarebbe poi potuto avvenire...»

Delvin sorrise alla sua scelta di parole, ma i suoi occhi azzurro chiaro erano fissi immobili su una coppia dall'altra parte della stanza. Lady Gervais, con la sua figura voluttuosa premuta suggestivamente contro il fianco di suo fratello, stava scherzosamente picchiettando le bacchette chiuse del suo ventaglio sotto il mento di Alec, mentre il suo cupo marito la guardava da non più di due metri di distanza. «Intervento?» disse lentamente arricciando il labbro. «Sì, penso proprio che Secondo e la signora Jamison-Lewis siano perfettamente consci del mio intervento.»

Quando Alec uscì alla fine dal salotto e salì nelle sue stanze, trovò il suo valletto impegnato a usare le sue abilità di farmacista. Il lungo tavolo accanto alla finestra nello spogliatoio era diventato un banco di lavoro. Era coperto con diversi apparecchi, un assortimento di erbe provenienti dal giardino della duchessa, una cassetta da viaggio da farmacista e, di fianco a Tam, una Farmacopea rilegata in pelle; tutti acquistati a spese di Alec.

Tam era così intento a mescolare un liquido che bolliva sopra una fiamma nuda che non si accorse nemmeno del suo padrone, anche quando quest'ultimo tossì educatamente per farsi notare.

«Sei impegnato in quest'attività da quando sono sceso per la cena?» chiese tranquillamente Alec.

«Signore? Signore! Sì, voglio dire no! Ho disfatto i bagagli, pulito gli stivali e messo a posto i vostri vestiti.» disse Tam, srotolandosi le maniche della camicia. «E mi sono assicurato che i lacchè portassero un semicupio e accendessero il fuoco, per via della brezza fredda...»

«Non voglio sapere che cos'hai fatto del tuo tempo. Questo tuo costante bisogno di giustificarti non è necessario. Che cosa stai facendo lì?» Sbirciò sopra la spalla del ragazzo e annusò cautamente il vapore che saliva dalla beuta di vetro. «Ha un profumo dolce.»

«Non è niente di speciale, signore. Solo *Melissa officinalis*. Ho preparato un tè con le foglie e l'ho dolcificato per renderlo bevibile. La maggior parte della gente la chiama citronella.»

«A che serve?»

«Buona per il mal di testa, signore.»

Alec controllò l'assortimento di erbe. «Tutte dai giardini di Sua Grazia? Sono impressionato.»

«Sono quasi al livello dei giardini officinali di Chelsea, e l'ho detto al signor Heath. Si deve solo sapere che cosa cercare e che cosa usare. Qui la radice di una pianta, una foglia, a volte serve solo lo stelo. E poi è importante come si usano. Con alcune piante basta semplicemente pestarle. Altre radici o steli devono bollire, per estrarne il succo. Non è difficile se si sa di cosa si parla» disse Tam diffidente. Si pulì le mani e lasciò il tavolo. «Non volevo farvi aspettare, signore. Farò portare l'acqua calda.» Allungò la mano verso il cordone del campanello. «C'è altro che desiderate, signore?»

«No, niente», rispose Alec, consegnando a Tam la redingote. «Hai avuto molti problemi con Neave e gli altri servitori?»

Tam evitò di guardarlo in faccia. «No, signore. Cioè, non dopo che hanno saputo che ero il vostro valletto. Il signor Neave voleva buttarmi fuori di casa. Mi ha chiamato ladro di cavalli. Jenny e la signora Travers, è la governante, lo hanno convinto che dicevo la verità. Il signor Neave non ne è stato molto contento, ma non ha più detto niente. Inoltre, era troppo occupato per preoccuparsi dei tipi come me, per via della festa, questo fine settimana. La signora Travers l'ha presa meglio.»

«Sono sicuro che la tua riapparizione abbia fornito a quelli di sotto un bel pomeriggio di pettegolezzi.» Alec diede un'occhiata al suo valletto nel riflesso dello specchio sul tavolo da toilette, mentre si slacciava la cravatta con aria assente. «Tu, naturalmente, hai solo alimentato la loro curiosità essendo terribilmente discreto?»

«Non una parola da me, signore» disse fermamente Tam. «Nemmeno a Jenny.»

«Lei è stata... felice di vederti?»

Tam finse un attimo di sordità e scomparve nel guardaroba per prendere una banyan di seta e un paio di pantofole di marocchino. Aspettò accanto al tavolo da toilette con in mano i due articoli e osservando Alec che si lucidava le unghie, interrompendolo per dire. «Signore? Se non avete obiezioni, quando ho finito qui, dovrei fare una commissione. Il tè. È per Jenny. Dice che Miss Emily ha il mal di testa. Ci vorrà solo un quarto d'ora.»

«Un quarto d'ora. E, Tam, cerca di non dare fastidio.»

«No, signore. Grazie, signore.»

Grattarono alla porta esterna e padrone e servitore si guardarono sorpresi. Continuarono a grattare. Tam andò ad aprire mentre Alec indossava la banyan sopra la camicia aperta e infilava i piedi nelle morbide pantofole.

Tam tornò con gli occhi sgranati. «Una signora per voi, signore.»

Aveva appena finito di parlare che Lady Gervais fu sulla soglia, con un ventaglio di piume di struzzo che sventolava sopra la sua scollatura rivelatrice.

«Grazie, Tam» disse Alec con calma, e lo congedò con uno sguardo, dicendo alla sua visitatrice, che guardava il curioso assortimento sul tavolo: «Credo che saremo più comodi in salotto» e ignorò lo sguardo accusatorio del suo valletto.

Tam uscì furioso dallo spogliatoio. Le saune al Covent Garden erano una cosa ma questa era la St. Neots House, la casa di Miss Emily! Non avrebbe dovuto sorprendersi o arrabbiarsi per qualunque cosa facesse l'aristocrazia, ma proprio non si aspettava che il suo padrone intrattenesse donne sposate con una pessima reputazione (come Lady Gervais, vestita, o meglio svestita, in quel modo!) sotto il tetto della duchessa. Forse era venuta a parlargli? Tam fece una smorfia sdegnata. Nella sua rabbia aveva dimenticato il tè per Jenny. Tornò nello spogliatoio, prese quello che gli serviva, si voltò per andarsene e poi si fermò ad ascoltare. Non un suono.

ALEC OSSERVAVA LADY GERVAIS GIRONZOLARE PER IL SALOTTO. Tutto nei suoi modi era suggestivo. Puzzava di artificio, eppure c'era qualcosa di stranamente ingenuo in lei. Ignorò l'invito a sedersi accanto a lei. Invece si appoggiò al davanzale della finestra. Sorrise tra sé quando lei fece il broncio e finse di offendersi.

«Devo confessarvi che non mi aspettavo di vedervi così presto, milady.»

«Cindy. Vi ho detto di chiamarmi Cindy. Ho detto che sarei venuta, no?» Gli disse, ancora un po' offesa. «Francamente non pensavo che sarebbe stato stanotte, ma Edward non è nelle sue stanze e io non sono per niente stanca.»

«Devo offrirvi un bicchiere della staffa?»

«Dite?» Sorrise da sotto le ciglia annerite. «So che pensate che abbia già bevuto abbastanza. State cercando di essere carino e premuroso. Vero?» disse sorpresa, e ridacchiò. «Non mi sarei mai aspettata qualcuno come voi.»

«Come me?»

«Sì, che foste il fratello di Edward. Non ho mai saputo che ne avesse uno.»

«Spero di non essere una delusione.»

«Oddio! Parlate sempre così? È divertente. Non vi sedete accanto a me? Non mi piace parlare dal capo opposto della stanza. È così formale.»

«Forse, in circostanze diverse, ma no, non stasera. Mi dispiace.»

«Pensate che non sia abbastanza bella» disse la donna, imbronciata. «È un peccato. Speravo di passare la notte con voi.»

«Sono lusingato, naturalmente…»

«Non pensiate che a Edward interessi minimamente. Immagino che stasera sia andato con quella puttana di Selina Jamison-Lewis. Povera dolce innocente Emily, non ha veramente idea.»

«Idea?»

Lady Gervais smise di sventolarsi e guardò maliziosamente Alec. «Che Selina è la puttana di Edward, sono amanti da anni. Oh, Selina finge di detestare Edward. Dice a chiunque ascolti che lo odia, ma Edward mi ha detto che lo fa solo in pubblico, perché temeva che *lui* scoprisse la verità.»

«Lui?»

«George Jamison-Lewis, suo marito. La picchiava, sapete? Regolarmente, così dice Edward.» Scrollò le spalle. «Edward dice che non si meraviglia perché non faceva nessuno sforzo per piacergli. In effetti se le cercava lei.»

«Nessuna donna merita di essere maltrattata.»

«Immagino di no» gli rispose Cindy con un sospiro, indifferente alla fredda nota di rabbia nella voce di Alec, e si sistemò sui cuscini, togliendosi le scarpine di seta infangate. «Io posso anche non amare Gervais, ma sono conscia che è mio marito e non farei mai niente per provocarlo. Edward dice che i miei piedi sono perfetti» disse con un sorriso provocante, puntando un piedino in direzione di Alec. «Che ne pensa suo fratello?»

«Vi interessa quello che penso?»

«Oh sì, perché Simon dà molta importanza alla vostra opinione. Vi ho detto che Simon Tremarton è mio fratello? Potrà anche essere la persona più contorta che conosca, eppure, quando vuole, sa essere veramente serio. Sospetto che il mio fratellino preferisca il suo stesso genere…» Rabbrividì in modo melodrammatico. «Non riesco a pensare a niente di più repellente!»

Alec fece un sorrisetto. «Oh, andiamo. Sono sicuro che ci riuscite.»

Ben lungi dall'offendersi, Lady Gervais ridacchiò. «Oh, mi piacerebbe proprio intrattenervi. Siete sicuro che non cambierete idea?»

«Credetemi, mi state intrattenendo» le rispose asciutto, osservandola stiracchiarsi sul divano in modo suggestivo. Si fissò le pantofole di marocchino. «A cena avete detto di aver fatto visita a Lady Margaret Belsay ieri pomeriggio e che lei vi ha riferito un interessantissimo pettegolezzo su suo figlio.»

«Non su suo figlio. Su di voi.»

Alec rimase sbalordito. «Su di me?»

Cindy sorrise dolcemente. «Ho solo detto che riguardava Jack Belsay perché sembravate così interessato. E non potevo proprio riferirvi quello che aveva detto davanti a una ciotola di caffè, con tutti quegli occhi che ci fissavano. Specialmente non con Edward a mezzo metro che mi guardava in cagnesco perché flirtavo con voi. Ma non potevo lasciargliela passare per aver fissato il seno di Selina per tutta la cena, anche se è più grande del mio.» Cindy si mise a ridere. «Avreste dovuto vedere come è corso in balcone dietro a voi e alla piccola Emily! Non avevo idea che foste là fuori con la sua stupida fidanzata finché non l'ha riportata dentro.»

«Avete detto di aver visto Jack il giorno prima del duello…»

«Non volete sapere quello che Lady Margaret ha detto di voi? Ne parla tutta la città.»

«Prima parlatemi di Jack.»

Cindy sospirò impaziente. «Molto bene, solo se venite qua.» Sorrise quando lui ubbidì ma non fece alcuno sforzo per lasciargli un po' di spazio sul divano. «Ho visto Jack Belsay a Hyde Park. Era con Selina, sono cugini, sapete. Poi è arrivato Simon…»

«Vostro fratello?»

Cindy annuì. «Non sembrava conoscere Selina perché ricordo di aver visto Lord Belsay che li presentava. Lo ricordo in particolare perché ho pensato fosse strano che Simon potesse conoscere Jack Belsay. Simon conosce Edward, sapete.»

«Semplice conoscenza o qualcosa di più?»

Lady Gervais lo guardò da sotto le ciglia. «Oh, sono sicura che non sia in *quel* modo. Edward detesta *les petits-maîtres*.» Tracciò il disegno intricato sulla manica della vestaglia di Alec. «Non fidatevi di Simon. Lui ed Edward si conoscono da anni, da prima che andaste a-all'Aia? Simon è al soldo di Edward. Edward chiede e Simon parla.»

Alec rilasciò lentamente il fiato. «Vedo, grazie per avermelo detto. Non so perché l'avete fatto ma vi sono grato.»

Cindy sorrise con impertinenza. «No? Vedete, non riesco a resistere alla promessa di un paio di cosce muscolose» confessò, facendo le fusa, una mano sul davanti della sua camicia aperta. «È stato Simon che ha sparso la notizia per tutta la città che stavate corteggiando Emily. Strano, che anche voi foste interessato a lei... Edward non è innamorato di lei. Non prova sentimenti profondi per nessuna donna, eccetto forse Selina...»

«Davvero? E voi volete dividere il mio letto per poterglielo spiattellare in faccia la mattina dopo? Non è un'idea molto nuova, vero, Cindy?»

Cindy fece scivolare una mano all'interno della camicia slacciata e disse, con la sua voce più seducente: «È un modo molto diretto di dire le cose. Forse era la mia idea in origine... ma una volta che ho posato gli occhi su di voi... Beh, non potevo rinunciare all'opportunità di dividere il vostro letto.»

Alec le prese la mano. «Sono lusingato, naturalmente. Ma voglio che mi diciate che cosa vi ha detto Lady Margaret.»

Lady Gervais fece il broncio. «Stiamo sprecando una serata perfetta e gradevole. Preferirei...»

«Per favore» le chiese, baciandole l'interno del polso dove l'odore del forte profumo misto a fumo vecchio era spiacevole e persistente.

«Molto bene» sospirò, rannicchiandosi contro di lui. La mano libera trovò i bottoni dei suoi calzoni. «Ovviamente Lady Margaret era furiosa con Edward per averle ucciso il figlio. Non è una cosa sorprendente. Ma quello che non capisco è perché Jack ed Edward si siano battuti a duello per Emily, innanzitutto. Voglio dire, non ha niente da offrire, oltre alla gioventù!»

«Allora perché si sono battuti a duello? Per voi, forse?»

«Oh, come siete dolce!» tubò, guardandolo negli occhi. «Mi piacerebbe. Ma non è così. Non so assolutamente perché si sono battuti. Ma volete sapere del mio colloquio con Lady Margaret...» Slacciò abilmente due dei bottoni dei calzoni. «Siete veramente voi il figlio maggiore? Mi meraviglia veramente che possiate esserlo, dopo tutto come si fa a rendere un figlio minore il maggiore, se capite quello che voglio dire? Vostra madre deve aver concepito l'inganno, e con l'aiuto del medico che l'ha assistita! E come ha fatto a tenere nascosto l'avvenimento a vostro padre? E poi ci sono i servitori. E perché avrebbe voluto fare uno scambio del genere a meno di avere un'ottima ragione...»

Alec le fermò la mano al terzo bottone. «Non crederei a tutto quello che vi ha detto Lady Margaret. È affranta dal dolore e tutta la sua rabbia è diretta contro Delvin.».

«Ma lo sta raccontando a tutti i suoi conoscenti. Dice che ora è libera di parlare e rivelare la verità, che non ha più remore riguardo al venir meno alla promessa fatta a vostra madre, dopo quello che Edward ha fatto a suo figlio. È molto convincente.»

«Una parola di avvertimento. Non ripetete a Del...»

«Ma l'ho fatto» rispose ingenuamente, liberando la mano per farla scivolare sui muscoli duri del braccio di Alec. «Dovevo. È il pettegolezzo più straordinario che sento da dieci anni!»

«E la sua reazione?»

«Pensavo che avrebbe riso di un'accusa così assurda. Beh, è assurda, no? Invece no. È stato molto rude ed è stato allora che è andato da Selina, per darmi una lezione. Beh, per quanto mi riguarda, faccia pure. Lei non può conoscere nemmeno la metà dei trucchi che so io. Passerà una serata deprimente.»

Alec sorrise e scosse la testa alla sua stizza. «Sono sicuro che da quel punto di vista Selina non può reggere il confronto.»

«No» rispose orgogliosa Lady Gervais, sganciandosi il corpetto scollato. «Nessuno può reggere il confronto con me.»

«Davvero?» disse lui. «Allora Delvin sarebbe un pazzo a rinunciare a voi.»

Cindy sorrise maliziosa ·e con un movimento agile gli si mise cavalcioni, con le sottane ammucchiate sopra le ginocchia e il seno che fuoriusciva dai confini dello stretto corpetto. Mise una mano intorno al collo di Alec, afferrando il nastro di satin che teneva fermi i lunghi capelli, mentre con l'altra gli guidava la mano destra a coprire un seno rotondo. Poi lo baciò sulla bocca, sorridendo tra sé trionfante per aver finalmente catturato la sua attenzione, quando il pollice di Alec cominciò ad accarezzarle ritmicamente il capezzolo. Eppure, nonostante tutto, la sua reazione era tutt'altro che entusiastica e quando si sentì bussare alla porta esterna, Alec voltò via la testa. Cindy era del parere di ignorarlo e aveva portato di nuovo la mano ai bottoni dei calzoni, quando Alec le baciò la fronte e la rimise gentilmente sul divano. Bussarono di nuovo alla porta, in modo più insistente, e Alec si sistemò i vestiti prima di andare ad aprire.

«Dannazione!» esplose rabbiosamente Cindy, sdraiandosi suggestivamente sul divano. Non fece mostra di coprirsi, sperando che Alec avrebbe sbrigato in fretta l'interruzione e sarebbe tornato a finire quello che lei aveva cominciato.

Alec aprì la porta, con una mano nei capelli in disordine, per trovare un cameriere che si spostava da un piede all'altro. Senza preamboli, disse ad Alec che lo desideravano immediatamente nelle stanze occupate dalla signora Jamison-Lewis. Poi, con un'occhiata sopra la spalla di Alec alla donna seminuda sdraiata sui cuscini del divano, il cameriere girò sui tacchi e corse via, con gli occhi spalancati e fissi.

Selina estrasse attentamente una lunga forcina perlata che si era incastrata tra i riccioli e scosse gli abbondati capelli, lunghi fino in vita. «No, Evans, li spazzolerò io stasera» disse e prese la spazzola dal dorso d'argento dalla sua cameriera personale dal volto austero. «Apri la finestra in camera, per favore.»

Perché si era arresa alle preghiere della zia Olivia ed era rimasta per il fine settimana? Un fine settimana di festeggiamenti non era esattamente il tipo di uscita sociale permessa alle fresche vedove. Ma la duchessa di Romney-St. Neots aveva ribattuto che, fintanto che Selina non avesse ballato al ballo dei fuochi di artificio, nessuno avrebbe obiettato a che fosse un'ospite in casa. L'unica ospite vestita di nero, pensò Selina con una smorfia. Come avrebbe sopportato un intero anno in gramaglie? Ma conosceva la risposta. Aveva programmato di passare l'estate con suo fratello Talgarth. Viveva nelle remote Mendip Hills ed era un pittore, e anche lui aveva odiato George Jamison-Lewis quasi quanto lei. Avrebbe indossato mussolina indiana e taffetà dai colori vivaci, e Talgarth l'avrebbe fatta ridere e nessuno l'avrebbe guardata storto. Eppure, la prospettiva di visitare suo fratello aveva perso molto del suo fascino dopo la morte di Jack.

Si chiese se Talgarth avesse ricevuto la sua lettera su Jack. Povero Jack. Le mancava terribilmente. Era stato la sua roccia. Se non fosse stato per Jack, era sicura che sarebbe finita a Bedlam. Nonostante la sua pacatezza, Jack aveva saputo esattamente come gestire il violento e irritabile George Jamison-Lewis; con somma meraviglia dei servitori di J-L. Ma Selina sapeva tutto del rapporto tra suo cugino e suo marito. Gliel'aveva detto Jack, e proprio all'inizio del suo matrimonio. Lei e Jack avevano ballato nel suo boudoir il giorno in cui J-L era stato trovato morto per un colpo di fucile nel bosco. Erano liberi. La libertà di Jack era durata meno di un mese.

Gettò la spazzola sul tavolino da toilette e fissò critica il suo riflesso. Aveva l'aspetto stanco e le guance non avevano luce. Che cosa doveva fare con quella massa disordinata di riccioli color albicocca? I capelli color oro di Emily brillavano al sole. Che Dio aiuti quella povera ragazza, che sta per sposare una tale vile serpe; ma almeno questa serpe non odiava le donne. Il cambiamento sul volto di Alec, quando aveva guardato verso di lei dall'altra parte della stanza, rispetto a com'era mentre parlava con Emily. Poteva solo supporre che la sua sola presenza fosse sufficiente per farlo sentire a disagio. Come osava guardarla con quegli occhi implacabili... Distolse lo sguardo dallo specchio.

«Evans? Ti ho chiesto di aprire le finestre. Fa troppo caldo qui!»

«Eravate ancora immersa nei vostri pensieri» disse stridula la sua cameriera. «Non vi fa bene pensare.»

«Grazie, Evans, lo ricorderò la prossima volta che le rotelline si metteranno a girare. Hai messo i conti sul tavolo accanto alla finestra?» chiese Selina, mettendosi una vestaglia a fiori sopra la chemise di cotone, senza preoccuparsi di allacciarla. Attraversò la camera e si sedette alla piccola scrivania sotto la finestra, dove erano stati sistemati due spessi registri, un fascio di conti legati con un nastro nero e un calamaio Standish con inchiostro fresco. «Mi servirà un'altra candela.»

«Avete bisogno di dormire, non di riempirvi la testa di numeri» predicò Evans, sprimacciando violentemente i cuscini e ripiegando il copriletto. «Avete un sovraintendente per quello. Non so perché avete portato qua quei libri, mentre dovreste teoricamente riposarvi.»

Selina voltò la testa verso la vecchia e sorrise. «Sono sempre stata brava con i numeri. E questi mi piacciono in particolar modo perché ora sono miei. Beh, quasi, quando avrò sistemato i debiti in sospeso di J-L. Poi, potremo ricominciare da zero.» Tornò a guardare la scrivania e slegò il nastro nero. «Quella candela, Evans, per favore. Poi puoi andare a letto.» Ignorò la sbuffata furiosa della cameriera e si preparò a passare un'ora controllando gli ultimi debiti in sospeso del suo defunto marito.

La candela si era consumata troppo in fretta nella fresca aria notturna che soffiava dalla finestra aperta. Era già tremolata due volte, lasciando una pozza di cera calda nella coppa del portacandele, prima che Selina si accorgesse che Evans non era tornata con la candela che le aveva chiesto. Sapeva che la donna pensava di starle facendo un favore, facendole interrompere i suoi conti, ma Selina non era abbastanza stanca, doveva essere esausta prima di poter andare a letto e dormire senza sognare. Mise da parte il registro, mentre le annotazioni fatte con l'inchiostro a margine delle colonne stavano ancora asciugando, e stava per andare a prendere una candela, quando sentì un passo leggero dietro di lei.

«Grazie, Evans, un po' in ritardo ma ancora in tempo.»

La mano che le strinse la spalla non apparteneva a Evans.

· · ·

Tam prese lo scalone principale per salire nelle stanze di Miss Emily, sapendo che difficilmente avrebbe incontrato degli ospiti a quest'ora. E, nel caso, sarebbero stati tipi come Lady Gervais, cui non sarebbe importato un bel niente di quello che pensavano i lacchè del loro andirivieni notturno. C'era il solito cameriere di notte alla fine del corridoio che portava all'appartamento di Miss Emily e Tam gli fece un cenno di saluto mentre passava.

Bussò alla porta in fondo alla suite. Era la porta della cameretta di Jenny. Cameriera personale di Miss Emily, aveva il privilegio di una porta che dava sul corridoio principale e non era confinata alle scale di servizio per le sue commissioni. Una cameriera rispose alla porta e richiuse poco cerimoniosamente la porta in faccia a Tam.

Tam bussò di nuovo e, quando gli risposero seccamente che Miss Jenny non c'era e di andarsene, aspettò un momento e poi aprì la porta, spaventando la servetta che stava usando lo specchietto e il pettine di Jenny per sistemarsi i capelli. C'era solo una candela accesa nella camera di Jenny, una stanza con mobili semplici, tende femminili e un grazioso copriletto sullo stretto lettino. La finestra era chiusa, per non fare entrare l'aria fredda della notte. Tam appoggiò la ciotola di porcellana con il suo coperchio piatto sul tavolo da toilette, mentre la cameriera picchiava il piede ed estraeva in fretta una foglia dai capelli scomposti.

«Ehi. Che cos'hai lì?» Gli chiese.

«Tè per Miss Emily. Per il suo mal di testa,» disse Tam. «Dov'è Miss Jenny?»

«Come faccio a saperlo?» rispose la ragazza imbronciata. «Sono stata dabbasso in cucina a fare cose e a preparare il latte per Miss Emily.»

Tam accennò alla porta intagliata nella tappezzeria della parete dall'altra parte che dava sulle stanze di Miss Emily. «La porta è chiusa a chiave?»

«Non lo so, non ho provato ad aprirla.» Fece una smorfia quando Tam attraversò la stanza. «Aye. Che cosa credi di fare? Non puoi fare irruzione qui! Jenny sarà furiosa come un riccio se trova un lacchè nella sua stanza.»

«Non sono un lacchè. Sono il valletto del signor Halsey. È stata Jenny a chiedermi di portare il tè.» Mise un orecchio alla porta tappezzata. «Miss Emily è nelle sue stanze?»

«Non lo so, non ero qui. Come ti ho detto. Dovrò andare a prenderne ancora.» Brontolò, guardando la tazza di latte sul tavolino da toilette. «Alla signorina non piace il latte freddo.»

Tam si morse il labbro. Non sapeva che cosa fare ma si sentiva a disagio. Con tutta probabilità Jenny e Miss Emily stavano spettegolando della festa. Eppure era inconsueto far aspettare una servetta, specialmente se l'avevano mandata a prendere il latte caldo. Perché Jenny non l'aveva fatta entrare per consegnarlo bello caldo?

«Io torno in cucina» disse la ragazza con un sospiro. «Sarà meglio che te ne vada. Non puoi aspettare qui da solo.»

Tam restò accanto alla porta. «Hai cercato di aprirla?»

«Non tocca a me.»

«Perché non provi la maniglia e vedi se la porta è chiusa a chiave?»

La servetta scosse la testa e prese la tazza di latte. «È freddo.»

Tam girò lentamente la maniglia e la porta si aprì silenziosamente verso l'interno. Fu la servetta che gridò e cercò di tirare indietro Tam. Tam se la scrollò di dosso, le disse di tenere la bocca chiusa e mise dentro la testa. Non c'era luce. Qualcosa non andava. Tam aveva la terribile sensazione che ci fosse qualcosa di spaventosamente sbagliato.

La porta di servizio dall'altra parte della stanza buia era illuminata dalla luna piena e sbatteva, sotto la spinta della corrente d'aria che saliva dalla stretta scala di servizio. Qualcuno doveva aver lasciato aperta una porta al piano di sotto. Le tende si gonfiarono aprendosi e lasciarono entrare folate di fredda aria notturna e la luce inquietante della luna piena, che permise a Tam di vedere una sedia rovesciata. Altrettanto in fretta, le tende furono risucchiate contro lo stipite della finestra e la stanza fu di nuovo nel buio più completo. Da qualche parte in fondo alla stanza, qualcuno singhiozzava senza controllo. Tam si mosse lentamente nell'oscurità e inciampò in una piega del tappeto. Si rialzò proprio mentre le tende si gonfiavano di nuovo e mille piccole luci scintillarono sul pavimento. Sentì lo scricchiolio del vetro sotto il piede e a quel punto capì che cos'erano le piccole luci.

E poi la servetta lanciò un urlo penetrante, proprio mentre Tam si avvicinava al letto a baldacchino e intravedeva qualcuno aggrovigliato nelle coperte. Spinse la ragazza nella stanza di Jenny. «Va' a cercare aiuto! *Corri*! Vai! *Subito*» gridò e si precipitò nuovamente verso il letto, dove Miss Emily era sdraiata, singhiozzante, a faccia in giù con le braccia sopra la testa.

Le avevano strappato l'abito dalla schiena.

CINQUE

«*Zingara*» sibilò una voce all'orecchio di Selina, mentre la mano lasciava la spalla per scostarle un morbido ricciolo dal collo.

Per un attimo, Selina pensò che fosse J-L e si preparò all'inevitabile violenza che accompagnava le infrequenti e indesiderate visite alla sua stanza. Ma suo marito era morto e dopo essere sopravvissuta al suo comportamento indicibile, lei era decisa a non permettere più a nessuno di spaventarla o di maltrattarla. Quindi schiaffeggiò via la mano e spinse indietro la sedia, sperando di far perdere l'equilibrio all'intruso. Si voltò e si trovò a faccia a faccia con il conte di Delvin.

Lui arretrò verso il letto e versò del vino in due bicchieri da una bottiglia che aveva portato con sé.

«Vi unite a me per un brindisi, Zingara?» chiese con tutto l'aplomb di un ospite atteso. Tese un bicchiere di vino. Quando Selina lo rifiutò, mise da parte la bottiglia e il bicchiere e sorseggiò il vino con un sorriso. «Oh, pensate che intenda avvelenarvi?»

«No» rispose Selina con calma. «Questa forma di omicidio è troppo sottile per voi. Green Park è più nel vostro stile.»

Delvin era sinceramente divertito e si sedette sulla sponda del letto. «Sì, vero. Il veleno è un'arma da donna, codarda e imprevedibile.» Diede un'occhiata al tavolo sotto la finestra. «Il vostro ufficio commerciale, Zingara?»

Anche se il sorriso restò immobile, Selina sentì l'acredine nella sua voce e fece un sorrisetto. «Oh, non credo che una vita basterebbe a contare tutta la mia eredità.»

«Piena di lividi ma comunque una ricca vedova. Meno male che il magistrato ha deliberato in vostro favore.»

«Che volete dire?»

«Sappiamo tutti che George si è fatto saltare le cervella. Non è stato un incidente di caccia. I suicidi non lasciano eredità. Avrebbe dovuto essere sepolto all'angolo di una strada, dove si seppelliscono i codardi.»

«Oh? Vi aspettavate di ricevere un lascito? Che delusione per voi» disse Selina senza simpatia.

«Strano che un uomo che odiava e disprezzava le donne abbia lasciato la sua intera fortuna alla donna che odiava più di tutte.»

«Forse J-L aveva una coscienza, dopo tutto?» Ribatté lei.

Delvin sbuffò sprezzante. «George? Una coscienza? Questa è bella! Andiamo, Zingara, ditemi, come siete riuscita a fargli firmare quello straccio di testamento prima che si infilasse la canna del fucile in bocca?»

«Dimenticate. Jack e Andrews sono stati gli unici a fare da testimoni quando J-L ha firmato.»

Il conte sogghignò sarcastico. «Difficile che dimentichi l'influenza del vostro scialbo cugino su George, Zingara.» Il suo sguardo tornò alla scrivania. «Suppongo che quello stupido di Andrews non abbia trovato quel pagherò?»

«No, Andrews ha controllato tutti i documenti di J-L… e anch'io» disse Selina, mentre chiudeva i registri che il conte cercava di leggere e li impilava accuratamente, con un occhio alla candela tremolante, grata che le candele nelle applique accanto alla porta stessero ancora bruciando abbastanza luminose da mandare luce in quella metà della stanza. Sentì il conte che imprecava sottovoce e si voltò a guardarlo con un sorriso compiaciuto. «Sono sicura che un uomo con i vostri notevoli mezzi possa vivere senza un semplice pagherò, specialmente ora che sposerete un'ereditiera…?»

Delvin svuotò il bicchiere e lo mise sul comodino, di fianco a quello intatto di Selina. «Un debito è un debito e io voglio essere pagato.»

«Certamente, dovete solo fornirmi il pagherò di J-L.»

«Ci siamo già passati, Zingara. George e io ci siamo stretti la mano. Mi ha dato la sua parola. Per me era sufficiente.»

«Beh, non è sufficiente per me!»

Delvin sorrise a denti stretti: «Vi suggerisco di venire a un accomodamento, oppure potrei essere obbligato a ottenere un pagamento. Vi assicuro che, se si arriverà a tanto, non sarà piacevole.»

Selina gli rise in faccia. «Che cosa potreste farmi di più spiacevole di quanto ho già sopportato in questi sei anni?» Cercò di passargli davanti, spingendolo con una spalla. «Ora se avete finito di minacciarmi...»

Ma il conte le bloccò l'uscita, con un braccio teso verso la parete, un lungo strappo nel volant di pizzo sulla manica destra che mostrava dei profondi graffi freschi sul polso. «Eravate sprecata per George» mormorò, toccando il piccolo colletto della sua chemise, mentre la guardava attraverso il leggero tessuto di cotone. «Non era uomo da apprezzare le forme femminili. E voi ne avete in abbondanza, Zingara. Bello e pieno, no?»

«Togliete la mano dal mio seno, *assassino*.»

«Assassino?»

«Jack...»

«Jack? Il timido, scialbo Jack?» rispose Delvin incredulo, continuando ad accarezzarle il seno attraverso la chemise, con il sangue che gli usciva dal polso che sporcava il cotone bianco. «Se l'è cercata.»

Selina gli spinse via la mano. «Jack non vi avrebbe mai sfidato a duello per Emily o per qualunque altra. E voi sapete bene il perché.»

«Io?» Fece una risata di gola e le strizzò scherzosamente il capezzolo.

«Emily...»

«... andrà bene come moglie. Ma siete voi che voglio. Scommetto che George non ha mai toccato questo seno magnifico. Sprecato» le sussurrò all'orecchio, mentre le spingeva la vestaglia a fiori giù dalle spalle, lasciandola cadere sul tappeto. «Ce la metteva tutta, si scaldava, ma non vi ha mai soddisfatto una volta, vero, Zingara?» Tirò forte il colletto della chemise, lasciando un lungo strappo nel tessuto ed esponendo il candore latteo del seno rotondo. «Oh, oh, terribile» disse, senza simpatia nella voce, con lo sguardo che correva al segno di una frustata attraverso il petto. «L'ultimo pestaggio di George deve essere stato monumentale. È successo appena prima dell'incidente, vero?»

«Come se ve ne importasse» sputò Selina, lottando per liberarsi. Ma dovette deglutire, smentendo la rabbia negli occhi scuri. «Cindy l'appestata è fuori gioco questa settimana?»

Delvin rise di cuore. «Oddio! Cindy non si può certo paragonare a voi, tesoro. Dimentichiamo il pagherò di George e andiamo a letto.»

Selina lo guardò con odio nei pallidi occhi azzurri. «*Mai*.»

«Oh? Andiamo, Zingara. Dopo sei anni miserabili dovete avere una voglia matta di una bella scopata.»

«Sì, una bella scopata. Ma voi non ce la fareste!»

Il conte rise più forte, godendosi lo scambio verbale quasi quanto l'accarezzare la pelle nuda. E quando la baciò alla base del collo, passando una mano lungo la schiena per afferrarle il sedere rotondo, Selina finalmente smise di dimenarsi e sembrò cedere al suo abbraccio. Il conte rise piano, trionfante, e la alzò sul tavolo, palpandola mentre le spingeva la chemise oltre le ginocchia. Si chinò per baciarle il seno mentre con una mano cercava freneticamente di slacciarsi i bottoni dei calzoni. Con sua sorpresa e piacere, Selina si mosse per fargli posto, aprendo le ginocchia e arcuando la schiena, abbastanza da far scivolare completamente lungo le braccia e il torace la chemise, che si ammucchiò intorno fianchi, lasciandola quasi completamente nuda, ed eccitandolo oltre il punto di non ritorno.

Ci volle tutto il suo autocontrollo perché Selina riuscisse a mascherare la sensazione di ripugnanza e di nausea nel sentire le mani di Delvin sopra di lei, ma le serviva che fosse distratto a sufficienza perché lei potesse afferrare alle sue spalle la candela tremolante accanto alla finestra con la sua coppa di cera liquida bollente. Arcuò la schiena in modo che la camicia le cadesse dalle braccia, dandole la libertà di movimenti che le serviva per trovare l'anello del portacandela. Infilando un dito nell'anello fece scivolare la coppa poco profonda lungo il tavolo. Una volta che fu sicura di avere una presa salda sulla base, aspettò, sopportando le carezze fameliche di Delvin, mentre lui lasciava cadere i calzoni alle ginocchia e spostava la camicia. Selina posizionò attentamente il portacandele esattamente dove lo voleva, sopra al corpo eccitato dell'uomo e poi, proprio mentre lui si esponeva in tutta la sua gloria, gli sorrise guardandolo negli occhi e versò il liquido bollente sulla sua eccitata carne nuda.

La reazione dell'uomo fu immediata, ed esattamente come sperava. Ricadde all'indietro sotto shock, con entrambe le mani tra le gambe, mentre la cera bollente ustionava immediatamente la carne tenera e poi si solidificava come una seconda pelle. Imprecò e barcollò verso il letto, cercando qualcosa per attenuare l'intenso bruciore. Trovò il bicchiere di vino intatto di Selina e versò il contenuto sulla carne torturata, ma il bruciore persisteva e cercò disperatamente di grattare via la cera ormai fredda con le dita tremanti. Affascinata, Selina guardava i deboli tentativi del conte di lenire il dolore. Il sollievo che provava e l'espressione di completo sbalordimento e orrore di Delvin, che lei avesse osato fargli una cosa del genere, servirono solo a farle venire la ridarella.

Evans arrivò sulla scena proprio in quel momento, con Alec alle calcagna, con la testa voltata verso di lui mentre gli diceva che non sapeva niente di un servitore mandato a chiamarlo. Lei era in cucina, a preparare un bicchiere di cioccolata calda per la sua padrona, per aiutarla a dormire. Certamente, non l'aveva mandato a chiamare. E la sua padrona non poteva essere disturbata, non a quest'ora tarda e certamente non da un visitatore. La signora Jamison-Lewis era una vedova rispettabile che seguiva orari dignitosi...

E lì c'era il conte di Delvin, accanto al letto, che si infilava la camicia nei calzoni bagnati e slacciati. La vedova rispettabile, con il volto arrossato dal riso, era seduta sulla scrivania, con la chemise stropicciata raccolta sui fianchi, il bel seno nudo in vista e le lunghe gambe tornite nude che dondolavano liberamente. Con i riccioletti elastici tutti in disordine lungo la schiena, sembrava in tutto e per tutto una donna soddisfatta. Né lei né il conte si accorsero dell'intrusione finché la donna più anziana non emise un gemito oltraggiato e poi i due reagirono in modo molto diverso.

Evans corse avanti in fretta, raccolse la vestaglia a fiori di Selina dal pavimento e si diede da fare per coprire le spalle nude della padrona, continuando a borbottare tre sé delle libertà oltraggiose che gli uomini si prendevano sulle donne indifese e ignare. Selina sopportò le sue attenzioni solo perché era sconvolta e non sapeva come uscire da una situazione che avrebbe richiesto una spiegazione e che eppure era inspiegabile.

Delvin si allacciò i quattro bottoni dei calzoni di seta color ostrica, facendo mostra di sistemarsi, con la sensazione di bruciore tra le gambe immediatamente soppressa alla vista di suo fratello.

«Tesoro, vi avevo già avvisato in passato di chiudere la porta a chiave» disse a Selina, con irritato buon umore, con un veloce sguardo significativo ad Alec.

Selina fissò a bocca aperta la pura audacia della sua presunzione e si avvicinò a lui, scansando Evans. «Sapevate che sarebbe venuto» sussurrò, incredula e furiosa. «Avete programmato tutto.»

Delvin le fece l'occhiolino, con il sorriso altezzoso che si allargò in un ghigno quando Selina arrossì, sconfitta. «Non potete aspettarvi che la povera Evans stia costantemente di guardia, non è così, mia cara?» Le fece la paternale, scuotendo la testa incipriata e si spostò in modo da mettersi tra Selina e suo fratello, come per nasconderla da occhi indiscreti. «Posso suggerirvi di allacciare la vestaglia» aggiunse gentilmente, «per questioni di modestia...»

«Come-come *osate* farmi questo!» disse Selina con un sussurro soffocato, stringendo i pugni per la rabbia e la frustrazione. Passò davanti al conte e si trovò davanti ad Alec, in tutto il suo glorioso disordine. Non sapeva da che parte girarsi e fece un passo indietro, con una mano che stringeva il davanti della vestaglia per coprire le nudità.

Ma Alec non riusciva a guardare di nuovo dalla sua parte. Non aveva niente da dire. Aveva fatto solo tre passi dentro la camera, si voltò sui tacchi e uscì. Era completamente stordito.

DUE CAMERIERI CHE PORTAVANO DEGLI ACCENDITOI corsero attraverso la porta della camera di Miss Emily, con la servetta subito dietro di loro. Corsero intorno, seguendo le sue istruzioni, inciampando nei mobili e imprecando, mentre tentavano di accendere tutte le applique. Ma appena la stanza fu piena di luce, si bloccarono di colpo, fissando muti la distruzione che li circondava e poi si voltarono verso il letto a baldacchino.

La servetta lanciò un lungo gemito e si gettò sul letto. Tam, che era ancora seduto sul letto e confortava Miss Emily con una mano sul braccio, si alzò e fece per parlare, ma i camerieri avevano già deciso che cos'era successo nella stanza. Vedere Miss Emily che singhiozzava tra le coperte, con l'abito tutto di traverso e strappato dalle spalle, e l'ultimo arrivato, un cameriere dai capelli rossi, che ora diceva di essere un valletto, con una mano su di lei, fu sufficiente per farli entrare in azione.

Prima che Tam potesse parlare, uno dei camerieri lo afferrò per il davanti del panciotto di lana pettinata e lo gettò attraverso la stanza, così forte che cadde contro la parete di fronte, senza fiato. Per buona misura, gli sferrò un calcio nel fianco, casomai decidesse di alzarsi e scappare.

Ma Tam non intendeva andare da nessuna parte. Si alzò sulle ginocchia, ansimando per riprendere fiato, con le mani che stringevano le costole doloranti, e osservò muto i due che arretravano verso i piedi del letto. Desiderò di aver perso i sensi. Avrebbe voluto distogliere lo sguardo ma non ci riusciva. Uno dei camerieri fece rotolare il corpo senza vita e mise un orecchio contro la bocca aperta e una mano sulla guancia pallida. Ma le azioni erano una pura formalità perché era ovvio che la ragazza era morta, nonostante non ci fossero ferite apparenti o sangue. Eppure, Tam si rifiutava di guardare chi fosse. Come gli dolevano le costole. Era sicuro che una fosse rotta. Rifiutava di vedere che la forma senza vita, con la testa curiosamente piegata da un lato e i capelli neri in disordine intorno a lei, era Jenny. La sua Jenny. Jenny con gli occhi aperti, cerchiati di nero eppure ciechi.

I due camerieri si voltarono verso di lui e lui capì in un istante che non solo lo ritenevano uno stupratore ma che ora lo accusavano anche di omicidio. Lasciò cadere la testa tra le ginocchia, con le orecchie piene dei singhiozzi silenziosi e dolorosi di Miss Emily e le urla penetranti, selvagge della servetta, e pregò che Alec Halsey venisse a salvarlo da quell'incubo.

«ALEC!? SEI QUI!»

Era Sir Cosmo, con una vestaglia di seta ricamata sulla camicia da notte e un turbante con un fiocco argenteo sopra la testa rasata. Teneva la mano su quella ridicola affettazione di seta per impedire che gli scivolasse sul naso, perché camminava talmente in fretta che stava quasi correndo, compito non facile con le pantofole gialle di capretto sulle mattonelle della terrazza, bagnate da una pioggia sottile. Sbuffava quando si fermò accanto al suo amico e si chiese da quanto Alec fosse fuori sotto la pioggia. I capelli neri e riccioluti dell'uomo erano visibilmente umidi, come la camicia aperta sul collo, era chino contro la balaustra di marmo in maniche di camicia, e fissava nel buio.

«L'intera casa... ti sta cercando» riuscì a dire Sir Cosmo ansimando. «La zia Olivia... ti vuole... subito.»

Quando alla fine Alec voltò la testa, Sir Cosmo si chiese se fosse ubriaco, tanto era vitreo lo sguardo perso in lontananza nei suoi occhi azzurri normalmente tanto vivi. «Perché nessuno mi ha detto niente di Jamison-Lewis?» chiese a voce bassa, afferrando strettamente la balaustra nel tentativo di fermare i tremori che gli percorreva il corpo.

Sir Cosmo lo guardò stupido. «Che cosa?»

«Che cosa? Dannazione! Lui picchiava sua moglie!»

«Non erano affari miei.»

«Eppure lo sapevano tutti?»

Sir Cosmo sembrò imbarazzato. «Sì. Lo sapevano tutti.»

«Succedeva di frequente?»

«Alec...»

«Ogni quanto?»

«Non serve a nulla, adesso.»

«Quante-quante volte le ha messo le mani addosso?»

«Alec, per l'amor del cielo, lascia perdere. Il bruto è morto.»

«Dammi questa soddisfazione.»

Fu la volta di Sir Cosmo di fissare nel buio. «Abbastanza» disse sottovoce. «A essere onesto non lo so.»

«Non volevi saperlo...?»

Sir Cosmo si infilò le mani nelle tasche della vestaglia ricamata e disse fiaccamente: «Quello che succede tra marito e moglie non è affare di nessun altro, no?»

Alec alzò gli occhi verso il cielo notturno. «Il matrimonio legittima un comportamento così bestiale, vero, Cosmo? Perché erano marito e moglie poteva picchiarla come voleva e non importava a nessuno? *Gesù Cristo.*»

«Facevamo quello che potevamo, specialmente Jack, ma J-L era suo marito. Aveva dei diritti; lei gli apparteneva e poteva farle quello che voleva! Ecco come stanno le cose, pure e semplici.» Sospirò. «Ringrazia il cielo che è morto ed è finita, ecco quello che dico.»

La pioggia cominciò di nuovo a cadere, questa volta in grosse gocce pesanti.

«Perché? Perché non è più necessario sentirsi in colpa?»

Sir Cosmo lo guardò sbattendo gli occhi. L'espressione di ipocrita indignazione dell'amico gli fece storcere la bocca in un ghigno. «Hai un bel coraggio» ringhiò. «Hai rovinato la sua virtù e poi l'hai abbandonata al suo destino. E per i sei anni del suo matrimonio hai mantenuto le distanze, senza mai curarti di che cosa le fosse successo. E ora che è finalmente libera dalla brutalità di quel mostro, decidi di castigare il resto di noi per non esserci messi contro di lui? Dannazione a te, Alec. Dannazione a te per aver abusato di lei. Se qualcuno deve sentirsi colpevole, sei tu.»

QUANDO ALEC ARRIVÒ NELLE STANZE DI EMILY, LA DUCHESSA DI Romney-St. Neots era seduta sullo stretto lettino di Jenny, con sua nipote tra le braccia. La cullava come si fa con un bambino piccolo. La duchessa tese una mano ad Alec che la prese in fretta, con la domanda negli occhi.

«È sotto shock» disse la duchessa, controllando a fatica il tremito nella voce. «Non ne vuole parlare. Ho bisogno che tu vada nella sua stanza e veda che cosa puoi fare. Il tuo valletto... è stato scoperto da solo con lei.»

«Olivia, che cosa è successo qui?»

Olivia distolse lo sguardo, con un groppo in gola. «Non lo so esattamente. E non riesco a pensare all'impensabile.»

Fu allora che Alec guardò veramente Emily e rimase sbalordito. Aveva ancora lo stesso abito che aveva indossato a cena, con i rubini intorno al collo ma le sottane erano stropicciate e l'abito strappato sulle spalle; i capelli erano una massa di riccioli incipriati sciolti.

Doveva averla fissata a lungo, perché la duchessa rialzò la testa e disse
con voce rotta: «Per l'amor del cielo, vai a vedere che cos'ha fatto quel
ragazzo!»

C'erano abbastanza candele accese in camera da illuminare una
cattedrale. La stanza era nel caos. Schegge di vetro rotto, provenienti
da una vetrinetta di curiosità, erano sparse per tutto il tappeto. Una
sedia era rovesciata. L'inchiostro del calamaio Standish rovesciato
aveva schizzato un fianco del bureau e rovinato la bella carta da parati
accanto alla finestra. E c'era Tam, rannicchiato accanto al sedile della
finestra e sorvegliato da un servitore in livrea che aveva il tacco pian-
tato nella schiena del ragazzo, per farlo stare fermo. Una parola secca
da parte di Alec e il servitore tolse riluttante lo stivale ma continuò a
restare minacciosamente sopra il valletto, finché Alec gli ordinò di
uscire dalla stanza.

«Ma, signore, il signor Neave ha ordinato che lo controllassimo,
nel caso cerchi di scappare!»

«Fuori!»

Il servitore squadrò con risentimento il ragazzo accucciato. «Ma,
signore, potete vedere che è fuori controllo!»

Alec aprì la porta di scatto e il servitore uscì trascinando i piedi,
aggiungendo cupamente che lui aveva i suoi ordini e che sarebbe
restato accanto alla porta, finché il signor Neave gli avesse ordinato il
contrario. Alec gli chiuse la porta in faccia, e stava per andare da Tam
quando l'incredibile colse il suo sguardo. Jenny giaceva sulla schiena,
sul tappeto ai piedi del letto a baldacchino, con una lunga ciocca di
capelli neri che attraversava il volto pallido, gli occhi aperti immobili
verso il soffitto di gesso.

Alec distolse gli occhi, poi la guardò di nuovo, come se non guardarla potesse riportarla in vita. Si accucciò per chiuderle gentilmente
gli occhi e le tolse la ciocca di capelli dal viso, così che il volto
sembrasse più in pace e in qualche modo contento, e fu allora che
notò il livido intorno al collo e sulla mascella. Eppure, non c'era
sangue da una ferita per indicare che cosa le avesse tolto la vita. Ci
sarebbe voluto un medico per determinare la causa della morte. Che
non fosse un incidente sembrava abbastanza ovvio, con la confusione
nella stanza ed Emily così angosciata. Ma perché uccidere la sua cameriere personale? Che cos'era successo in questa stanza? Shock, rabbia,
frustrazione. Tutte queste cose rendevano impossibile ad Alec pensare
chiaramente e preferì non annebbiare la mente con tutti i possibili
scenari. Si doveva chiamare subito un medico e far spostare il corpo di
Jenny in un luogo più dignitoso. Doveva parlare con Emily, per

quanto doloroso potesse essere per lei, e con i lacchè e la servetta e, ancora più importante, con il suo valletto.

Rabbrividì di colpo per il freddo e l'umidità, dopo essere rimasto sotto la pioggerellina, e si raddrizzò, sfregandosi gli occhi. Gli facevano male tutti i muscoli. E quando era stanco aveva bisogno dei suoi occhiali con la montatura d'oro, per vederci e prevenire il mal di testa inevitabile quando sforzava la vista. Si guardò attorno per trovare qualcosa da mettere sopra il corpo di Jenny e decise per il copriletto. Fu allora che Tam saltò in piedi e corse avanti, cercando di strappare il copriletto dalle mani di Alec.

«Non toccatela! Lasciatela stare! Il medico, lui saprà che cosa fare per lei. Per rianimarla! Lasciatela stare. Per favore, signore!»

Alec continuò a togliere il copriletto. «Mi dispiace, Tam, dobbiamo coprirla per poterla spostare.»

«Nessuno deve muoverla. Nemmeno voi!»

«Lascia andare il copriletto. Non stai ragionando. Nessuno può più fare niente per lei, qui.»

«Dobbiamo aspettare il medico. Lui saprà che cosa fare.»

«Sì, è vero. Ma non potrà esaminare il corpo qui...»

«Non è un corpo! È Jenny. Non riuscite a capirlo? *Non capite?*»

«Sì, Tam, capisco» rispose gentilmente Alec e tolse il copriletto dalle mani di Tam, mettendolo sopra la forma senza vita di Jenny. «Ma non si sveglierà... Mi dispiace veramente...»

Tam fissò il copriletto informe e poi Alec, con gli occhi offuscati dalle lacrime.

«Dis-dispiace? Vi *dispiace?* Beh, è troppo tardi per quello. È andata e non c'è niente che si possa fare! Che ve ne importa? Miss Emily può trovare un'altra cameriera. Tre se vuole, che cos'è la perdita di una cameriera per quelli come...»

«Capisco il tuo dolore, Tam, ma non accetto l'impertinenza» disse bruscamente Alec. «Ti stai comportando da egoista e da sconsiderato. Sai benissimo quanto significasse Jenny per Emily e per tutta la St. Neots House!»

Le labbra del ragazzo tremarono. Le lacrime scivolarono sulle guance. Alec fece un passo verso di lui ma l'espressione di preoccupazione e di pena sul suo volto furono troppo per Tam. Il ragazzo si girò e si gettò sul sedile della finestra, tenendo stretto un cuscino contro lo stomaco e piangendo finché tutto il suo corpo fu scosso da profondi singhiozzi e brividi. Quando si acquietò, Alec si sedette accanto a lui.

«Tam, devo sapere che cos'è successo qui dentro. E mi devi dire tutto, e deve essere la verità.»

«Io non l'ho u-uccisa. Non sono stato io. Dovete credermi! Non sono stato io!» disse Tam con un sussurro straziante, e ricominciò a singhiozzare.

«Ti credo, forse vuoi qualcosa da bere per calmarti i nervi?»

Il ragazzo annuì, tirando su col naso.

Alec tornò nella stanza di Jenny. C'era Peeble, la dama di compagnia della duchessa. Aveva portato un vassoio con bottiglie e bicchieri. Alec si servì un brandy e versò una tazza di punch per il suo valletto. Vide che Emily stava bevendo un bicchiere di latte e fece un cenno a Peeble. La cameriera si fece avanti immediatamente, con il volto privo di espressione.

«Mi servono due servitori robusti e discreti» disse a voce bassa, «e una stanza in cui mettere Jenny finché arriva il medico. E mandate qualcuno a prendere i miei occhiali. Ce ne sono diverse paia in un cassetto del mio tavolo da toilette.» Diede un'occhiata a Emily. «Ha detto qualcosa?»

Peeble scosse la testa.

Alec annuì e tornò da Tam. Quando il valletto ebbe bevuto quasi tutto il punch, Alec lo interrogò su quello che era successo nella stanza di Emily, ma Tam sapeva poco. Gli raccontò tutto quello che era successo dal momento in cui la servetta gli aveva aperto la porta, fino a quando aveva trovato Emily a faccia in giù sul letto, i servitori che si erano precipitati nella stanza buia arrivando alla conclusione sbagliata perché stava dando un colpetto rassicurante sulla schiena a Miss Emily. La servetta aveva solo reso la situazione più difficile per lui urlando e urlando, troppo fuori di sé per essere di aiuto nel confermare la sua storia.

«Dov'è la servetta adesso, Tam?»

«Non lo so, signore. È svenuta quando ha visto il... quando ha visto Jenny e l'hanno portata via. Signore,» disse Tam sommessamente, guardando imbarazzato il suo padrone, «voi mi credete, vero, signore?»

Alec sorrise e strinse la spalla del ragazzo. «Sì. Ovviamente hai disturbato chiunque l'abbia aggredita e l'hai spaventato prima che potesse fare qualcosa di veramente brutto a Miss Emily.»

«Ma io non ho disturbato nessuno, signore,» dichiarò Tam. «Lui... Beh, miss Emily...»

«Continua.»

Tam guardò la tazza vuota. «Signore, quel cane assassino era già andato via. La porta di servizio sulle scale era spalancata e faceva un gran rumore sbattendo contro la parete, e Miss Emily era sul letto e singhiozzava e io ho visto alla luce della luna che il vestito era strappato e...» Alzò gli occhi guardando Alec. «Non capite signore? Qualunque cosa sia successa a Miss Emily, era già successa prima che arrivassi io.»

Alec si passò una mano sulla bocca. «*Mon Dieu.*»

«Pensate... Voglio dire... Perché pensate che abbia ucciso Jenny?»

«Non lo so, Tam.»

«Una cosa la so io!» disse fieramente Tam. «Vorrei uccidere quel maledetto bastardo!»

Tam sobbalzò quando sulla porta apparvero due robusti lacchè. Guardò il suo padrone, poi il copriletto steso sopra Jenny sul tappeto e si voltò. Non voleva vedere che la sollevavano. Non sarebbe riuscito a sopportare che se la lasciassero sfuggire o che il copriletto scivolasse. «Signore. Io-io ho bisogno di sistemarmi.»

«Certamente» disse Alec. Con un braccio sulle spalle di Tam, lo condusse nella stanza accanto, tenendogli la schiena rivolta ai due uomini, che si misero al lavoro in silenzio. «Puoi andare a letto.»

«No, signore. Non riuscirei a dormire. Preferirei fare qualcosa per aiutare. Tutto ma non dormire.»

«C'è una cosa che puoi fare. Tra le tue pozioni e le tue polveri hai un sonnifero, una mistura di un qualche tipo, per Emily? Voglio che dorma ininterrottamente stanotte. Senza sogni, senza incubi. Mi capisci, Tam?»

Il valletto annuì ansioso. «So esattamente che cosa serve, signore. Tornerò appena possibile.»

Un trambusto in corridoio fece alzare in piedi la duchessa. Peeble stava discutendo freneticamente, a sussurri, con qualcuno nell'ombra. Era Neave. Quando l'uomo vide la sua padrona smise di discutere e la guardò, come se aspettasse che la duchessa gli desse un momento di attenzione. Peeble avrebbe preferito chiudergli la porta in faccia.

«Neave,» dichiarò la duchessa, «c'è stato un incidente. Sì, un tragico incidente. La cameriera di Miss Emily, Jenny... Jenny è caduta dalle scale di servizio e-e si è rotta il collo. È una faccenda terribile, come potete ben immaginare.»

«Un incidente, Vostra Grazia» ripeté il maggiordomo. Non le importava che le credesse o meno, e all'uomo sembrava non importare, purché ricevesse una spiegazione per tutta la frenetica attività dei servitori di notte e l'aria di mistero che c'era al pianterreno. «Se posso essere di aiuto, Vostra Grazia?»

«No. Sì, sì, certo. Ma non in questo momento. È successo tutto così-così...»

«... inaspettatamente, Vostra Grazia?»

«Certo che è inaspettato!» gli rispose di scatto. «Quello che voglio è che vi accertiate che non ci siano pettegolezzi ingiustificati e vane speculazioni. E non solo da parte della servitù.»

«Non ci sarà una parola fuori posto, Vostra Grazia» disse con un'occhiata all'espressione riservata di Peeble.

«Sono tutti gli altri che abbiamo in casa in questo momento. Non voglio che si impiccino e che facciano domande. Non voglio che i miei ospiti siano disturbati da un... un *incidente* che riguarda solo noi.»

«Capisco perfettamente, Vostra Grazia. Posso esprimere il profondo rincrescimento della servitù per la perdita di Miss Jenny? Era benvoluta da tutti. È veramente una tragedia, Vostra Grazia.»

«Grazie, Neave. E se doveste sentire, mentre svolgete i vostri soliti compiti, ovviamente, qualcosa di interessante sia dai servitori sia dagli ospiti, apprezzerei se me lo confidaste.»

Il maggiordomo annuì solennemente, anche se gli occhi brillarono trionfanti mentre guardava Peeble, che si ritirò immediatamente nell'ombra. «Ovviamente aspetterò alzato il medico. Presumo Sir John...?»

«No, non ho disturbato Oliphant. Abbiamo chiamato il medico del villaggio un po' di tempo fa. Dio sa dov'è quel dannato uomo!» Lo congedò voltandogli le spalle e chiamò la sua cameriera. «Niente a Charlotte o Sybilla. Non una parola.»

Peeble strinse le labbra sottili. «Certamente no, Vostra Grazia.»

La duchessa la squadrò sospettosa. «Non fatemi arrabbiare, Janet. So che cosa state pensando ma sono perfettamente in grado di occuparmi della cosa senza l'interferenza delle mie figlie. È necessario. Emily ha bisogno che io, che tutti noi, siamo forti. Quindi non coccolatela, non apertamente. Capito?»

Peeble annuì, dicendo bruscamente: «Vado a preparare le cose di Miss Emily per la notte» e scomparve prima che la sua padrona potesse vedere i suoi occhi umidi.

La duchessa tornò nella stanza di Jenny proprio mentre Alec chiudeva la porta che dava nella stanza di Emily. «Avete mandato via il ragazzo, allora» disse in tono di disapprovazione.

«Sì, Olivia» rispose pacatamente Alec, tirandola da parte in modo che Emily non potesse sentire la conversazione. «Mi ha detto tutto quello che sa e, nonostante quello che hanno pensato quei due servitori violenti, sono convinto che sia innocente. È stata una servetta troppo sconvolta per spiegare la situazione, che ha fatto sì che quei due idioti troppo zelanti giungessero alla conclusione sbagliata riguardo alla presenza di Tam nella stanza di Emily. L'intruso era già scappato dalla scala di servizio e Jenny era morta, prima che Tam entrasse nella stanza. Sono certo che Emily lo confermerà, appena sarà in grado e pronta a parlare con noi.»

La duchessa fissò Alec e poi annuì. «Se ne siete certo, allora va bene anche per me. Può essere un po' maldestro e forse anche un ladro di cavalli ma non credo che il ragazzo sia malvagio. Detesterei dover pensare che ha qualcosa a che fare con questa orribile faccenda.» Quando Alec si infilò un paio di occhiali con la montatura d'oro, la duchessa sbatté gli occhi. «Da quando ha messo radici questa affettazione?»

«Almeno fosse solo un'affettazione» le rispose con una risata stanca, guardando in basso lungo il naso ossuto e sopra la montatura. «Mia cara Olivia, sarete delusa di sapere che sono un Adone imperfetto, la vista mi sta tradendo. Leggere le pagine stampate senza occhiali è ormai una cosa del passato. Orribili, vero?» Diede un'occhiata a Emily, che era ancora seduta sul letto, avvolta in uno scialle, e beveva cioccolata calda, fissando nel vuoto, senza espressione. «Emily dormirà con voi stanotte?»

«Con un mostro nella mia stessa casa?» rispose la duchessa con una smorfia. «Nel mio letto!»

Emily alzò gli occhi verso Alec e disse. «Gli occhiali vi fanno sembrare un intellettuale, come un professore di Oxford.»

«Lo pensate davvero? Non so se essere lusingato o smontato» disse con calma, anche se il cuore fece un balzo all'improvvisa vitalità di Emily. «Una volta dicevate che mi facevano apparire distinto» continuò, in tono leggero. «Ricordate che Cosmo mi derideva? Il coraggio di quell'uomo, quando se ne va in giro con due occhialini appesi al collo!»

«Vorrebbe solo avere un motivo per usarli» disse Emily, alzandosi e scostando i capelli dagli occhi. «Rideva più forte perché eravate irritato che vi avessimo scoperto a portarli. Sembravate pronto a strozzarlo, a-a...» Deglutì convulsamente la saliva, con una mano davanti alla bocca. Appoggiò la tazza di cioccolata. «Mi dispiace. Sono una tale codarda. Io-io... *Oh, Alec*.»

«Emily.»

Volò giù dal letto e si gettò tra le sue braccia aperte, che la strinsero in un abbraccio protettivo. «Io-io non sapevo che cosa fare» disse esitante. «Lui-lui ha messo la sua bocca sopra la mia quando ho urlato e poi... poi mi ha *baciato*. Puah, è stato orribile. Non riuscivo a respirare. E poi lui-lui mi ha schiacciato... voleva che stessi ferma. Voleva... Mi ha strappato il vestito. Avrei dovuto lottare più forte. Avrei dovuto trovare la forza per spingerlo via... Sono una-una tale codarda.»

Alec la strinse più forte. Accarezzando i capelli incipriati in disordine, sentendosi male a queste rilevazioni eppure restando calmo, per il suo bene. «Siete al sicuro, adesso» le disse gentilmente. «Vostra nonna e io vi terremo al sicuro. Nessuno vi farà mai più del male. Ve lo prometto.» Guardò la duchessa oltre la testa incipriata e non fu sorpreso che la confessione esitante di Emily avesse profondamente colpito sua nonna. Si era portata una mano tremante alla bocca per soffocare un grido di oltraggio e faceva del suo meglio per restare in piedi e stoica, ma niente poteva nascondere la desolazione nei suoi occhi stanchi. «Emily, pensate di poter aiutare vostra nonna ad andare nelle sue stanze? È troppo fragile per essere ancora alzata a quest...»

«Chiedo scusa...» Lo interruppe la duchessa, non molto pronta a cogliere le intenzioni di Alec, fino a quando le rivolse uno sguardo d'intesa. Allora strinse le labbra.

«È stata una giornata lunga e stancante per lei,» dichiarò con un sorriso alla duchessa, «e voi sapete quanto sia attenta Peeble alla salute di vostra nonna.»

Con sorpresa della duchessa, Emily annuì e si avvicinò per prenderle il braccio. «Venite, nonna. Non vogliamo che Peeble si preoccupi, vero?»

«No... No, non riuscirei a sopportarlo, non stanotte» rispose la duchessa, ricacciando indietro le lacrime. «Mio caro ragazzo, voi... voi vi occuperete di-di tutto?»

«Certamente» disse Alec sommessamente, accompagnandole entrambe alla porta che conduceva nel corridoio. «Tam è andato a prendere qualcosa per aiutarvi a dormire. Dovete entrambe bere qualunque intruglio vi darà, senza fare obiezioni, capito?»

A quel punto Emily si voltò e guardò Alec. «Per favore, ringraziatelo per me. Io-io non credo di riuscirci... per ora. Mi-mi ha trovato ed è stato così gentile da restare con me ad aspettare la nonna.»

La duchessa e Alec si scambiarono uno sguardo d'intesa e Alec baciò la mano di Emily. «Tam diventerà rosso di piacere nel sentire quello che avete appena detto.»

AL TAVOLO DELLA COLAZIONE LA MATTINA SEGUENTE, SI PARLAVA solo della morte accidentale della cameriera di Emily; come aveva fatto la povera ragazza a rompersi il collo su una scala che doveva aver fatto di corsa su e giù centinaia di volte al giorno? E fare un capitombolo proprio quella notte! Ovviamente c'era da aspettarsi che i festeggiamenti per il fidanzamento sarebbero continuati, ma tutti si chiedevano come avrebbe sopportato la promessa sposa la tensione per aver perso la sua cameriera personale in una circostanza così tragica.

In mezzo a tutte queste farneticazioni sul comportamento sconsiderato dei servitori e i preparativi per il ballo dei fuochi di artificio, arrivò Alec, molto in ritardo per la colazione e l'ultimo degli ospiti a presentarsi. La maggioranza degli ospiti aveva già messo da parte i tovaglioli ma restava a discutere se uscire a cavallo o passare il tempo prima di cena facendo una partita a carte nella Long Gallery. Un cameriere mise le posate pulite davanti al ritardatario e gli versò una ciotola di caffè, ma Alec quasi non lo notò. Né diede segno di vedere le numerose persone che si attardavano con il caffè. I suoi pensieri erano rivolti alla visita del medico del paese, a tarda notte.

Anche se non era un medico famoso e un baronetto come Sir John Oliphant, Henry Oakes non era per niente stupido e Alec non lo trattò da tale. Oakes espresse l'opinione che Jenny avesse ricevuto un forte colpo alla testa, che era stato sufficiente a ucciderla. Aveva scoperto del fluido rosato che usciva dall'orecchio e sospettava che significasse che il cervello era stato lesionato ma non c'era una ferita visibile e il cranio non era sfondato. Oakes era abbastanza onesto da ammettere di non sapere se l'assassino avesse inteso ucciderla. Forse l'intruso aveva solo voluto far star zitta la ragazza e aveva avuto la mano troppo pesante con lei, come provavano i lividi sul collo e sulla mascella, come se una mano robusta l'avesse afferrata e tenuta in quel punto prima di gettarla via, come una bambola di pezza, sbattendole intenzionalmente la testa contro la colonnina del letto, o forse solo gettandola con indifferenza in quella direzione, con lo stesso risultato.

Oakes firmò il certificato di morte, scrivendo che la causa della morte era la frattura del collo. Dubitava che le autorità a Londra si prendessero il fastidio di fare un'inchiesta per la morte sospetta della cameriera di una signora, quindi scrisse la parola 'accidentale' per buona misura; molto meglio che la povera ragazza fosse sepolta in pace.

Non chiese spiegazioni ad Alec, ma Alec gli disse tutto quello che sapeva, senza rivelargli nulla dei suoi pensieri. L'uomo si limitò ad annuire. Preferiva lasciare la faccenda nelle mani di Alec, o, meglio, nelle mani della duchessa di Romney-St. Neots. Non voleva avere niente a che fare con un'indagine per omicidio, intenzionale o meno che fosse, ed espresse l'opinione che era ben difficile che il colpevole fosse scoperto, e che in questi affari domestici che coinvolgevano la nobiltà, il branco restava unito più di un'ape al polline.

Alec tendeva a dargli ragione, eppure si chiedeva se l'uomo sarebbe stato tanto accondiscendente se la vittima fosse stata uno degli ospiti della duchessa invece di uno dei servitori. Ma non volle discutere con lui, anche se sapeva che suo zio Plant si sarebbe scontrato con il medico a qualunque ora e in qualunque circostanza. Era grato per il tempo che l'uomo aveva dedicato loro. E aveva ragione. Le autorità a Londra avrebbero ritenuto una perdita di tempo investigare le circostanze sospette riguardanti la morte della cameriera di una signora.

Alec nascose uno sbadiglio, desiderando di aver dormito qualche ora in più, e bevve il caffè. Era talmente sprofondato nei suoi pensieri che solo quando sentì la voce nasale di Lady Charlotte che arrivava dall'altra parte del tavolo, si rese conto di non essere solo. Andò alla credenza, sperando di riempirsi lo stomaco vuoto, ma la vista di Lord Andrew Macara che ammucchiava rognone alla diavola e aringhe affumicate sul suo piatto gli rovinò l'appetito. Si limitò a prendere qualche panino caldo e dell'altro caffè forte, senza accorgersi di avere tutti gli occhi puntati addosso.

«Come ho detto prima a Sybilla,» intonò Lady Charlotte con voce chiara a forte, «la mamma ha sempre viziato quella bambina. Ha fatto la stessa cosa con Madeleine e guarda com'è finita.»

«A Firenze, vero?» chiese innocentemente Macara, guadagnandosi un'occhiataccia dalla moglie.

«Venezia. Se proprio devi saperlo. Venezia e un conte italiano impoverito. Non proprio una fine adatta alla figlia di un duca inglese, vero Sybilla?»

«No, non proprio adatta.» Mormorò Lady Sybilla.

«Impoverito, italiano e bello da svenire» aggiunse Selina Jamison-Lewis con un'occhiata d'intesa alla sua amica attraverso il tavolo. «Non sei d'accordo, Sybilla?»

«Oh, sì.» Sospirò Lady Sybilla e fece una risatina nascondendosi dietro il tovagliolo.

Lady Charlotte si sedette rigida. «Stupidaggini. È un italiano. Grazie al cielo Madeleine ha avuto il buonsenso di non dargli dei figli. Nessuno è rimasto più stupito di me quando ha avuto il cattivo gusto di far nascere Emily. Non che Emily non sia una ragazza adorabile. Lo è. Ma le manca qualcosa. Chiamiamola classe, per mancanza di una parola migliore. Non che si possa biasimarla. È tutta colpa della mamma. Ma il fatto che la cameriera si sia rotta il suo stupido collo non richiede proprio che Emily passi la notte con la mamma.» Fece una risatina nervosa, quasi isterica. «Adesso si aspetterà che prendiamo tutti il lutto per quella stupida cameriera!»

«Non tutti noi, ma certamente Emily» rispose succintamente Selina. «La povera ragazza ha appena perso qualcuno che le era molto caro e in circostanze tragiche. Ha tutti i diritti di essere addolorata.»

«Sono solo le vostre tragiche circostanze che vi fanno difendere l'assurdo comportamento di Emily, signora Jamison-Lewis» ribatté Lady Charlotte con acida dolcezza.

Selina mise la ciotola sul piattino. «Pensate che mi piaccia indossare questi ipocriti vestiti?»

«Abiti ipocriti ma incantevoli» mormorò Macara, con l'occhio del conoscitore esperto. Ammirò l'abito di velluto scuro di Selina, con la profonda scollatura e il fichu di leggerissimo tessuto d'argento, appuntato sopra il petto pieno con una spilla circolare di perle e diamanti. «Il nero vi dona, signora.»

«Grazie, signore» disse dolcemente Selina e per irritare la moglie del suo ammiratore, che fumava di rabbia, si chinò e disse all'orecchio di sua signoria, in un sussurro teatrale: «È blu di Prussia, ma questo resterà il nostro piccolo segreto.»

«Blu di Prussia?» chiese Lady Sybilla con un sospiro. «Che carino.»

«Quello che penso io…» Cominciò a dire Lady Charlotte, ma fu bruscamente interrotta.

«Perdonatemi, signora, ma quello che pensiamo noi non ha molta importanza» dichiarò Alec, mente si versava una ciotola di caffè. «La signora Jamison-Lewis ha ragione. Emily ha perso qualcuno cui era molto affezionata. Una simile tragedia richiede tolleranza e comprensione da tutti noi.»

«Udite! Udite!» concordò Macara, senza rendersi conto che si era appena schierato dalla parte del nemico. Un'occhiataccia da parte di sua moglie lo rimandò dietro le pagine di un giornale aperto.

«Non discuto il fatto che sia una tragedia, signor Halsey,» disse gelidamente Charlotte, «ma forse siete voi che non capite, non essendo abituato ai modi della buona società, che ci sono certe occasioni, certi argomenti, che non si rivelano a tutti. Ovviamente, non è proprio colpa vostra che siate stato disconosciuto dalla vostra stessa madre e allevato da uno zio pagano che ha delle convinzioni barbare.»

«Mi state dicendo, milady,» disse Alec con estrema educazione, «che perché la St. Neots House è piena di ospiti, Emily non ha il diritto di essere addolorata?»

«Precisamente. È il colmo delle cattive maniere rifiutarsi di fare il suo dovere. Può riservare il dolore ai suoi momenti privati.»

A quel punto, Selina non riuscì a nascondere una risata incredula. «Non è forse anche il colmo delle cattive maniere e molto poco cristiano discutere di questo argomento e specialmente a colazione?»

Lady Charlotte la ignorò, aggiungendo un'ultima frecciata. «Se fossi io a controllarla, sarebbe a tavola in questo momento. Ha perfino rifiutato le richieste insistenti del suo fidanzato. Sfida la comprensione!»

«I vostri figli hanno tutta la mia simpatia, signora» disse secca Selina, spingendo indietro la sedia, con un cameriere in livrea pronto ad afferrarla prima che cadesse sul pavimento.

«Non sprecherei la mie simpatie, se fossi in voi» fu l'opinione espressa da dietro il giornale da Lord Andrew Macara riguardo ai suoi stessi figli. «Conigli, tutti quanti.»

Selina regalò un sorriso a sua signoria e scosse le sottane. Voleva prendere un po' d'aria e la presenza di Alec a tavola, il fatto che evitasse deliberatamente di guardare dalla sua parte, era l'ultima goccia di una colazione già di per sé tediosa. Inoltre, la duchessa le aveva chiesto di incontrarla in privato nel roseto. Si scusò, dicendo a Macara, mentre usciva dalla portafinestra: «Non dimenticate la partita a croquet, milord…»

«Non la mancherei per niente al mondo, signora!» rispose sua signoria con un sorriso macchiato di tabacco, mentre gettava il giornale piegato e si alzava. «È veramente una vergogna per quella povera ragazza. Una brava ragazza.»

«Ma, Macara, dovete capire che Emily non può permettere alla morte di una servetta di oscurare la sua festa di fidanzamento» spiegò freddamente Charlotte. «Che cosa ne penserà Lord Delvin?»

«La considerazione di Delvin per lei dovrebbe semmai diminuire se Emily non provasse dei sentimenti» fu la schietta risposta di suo marito. Tolse dalla tasca il sottile astuccio cesellato d'oro che conteneva i suoi preziosi sigari. «Solo, proprio non lo capisco. La ragazza ha sempre vissuto qui. Correva sempre in giro per tutta la casa.»

«Molto probabilmente ha inciampato nelle sottane» borbottò Lady Charlotte. «Stupida ragazza ingrata.»

Macara si rivolse all'improvviso ad Alec, mentre si metteva un sigaro all'angolo della bocca. «Il mio uomo dice che è stato il vostro uomo a trovare la cameriera.»

Alec gli ritornò lo sguardo aperto. «Sì».

«Un bello shock per il ragazzo?» Insistette Macara. «È nuovo, vero? Il vostro valletto. Era un sotto cameriere qui. Piuttosto giovane.»

Alec confermò, senza dilungarsi. Si chiedeva se sua signoria stesse cercando di scuoterlo oppure se stava solo dando voce alla sua curiosità.

«Il mio uomo dice che ci sono voci sul fatto che Neave non stia dicendo tutta la storia. E un lacchè che lavora in cucina ha riferito al mio uomo che è stato il vostro uomo che ha trovato la cameriera della piccola Emily con il collo rotto.»

«Tam ha trovato il corpo di Jenny, sì.»

«I lacchè dicono che il vostro uomo era un po' troppo affezionato alla cameriera della piccola Emily. Il mio uomo…»

«Il vostro uomo ha mai pensato di diventare un gendarme di Bow Street, milord?»

Macara scoppiò a ridere. «Il fatto è che suo fratello è uno di loro. Ah! So che sono un mucchio di scempiaggini ma pensavo che voleste sapere quello che circola dabbasso.»

«Grazie» rispose pacatamente Alec, prendendo la caffettiera dalla credenza. «Qualcuno vuole altro caffè?»

Macara rifiutò, cedendo alla fine al suo vizio e uscì in terrazza per fumare il sigaro, lasciando Alec da solo con le due sorelle. Lui portò la caffettiera d'argento a Lady Sybilla, divertito che riuscisse a mormorare un timido *grazie* quando le prese la ciotola, ma senza riuscire a guardarlo negli occhi. «Il suo vestito era tutto strappato e aveva dei lividi, sapete.»

«Buon Dio, Sybilla! Hai visto il corpo?» Lady Charlotte era inorridita.

Lady Sybilla sbatté gli occhi. «Corpo? Quale corpo? L'abito di Emily era strappato. L'ho visto su una sedia nello spogliatoio della mamma. Peeble l'ha raccolto come se non volesse farmelo vedere. Ma io ho visto i lividi sulle gambe…»

«Lividi?» chiese Lady Charlotte, con un'occhiata ad Alec e trovandolo che stava fissando sua sorella. «Di cosa stai blaterando, Sybilla? È la cameriera che si è rotta il suo stupido collo. Mostra un po' di buonsenso!»

«Io so quello che ho visto» disse Lady Sybilla con le labbra che tremavano. Guardò verso Alec, questa volta fissandolo coraggiosamente negli occhi. «So che è la cameriera che si è rotta il collo. Me l'ha detto la mamma. Ma Emily aveva dei lividi terribili sulle gambe. Li ho visti quando Peeble la stava aiutando a vestirsi. So quello che ho visto. Voi mi credete, vero signor Halsey?»

«Ovviamente.»

Lady Sybilla non riuscì a sostenere il suo sguardo. «Vorrei solo… Noi… Selina e io stavamo dicendo l'altro giorno come avremmo voluto che Emily scegliesse più saggiamente. Certo Lord Delvin è un conte e ha un bell'aspetto ma io… ma noi-noi avremmo preferito che aveste chiesto *voi* la sua mano.»

«Sybilla, sei una sempliciotta! Come ti permetti di esprimere una simile oltraggiosa opinione!» chiese Lady Charlotte, che era balzata in piedi talmente in fretta e talmente furiosa che la sua sedia cadde rumorosamente. «Preferito? *Preferito* un portaborse del ministero degli esteri a un pari del regno? Emily ha scelto molto saggiamente, davvero molto saggiamente. Delvin è un conte e ha un carattere irreprensibile, mentre il suo fratello minore ha poche prospettive, nessun titolo ed è un libertino. Dici stupidaggini perché sei talmente infatuata del suo bell'aspetto da libertino che ti prostituiresti a lui a spese della tua famiglia e di tuo marito. Che ne dice il caro ammiraglio, Sybilla? Non hai nessuna considerazione per il caro Charles che è da qualche parte, lontano, per mare? Sybilla, torna indietro! Come osi scappare in quel modo. *Sybilla*!»

SEI

IL CONTE DI DELVIN LASCIÒ LA TERRAZZA ATTRAVERSO LA portafinestra che portava nella stanza della colazione, con Sir Cosmo al seguito. Non era del solito umore cortese e riuscì a malapena a controllarsi quando una Lady Sybilla singhiozzante lo spinse da parte senza una parola di scuse, seguita a breve distanza da Lady Charlotte, che si disputò la porta con il conte, finché lui non restò fermo e lei fu in grado di passargli davanti solo per scontrarsi con Sir Cosmo, che si profuse in mille scuse, completamente ignorato da entrambe le donne. La disputa per la portafinestra offrì ad Alec un momento di distrazione e riuscì a riprendersi a sufficienza da salutare freddamente suo fratello, anche se il volto lo tradiva con il colore acceso.

«Voglio conoscere i tuoi movimenti di ieri sera,» ordinò Delvin ad Alec, senza preamboli.

«Appena alzato? O hai già fatto colazione?» rispose Alec giovialmente «Buongiorno Cosmo.»

«Non voglio nessuna delle tue chiacchiere da diplomatico! Ringhiò Delvin. «Dimmi solo quello che voglio sapere!»

Sir Cosmo sembrava a disagio. «Forse dovrei andarmene...?» Borbottò stancamente, senza guardare Alec negli occhi e facendo un passo indietro.

Delvin lo afferrò per la manica, con gli occhi che non lasciavano il volto del fratello. «No, voglio che tu senta cosa ha da dire in sua difesa. Allora, *Secondo*?»

Alec alzò le sopracciglia, ma rimase in silenzio

«Dimmelo» disse Delvin a denti stretti. «Dimmi dov'eri la notte scorsa, dannazione a te!»

«Sono ovviamente lusingato dalla tua curiosità,» replicò lentamente Alec, «ma le mie abitudini non sono affar tuo.»

Delvin picchiò forte il pugno sulla credenza. I piatti tintinnarono. «Non fare l'insolente con me! Non lo accetto!»

Alec scrollò le spalle e si voltò, senza dargli retta.

Il volto del conte diventò livido per la rabbia. Tutte le volte che cercava di intimidire suo fratello si trovava a un passo dal perdere il controllo di una situazione creata da lui stesso. Si obbligò a restare calmo. Non voleva apparire completamente fuori controllo prima ancora di cominciare. Prese la tabacchiera e il gesto minuzioso di infilarsi una presa di tabacco nella narice lo calmò.

«Forse, se ti dico che torno ora da un colloquio con la duchessa, potresti cambiare idea?» disse Delvin mellifluo. «Ha richiesto di vedermi il più presto possibile questa mattina. L'ho trovata sconvolta e preoccupata.» Diede un'occhiata a Sir Cosmo. «Mi ci è voluto parecchio tempo per calmarla.»

«Ne sono sicuro» mormorò Alec.

«Ha a che fare con la faccenda della cameriera?» chiese Sir Cosmo, versandosi una ciotola di caffè pur di fare qualcosa, ma sembrava a disagio e fuori posto.

«Questa è solo una metà della storia, amico mio» disse il conte con gravità. «Suppongo che tu non abbia avuto l'occasione di parlare con la duchessa?» Quando Sir Cosmo scosse la testa, Delvin annuì e afferrò la spalla imbottita di Sir Cosmo, facendo sbuffare Alec per la scena melodrammatica. «Sospetto che sia ancora sotto shock. Molto difficile per lei parlarne... sono sconvolto anch'io. È questo il motivo per cui mi sono precipitato qui. Ma quando saprai quello che è successo sono sicuro che scuserai la mia mancanza di buone maniere.» Fece un giro nella lunga stanza, fiutò con comodo un'altra presa di tabacco. «Non riesco ancora a crederlo. Non sembra reale né possibile. Quando Sua Grazia è stata in grado di riprendersi a sufficienza per parlarmene, ovviamente si è confidata con me in qualità di promesso sposo di Emily, dapprima non le ho creduto. Non potevo. Ero stupefatto e incredulo. Ero...»

«Sono sicuro che c'è un motivo per questo spettacolo?» Lo interruppe Alec. «Se vuoi un pubblico bendisposto penso che tu l'abbia.»

Delvin lo guardò con disgusto. «Hai la stessa mancanza di sensibilità di Zio Plant.»

«Grazie, sarebbe lusingato di sentirtelo dire. Ma stai continuando a tenere Cosmo in sospeso.»

«Le tue maniere sarcastiche mi disgustano.»

«Esattamente come le tue scene melodrammatiche disgustano me.»

«Pensi che non ci sia niente di drammatico quando una giovane ragazza viene violata nella sua stessa casa?» chiese Delvin con la voce acuta. «O forse hai qualche motivo per spacciare questa violazione come qualcosa di troppo comune? Forse preferisci che la ignoriamo come una sciocchezza? Senza dubbio hai le tue ragioni. Sono sicuro che mi capisci.»

Alec lo fissò, immobile. «Ti prego di spiegarti. In effetti sono ansioso che tu lo faccia.»

I fratelli si affrontavano, uno alto, dai capelli scuri e spigoloso, l'altro di media statura, robusto e biondo chiaro; un contrasto in tutti i sensi. Sir Cosmo riusciva a vedere la densa atmosfera di odio che separava questi due estranei imparentati. Tossì, imbarazzato. «Scusatemi, ma ti ho sentito bene, Ned? Una ragazza violata? La cameriera di Emily?»

«Non la cameriera» rispose Delvin. «No. Lei ha fatto solo parte di uno scopo più sinistro...»

Sir Cosmo guardò un fratello e poi l'altro. «La ragazza si è rotta l'osso del collo sulle scale, no?» Nel silenzio che seguì, aggiunse: «È per quello che la duchessa ha mandato un reggimento di servitori a cercarti ieri notte, Alec?»

«Sì».

«Ah? Ora, questa è un'informazione interessante» disse lentamente Delvin. «Lo sapevi, Cosmo che ieri notte un furfante è penetrato a forza nella camera di Emily? Un furfante che dimora sotto questo tetto si è introdotto a forza nella stanza di una giovane ragazza... Mio Dio, non riesco nemmeno a dirtelo.» Si portò le mani al viso. «È una circostanza così sconvolgente. È da non credere che qualcuno abbia osato-osato...» Alzò gli occhi e si voltò per riprendersi, con una mano sulla credenza per restare in equilibrio. «Scusami, Cosmo, ma non riesco a parlarne senza emozionarmi...»

Alec approfittò della pausa. La sua irritazione per la scena madre del fratello lo fece sembrare freddo e distaccato. «Emily è stata aggredita ieri notte. Una canaglia ha cercato di violentarla.»

Sir Cosmo si sentì come se gli avessero dato un pugno in faccia. Balbettò per trovare qualcosa da dire. «Diavolo! Che mostro... Chi... Che-che cosa è successo, Ned? Alec?» Trafficò con la tabacchiera.

«Buon Dio, quella povera dolce bambina... E la cameriera...
assassinata?»

«Così sembra» rispose Alec a bassa voce. «Il mio valletto probabilmente ha disturbato l'intruso prima...» La voce si spense e fu il suo
turno di sembrare imbarazzato. Si passò inconsciamente una mano nei
capelli, cercando di trovare le parole per continuare. «Non so molto
più di questo. Abbiamo dato a Emily un sonnifero per calmarle i nervi
e accertarci che avesse una notte di riposo, e non ho ancora avuto l'opportunità di parlare con Sua Grazia o Emily, questa mattina.»

«Né l'avrai. Ti proibisco di avvicinarti a lei!» ringhiò il conte.

«Andiamo, Ned» disse Sir Cosmo in tono tranquillizzante. «So che
sei scosso ma non puoi proibire...»

«Posso e lo farò.»

Alec sorrise. «Non è tua moglie... ancora.»

Delvin strinse i pugni. «Sei completamente privo di decenza! L'hai
sentito, Cosmo! Dovrai testimoniarlo.»

«Mi dispiace, Ned, testimoniare che cosa?»

«La sua depravazione!» disse il conte con il volto contratto. «Non
ne ho ancora la prova. Ma l'avrò. Comodo per te che sia stato il tuo
valletto a disturbare la canaglia! Comodo, che fosse appostato intorno
all'appartamento di Emily proprio in quel preciso momento. So tutto
del tuo valletto. Era l'apprendista di un sodomita condannato; una
feccia senza valore che commerciava favori maschili. Questo è il
genere di compagnia che frequenti, vero, Secondo? Sei depravato.
Concupisci Selina Jamison-Lewis e non puoi averla, proprio come
desideri la mia sposa e anche lei ora è fuori della tua portata. Come
farai a toglierti la voglia? Il tuo ragazzo è un sostituto adeguato? Ti dà
soddisfazione. Ebbene, *è così*?»

«Calma, Ned! Calma! Sei sconvolto, naturalmente. Chi non lo
sarebbe? È una faccenda terribile, ma prendertela con il tuo stesso
fratello, accusarlo di-di... Beh, non è una cosa da fare. Oltre a tutto, è
ridicolo.»

«Chiediglielo allora! Chiedigli se non vuole Emily per sé. Chiedigli se non pensa a portarsela a letto. Chiedigli se non mi odia perché
ha preferito me a lui. Chiedigli che cosa stava facendo ieri notte,
mentre questo mostro cercava di violentare la mia futura moglie. Beh,
Secondo? Parla! Non restare lì fingendo di essere indifferente. Di' a
Cosmo dov'eri. Digli che non ti interessa minimamente che sarà il tuo
fratello maggiore a essere nel suo letto la sua notte di nozze. Eh,
Secondo? Diglielo.»

Alec restò fermo, rigido. Come avrebbe voluto colpire il volto sarcastico del fratello, rendergli la pariglia. Eppure, non voleva che vedesse quanto profondamente l'avevano ferito le sue parole. Quindi strinse i denti e contò in silenzio fino a dieci.

Il conte sorrise a Sir Cosmo. «Vedi, non può risponderti.»

Sir Cosmo ignorò Delvin, dicendo sommessamente ad Alec. «Va tutto bene, Alec. Niente e nessuno potrebbe mai farmi credere...»

Alec lo interruppe. Lungi dall'apparire arrabbiato, sembrava preoccupato. «Oh, povero me, Edward, hai veramente paura di me. La mia stessa esistenza rode la tua coscienza?» Scosse la testa, con le mani affondate nelle tasche, e le spalle leggermente curve per l'imbarazzo. «Io voglio bene a Emily,» disse sommessamente a Sir Cosmo, «e c'è stato un momento in cui speravo di sposarla ma...»

Delvin fece una mezza risata incredula. «... ora che l'hai rovinata non la vuoi più? Pezzo di *merda*.»

«Certamente non resterò a guardare lasciando che la sposi tu.» Dichiarò amaramente Alec.

«Signori! Signori! Per favore. Evitiamo...»

«Non puoi dire a Cosmo dov'eri la notte scorsa perché sei stato tu che hai cercato di...»

Sir Cosmo ringhiò. «Adesso basta, Ned! Non permetterò che dica stupidaggini su tuo fratello! Quando tornerai in te rimpiangerai...»

«Io non rimpiango *niente*. Rispondimi, *Secondo*. Dov'eri la notte scorsa?»

«Il tuo scopo è talmente trasparente da essere risibile» disse Alec, in tono sprezzante.

«Hai violentato Emily perché volevi vendicarti su di me!»

«Vendicarmi? Non essere assurdo» disse freddamene Alec. «Il tuo odio per me ti sta rendendo ridicolo.»

«Allora dicci dove sei andato dopo avermi colto *in flagrante delicto*.»

Sir Cosmo fissò i due fratelli a occhi sgranati. «*In flagrante delicto?*» Diede a Delvin un'amichevole pacca. «Ned, scaltro bastardo.»

Alec derise la meschinità del fratello. «Pensi che, perché ti ho scoperto, sia andato immediatamente nella stanza di Emily per vendicarmi? Sei patetico.» Alec girò sui tacchi. «Cosmo, scusami...»

Delvin afferrò il braccio del fratello. «Resta dovei sei! Non ho ancora finito con te.»

Alec fissò la mano del conte. «Come ti permetti» disse lentamente, scrollando via la mano, con un cenno della testa a un cameriere che aspettava e che si avvicinò, sussurrandogli che la duchessa lo aspettava nel roseto.

Delvin, che lo aveva lasciato andare al tono di comando nella voce del fratello, rimpianse immediatamente di averlo fatto. Lo infuriava pensare che Alec avesse avuto ancora una volta il sopravvento. «Dannazione!» tuonò, seguendo il fratello attraverso la stanza. «Resta dove sei e rispondimi!»

Alec a quel punto fissò il fratello, con il volto pallido. «Dove sei stato tu, dopo aver lasciato il salotto e prima di arrivare nella camera da letto della signora Jamison-Lewis? Oh, risparmia a Cosmo l'espressione di sensibilità offesa perché ho pronunciato a voce alta il nome della signora. Sono sicuro che la tua piccola sordida relazione sia ben conosciuta nella tua cerchia.»

Sir Cosmo guardò il conte con una faccia diversa e lo stupido sorriso fu sostituito da una tempesta di emozioni diverse. «Ned. Non Selina. Mai Selina…»

«Credi quello che vuoi!» gli urlò il conte mentre si lanciava su Alec, ma fece un passo indietro quando il fratello avanzò deciso verso di lui, ricordando il loro incontro a senso unico nel corridoio. «Non puoi rispondermi perché sei colpevole! E non pensare di usare il tuo valletto come alibi. Lui è tuo complice! Ma lo scoprirò. Se non da te, da lui, basterà pagarlo. Non voltarmi la schiena, *maledetto*. Dov'eri la notte scorsa? Rispondimi!»

Alec voltò la testa mentre chiudeva silenziosamente la porta. «Stavo intrattenendo la tua amante.»

Il roseto era la parte più antica dei giardini alla St. Neots House. Era privato e inaccessibile, con un muro di pietra coperto di muschio su tre lati e aiuole piantate ai tempi della Regina Mary, ed era cambiato pochissimo da allora. Non era una coincidenza che all'ingresso due servitori stessero riparando il lastricato di pietra. Si toccarono il cappello salutando Alec e continuarono il loro lavoro.

L'aria era piena di profumo e dal Tamigi arrivava una lieve brezza. Un insieme idilliaco che non aveva voglia di disturbare. Aspettò un momento un po' in disparte dal gruppetto; non voleva interrompere la discussione animata sulle varietà di rose. Gli servivano quei pochi momenti per calmarsi. Nella sala della colazione era stato sul punto di accusare il fratello esattamente di quello di cui lo accusava lui. Non aveva prove, nessun motivo per pensare che fosse lui l'intruso e quando ci aveva ripensato aveva capito che era logicamente assurdo. Così come stavano le cose, Delvin aveva tutto a suo favore. Mettere tutto in pericolo in quel modo sarebbe stata una pazzia. Che suo fratello lo accusasse non lo sorprendeva. Anche se Delvin non pensava veramente che fosse lui il violentatore, l'opportunità di metterlo in ridicolo e sminuirlo, di gettare dei sospetti su di lui, tutto per rafforzare la sua posizione e allontanare Emily da lui e dalla sua famiglia e amici, era un'opportunità da non scartare.

Sperava che non fosse Delvin l'intruso. Poteva essere un estraneo per lui, poteva odiarlo e non fidarsi di lui, ma non voleva pensarlo capace di violentare una ragazza innocente e uccidere la sua cameriera. Esattamente come non voleva credere che suo fratello fosse stato capace di attirare un amico in un duello al solo scopo di ucciderlo. E l'*affaire* di Delvin con Selina gli bruciava più di quello che volesse ammettere. Guardandola ora, mentre parlava con Emily tra le aiuole, sentì un curioso groppo formarsi in gola.

Erano diverse in tutti i sensi: Emily era vestita graziosamente, con un semplice abito di mussolina, senza cerchio, i riccioli biondi brillavano al sole, sorrideva a qualcosa che le aveva sussurrato Selina all'orecchio, era facile pensare che gli eventi della notte precedente fossero solo un incubo orribile; e Selina, con la massa di ricci color albicocca che incorniciavano una carnagione perfetta, il blu-nero dell'abito di velluto con le voluminose sottogonne di tessuto d'argento e la mantellina di organza dello stesso tessuto luccicante, sembrava in tutto e per tutto la regale vedova sicura di sé e di quello che la circondava in confronto alla dolce ingenuità di Emily. Ed entrambe le donne appartenevano a suo fratello...

La duchessa lo vide per prima e con un'abile manovra, che Alec trovò ammirevole, diresse l'attenzione del gruppetto verso una fila di cespugli di rose gialle che Heath aveva recentemente picchettato, per poter scivolare via e raggiungerlo in un sentiero di alte rose rampicanti rosa e bianche.

«Ho chiesto a Selina di fare una chiacchierata con lei» gli disse. «Spero che Emily le dica qualcosa che non direbbe a questa vecchia. Non sapete come sia difficile cercare di apparire normali. Ogni volta che la guardo vorrei scoppiare in lacrime. Non so niente di più, questa mattina, di quello che sapevo ieri notte quando ve ne siete andato. Il sonnifero ci ha aiutato a dormire, grazie al cielo. Quel povero ragazzo, quando penso di che cosa lo abbiamo accusato! E Delvin, è quasi del tutto fuori di testa per la rabbia e la preoccupazione. Non ha chiesto quello che vogliamo sapere tutti e io non riesco a trovare il coraggio di farlo.» Diede una sbirciata ad Alec. «E se quel mostro l'avesse veramente violentata e-e l'avesse messa incinta?» Si coprì la bocca per soffocare un singhiozzo. «Perdonatemi, non mi sto comportando molto bene.»

Alec le baciò la mano e gliela tenne stretta, per confortarla. «Non c'è niente da perdonare, Olivia. E non sappiamo esattamente che cos'è successo ieri notte. Dobbiamo aspettare finché Emily sarà abbastanza forte da parlarne.»

«Sì. Sì, naturalmente. Spero che Emily si confidi con Selina. È stato egoistico da parte mia chiederlo a Selina, ma lei aveva la stessa età che ha ora Emily quando… quando l'hanno maritata a J-L.»

«Perché Emily dovrebbe confidarsi con la signora Jamison-Lewis e non con una delle sue zie?»

La duchessa non fu sorda al tono di censura nella sua voce. Si inginocchiò per riposizionare un sostegno di legno, che faticava a restare diritto sotto il peso della massa di rose, chiedendosi come meglio rispondergli senza tradire le confidenze di Selina. Alec la aiutò e poi aspettò pazientemente, mentre lei ispezionava un altro cespuglio fiorito. Poi passeggiarono a braccetto lungo un sentiero acciottolato che portava alla riva del fiume.

«Se Emily è stata veramente violentata, chi meglio di qualcuno che capisce il suo dolore e la sua sofferenza, per confidarsi?» disse alla fine la duchessa.

Alec non poté evitare uno sbuffo di irritazione e il suo sguardo vagò oltre il fiume, che scorreva libero, fino alla riva opposta, con i suoi gruppi di salici dai rami che ricadevano nell'acqua fredda. «La situazione di Emily è completamente diversa. Lei non ha né provocato né incoraggiato il suo aggressore.»

La duchessa voltò la testa per guardarlo e non fu sorpresa quando Alec non riuscì a guardarla apertamente negli occhi. «La peggiore moglie al mondo non meriterebbe il trattamento che Jamison-Lewis ha inflitto a quella povera ragazza.»

Alec continuò a fissare il fiume sopra la testa della duchessa ma la sua mente non riusciva a cancellare l'immagine della bella figura di Selina, nuda fino in vita, con le lunghe gambe nude che dondolavano e gli occhi scuri pieni di malizia. «Non pretendo di sapere nulla del matrimonio dei Jamison-Lewis ma ci si potrebbe chiedere che cosa lo abbia portato ad alzare le mani su di lei.»

La duchessa lo guardò a bocca aperta e sospirò di impazienza. «Questa è veramente una frase ingiustificabile e indegna di voi! Ma vi perdonerò i vostri pensieri poco caritatevoli, perché capisco che cosa motivi la vostra ridicola logica meglio di quanto crediate. Deve essere più facile convivere con voi stesso, se spartite la colpa.»

«Chiedo scusa, Vostra Grazia» disse Alec con estrema ma furiosa gentilezza. «Ma non ho nessun desiderio di smuovere le acque su un episodio estremamente doloroso.»

«Sapete,» continuò la duchessa, con la rabbia che le faceva ignorare la richiesta di Alec, «c'è voluto il matrimonio disastroso di Madeleine perché mi rendessi conto che i matrimoni combinati vanno bene per le persone civilizzate che rispettano le convenzioni e si comportano di conseguenza. Ma non sono certamente favorevole a unioni simili, quando una giovane ragazza è costretta a sposare un uomo che nessun genitore decente prenderebbe mai in considerazione per sua figlia, e uno poi conosciuto da tutti come un sadico bruto. In tali unioni barbare, esercitare i propri diritti coniugali non è altro che uno stupro! Vostro zio ha scritto un trattato a tale proposito. È sfuggito per un pelo a una causa per diffamazione.»

«Diffamazione?»

«Sì, ha avuto il coraggio, alcuni dicono la stupidità, di nominare Jamison-Lewis come esempio primario a sostegno della sua argomentazione. Ovviamente nessuno l'ha sostenuto...»

«Non c'era bisogno che me lo diceste, Olivia. Zio Plant...»

«No, non vostro zio, ragazzo mio. J-L. Nemmeno uno dei suoi amici l'ha sostenuto e nessun avvocato ha accettato la causa, quindi hanno lasciato cadere la cosa. Ovviamente nessuno lo dirà pubblicamente, ma privatamente tutti sono stati felici come pasque che J-L abbia avuto quello che si meritava.» Restò in piedi davanti a lui e aspettò che la guardasse negli occhi. «È una coincidenza stranissima ma è stato meno di un mese dopo la pubblicazione di quel pamphlet, che J-L è stato trovato morto con una pallottola nel cranio.»

Il conte di Delvin voltò la schiena alla finestra del piano superiore.

«Vedete contro cosa mi devo battere, signora?»

Lady Charlotte restò ancora un po' alla finestra, con la schiena rigida e le mani strettamente allacciate davanti a lei. Delvin non aveva bisogno di vederle il volto per leggere la disapprovazione nella sua voce. «Ho sempre trovato molto imprevedibile la personalità del signor Halsey. Non è proprio la migliore compagnia per una ragazza di buona famiglia a un'età impressionabile. La mamma naturalmente, non ascolta mai le mie suppliche.»

«Vorrei proprio che lo facesse, milady. I vostri consigli sono qualcosa che valuto grandemente. Siete una donna di senno e infinita saggezza. Macara e i vostri figli sono oltremodo fortunati.»

Lady Charlotte si permise un sorrisino. La sua attenzione tornò nuovamente al roseto, due piani più sotto. Sua madre e Alec Halsey camminavano a braccetto lungo uno dei molti sentieri; la duchessa si era fermata a sistemare un sostegno e lui l'aveva aiutata, poi aveva baciato la mano di sua madre e le aveva toccato la guancia, e avevano continuato la loro passeggiata, non più in vista. «Che impudenza! Che dannata impudenza!» mormorò, con il petto che si sollevava per l'indignazione. Si allontanò dalla finestra, con le dita strettamente incrociate. «Avete assolutamente ragione su tutto quello che mi avete detto. Ora capisco. Mi avete aperto gli occhi su cose... cose che, per quanto spiacevoli, devono essere affrontate.»

«Siete un'anima nobile.»

«No, niente del genere. È solo questione di sapere come comportarsi, di sapere che cos'è importante nella vita. Ci sono regole particolari che si devono seguire, se la vita deve essere tollerabile. Ho cercato di instillare questi valori nei miei figli, di modo che quando sarà il momento di entrare in società, lo facciano con la minima agitazione e in circostanze normali. Dio non voglia che qualcuno possa guardare dubbioso una delle mie figlie.» Sembrò riprendersi e sorrise in fretta. «Non che Emily sia da biasimare in nessun modo. È una ragazza adorabile. Sarà una splendida contessa di Delvin, con solo qualche spinta nella direzione giusta. È ancora abbastanza giovane da poter essere modellata secondo i vostri desideri. Una volta sposata e portata nella vostra tenuta di campagna, lontana dalle influenze esterne, vedrete quanto può essere adattabile. Se volete il mio consiglio, mettetela incinta appena possibile. Un figlio darà un'occupazione alla sua mente e al suo corpo.»

Delvin fiutò una presa di tabacco. «Ah, signora, se solo potessi essere certo...» Chiuse la tabacchiera con uno scatto. «Eppure, ora sono torturato dai dubbi. Voi, lo so, capite com'è per un gentiluomo di nascita e di rango. Pensate a com'è stato per Macara. Una volta scelta voi tra tutte le altre, non ci sono mai stati dubbi nella sua mente riguardo alla vostra idoneità a dividere la sua vita e il... ehm... suo letto; a essere la madre dei suoi figli. Dei *suoi* figli, milady.»

«L'idea stessa è risibile.»

«D'altronde, milady, lui non ha la maledizione di avere Alec Halsey come fratello.»

Lady Charlotte si sedette su una sedia dalle gambe sottili. «Credete che sia stato lui a violare Emily?»

«Riuscite a pensare a un'alternativa, signora? Io ho cercato e ho fallito.»

«E la cameriera? È veramente caduta dalle scale?»

Lord Delvin fece un ampio gesto. «Così mi ha detto Sua Grazia.»

Lady Charlotte rabbrividì. «La morte di Jenny è una vergogna. Sarebbe poco cristiano per me negarlo. Forse ora la mamma assumerà una compagna più adatta per Emily. Jenny era una sognatrice e non aveva una buona influenza.» Sospirò. «Ancora non riesco a credere che quella povera bambina sia stata aggredita. È un animale. Lei è sempre stata molto franca con lui, e questo può averlo portato a credere... La colpa è tutta della mamma per aver incoraggiato le sue visite» disse con un sospiro, esprimendo i suoi pensieri. «Dio solo sa perché. Segretamente, io penso che sia infatuata del suo figlioccio; la mamma ha sempre avuto un debole per i libertini attraenti.» Sorrise al conte a labbra strette. «Ovviamente la mamma ha sovrinteso all'educazione di Emily nella maniera più severa. Vi prego di non pensare a lei paragonandola a sua madre. Sua madre, come ben sapete, è caduta in disgrazia oltre ogni possibilità di perdono. Emily è il prodotto di quella disgrazia. Ma non ne è il distillato.»

«Ho completa fiducia in Emily, altrimenti non l'avrei scelta per essere mia moglie.» Le restituì un sorriso poco convincente. «La mia scelta, voi lo capite, non è stata senza critiche. Sono conscio di sposarmi ben al di sotto del mio rango. Ma ditemi quale nobile famiglia può vantare un sangue incontaminato? Non sono avverso ad aggiungere un po' d'acqua al vino, ma la voglio senza macchia. Deve essere pura, senza alcun dubbio. Voglio poterla bere con la mente libera e senza problemi. In breve, signora, non voglio dover scoprire che è stata sporcata dallo sputo di un altro uomo.»

Lady Charlotte fece una smorfia all'analogia che aveva scelto ma era perfettamente d'accordo con il sentimento. Si poteva scusare la sua franchezza. Era rude perché era furioso e aveva tutti i diritti di esserlo. «Milord Delvin, simpatizzo con voi, come sapete. Eppure, certamente, quando avete parlato con la mamma questa mattina lei ha lasciato intendere...?»

Delvin finse di non capire. «Intendere, signora?»

«Riguardo alla salute di Emily» rispose bruscamente Lady Charlotte, irritata perché non riusciva a parlare francamente. «Emily ha passato la notte con la mamma. Dopo una tale brutale aggressione, presumo che la mamma abbia chiesto certi particolari riguardo all'incidente.»

«Se l'ha fatto, non li ha confidati a me.»

«Pensavo… Certamente vi ha rassicurato che Emily era… intatta?»
Delvin si guardò l'anello con il sigillo sulla mano sinistra. «Non l'ha fatto, signora.»

«Perché no?»

«Come posso rispondervi?» disse Delvin con un sospiro. «Mi porta a dubitare, non credete?»

«Ma voi avete il diritto di sapere!» disse Lady Charlotte esasperata. «Ovviamente non sta pensando chiaramente. Ha il cuore malato. Ha bisogno di riposo. Questa faccenda è stata troppo angosciante per lei. Tra quella stupida cameriera che si è rotta il collo e l'aggressione a Emily. La tensione deve essere intollerabile.»

«Ecco perché sono venuto da voi, signora. Il mio più grande desiderio è di lasciare in pace Sua Grazia. Come dite, è sotto tensione e non voglio angosciarla ulteriormente.» Sorrise imbarazzato. «Sono sicuro che, se mettiamo insieme le nostre teste, riusciremo a trovare una soluzione semplice e relativamente indolore per il mio dilemma. Non c'è bisogno di disturbare Sua Grazia. Come figlia maggiore non avete una considerevole influenza sulla servitù? Aspetto il vostro consiglio, signora.» Andò alla finestra e guardò fuori, con la schiena rivolta a Charlotte.

Lady Charlotte aveva deciso prima che Delvin raggiungesse la finestra. Non c'era niente da discutere. Il conte aveva diritto alla verità. Eppure, e se Emily era stata stuprata? L'avrebbe voluta ancora, e se non l'avesse più voluta? Che disastro per le sue prospettive matrimoniali! Un'offerta simile difficilmente sarebbe capitata ancora, visto il suo sangue bastardo e l'annullamento del fidanzamento da parte del conte. Ci sarebbero state domande e quasi certamente sarebbe uscita la verità. E che disastro per la famiglia St. Neots. Dubitava che sua madre sarebbe sopravvissuta a un simile scandalo. E lei, Lady Charlotte, come sarebbe potuta andare ancora in società a testa alta? Non sarebbe riuscita a sopportare che tutte le vecchie ferite si riaprissero, come sapeva che sarebbe successo, dato che Emily era la figlia naturale della famosa ed esiliata duchessa di Beauly.

Anche se Emily era stata stuprata, perché sua madre non aveva mentito al conte? Perché restare in silenzio? Non poteva pensare che a una spiegazione e la inorridiva. Forse sua madre sospettava Alec Halsey di aver aggredito sua nipote, ma la sua infatuazione non le permetteva di rivelare i suoi sospetti al fratello maggiore con cui Alec era in rotta? Ma proteggere lui a spese della nipote? Lady Charlotte era mortificata. Nessuna meraviglia che il conte fosse sopraffatto dai dubbi. La infuriava che sua madre l'avesse messa in quella situazione imbarazzante. E la infuriava ancora di più che Emily fosse nata.

Si alzò e sistemò le gonne. Il conte la guardò in volto.

«Quando ho saputo dell'incidente della cameriera ho immediatamente mandato a chiamare Sir John Oliphant» gli disse Lady Charlotte. «Forse ne avete sentito parlare? È un medico eccellente e molto rispettato. So che la mamma vorrebbe che ci fosse il minor chiasso possibile ma non posso tranquillizzarmi sullo stato di salute di mamma finché non l'avrà esaminata Sir John.»

«Milady, siete una figlia veramente ammirevole. Lodo la vostra natura affettuosa.»

«Grazie, anche se sto solo facendo il mio dovere» rispose rigidamente Lady Charlotte. «Dato che Sir John verrà fin qua per visitare la mamma, non vedo perché non possa visitare anche Emily. Una volta che avrà saputo di questo sconvolgente incidente, sono sicura che sarà più che lieto di compiacermi. È un uomo discreto e completamente devoto alla sua professione. È stato il medico di sua maestà. Quindi potete stare tranquillo, milord.»

Delvin si chinò sulla sua mano. «Non potrò mai ringraziarvi abbastanza. Devo confessarvi che non sapevo proprio che cosa fare, ma avrei dovuto sapere che voi, signora, con la vostra profonda comprensione e perspicacia, avreste trovato la soluzione perfetta. Sir John sembra una scelta ammirevole. Posso quindi lasciare la questione nelle vostre capaci mani?»

Si mise in tasca la tabacchiera e aspettò che Lady Charlotte uscisse dalla stanza davanti a lui.

La donna esitò.

Il conte alzò un sopracciglio. «Milady, ritenete che ci sia qualche problema?»

«No, cioè, posso essere franca?»

Delvin inclinò la testa incipriata.

«Qualunque sia il risultato della visita di Sir John, quali sono le vostre intenzioni, milord?»

«Le mie intenzioni? Di fare di Emily mia moglie.» Si accigliò. «Signora, non pensavate... Non potete certamente pensare...» Sembrava stupito. «Vi assicuro, quello che scoprirà Sir John non modificherà il mio desiderio di unirmi alla vostra famiglia. Ma siete abbastanza ragionevole da capire che se Sir John scoprisse che la mia carissima Emily è stata veramente violata, allora il matrimonio dovrà essere rinviato finché sia possibile determinare se è stata messa incinta. Ci sono metodi, sono sicuro che Sir John ve ne parlerà, per occuparsi di una simile orrenda prospettiva. Pensavate che mi sarei tirato indietro, milady?»

«Certamente no!» ribatté Lady Charlotte. «Siete troppo gentiluomo per non restare fedele alle vostre convinzioni. Emily non potrebbe sperare in un compagno migliore. Spero solo che abbia abbastanza senno per rendersene conto.» Strinse la manica di velluto del conte mentre passava davanti a lui per uscire nel corridoio. «Questa conversazione resterà tra voi e me. Avete la mia parola. E, per favore, non preoccupatevi di nulla. Penserò a tutto io.»

Delvin sorrise alla schiena diritta davanti a lui. «Grazie, milady. Sapevo di poter far affidamento su di voi per fare la cosa giusta e corretta.»

Selina ed Emily camminavano in silenzio lungo lo stretto sentiero che seguiva il fiume verso valle e collegava il vecchio pontile con quello nuovo, e poi tornava indietro su fino alla casa. Al nuovo pontile, gli operai stavano costruendo i supporti per i fuochi di artificio che sarebbero stati installati sulle chiatte, che ondeggiavano su e giù agli ormeggi tra le canne. Più tardi, le chiatte sarebbero state ancorate al largo e i fuochi accesi durante il ballo. I lavori di costruzione avevano completamente chiuso il sentiero a un eventuale ospite che avesse voluto fare una passeggiata lungo la riva del fiume per poi tornare a casa, quindi le due donne furono obbligate a tornare indietro. Ma Selina si fermò al vecchio pontile, sperando che la famiglia di cigni avesse fatto il nido tra le canne e chiedendosi come meglio affrontare con Emily l'argomento dell'aggressione della notte prima.

«Andiamo a vedere se *M'sieur e Madame de Cygne* sono in casa oggi?» chiese allegramente a Emily, tendendole la mano per attraversare insieme le vecchie tavole.

«I cigni? Sì, mi piacerebbe. Sapete è così che li chiama Alec. *M'sieur e Madame de Cygne* dice, con il suo miglior accento francese e parla con loro in francese, anche.»

«Sì» disse Selina con un sorriso. «Lo ricordo.»

«Vorrei aver portato qualcosa da dargli da mangiare.»

Selina si tolse dalla tasca due dei panini della colazione. «Non si può venire a trovare i *de Cygne* senza portare un'offerta. Sarebbe *impardonnable*.»

Si sedettero sull'orlo del molo, tenendo strette le sottane contro la forte brezza, che smuoveva anche i rami del salice che sporgevano sopra di loro. Il vento agitava la superficie del fiume, facendolo mulinare intorno alle canne che lottavano per spuntare tra le tavole marce e che sbattevano contro i piloni incrostati, alzando ogni tanto spruzzi di goccioline.

«Ho sentito Alec dire anche quello» rispose distrattamente Emily, con gli occhi puntati su uno skiff che si muoveva velocemente con la corrente, con un ragazzino a bordo che agitava freneticamente un braccio e che poi applaudì felice quando gli ritornarono il saluto. «Selina, mi manca Jack.» Dichiarò inaspettatamente. «Vorrei che fosse qui, ora. Vorrei… Non so che cosa lo ha indotto a sfidare stupidamente Edward a duello. Edward dice che Jack era innamorato di me ed era geloso di lui ma io so che non può essere vero. Io voglio bene a Edward perché vuole proteggermi dalla verità, ma detesto pensare che tutti ritengano che sia colpa mia che si siano battuti a duello! Che cosa deve pensare di me Lady Margaret? Come potrò mai guardare ancora in faccia lei e le sue figlie? E voi, che cosa dovete pensare voi di me? Voi e Jack eravate così vicini e…»

«La morte di Jack non è qualcosa di cui dobbiate sentirvi responsabile» le assicurò con fermezza Selina. «Io so che il duello non è stato per voi. Jack era innamorato ma non di voi.»

Emily si raddrizzò, sgranando gli occhi grigi. «Oh! Allora lo sapete» disse con un sospiro di sollievo. «Avrei dovuto rendermi conto che Jack si sarebbe confidato con voi. Mi ha parlato dei suoi sentimenti solo qualche giorno prima-prima di morire. Era così felice.» Vide la sorpresa sul volto di Selina. «Lui-lui non mi ha detto il nome della ragazza e io non sono stata così sfrontata da chiederglielo. Ero solo molto contenta che avesse finalmente incontrato la ragazza giusta.»

Spezzettarono il pane dentro il cappellino di paglia di Emily.

«Se entrambe sappiamo che Jack era innamorato di un'altra, allora non vedete che Delvin vi ha raccontato una falsità riguardo al motivo del duello?» Le disse gentilmente Selina. «Non pensate che sia possibile che sia stato Delvin a obbligare Jack a battersi?»

Emily ci pensò, sorpresa. «È quello che ha detto anche Alec, ma Edward non mi mentirebbe mai. Lui mi ama.»

«Emily cara, Delvin vi ha mentito suggerendo che sia stata la gelosia di Jack nei suoi confronti che l'ha costretto a estrarre la spada.»

«Allora Edward deve aver avuto un buon motivo per mentire» rispose Emily sulla difensiva. «Forse voleva proteggermi dalla verità? Lui è così.»

«Forse è così» rispose dolcemente Selina, con le dita che giocherellavano con le briciole ma l'attenzione concentrata su Emily. «Anche se vi pensavo più simile a me... Pensavo che avreste voluto sapere la verità, senza tener conto dell'effetto che potrebbe avere su di voi. Che non vorreste che vi mentissero. Io non ho mai voluto essere una di quelle donne che vengono trattate eternamente da bambine, a cui vengono date un po' per volta solo le informazioni che gli altri ritengono che possano accettare. Sybilla è una donna del genere.»

«Come potete parlare così di zia Sybilla, quando è una vostra amica?»

«Quello non la rende meno mia amica. Inoltre, a lei piace essere trattata in quel modo. L'Ammiraglio è il marito perfetto per lei. Io la invidio. Lei e Charles hanno un matrimonio felice.»

«È perché siete stata maritata contro la vostra volontà, signora Jamison-Lewis?»

Selina sorrise. «Oh, chiamatemi Selina. Detesto il mio nome da sposata. Ecco che arrivano i *de Cygne*» e si chinò in avanti per gettare pezzettini di pane nel fiume, mentre i due cigni e la loro nidiata di pulcini arrivavano scivolando sull'acqua verso il pontile. «Sono stata obbligata a sposare J-L ma quella non è la cosa peggiore. Ero innamorata di qualcun altro e mio marito lo sapeva. E nonostante non fosse innamorato di me, e in effetti di me non gli importasse niente, era uno di quegli uomini che doveva avere qualcosa solo perché la desiderava un altro uomo.» Mentre lo diceva, aprì il fermaglio della spilla di perle e diamanti che teneva fermo il fichu davanti al corpetto scollato. «Non sopportava l'idea della mia infedeltà di pensiero e mi picchiava. Non molto spesso. Alcuni direbbero che meritavo le botte perché non ero una buona moglie per lui.» Tolse attentamente il tessuto sottile dal seno. «Vedete, rifiutavo di accettarlo nel mio letto, Emily, ma lui insisteva, ed era suo diritto in quanto marito. Capite di che cosa vi sto parlando?»

Emily osservò la brezza catturare un'estremità del fichu e gettarlo in aria, e Selina riprenderlo e legarselo al polso. E allora Emily vide i segni delle frustate che stavano guarendo sul petto di Selina. La vista di una tale crudeltà la fece impallidire, prima che il volto fosse invaso dal colore e cominciasse a piangere. Selina la abbracciò per confortarla, la tenne stretta e le assicurò che non sarebbe mai più successo. Dopo qualche minuto, Emily le stava raccontando tutto quello che era successo la notte prima.

E fu così che le trovò Alec, un'ora dopo, ancora sul pontile. Selina aveva la schiena rivolta verso il calore del sole e si appoggiava a un pilone, con Emily che sonnecchiava tra le sue braccia. Fissava oltre l'acqua, l'adorabile collo nudo, la massa di riccioli raccolta sulla testa con nastri e spilloni, rosso-dorati alla luce piena del sole. Alec fu colpito dall'espressione determinata del suo volto e dal sorriso nei suoi occhi scuri: era come se in quel momento avesse deciso qualcosa che l'aveva fatta sentire in pace con se stessa. Portò il sorriso anche sulle sue labbra. Sarebbe rimasto ad ammirarla in quel modo ancora a lungo, se lei non avesse percepito una presenza e non si fosse voltata per trovare che la fissava. Alec distolse immediatamente lo sguardo, incapace di fissare quegli espressivi occhi scuri. Selina non mostrò sorpresa, ma si irrigidì, svegliando Emily, che si sedette e si scusò insonnolita con Selina per essersi addormentata.

Alec non era venuto da solo. Peeble aspettava pazientemente alla fine del pontile.

«Vostra nonna ha bisogno di voi in casa» disse Alec a Emily, aiutandola ad alzarsi, senza nemmeno un'occhiata a Selina. «Stanno cominciando ad arrivare gli ospiti per il tè e lei non può salutarli senza di voi. Va tutto bene?» Le chiese gentilmente, scrutandola. Quando lei annuì, le baciò la mano. «Bene, Peeble è venuta a prendervi.» Raccolse il cappellino di paglia e la scortò giù dal molo, voltando la schiena a Selina, che fu lasciata ad arrangiarsi da sola. Quando Emily fu al sicuro, oltre le tavole marce e sul terreno solido, la consegnò alle cure di Peeble.

Emily guardò oltre le spalle di Alec, verso Selina, in piedi da sola sul pontile che si spazzolava le sottane per liberarle dalle briciole e dalle pieghe. «Selina…»

«La signora Jamison-Lewis e io arriveremo fra un momento» le rispose con un sorriso, e con un cenno a Peeble tornò sul pontile. Aveva attraversato quasi tutte le tavole più robuste quando Selina arrivò dalla parte opposta e gli sarebbe passata davanti se lui non le avesse bloccato la strada. «Voglio parlare con voi» dichiarò e, quando lei restò ostinatamente ferma, aggiunse. «Riguarda Jack.»

Selina tornò indietro verso il bordo del pontile e gettò gli ultimi pezzetti di pane nell'acqua, per i cigni che si erano nuovamente avvicinati. Alec si accucciò e trovando un pezzo di pane infilato tra le tavole lo tese a *Madame de Cygne*, invitandola a venire avanti, parlandole dolcemente in francese. Poi si alzò, allungando le gambe e disse, in inglese, con gli occhi ancora sulla famiglia di cigni:

«Lo zio Plant sta portando Cromwell e Marziran a St. Neots. Saranno contenti di poter correre liberamente dopo le strade congestionate di Parigi.»

«Dopo Parigi? Certamente. Specialmente nel bosco a catturare conigli.»

«O a spaventare i cervi di Olivia nel parco?»

Selina sorrise al ricordo. «Lo avevo dimenticato. Non è stata molto contenta quando il suo prezioso branco ha calpestato le aiuole delle erbe medicinali. Forse si limiteranno a scovare le tane dei conigli.»

«Quei due furfanti? Lo credete veramente?»

Selina scosse la testa. «Se ricordo bene non erano mai contenti finché non avevano fatto correre fino all'esaurimento il più grosso e il più bello dei cervi di Sua Grazia. Vostro zio verrà veramente qua? Pensavo che mantenesse deliberatamente le distanze da "questa oziosa classe di spendaccioni buoni a nulla che hanno successo solamente nel succedere"» disse, citando le sue esatte parole e sorrise. «La duchessa e Lady Charlotte non erano molto contente del discorso che ha fatto Plantagenet Halsey alla Camera dei Comuni sull'abolizione della primogenitura. Lady Charlotte aveva praticamente la schiuma alla bocca! Quando arriverà?»

«Oggi e resterà per il ballo. Olivia ha particolarmente insistito.»

«Davvero? Perché?»

«Perché sono affezionati l'uno all'altra.»

«No!? La duchessa e il repubblicano?» Gli occhi di Selina brillarono maliziosi. «Che bello! E io che mi aspettavo di annoiarmi a morte, stasera. Osservare quei due sarà un divertimento.»

«Sì, ero sicuro che sareste stata contenta. Avete sempre avuto l'abilità di scoprire particolari interessanti, e a volte piuttosto sorprendenti, riguardo a persone che a tutti sembravano interessanti quanto un calzascarpe.»

Risero entrambi e poi caddero immediatamente in un silenzio imbarazzato, finché Alec disse, senza preamboli. «Olivia ha suggerito che voi potreste sapere perché Jack e Delvin hanno incrociato le spade.»

«Non ne ho idea» fu la sua risposta inespressiva. «Ve l'ho già detto a St. James's Place.»

«L'avete visto il giorno prima che morisse, a Hyde Park, in compagnia di un mio collega, Simon Tremarton.»

«Sì, è vero. Ma Jack non ha menzionato Delvin.» Lo guardò con sincerità. «Jack mi ha detto che Simon Tremarton lavora al ministero degli esteri. Lo conoscete bene?»

«Abbiamo lavorato insieme in qualche ambasciata e ci siamo trovati per bere qualcosa al nostro club, qualche volta, ecco tutto.»

«Vedo, quindi in realtà non lo conoscete veramente bene.»

«No, non intimamente» rispose Alec, chiedendosi perché gli occhi di Selina di colpo si fossero accesi e come fosse riuscita a orientare la conversazione in modo da essere lei a fare le domande. «Jack vi ha detto qualcosa del fidanzamento di Emily?»

«No, non sapeva del fidanzamento quando ci siamo incontrati a Hyde Park» gli rispose pazientemente. «Era appena tornato dopo aver passato dieci giorni al suo casino da caccia nello Yorkshire. Nessuno sembra ricordarlo. Emily e Delvin avevano annunciato il loro fidanzamento appena il giorno prima e non era previsto che fosse pubblicato fino al mattino seguente: la mattina del duello.» Si tolse un ricciolo vagabondo dalla guancia. «Inoltre,» disse sommessamente, «Jack era troppo felice per preoccuparsi delle notizie di qualcun altro, buone o cattive che fossero.»

Alec abbassò gli occhi verso i piedi, dove alte canne spuntavano tra le tavole marce. «Jack non era interessato alla compagnia femminile, vero Selina?»

Lei esitò, era stato l'uso del suo nome. Aveva sempre avuto cura di chiamarla con il suo nome da sposata. Fu questo, e non la domanda, che fece tardare la sua risposta. Quando Alec la sollecitò, rispose sprezzante, con una scrollata di spalle: «Oh, lui e io stavamo sempre insieme.»

«Avete dimenticato: Jack e io eravamo a scuola assieme.»

«E questo vi rende un esperto dei sentimenti di Jack?»

Alec sorrise, increspando gli angoli degli occhi azzurri: «No, non dei suoi sentimenti. Cercava in tutti i modi di mascherare le sue vere inclinazioni, ma sospettavo che non fosse assolutamente interessato alle gonnelle.»

Selina voltò la testa. «Allora, sapete perfettamente che delle donne non gli importava proprio.»

«Sì.»

Sovrappensiero, Selina giocherellava con l'estremità ricamata del suo fichu, che si era legata lento sul petto ma che non aveva appuntato, fissando un punto lontano sull'altra riva del fiume. «Perdonatemi. Sono stata stupidamente cauta e non ce n'è bisogno con voi. Jack non si sarebbe mai sposato, nemmeno per avere una discendenza. Povera zia Meg, era destinata a vivere sperando, per il resto della sua vita. Quindi capite perché non è possibile che si siano battuti a duello per Emily. È solo una scusa di comodo che ha architettato Delvin; qualcosa che la gente ha prontamente creduto, perché la verità su Jack non era di pubblico dominio.»

Alec seguì il suo sguardo dall'altra parte del fiume. «Pensate che il duello possa aver avuto a che fare con le preferenze di Jack?»

Selina scosse l testa. «Non credo. Delvin può personalmente

disprezzare quel tipo di uomini ma non ha mai espresso a voce alta il suo disgusto. Sfidare Jack per quello? Perché? E perché ora, quando Delvin sapeva di Jack da anni? Ci deve essere qualche altro motivo perché ha assassinato mio cugino.»

«Ladro, bugiardo, truffatore e assassino» citò Alec. «È rimasto qualcos'altro di cui volete accusare mio fratello, signora?»

Il suo commento ironico nascondeva un sottofondo di emozioni eterogenee ma tutto quello che sentì Selina fu il disgusto sprezzante. Aveva giudicato la scena della sera prima in base alle apparenze. Beh, non poteva biasimarlo. La messinscena di Delvin aveva preso una svolta inaspettatamente dolorosa ma era comunque riuscito a ottenere lo scopo che desiderava, sconvolgendo suo fratello. Si fece forza e guardò Alec in volto. «Non ho invitato Delvin nella mia stanza ieri sera, né nessuna altra sera…»

Alec la interruppe, alzando una mano con un sorriso un po' troppo ampio. «Mia cara, non dovete giustificare il vostro comportamento…»

«No» rispose secca. «Ma vi sbagliereste di grosso se credeste a quello che pensate di aver visto ieri sera. Pensavo mi conosceste meglio. E se non me, sicuramente conoscete abbastanza bene vostro fratello da rendervi conto che è capace dei peggiori inganni. Detto questo, sono sicura che non mi avete trattenuto per parlare di quello che vi interessa ben poco…»

Alec si prese un momento per rispondere, perché la stava guardando con un'espressione che Selina faceva fatica a interpretare. Non capiva se quello che gli aveva detto lo aveva fatto arrabbiare o lo aveva confuso. Alec fece per parlare, cambiò idea e, stringendo le labbra, fece velocemente un giro lungo le tavole marce del pontile. Quando tornò le disse con la voce opaca. «Siete riuscita a parlare con Emily di quello che le è successo ieri notte?»

«Sì, possiamo stare tranquilli» disse con calma. «Da quello che mi ha descritto, e in effetti da quello che non ha detto, non è stata stuprata…»

«Grazie a Dio.»

«… ma sono convinta che era quello l'intento. È stata molto fortunata che qualcuno o qualcosa abbia disturbato il suo aggressore, facendolo fuggire prima che avesse la possibilità di farle veramente male.»

«Il mio valletto, forse, quando è entrato in camera? Anche se lui dice che Emily era sola nella stanza, eccetto la povera Jenny morta ai piedi del letto.»

«Da quello che ho potuto carpire dalle confidenze stentate di Emily, quando si è ritirata per la notte, lei e Jenny sono rimaste per un po' nella stanza di Jenny. Emily lamentava un mal di testa e l'ultima volta che ricorda di aver parlato con Jenny, era stato per chiederle una polvere per il mal di testa, prima di assopirsi sul suo lettino. Quando si è svegliata era sola. Ha un vago ricordo di essere stata svegliata da un forte tonfo. È allora che è andata nella sua stanza. La camera era buia, circostanza inusuale, ed è stata afferrata e... Il resto lo conoscete.»

«Ha menzionato la servetta?»

«No, ovviamente la piccola disgraziata stava scansando il lavoro.» Selina sospirò. «Forse ha visto qualcosa ma è troppo spaventata per parlare, per paura di perdere il posto o, peggio, di finire come Jenny? Forse è il motivo per cui Jenny è stata aggredita? Ha visto l'intruso appostato sulla scala di servizio o nella stanza da letto? Oh! Emily mi ha confidato qualcosa che potrebbe aiutarvi a restringere il campo.»

«Sì?» Le chiese ansioso.

«Il suo aggressore portava la parrucca. Nella lotta, Emily l'ha spostata. Aveva la testa rasata.»

«È tutto?»

«Sì. Non mi sembrate particolarmente impressionato. La povera ragazza è ancora sotto shock. E non vuole riandare alla notte scorsa. Non la biasimo. C'è voluto tutto il mio potere di persuasione per ottenere queste poche informazioni.»

«Non è che non vi sia grato» si scusò Alec. «È che la preferenza del suo aggressore per la parrucca non è molto da cui partire. Dopo tutto, tutti i gentiluomini di Londra con qualche pretesa di nobiltà si radono la testa e portano la parrucca.» Scrollò le spalle. «Suppongo che signifchi che possiamo eliminare la maggior parte dei servitori. Oh, e potete levare anche me dalla lista dei sospetti.»

Selina arrossì furiosa. «Voi?» Replicò. «Come vi permettete di pensare che avrei mai sospettato di voi! Che cosa *detestabile* da dire!» Sollevò le gonne e si precipitò giù dal pontile verso la riva del fiume. «Pensavo mi conosceste meglio ma ovviamente avete fatto di tutto per dimenticare! E per quanto riguarda il vostro oltraggioso suggerimento, che avrei potuto incoraggiare una serpe odiosa come vostro fratello... Oh, accidenti a voi!»

Dopo un momento di stordimento, Alec la seguì. «State attenta! Attenta. Selina, aspettate! Le tavole... non sono sicure! Vi slogherete una caviglia!»

«No, non toccatemi! Ce la farò da sola!» Selina continuò a cammi-

nare, appena in grado di vedere attraverso il velo di lacrime, alimen-
tate da una rabbia completamente inaspettata ma non inspiegabile.
«Non ho paura delle acque del Tamigi!» borbottò, e proprio quando
aveva attraversato la parte peggiore delle tavole scheggiate e rotte, un
chiodo arrugginito che sporgeva si impigliò nelle sottogonne e lei
inciampò, perdendo l'equilibrio. Ansimò, aspettandosi l'impatto
dell'acqua fredda, le canne taglienti come rasoi contro la pelle, quando
fu afferrata in vita e sollevata in aria prima che una scarpa riuscisse a
toccare la superficie dell'acqua.

Alec la sollevò sopra una spalla, in un modo che Selina trovò sia
poco dignitoso sia esilarante, e continuò lungo il pontile, nonostante
lei protestasse di metterla giù immediatamente, finché raggiunse la
riva del fiume, con entrambi i piedi sulla terra ferma. Poi la fece scivolare dalla spalla ma non la lasciò andare.

Selina crollò contro il suo petto ridendo. «Bruto! Oh, la mia testa.
Mi avete fatto venire le vertigini!»

«È solo colpa vostra» le rispose in tono altero, cercando di non
ridere e tenendola stretta. «State ferma un momento» le disse dolcemente, respirando il piacevole profumo fiorito che persisteva nei
capelli in disordine. «La sensazione passerà presto.»

Selina chiuse gli occhi e si sentì meglio, contenta di restare ferma
nelle sue braccia e ascoltare il battito del suo cuore forte attraverso la
camicia di lino e il panciotto di seta ricamata. Restarono lì per
parecchi minuti finché Alec si spostò leggermente, con il sole caldo
sulla schiena della redingote blu marine.

«Dovremmo tornare a casa prima che ci cerchino» disse Alec
sottovoce e raccolse il leggerissimo fichu che era scivolato dalle spalle
di Selina ed era fluttuato sull'erba ai piedi di Alec.

Selina tese una mano per prenderlo ma Alec piegò con cura il
tessuto e glielo sistemò sulle spalle. Selina alzò la testa e tenne gli occhi
sul bel volto forte, con il naso aquilino, il mento quadrato, gli occhi
blu, così profondi che alla luce del giorno sembravano neri come il
carbone, e la sua testa piena di riccioli ribelli. Le stava sorridendo
mentre le legava il fichu sul petto, ma il sorriso divenne immediatamente una smorfia e lasciò cadere il tessuto come fosse velenoso al
tatto, facendo un passo indietro. Selina si chiese che cosa fosse
successo per cambiare così di colpo e poi capì. Senza il fichu, i segni
delle frustate sulla pelle bianca traslucida erano chiaramente evidenti.
Era stata sbadata a dimenticare di fissare al suo posto il tessuto
leggero. Si coprì in fretta il petto e rimise a posto la spilla. Quando
alzò gli occhi, Alec era mortalmente pallido e tremava.

«Che c'è?» Gli chiese allarmata, toccandogli la manica.

Alec abbassò la testa, con un ricciolo che cadeva sulla fronte e distolse lo sguardo, con le nocche bianche sui pugni chiusi. «Che Dio mi aiuti, Selina» mormorò con la voce rotta. «Io non lo sapevo... *Io non lo sapevo...*»

«Per favore, è finita. È tutto quello che conta.»

«Mi-mi dispiace» sussurrò con la gola secca. «Buon Dio, mi dispiace tanto.»

Selina lo costrinse a guardarla e sorrise rassicurante, guardandolo negli occhi azzurri umidi, solo per ricevere un brutto colpo. Quello che vide era così inaspettato e così indesiderato che si sentì immediatamente completamente avvilita. «Voi avete pietà di me?» disse debolmente, con una voce piena di meraviglia, con una mano sulla gola bianca. «Volete offrirmi la vostra compassione? Dannazione! *Dannazione*. Ignoratemi, respingetemi, *odiatemi*, pensate di me quello che volete,» gridò rabbiosamente, «ma non voglio la vostra pietà!» E corse via sul sentiero verso il nuovo pontile, lasciandolo vicino al fiume, cercando di allontanarsi da lui il più possibile.

Alec non cercò di seguirla. Invece si lasciò cadere nell'erba alta e restò lì, a guardare il cielo senza nuvole, meravigliandosi delle vicissitudini della vita. Anche lui aveva appena ricevuto uno shock: l'improvvisa consapevolezza che quello che era iniziato come un piccolo dubbio insistente, cominciato sulle scale della St. Neots House quando lui e Selina si erano scontrati, nello spazio dei quei pochi, tranquilli minuti con lei tra le braccia, era cresciuto nella convinzione chiara e netta che era stato sul punto di fare il più grande errore della sua vita. Non riusciva a pensare alle conseguenze. Ora doveva fare ammenda, con Emily, con Selina e, da ultimo, con se stesso.

SETTE

Sir Cosmo incrociò Alec che arrivava camminando lentamente per il prato a sud, con la redingote gettata su una spalla e le maniche della camicia arrotolate fino ai gomiti. Sir Cosmo portava una mazza da croquet ma non partecipava al gioco che si stava svolgendo sul prato sotto la terrazza. Si era scusato per un momento, quando aveva visto Selina attraversare il prato venendo dal fiume, in un turbine di sottane e determinazione, ma lei si era sbarazzata di lui con la fiacca scusa di un mal di testa ed era corsa in casa, causando parecchie occhiate interessate tra quelli che poltrivano sulla terrazza. Sir Cosmo sapeva che Selina non aveva mai sofferto di mal di testa in vita sua, quindi non fu sorpreso quando vide che il mal di testa aveva un nome. Alec arrivava attraverso il prato esattamente dalla stessa direzione di Selina e solo dieci minuti dopo di lei.

Sir Cosmo aveva passato la mattinata, dopo l'incidente nella stanza della colazione, cercando di carpire ogni minimo pettegolezzo che riusciva a raccogliere riguardo agli avvenimenti della sera precedente. Nessuno sembrava sapere qualcosa, eccetto che la cameriera di Emily si era rotta il collo. Riguardo alle accese accuse lanciate da Delvin a suo fratello, il cervello di Sir Cosmo stava ancora vacillando per l'incredulità. La sua stessa sparata contro Alec, fuori, sotto la pioggia in terrazzo, lo faceva sentire decisamente imbarazzato al pensiero di restare da solo in compagnia dell'amico e quindi, quando si avvicinò, si sentiva piuttosto a disagio e intimidito.

«Possiamo parlare?» Gli chiese, gettando da parte la mazza da croquet e adeguando il passo a quello dell'amico.

«Vieni in casa, mi serve un drink.»

«Come-come stanno venendo le chiatte?»

«Stanno martellando e segando come matti, se questo significa che le cose vanno avanti.»

«Zia Olivia ha speso una fortuna solo per i fuochi di artificio. Deve per forza essere un grande spettacolo.»

Alec salì i gradini della terrazza davanti a lui e si vide venire incontro Neave, con un vassoio d'argento con due bicchieri e una bottiglia di borgogna. Il maggiordomo rimase lì fermo, con uno sguardo eloquente a Sir Cosmo.

«Scusaci un momento, Cosmo» disse Alec, allontanandosi di qualche passo con il maggiordomo. «La domestica è riuscita a dirvi qualcosa?»

«Mi dispiace, signore, la ragazza resta testardamente in silenzio riguardo ai suoi movimenti della notte scorsa. Dice una cosa ma se si insiste, cambia versione. Se posso dare il mio parere, signore, direi che stava combinando qualcosa tra i cespugli con uno dei ragazzi, invece di fare il suo dovere.»

«Questo spiegherebbe le spiegazioni ingarbugliate. Continuate a farle pressioni. Vedete se riuscite a scoprire chi c'era nei cespugli con lei. E i camerieri addetti a quella parte della casa, che cos'hanno da dire?»

«Ce n'erano solo due a quell'ora, signore. Sono categorici nel dire che non hanno visto niente di diverso dal solito. Cioè, hanno solo visto Miss Jenny andare e venire lungo il corridoio principale.»

«E la scala di servizio? Dove porta?»

«Su nella vecchia stanza della bambinaia. È sopra gli appartamenti di Miss Emily, signore. E giù verso la stanza del biliardo e a un corridoio che porta alle cucine.»

«Stanza del biliardo? Strano, no, che la sala del biliardo sia sotto gli appartamenti di Miss Emily?»

«È vero, signore. È a causa dell'incendio che c'è stato mentre eravate all'estero.»

«Incendio? Dove prima c'era il biliardo?»

«Esattamente signore. Ha completamente bruciato la stanza. Era rimasto solo un guscio vuoto. Quindi Sua Grazia ha trasformato quella che prima era la sala della musica, nella stanza del biliardo per i signori che sono arrivati per la festa.»

«Com'è iniziato il fuoco?»

Il maggiordomo tossì. «Non lo sa nessuno, signore, ma Sua Grazia è dell'opinione che sia probabilmente stato uno dei sigari di Lord Andrew a fare il danno...»

Alec lo guardò stupito ma non disse niente. Prese la bottiglia e i due bicchieri. «Vi siete assicurato che la camera di Miss Emily restasse intatta?»

«Sì, signore. Ho messo un cameriere nel corridoio davanti alla camera di Miss Emily e ho fatto chiudere e mettere un lucchetto alla porta di servizio in fondo alle scale. Nessuno c'è più entrato dopo il dottor Oakes, signore.»

«Bene, notizie dagli altri alloggi?»

«Non ancora, signore. I servitori di casa sono molto più... malleabili.»

«Immagino di sì. Grazie, Neave. Se mi cercano, sarò nella nuova stanza del biliardo. Portatemi le chiavi del lucchetto. Vorrei dare un'occhiata alla stanza di Miss Emily, ma che rimanga tra noi, Neave.»

Il maggiordomo si inchinò soddisfatto, appagato di godere della confidenza del signor Halsey.

La stanza del biliardo era deserta e buia, con le pesanti tende tirate, per escludere il sole del pomeriggio. Sir Cosmo spalancò la finestra per far uscire l'odore sigari e di vino stantio. C'erano diverse stecche appoggiate distrattamente contro il tavolo, e sulla panchetta sotto la finestra c'erano due bottiglie vuote di chiaretto e tre bicchieri con residui di vino; in un angolo, una redingote stropicciata, gettata lì senza cura, ovviamente dimenticata durante una partita tra ubriachi. Sir Cosmo scrollò le spalle alla trascuratezza dei servitori della duchessa e sistemò le tre palle da biliardo sul panno verde, impaziente di fare una partita.

Eppure, quando Alec andò immediatamente verso la porta di servizio ritagliata nella tappezzeria e scomparve, Sir Cosmo avrebbe dovuto indovinare: una partita di biliardo era l'ultima cosa nella mente dell'amico. Ma Alec tornò qualche momento dopo, soddisfatto che la porta sulla scala di servizio che portava alla stanza di Emily fosse stata effettivamente chiusa con un lucchetto. Versò un bicchiere di borgogna per sé e Sir Cosmo dalla bottiglia che aveva preso da Neave e gli porse il bicchiere di vino.

«Grazie. Ho proprio bisogno di un goccio» disse Sir Cosmo. «Non sono io stamattina. Non riesco a fare una conversazione decente. Ho giocato a croquet da schifo. Sono tutto sottosopra. Selina mi ha appena ignorato. La zia Olivia si sta nascondendo con Emily, e non dice niente. Dannatamente irritante per il resto di noi...» Osservò Alec appoggiare la bottiglia sulla panchetta sotto la finestra e disse bruscamente. «Dannazione, Alec! Sono il cugino di Emily! Ho il diritto di sapere che cosa le è accaduto ieri notte; se quello che Ned ha detto nella stanza della colazione contiene una briciola di verità!»

Alec gli riferì concisamente gli avvenimenti della sera precedente, aggiungendo: «Spero che Neave riesca a estrarre qualche informazione dai servitori, e che i miei sforzi portino a qualcosa di nuovo, altrimenti sarò obbligato a chiedere a Emily di fare un resoconto di ieri notte, e detesto l'idea di doverlo fare, specialmente dopo che la chiacchierata di Selina con lei non ha rivelato molto.»

Sir Cosmo scosse la testa incipriata. «Che cosa porta un uomo a voler fare violenza a una ragazzina? È una cosa barbara! E uccidere la cameriera, poi, non riesco nemmeno a pensarci. Orribile, dannatamente orribile!»

«Perché uccidere la cameriera?»

«L'ha visto. È ovvio. Ha dovuto farla stare zitta in fretta, prima che Emily o un servitore la sentissero.»

«Perché i servitori non l'hanno sentita gridare aiuto? C'era un cameriere in servizio nel corridoio appena fuori dalla porta del salotto.»

Sir Cosmo appoggiò il bicchiere di vino e scelse a caso una stecca dalla rastrelliera. «Forse non ha avuto la possibilità di urlare? Le è saltato addosso all'improvviso. Forse le candele si erano spente o le ha spente lui? Era buio, no?»

«Come ha fatto a trovarla al buio? Come ha fatto ad avere l'opportunità di spegnere le candele, restare in attesa e poi assalire Jenny? Non sarebbe entrata in una stanza buia, avrebbe chiesto una candela al cameriere.»

Sir Cosmo sembrava depresso. Mise la palla da biliardo in mezzo alla linea guida, allineò la stecca e, con un occhio chiuso, prese la mira e fece il tiro di apertura. «Allora le candele non erano state spente. Torniamo a quello che ho detto prima. L'ha visto e lui l'ha fatta tacere in fretta.»

«Oppure l'ha visto e lo conosceva, e quindi non ha avuto paura e non ha urlato. Forse è stata lei a farlo entrare?»

«E i camerieri? Perché non l'hanno visto?»

Fu la volta di Alec di aggrottare la fronte. Ci aveva messo un po' a scegliere una stecca e aspettò che Sir Cosmo finisse la sua serie di colpi facili, con il bicchiere di vino in mano.

«Per quanto la cosa mi disgusti, penso che tu abbia ragione» confermò Sir Cosmo, mancò la buca e fece un passo indietro, per permettere ad Alec di giocare. «Lo conosceva. Non riesco a immaginare la cameriera di Emily permettere a chiunque di entrare nelle stanze della sua padrona. E tu dici che è stata trovata nella stanza da letto. Non un posto dove si invitano gli estranei, no?»

«Non un posto dove invitare chiunque.»

«E il cameriere in servizio?»

«Neave ha detto che i due camerieri alla fine del corridoio sono stati categorici nel dire che non hanno visto nessuno.»

«Mentono» disse semplicemente Sir Cosmo. «Deve essere così. Si sono allontanati dal loro posto. Non credo che lo confesserebbero a Neave, no?»

«Oppure l'assassino ha usato la scala di servizio dall'inizio alla fine. E come diavolo farò a scoprire l'identità dell'assassino prima che finisca questo finesettimana?» Si chiese Alec a voce alta. «Come faccio a insinuarmi nella vita della gente, scoprire dove sono stati tutti gli ospiti maschi dopo aver lasciato il salotto ieri sera? E senza offendere un innocente e, cosa più importante, senza causare disagio e imbarazzo a Olivia ed Emily?»

«Non lo so» disse Sir Cosmo, osservando Alec riuscire in un tiro difficile. «Mi piacerebbe aiutarti. Forse posso fare qualche domanda discreta in un paio di orecchie? E ovviamente puoi eliminare qualcuno di noi. Voglio dire, non era suo zio Macara, o tu o io. E certamente non è stato il vecchio generale Wallbright, con la gotta e il bastone. Poi c'è il vicario, e Ned. Non può essere stato Ned. È fidanzato a Emily. Alcuni tizi erano troppo ubriachi dopo cena perfino per raggiungere le signore per il caffè. I camerieri hanno dovuto portarli nelle rispettive camere.»

Alec alzò gli occhi prima di tirare un altro colpo, poco convinto. «Chi può dire che uno di questi gentiluomini non stesse fingendo? È per questo che sto cercando di ottenere che Neave si faccia dire qualcosa dai valletti…»

«Ah! Sarà facile quanto estrarre un dente!»

«Mmm. Ci sono alcuni gentiluomini che posso ovviamente scartare per una ragione o per l'altra. Questo ne lascia ancora una mezza dozzina, a parte me, te e Delvin.»

«Non puoi pensare…»

«Non so che cosa pensare!» rispose di scatto Alec e sbagliò il colpo, lasciando a Sir Cosmo via libera per vincere la partita. «Un giorno fa non avrei mai pensato fosse possibile che una ragazza fosse quasi stuprata in casa sua e la sua cameriera uccisa per giunta. È roba da melodramma di Haymarket, eppure è successo proprio sotto questo tetto. Gli altri ci scarteranno così facilmente quando sapranno che ieri notte tu ti aggiravi nella tua vestaglia cinese, cercandomi, e che io ero qui, da solo, sulla terrazza sotto la pioggia? Delvin ha un alibi in Selina.»

«Non ci crederò mai! *Mai*. Lei lo odia.»

«Perché non dovrei credere ai miei stessi occhi? Li ho sorpresi io. Ripensandoci, sono sicuro che è esattamente quello che aveva programmato Delvin. Voleva che li vedessi insieme. Voleva ridermi in faccia.»

Sir Cosmo strinse i denti. Esitò a tirare l'ultimo colpo e fissò Alec. «Non mi interessa quello che hai visto ma non era quello che pensi di aver visto!» disse testardo. «Ultimamente Ned si sta comportando come un pazzo. Ovviamente voleva che tu vedessi lui e Selina insieme. L'ha sempre voluta, da che io mi ricordi... ma questo non significa che lei voglia avere qualcosa a che fare con lui!» Allineò nuovamente la stecca per il colpo, dicendo con una sbuffata: «Ned! La scenata che ha fatto a colazione mi ha fatto mancare il fiato. Non ho mai sentito tante stupidaggini. Non posso biasimarlo per essere pazzo di rabbia, ma accusare te...»

«Il comportamento di Edward non dovrebbe sorprenderti. Hai sempre saputo com'è tra di noi.»

«Ma non mi ero mai reso conto di quanto ti odiasse» gli rispose Sir Cosmo. «Non gli hai mai fatto niente. Ti sei tenuto alla larga da lui. E il suo fidanzamento, poi, sei stato più che ragionevole, visto che puntavi a Emily... no?»

«Stavo andando in quella direzione, sì.»

Sir Cosmo mancò ancora un paio di palle e si tirò indietro, indifferente al fatto di aver giocato male perché la sua mente era altrove. «Un uomo di minor valore si sarebbe già messo tra loro.»

«Sì, un uomo di minor valore.»

Sir Cosmo cercò una risposta, o almeno il modo di scusarsi, ma il sorriso con cui Alec accompagnò la risposta lo fece sentire idiota per aver pensato che l'amico si sarebbe offeso. «Che diavolo di problema ha Ned?» Si chiese a voce alta. «Non è che abbia qualcosa di cui preoccuparsi. È fidanzato lui con Emily, non tu. Lei è innamorata di lui, non di te. È lui il conte, e tu sei stato riconosciuto come secondo figlio.»

Alec si allontanò dalla finestra e risistemò le tre palle da biliardo sul panno verde. «Che cosa intendi per "riconosciuto come secondo figlio"?»

Sir Cosmo affondò il mento nelle pieghe della lavallière. «Sono sicuro che non sia necessario che io ripeta le voci su tua madre...»

«Per favore, ti prego di spiegarti.»

«A dire la verità, caro amico, è una cosa da ridere» disse bruscamente Sir Cosmo, per nascondere l'imbarazzo. Evitò lo sguardo bruciante degli occhi azzurri scegliendo con cura un'altra stecca, preparandosi per un'altra partita. «L'intero l'episodio sembra uscire dal medio evo. Senza dubbio ti sei fatto una risata al proposito.»

«A proposito di che cosa?»

«Oh, andiamo, Alec.» Sbuffò Sir Cosmo. «Sai benissimo di che cosa sto parlando. Sei sempre stato troppo riservato per il tuo bene. Io sono un amico, un orecchio comprensivo, non giudice, giuria e boia.»

Alec mise il gesso sulla punta della stecca. «Non ho niente da dire su Lady Delvin.»

«Forse non tu, ma la mamma di Jack ha parecchio da dire. Lady Margaret dice che ha una lettera scritta di pugno da tua madre. Dice che prova la tua primogenitura.»

«Hai visto quella lettera?»

«No. Il fatto è che Selina dice che sua zia l'ha smarrita.»

Alec sbuffò incredulo.

«Ma questo non vuol dire che non esista! Lady Margaret sta facendo buttare sottosopra la casa per cercarla. E quando la troveranno, è decisa a che giustizia sia fatta!»

«Cosmo, Lady Margaret deve avere dozzine di lettere scritte da Lady Delvin. Ma dubito che tra loro esista una confessione. Anche se le sordide voci sul passato di mia madre sono veritiere, non l'avrebbe mai lasciato scritto per la posterità. A che scopo? Una simile confessione avrebbe certamente rovinato mio fratello e non poteva essere quello lo scopo di Lady Delvin. Ha sempre sostenuto il suo diritto al titolo di conte. I motivi di Lady Margaret sono semplici. Vuole vendicarsi di mio fratello per aver ucciso suo figlio; questo è comprensibile. Ma il dolore cieco le ha annebbiato il giudizio e ha dato la stura a pie illusioni.»

«E se Lady Margaret fornisse una lettera scritta da Lady Delvin che comprova le voci? Non vorresti che fosse fatta giustizia?»

«La giustizia non ha niente a che fare con questo caso, Cosmo.» Alec si avvicinò al tavolo per cominciare la partita, con la sensazione di disagio che rendeva brusco il tono della sua voce. «Dimmi se trovi plausibile questa favola ormai logora. Quando Lady Delvin ha saputo di essere incinta ha nascosto il fatto al mondo perché non era sicura di chi fosse il padre, suo marito o l'amante; un amante che aveva preso mentre il conte era al nord a ispezionare le sue tenute. Intendeva far nascere il bambino di nascosto in una tenuta nel Kent. Ma il conte tornò inaspettatamente. Gli era giunta notizia dell'adulterio di sua moglie. Non era pronto ad accettare l'idea che con tutta probabilità era stato lui, e non l'amante, a generare il bambino prima di partire. Era deciso a liberarsi del bastardo di sua moglie. Appena il bambino nacque, fu spedito al nord, da mezzadri che avrebbero tenuto la bocca chiusa, in una remota tenuta nel Northumberland.»

«Ma quella non può essere la fine della storia» disse sommessamente Sir Cosmo.

«Il bambino rimase con i mezzadri per un anno, finché lo rintracciò il fratello del conte. Il bambino non era cresciuto bene, era minuscolo e nessuno si aspettava che sopravvivesse. Eppure, lo zio non rinunciò al bambino. Lo rese ai suoi genitori nel Kent. Ma a quel punto, solo un paio di mesi prima, lady Delvin aveva partorito un secondo figlio, e fu questo secondo figlio che fu riconosciuto come primo dal conte.»

«Ma il primo figlio era nato durante il matrimonio, quindi, legalmente, era l'erede del titolo,» ribatté Sir Cosmo, «qualunque sospetto potesse avere il conte riguardo alla paternità del bambino. La legge è questa! Inoltre, che prove aveva che il primo nato non fosse suo?»

«Sì, la legge è questa, Cosmo, ma il danno era stato fatto. Lady Delvin era stata infedele. È tutto quello che ci voleva perché il conte rifiutasse di riconoscere il primo nato come suo figlio. Tutto quello che lo zio riuscì a ottenere per questo figlio reietto, fu di assicurarsi che almeno fosse riconosciuto dai suoi genitori. Minacciò di rivelare l'inganno del conte se non l'avessero fatto. Il conte accettò, a condizione che il secondo figlio della contessa fosse riconosciuto come il primogenito e quindi erede del titolo e delle terre del conte. Questo soddisfece il fratello del conte, che portò il reietto a vivere con lui. Il conte si rifiutava di avere in casa sua un memento quotidiano dell'infedeltà di sua moglie. Pubblicamente fu detto che il bambino soffriva di consunzione e che c'era il rischio che infettasse il fratello. Dato che c'erano solo undici mesi di differenza tra i ragazzi, ed erano nati nell'isolamento della campagna, nessuno seppe niente di più.»

Sir Cosmo si avvicinò al tavolo per tirare il suo colpo, senza nessun entusiasmo per una partita che sapeva di non poter vincere. «Quando hai scoperto la verità?»

Alec tornò alla panca sotto la finestra e si versò un altro bicchiere di vino. «Quando avevo quindici anni, lo zio Plant mi ha spiegato che mio padre mi aveva diseredato a causa dell'infedeltà di mia madre. Non me ne importava molto. I miei genitori non avevano mai fatto lo sforzo di conoscermi. Mio zio era tutta la famiglia che avessi mai avuto e che mi servisse.»

«E-e Ned?»

«Il figlio preferito? Il conte ha sempre fatto tutto il possibile per instillargli il senso dell'orgoglio e dell'arroganza della nostra classe. Mio fratello è cresciuto credendo di essere il figlio maggiore e che un giorno avrebbe ereditato il titolo, e che tutto quello che vedeva sarebbe stato suo. Non aveva motivo di fare domande o credere qualcos'altro.»

«E la contessa, ha reso una confessione prima di morire?»

«Il vecchio conte è morto senza pentirsi e senza mai riconoscere il suo primo nato. Ai suoi occhi, c'era un solo figlio e quel figlio sarebbe succeduto al titolo, cosa che Edward ha fatto con la benedizione di nostra madre. Poi, inaspettatamente, Lady Delvin ha chiesto di vedere il figlio che aveva allontanato. È stato solo su insistenza di zio Plant che ho fatto lo sforzo. Dopo tutto, per me era un'estranea. Ma a quel punto mia madre era costretta a letto. Eppure, non credo che le sue facoltà mentali fossero per niente diminuite. Ha fatto una specie di confessione...»

Alec svuotò il bicchiere. Sir Cosmo non allineò nemmeno la stecca. Osservava rapito.

«Anche adesso trovo incredibile che il conte e la contessa siano stati in grado di portare avanti un simile inganno» continuò Alec. «Nessuno avrebbe saputo nulla, e certamente non io, se Lady Delvin non avesse sentito il bisogno di fare ammenda prima di morire. Naturalmente Edward si è sentito tradito. Pensava fosse impazzita. Ha mandato due medici a certificare la sua pazzia. Io andavo a trovarla tutte le settimane... ma ero all'estero quand'è morta. Lo rimpiango. Lei non aveva nessun altro. Nessun altro eccetto zio Plant e verso la fine anche lui era troppo sconvolto per andare nel Kent.»

«Se quello che ha confessato tua madre è la verità... allora è stata fatta un'enorme ingiustizia! L'intera vita di Ned è stata una-una... bugia.»

Alec sorrise. «Mio caro Cosmo, Lady Delvin è stata abbastanza furba da non rivelare l'identità di mio padre. Quindi, potrei benissimo essere il prodotto della relazione adultera di mia madre. Così, a prescindere dall'ordine della nostra nascita, Edward potrebbe essere l'erede legittimo del titolo di suo padre, e io? L'uso del nome Halsey potrebbe essere presunzione da parte mia.»

Sir Cosmo ebbe un involontario colpo di tosse che fece alzare le sopracciglia ad Alec. «Beh, è irrilevante, amico mio,» spiegò imbarazzato, «se in effetti sei figlio di tuo zio…?»

Alec fissò l'amico senza molta sorpresa, ma non commentò. A quel punto furono interrotti da Neave, che entrò nella stanza del biliardo dopo aver bussato discretamente. Aveva la chiave del lucchetto e la consegnò ad Alec.

«Ho intenzione di dare un'occhiata in giro nella stanza di Emily» disse Alec a Sir Cosmo, aprendo la porta di servizio. «Non venire se non te la senti. Non dovrei metterci molto.»

Sir Cosmo restò fermo un momento, indeciso, a osservare Neave che versava il vino rimasto nei tre bicchieri in una delle bottiglie vuote. Fu solo quando il maggiordomo raccolse la redingote dimenticata e uscì, con l'indumento stropicciato su un braccio, giostrandosi con due bottiglie e tre bicchieri vuoti, che Sir Cosmo si rese conto di dov'era. Mise frettolosamente da parte la stecca e si affrettò verso la porta di servizio. Neave lo sentì che gridava all'amico di aspettarlo mentre chiudeva la porta, facendosi un appunto mentale di riprendere il servitore sfaticato che non aveva pulito la stanza del biliardo quella mattina.

«Che cosa importa se in realtà tuo zio è tuo padre?» Sostenne Sir Cosmo, guardando Alec che toglieva il lucchetto e tirava indietro il chiavistello. «Il conte e tuo zio sono fratelli, entrambi Halsey. È lo stesso sangue se ci pensi. Lady Margaret sta dicendo a tutti che sei tu il primogenito del conte. Dice che tua madre le ha confessato la verità in una lettera che è andata persa. Ovviamente, anche se troverà la lettera, potrebbe anche non rivelare l'identità di tuo padre.»

Alec si mise gli occhiali dalla montatura d'oro. «Non ci punterei dei soldi, Cosmo.»

Sir Cosmo seguì Alec sulla scala di servizio, un gradino alla volta, mentre l'amico si fermava ogni tanto a controllare i gradini opachi e consumati.

«Eppure, senza la lettera, Ned ha mano libera per continuare a diffondere voci ancora più brutte sulla tua paternità. Lo sta facendo in continuazione dalla morte di Lady Delvin. Ovviamente, nessuno che ti conosca crede una parola delle assurde pretese di Ned ed è per questo che non sono mai veramente venute alla luce. La maggior parte di noi crede che stia solo sputando scemenze per vendicarsi di vostra madre per aver confessato.» Sir Cosmo guardò Alec, che si era accucciato. «Posso sapere che cosa stai cercando?»

«L'intruso potrebbe aver lasciato cadere qualcosa su queste scale e dato che è buio bisogna tastare in giro. Finora, tutto quello che sono riuscito a fare è infilarmi nelle dita delle schegge di vetro! Che scemenze?»

«Ah! Quello. Ned racconta che il vero motivo per cui la contessa non ti ha riconosciuto è perché il suo adulterio non è stato commesso con tuo zio ma con il suo valletto mulatto.» Quando Alec si raddrizzò, ma non si voltò, Sir Cosmo aggiunse in fretta. «Lo so! Lo so! È assurdo. Ma se il bambino apparteneva al fratello di suo marito perché avrebbe rinunciato a te? Il conte non si sarebbe mai accorto della differenza. Nessuno avrebbe potuto farlo. Ma se in verità lei e il mulatto erano amanti, allora è comprensibile che fosse follemente preoccupata. Dopo tutto, c'era la possibilità che il bambino fosse di colore. Secondo Ned, lei aveva cercato di abortire con tutti i mezzi, ma niente aveva funzionato ed era stata obbligata a portare a termine la gravidanza in segreto.» Sir Cosmo fece una smorfia e seguì Alec sui rimanenti gradini, fino alla camera di Emily. «Ovviamente è ragionevole che volesse liberarsi di una prole così innaturale. Dopo tutto è contro natura, bianchi e neri che procreano. Non riesco a pensarci. Scusa per averlo menzionato. Ned è un pazzo anche solo a suggerirlo!»

Alec aprì la porta di servizio ed entrò nella stanza semibuia. Si voltò a guardare l'amico, che era entrato nella stanza con un sorriso imbarazzato. «Il majordomo di zio Plant, Joseph, era un mulatto, uno schiavo affrancato di una delle piantagioni dello zio nelle Indie occidentali» disse con calma, con un tono che celava la rabbia soppressa del volto spigoloso. «Ha lasciato l'impiego presso mio zio più o meno quando sono andato a Oxford, ha sposato la figlia di un avvocato scozzese e si è trasferito a Edimburgo. Lui e mio zio si scrivono regolarmente; l'ultima lettera di Joseph riportava la notizia della nascita del suo secondo nipotino e il fatto che aveva deciso di ritirarsi dalla sua carica di avvocato della corona. È un uomo onorevole ed è ridicolo pensare che lui e mia madre avessero una relazione!»

«Certamente! Ridicolo!» disse Sir Cosmo con un sorriso incerto. «Come se la contessa di Delvin e un mulatto potessero essere amanti!»

Alec aprì le tende in modo che la stanza fosse completamente immersa nella luce. «Posso ben immaginare Delvin che diffonde scempiaggini simili, perché non solo disonorano Lady Delvin ma anche la reputazione immacolata di Joseph Cale. Non pretendo di capire la mente perversa di mio fratello, quello che so è che mi detesta ancora di più perché a me non importa un fico secco chi di noi due sia il primogenito. Sono contento della mia vita così com'è. Lui, però, potrebbe star vivendo una bugia e questo lo divora giorno e notte. Il fatto è, Cosmo, che non voglio essere il conte di Delvin o di qualcos'altro.»

Sir Cosmo riuscì solo a fissarlo meravigliato, con la schiena verso la stanza, dimenticando per un attimo che erano nella stanza di Emily, tutta sottosopra. «Davvero non ti interessa?» Scosse la testa. «Ma per un uomo con il carattere di Ned, la confessione di Lady Delvin deve bruciare. Avvilirlo, direi. Ha tutto, eppure che cos'è se in effetti dubita di sé? Mi dispiace per lui. Non so che cosa farei se pensassi di vivere una menzogna. Grazie al cielo sono figlio unico. Comunque, sarebbe interessante trovare la lettera mancante; vedere nero su bianco la confessione di tua madre.»

«Cosmo,» disse Alec, passando davanti all'amico per entrare nella stanza, «forse non vuoi restare...»

Sir Cosmo si voltò e rimase a bocca aperta. Fu sconvolto dal caos assoluto in quella stanza così femminile, ora perfettamente evidente alla crudele luce del giorno. Con un'imprecazione, andò verso la stretta vetrinetta di ebano, accanto al letto a baldacchino, con il vetro che scricchiolava sotto le scarpe. «Avevo regalato questa vetrinetta a Emily per il suo quindicesimo compleanno. Guardala adesso!» disse incredulo e furioso, voltandosi a guardare i vetri sparsi sul tappeto. «Come ha osato sfasciarla, quel bruto!»

Alec si accucciò accanto alle porte della vetrinetta e toccò cautamente una lunga scheggia di vetro. «La porta di vetro è stata fracassata verso l'interno.» Guardò il tappeto. Accanto alla gamba della vetrinetta trovò un pezzo di vetro arrotondato. «Sembra che un bicchiere per l'acqua sia caduto dalla vetrinetta e sia stato calpestato sotto il piede. E doveva essere un piede pesante... Ecco spiegato il vetro che ho trovato sulle scale.» Si alzò, con una ruga sulla fronte. «Direi che la tua vetrinetta delle curiosità sia stata colpita accidentalmente durante una lotta...»

Entrambi gli uomini guardarono le coperte in disordine.

Sir Cosmo rimise la figurina di porcellana di uno spaniel King Charles nella vetrinetta danneggiata e tirò le pieghe della cravatta, come se avesse bisogno d'aria. «Devi proprio farlo?» Implorò, quando Alec tolse il mucchio di cuscini di piuma dalla testata di mogano.

«Sì, come ti ho detto, non c'è bisogno che resti.»

Sir Cosmo sporse il labbro inferiore, imbarazzato, voltò la schiena e guardò fuori dalla finestra, deciso a indirizzare la mente su qualcosa di diverso da quello che era successo in quella stanza la notte prima. Guardando il panorama, scorse un gruppo di cavalieri che attraversavano i prati vellutati, venendo dal fiume verso le scuderie; tra di loro c'erano Lord e Lady Gervais, con lei che flirtava oltraggiosamente con Lord Andrew Macara, mentre quell'omaccione di suo marito era incassato pensieroso sulla sella.

Il prolungato silenzio alle sue spalle fece voltare la testa a Sir Cosmo e fu sollevato di vedere che Alec si era allontanato dal letto, e che coperte e cuscini erano stati sistemati in ordine. In qualche modo, questo rese più facile per lui abbandonare la finestra e raggiungere l'amico che stava raddrizzando una sedia.

«Trovato qualcosa di interessante?» chiese con leggerezza, anche se la voce si ruppe a metà.

Alec scosse la testa. «Sfortunatamente no. Speravo che le coperte potessero rivelare un pezzo di pizzo o un nastro o qualche oggetto caduto dalle tasche dell'assalitore ma... niente. Dannazione! È come se l'uomo fosse venuto qua scaltramente senza fronzoli.»

«Vuoi dire che il mostro non aveva il pizzo ai polsi o sulla redingote? Questa è premeditazione diabolica, Alec.»

Alec lo guardò sopra la montatura degli occhiali. «Oppure una coincidenza diabolica.»

«Che vuol dire?»

«Proprio ora, nella stanza del biliardo» spiegò Alec. «Non hai notato le bottiglie vuote, le stecche lasciate in giro, la redingote nell'angolo?»

«Certo. Neave ha appena sistemato il disordine e ha preso la redingote e le bottiglie. Dannatamente trascurato da parte dei servitori lasciare...»

«Dannazione! Non importa. Sono sicuro che Neave restituirà la redingote al suo legittimo proprietario.»

«Alec? Non penserai che il proprietario della redingote sia quello che...» Sir Cosmo afferrò la colonnina come per sostenersi. «E solo qualche momento prima stava giocando a biliardo come noi, con i suoi amici, quando è stato preso dalla voglia di... È decisamente bestiale!»

«Cosmo, togli le dita dalla colonnina.»

Sir Cosmo fece come gli chiedeva, completamente disorientato.

«Guarda qui» gli disse Alec, controllando la colonnina attraverso le lenti. Indicò una scheggiatura nel legno, proprio sotto al punto dove Sir Cosmo aveva afferrato la colonnina. Passò un lungo dito sull'intaglio. «Vedi i capelli che si sono incastrati qui? Lunghi e neri. Emily ha i capelli biondi. Com'è possibile che dei capelli si siano infilati qui?»

Sir Cosmo strizzò gli occhi. Non capiva che cosa stesse guardando.

Alec guardò al di sopra degli occhiali. «Questi pochi capelli devono appartenere a Jenny. Se non mi sbaglio di grosso, è dove la testa di Jenny ha colpito la colonnina. Se sia stato o meno intenzionale... Anche se i lividi intorno al collo e alla mascella, che somigliano all'impronta di una mano, mi suggeriscono che non si sia semplicemente scontrata con la colonnina ma... Cosmo? Stai bene?»

Il volto di Sir Cosmo era cereo. Si frugò nella tasca della redingote, cercando il fazzoletto bordato di pizzo. Gli cadde ai piedi e si affrettò a raccoglierlo, e sentì che stava per vomitare. Biascicando delle scuse attraverso il fazzoletto premuto sulla bocca, corse verso la finestra.

«È SBAGLIATO!» SI LAMENTÒ LADY SYBILLA, TORCENDOSI LE mani. Era accaldata e tremava. «Non voglio saperne! No, Charlotte! No!»

«Oh, stai zitta! Non ti sto chiedendo di fare niente. Come se potessi» disse sua sorella, sprezzante. Fece un giro per la camera. «Questa stanza andrà benissimo.»

«Cosa?» Lady Sybilla sgranò gli occhi mentre seguiva sua sorella. Deglutì convulsamente quando Lady Charlotte si fermò accanto al letto. «No! Non qui! Non puoi prendere il mio letto. Ci deve essere almeno una dozzina di stanze vuote. C'è la *tua* stanza.»

«Non essere idiota, la stanza di Macara è lì accanto. Potrebbe benissimo irrompere in qualunque momento. A volte lo fa. E non possiamo usare una delle stanze vuote perché i mobili sono coperti. Che cosa penserebbe Oliphant se lo facessimo entrare in una stanza che puzza di chiuso, senza una cameriera e... Fiori freschi?» Lady Charlotte ammirò il grande bouquet colorato e inalò il profumo inebriante. «Chi è il pazzo che te li ha regalati?»

«Emily.»

«Che gesto carino da parte sua» disse Lady Charlotte con un sorrisino tirato, e tolse un petalo a una rosa bianca. «Ha sempre preferito te. È perché tu la vizi, esattamente come la mamma.»

«Sai che non è vero. È solo perché lei e io siamo più vicine d'età. Ero ancora una scolaretta quando lei è nata, e tu avevi già sposato Macara, quindi non eri qui per...»

«Grazie a Dio non c'ero! Non avrei mai potuto restare a guardare la mamma sdilinquirsi per la marmocchia bastarda di Madeleine.» Lady Charlotte rabbrividì in modo melodrammatico e si riprese quasi subito. «Oliphant avrà bisogno dei servigi della tua cameriera. Tu naturalmente acconsentirai. Noi non possiamo restare qui. Beh, tu no.

Puoi aspettare nel tuo salottino. Se mi chiederà di restare, certamente dovrò accettare.»

«Non puoi volere andare avanti con questa faccenda! È *mostruoso*.»

«Smettila di blaterare e usa il fazzoletto. Ovviamente non è mostruoso, stupida. È nel suo interesse. Fermerà i pettegolezzi prima che comincino. Vuoi che la gente pensi che non era vergine la sua notte di nozze? Vuoi che ti squadrino tutte le volte che vai da Almack? Far circolare il nome della nostra famiglia come se fossimo gente comune? Mostra un po' di buonsenso, Sybilla. Non è che questo genere di cose non venga fatto di tanto in tanto. Mi rendo conto che è spiacevole pensare di doverci abbassare a ricorrere ai servizi di Oliphant in questo modo, ma ho assicurato a Lord Delvin che l'uomo è terribilmente discreto.»

«Delvin? Lo hai consultato?»

Lady Charlotte si fermò. «Non guardarmi in quel modo! Se devi saperlo è lui che ha consultato me. Ed è molto corretto, da parte sua!»

Lady Sybilla fece un singhiozzo isterico.

«Renditi utile e chiama la tua cameriera. Mandala a prendere degli asciugamani, acqua calda e un panno pulito. Suppongo che Oliphant avrà bisogno di queste cose.» Si sistemò i capelli allo specchio appeso sopra la mensola del camino. «E dille di sbrigarsi!» gridò, anche se Lady Sybilla non si era mossa. «Non credo che tarderà molto. Quante ciotole di tè può bere quell'uomo con la mamma?»

Grattarono alla porta e, all'ordine di Lady Charlotte, entrò un cameriere per annunciare Sir John Oliphant, un uomo di media statura e portato all'obesità, che indossava un corsetto scricchiolante e l'ultimo stile di parrucca ad ali di piccione. La ricchezza della sua redingote e dei calzoni lo proclamavano più un cortigiano che un erudito uomo di medicina.

I suoi occhi acuti percepirono l'ostilità di Lady Sybilla, che lo salutò con niente più di un'espressione tirata. Lui la salutò con un inchino e poi concentrò tutta la sua attenzione sulla sorella maggiore, con cui aveva parlato a lungo quando era arrivato alla St. Neots House.

«Come avevate previsto, milady, Sua Grazia non è stata per niente felice di vedermi. Comunque, quando ci siamo lasciati era di umore migliore. Ha un cuore debole, come sapete, e un'agitazione di natura così sconvolgente come quella che mi avete descritto, può solo averle causato un'enorme tensione. Sono lieto di dire che è in eccellente salute e che resiste bene.»

«È una bella notizia, Sir John. Sono sollevata di sentirvelo dire. Vi ringrazio di nuovo per esservi preso la briga di venire fin qua a visitare la mamma.»

Sir John sorrise. «Milady, per favore, è stato un inconveniente trascurabile. Ed è sempre un piacere condividere una ciotola dell'eccellente tè di Sua Grazia.»

E una mezza dozzina di pasticcini alla crema, anche, pensò Lady Charlotte. A voce alta disse. «Non avete accennato alla vostra visita in questa stanza o al motivo...?»

«Ovviamente no, milady» la rassicurò. «Sono perfettamente d'accordo con voi su questa faccenda. Meno Sua Grazia viene disturbata, meglio è per la sua salute.»

Lady Sybilla attorcigliò il fazzoletto. «Mamma si agiterà molto di più perché non l'hai messa al corrente delle tue intenzioni!»

«Mia cara signora» cominciò a dire Sir John ma fu interrotto da Lady Charlotte, che alzò una mano.

«Sybilla! Non ti avevo chiesto di dare gli ordini alla tua cameriera?»

«È orrendo! *Orrendo*» gridò Lady Sybilla, e si precipitò fuori dalla stanza con il fazzoletto di pizzo premuto sulla bocca.

«È molto nervosa. Lo è sempre stata» disse Lady Charlotte con un sorriso sprezzante. «Non volete sedervi, Sir John? Emily sarà qui a momenti. Ah! Eccola. Emily, cara, questo è Sir John Oliphant, che è venuto a farti visita.»

Emily era entrata senza bussare. Quando vide Lady Charlotte, la sua prima reazione fu di uscire di nuovo senza parlare, ma l'avevano già vista. Sapeva che Sir John curava sua nonna da molti anni. E proprio adesso, quando voleva parlare con lei, Neave l'aveva informata che la duchessa stava prendendo il tè con Sir John. Vedendo il medico nelle stanze di Lady Sybilla, pensò immediatamente che la zia non stesse bene.

«La zia Sybilla non si sente bene?»

«La riverenza, bambina?» disse Lady Charlotte, spingendo Emily per le spalle verso Sir John, in piedi davanti alla finestra. «Dovete perdonarla, Sir John. Gli avvenimenti di ieri...»

Emily lanciò un'occhiata furiosa e imbarazzata alla zia ma fece doverosamente la riverenza e si lasciò baciare la mano. «Sono lieta di fare la vostra conoscenza, signore» disse, e si pulì la mano bagnata dietro la schiena, un gesto per cui sua zia avrebbe voluto schiaffeggiarla.

«Quanti anni avete, bambina?» chiese Sir John, alzandole il mento per guardarla negli occhi grigi.

«Diciotto. Perché volevate vedermi, Sir John? Siete venuto a visitare la nonna…»

Sir John sorrise. «Ho visitato Sua Grazia e sta molto bene, considerando la tensione cui è stata sottoposta ultimamente. Ed ora sono qui per visitare voi, mia cara.»

«La nonna vi ha chiesto di visitarmi?»

«Emily, mia cara, dovresti essere grata che Sir John abbia trovato il tempo di venire da te. È un medico distinto, molto ricercato.»

«Siete troppo gentile, milady. Aprite la bocca, bambina, perché possa vedervi la lingua.»

«Emily, fa quello che ti dice!» scattò Lady Charlotte, che non riusciva più a controllarsi.

«Non-non c'è niente che non va con la mia lingua» balbettò Emily, facendo un passo indietro, mentre il panico si impadroniva di lei.

«Perdonatela, Sir John. Ha subito uno stress tremendo. Tra il suo fidanzamento e le preparazioni per il ballo dei fuochi di artificio, per non parlare della scorsa notte…»

Emily arrossì. «Non ricordatemi que-quello. È una cosa che voglio dimenticare.»

«Come tutti noi» replicò Lady Charlotte. «Ma è qualcosa che non possiamo ignorare. Quindi, per favore fai quello che ti chiediamo. Ci saranno meno problemi e sarà molto più facile per te…»

«Che-che cosa volete da me?» chiese Emily, passando lo sguardo dalla zia a Sir John.

«Farvi qualche domanda, bambina» disse John in tono tranquillizzante e voltò nuovamente il mento di Emily verso di lui. Si tolse l'orologio d'oro dal taschino e con due grasse dita premute sul collo, studiò il quadrante di madreperla. Emily lo sopportò ma quando il medico ripose l'orologio, fece un passo indietro. Il medico sospirò e guardò Lady Charlotte. «Avete detto qualcosa riguardo a una cameriera, milady?» E a Emily: «Mia cara bambina, io sono qui per aiutarvi. Avete subito un'aggressione brutale e quindi avete bisogno che vi visiti un medico come me. Vostra zia è solo preoccupata per il vostro benessere, e anche il vostro futuro marito. Ho conosciuto il conte di Delvin e trovo che sia un giovanotto di buone maniere. Siete veramente fortunata ad avere questo onore. Non vogliamo sederci e parlare un momento? Solo noi due.» Le tese una sedia e diede a Lady Charlotte uno sguardo d'intesa che la spedì in cerca di sua sorella.

Emily esitò e poi si sedette proprio sull'orlo della sedia. Senza la presenza di sua zia si sentiva meno tranquilla, ma fu sollevata nel vedere che la porta del salotto era restata aperta. Sir John tornò alla finestra, e la luce alle spalle gli lasciava il volto in ombra.

«Sapete che sono un medico, bambina. Sapete che curo vostra nonna. Ho molte pazienti nella buona società. Ho assistito la regina durante uno dei suoi parti. Quello che sto cercando di dirvi è che non dovete avere paura di me, o essere imbarazzata o a disagio in mia presenza. Io sono per qui aiutarvi e quello che viene detto tra di noi resterà tra di noi. Mi capite, bambina?»

«Sto perfettamente bene, Sir John. Voglio solo dimenticare la notte scorsa.»

«Questo è comprensibile. Ma ditemi. Avete dei lividi sul corpo?»

Emily sbatté gli occhi.

«Sentite qualche dolore?»

«Il piede, ho picchiato il piede contro la vetrinetta delle meraviglie.»

«Da qualche altra parte? La parte alta delle gambe, forse?»

«La parte alta delle gambe? N-no.»

«Niente dolore tra le cosce? Nella pancia?»

«Pancia? Lui-lui mi ha spinto sul letto e il suo peso era disagevole ma non doloroso.»

«Vi ha alzato le gonne?»

Il volto di Emily si fece color mattone e distolse gli occhi.

«Avete sentito le sue mani…»

«Le mani?»

«Ha messo le mani sotto le gonne?»

«Sì… No. Ha cercato ma io…»

«Bambina mia, sapete com'è quando un marito giace con sua moglie?»

Emily sbatté gli occhi. Poi comprese e impallidì.

Sir John prese la tabacchiera. «Rispondete alla mia domanda, mia cara.»

Emily si alzò con le gambe tremanti. «Quello non ha niente a che vedere… niente a che vedere con la notte scorsa!»

«Bambina mia, ha tutto a che vedere con quello» rispose Sir John con calma. «Le ragazze della vostra classe sociale ed educazione vengono allevate con tutte le attenzioni. È solo corretto e naturale che siate tenute all'oscuro di… ehm… certi fatti, fin dopo il matrimonio. Mia cara bambina, potreste essere stata violentata e non saperlo. Credetemi, è già successo altre volte e a ragazze più giovani di voi.»

«A me non è successo, Sir John» rispose Emily, sull'orlo delle lacrime. «Io-io posso essere-essere ignorante ma non-non sono ottusa.

Se volete saperlo, ho visto un cavallo che montava una giumenta e non è stato così.»

«Emily» disse Lady Charlotte senza fiato, cogliendo l'ultima parte di questo discorso esitante mentre tornava nella stanza, con Lady Sybilla e la sua cameriera al seguito.

Le guance grassocce di Sir John erano di un bel rosa brillante e riuscì a riprendersi solo voltandosi verso la finestra.

«Emily! Come osi parlare in modo tanto volgare! Darai certamente a Sir John un'impressione sbagliata. Perdonatela, Sir John. È naturalmente piena di entusiasmo e si sa che a volte dice delle cose solo per stupire e mettere in imbarazzo gli altri. Una caratteristica deplorevole, che temo abbia acquisito con la compagnia del figlioccio di mia madre, un semplice impiegato al ministero degli esteri, le cui abitudini sono continentali nel peggior senso della parola.»

«Io non-non so niente delle sue abitudini sul continente ma Alec è sempre stato gentile e cortese, e come un fratello per me. Io non...»

«Stai zitta!» ordinò Lady Charlotte e strinse così forte il polso di Emily da farla gridare. «Farai quello che ti viene detto» sussurrò ferocemente. «Stai gettando il ridicolo non solo su te stessa ma su tutti noi. Non lo sopporto. Come puoi aspettarti di comportarti come una contessa se non riesci a comportarti come una giovane donna ben educata?»

«Voglio parlare con la nonna» chiese Emily, liberando il polso e massaggiandolo. «Voglio vedere Edward!»

Lady Sybilla emise un suono tra il singhiozzo e la risata. Lady Charlotte la fissò torva, poi guardò Emily.

«Ascoltami, piccola stupida» sibilò Lady Charlotte, impossessandosi nuovamente del polso arrossato di Emily. «Verranno quattrocento persone qua stasera, per festeggiare il tuo fidanzamento con un magnifico ballo. È tutto pronto. Ma se tu non permetti a Sir John di esaminarti, Lord Delvin potrebbe facilmente annullare tutto! Mi capisci?»

Emily non capiva per niente. «Annullare tutto? Il-*il ballo*? Ma perché? Non può pensare così male di me...»

Sir John tossì educatamente. «Milady, forse la bambina ha bisogno di più tempo per...»

«Sciocchezze. Non c'è tempo! Inoltre, non tocca a lei decidere» disse altezzosamente Lady Charlotte. «È sconvolta. Potrebbe perfino avere la febbre. L'agitazione della notte scorsa le ha confuso la mente. Non è più lei. Siate paziente con lei e io so...»

«Voglio vedere la nonna!» esclamò Emily, liberandosi e cercando di aprire la porta della camera, trovandola chiusa a chiave. Quando andò verso il salotto, Lady Charlotte le sbarrò la strada. «Non potete obbligarmi a restare qui! Voglio vedere Edward! Voglio che mi dica che questo è ciò che vuole *lui*.»

Lady Charlotte la schiaffeggiò.

«Scusate un momento, Sir John» disse educatamente, e mentre Emily era ancora scossa dallo schiaffo bruciante sulla guancia, la trascinò nel salottino. «Come *osi* umiliarmi in questo modo, piccola strega! Ora starai ferma e mi ascolterai. Oh, stai zitta, Sybilla. Se devi piangere, per l'amor del cielo, fallo da qualche altra parte.»

«Non lascerò Emily» singhiozzò sua sorella, «non lo farò.»

«Per favore, zia Sybilla, non piangete» la pregò Emily. Cercò di allontanarsi da Lady Charlotte. «Lasciatemi andare! Non potete obbligarmi!»

«Se non ti sottoporrai a questa visita sarà la fine delle tue speranze di diventare la contessa di Delvin. Si aspetta una vergine la sua prima notte di nozze e sarai una vergine. È per questo che Sir John è qui, piccola stupida. Non possiamo permetterci un altro scandalo famigliare, ma se rifiuti di permettere a Sir John di esaminarti può voler dire solo una cosa. Hai lasciato entrare un uomo nel tuo letto ieri notte.»

Le lacrime rigavano le guance arrossate di Emily. «Come potete accusarmi di essere così orribilmente malvagia?»

«Perché è quello che penseranno gli altri, se non permetterai a Sir John di esaminarti! È quello che penserà Lord Delvin!»

Emily cercò di mostrare coraggio. «Edward non penserebbe mai che sono capace di un simile comportamento scostumato! Lui mi ama.»

«Ti ama?» disse Lady Charlotte con una risata isterica. «Con trentamila sterline immagino che potrebbe amarti chiunque.»

«Trentamila sterline?»

«La tua dote, piccola idiota. Abbastanza soldi da catturare un marito rispettabile. Abbastanza denaro da cancellare la macchia della tua nascita.»

«Ma la nonna mi ha permesso di scegliere.»

«Con trentamila sterline, la mamma non ti avrebbe certo permesso di sposare qualcosa di meno di un titolato dichiarò sdegnosamente Lady Charlotte. «Certamente non di buttarti via con un signor nessuno come il fratello di Delvin.»

«Alec? Non ha mai detto una volta di volermi sposare.»

Lady Charlotte fece una risata stridula. «Piccola stupida! *Sposarti*? Certo che non ha mai avuto intenzione di sposarti. Gli uomini del suo stampo non si sposano. Ma sedurti, rovinarti, oh sì, questo posso crederlo!»

Emily guardò sua zia Sybilla con curiosità. «Alec è veramente così, zia Sybilla?»

Prima che Sybilla potesse rispondere, sua sorella disse bruscamente: «Alec Halsey ha rovinato le possibilità di un matrimonio felice per Selina, quando l'ha sedotta nel bosco e, per quanto ne sappiamo, è lui che ha cercato di violentarti ieri notte!»

Lady Sybilla scoppiò in lacrime. «Charlotte, come puoi accusare così vilmente un uomo che...»

«Perché Emily ha il diritto di sapere la verità su Alec Halsey, specialmente quando il suo stesso fratello lo considera un abominio morale.» Lady Charlotte tirò Emily verso di sé e le sussurrò in faccia. «Il tuo matrimonio con il conte di Delvin significa molto per la mamma. Raddrizzerà tutti i torti di tua madre. Ma se vuoi spezzare il cuore della mamma, proprio come ha fatto tua madre prima di te, allora sarò lieta di far tornare Sir John a Londra.» Spinse via Emily, con le labbra pallide distorte in una brutta smorfia. «Puoi scegliere di non continuare con questo esame» dichiarò con una voce senza calore. «Nessuno biasimerà Lord Delvin, quando annullerà questo fidanzamento. Ma a quel punto a te che cosa resterà? Nessuno vuole il latte andato a male. Nessuno ti vorrà. Il cuore della mamma si spezzerà, ma almeno i suoi occhi si apriranno sull'orribile verità, la sua amatissima nipotina è l'immagine della sua disgraziata figliola. Che peccato. E che spreco enorme di cure, da parte della mamma.» Si voltò in un fruscìo di sottane. «Vieni, Sybilla, dobbiamo andare a fare le nostre scuse a Sir John...»

Emily aprì la bocca per parlare ma non ne uscì alcun suono. Sentì improvvisamente il caldo e l'afa, eppure contemporaneamente ebbe freddo e le vennero le vertigini. La testa pulsava alle tempie. Si premette il palmo delle mani sulle guance e chiuse gli occhi, perché la stanza aveva cominciato a girarle intorno. Avrebbe voluto sapere che cosa doveva fare. Avrebbe voluto che sua nonna fosse con lei. Avrebbe voluto essere ovunque ma non lì. Di colpo, sentì le ginocchia che si piegavano e tutto divenne buio, come se avesse chiuso gli occhi, anche se sapeva che stava fissando a occhi spalancati la zia che singhiozzava. Poi, tutto d'un colpo, crollò al suolo in una nuvola di sottane ondeggianti, con le orecchie che risuonavano delle urla di Lady Sybilla.

• • •

Q̲UANDO̲ E̲MILY̲ A̲PRÌ̲ G̲LI̲ O̲CCHI̲, E̲RA̲ S̲UL̲ L̲ETTO̲ D̲I̲ L̲ADY̲
Sybilla. Il baldacchino di seta a pieghe sopra di lei cominciò nuovamente a girare. Chiuse forte gli occhi. Si sentiva apatica e depressa.
Voleva solo rannicchiarsi sotto una coperta morbida e sperare che l'incubo finisse. C'erano voci sussurrate da entrambi i lati del letto. Una
mano fresca le toccò la fronte, poi il collo, e rimase un po' più a lungo
di quello che riteneva necessario, quindi la spinse via. L'odore di un
profumo familiare le fece arricciare il naso.

«Bevi, mia cara» disse Lady Sybilla, cercando di calmarla e
scostando i capelli biondi umidi dalla fronte della ragazza. Poi disse a
qualcuno dall'altra parte del letto: «Potete vedere che Emily non sta
abbastanza bene da…»

«Sir John è stato più che paziente.»

«Charlotte! Non puoi voler continuare con questa cosa! *Per
favore.*»

«Certamente. Dobbiamo.»

«Oh, no, Charlotte! *No.*»

Emily afferrò la mano di Lady Sybilla. «Va tutto bene, zia Sybilla.»

«Non stai bene, tesoro. Non puoi sapere quello che vogliono fare.»

«Sì, lo so» le assicurò Emily fiaccamente. «Non ho fatto niente di
male. Non ho paura.»

«Vedi, Sybilla, Emily è una ragazza ragionevole, dopo tutto.»

«Resta con me, zia Sybilla.»

Lady Sybilla non riusciva a guardarla in faccia. «Charlotte sarebbe
meglio di me.»

«Non voglio nessun altro eccetto te.»

«Fa' come vuole» le ordinò Lady Charlotte e si allontanò dal letto
per consultarsi con Sir John, che si stava togliendo i pizzi dai polsi.
«Grazie per essere stato così paziente. Non mi aspettavo proprio che
facesse così la difficile.»

«Non preoccupatevi, milady. Non è la donna più difficile con cui
ho avuto a che fare. La bambina è giovane e piena di spirito, ed è solo
naturale che sia spaventata.»

Lady Charlotte sorrise a denti stretti. «Siete tanto gentile e
comprensivo.»

OTTO

Mezz'ora dopo, Lady Charlotte scese lo scalone in cerca del conte di Delvin e si trovò bloccata da qualcuno che era arrivato presto per il ballo dei fuochi di artificio.

La duchessa di Romney-St. Neots stava salutando un vecchio gentiluomo con i capelli sale e pepe, con un servitore alle spalle che teneva i guinzagli di due levrieri, mentre i camerieri portavano dei *portemanteau* nel vasto foyer di marmo. Un giovane gentiluomo con una redingote scarlatta bordata d'argento, che portava un bastone con il pomello d'ambra, seguiva i camerieri che portavano i bagagli e aspettò di essere notato, guardando nervosamente in giro e verso il soffitto a cupola, dipinto di azzurro e foglia d'oro.

Lady Charlotte non fu contenta che la sua missione fosse interrotta e stava per tornare sul pianerottolo del secondo piano, quando sua madre la vide e le fece segno di raggiungere il gruppo.

Plantagenet Halsey presentò Simon Tremarton alla duchessa, dicendo: «Non ha il cartoncino d'invito dorato ma sapevo che non vi sarebbe dispiaciuto un altro paio di piedi sulla pista da ballo. È il fratello di Lady Gervais e conosce Alec dal ministero degli esteri.»

«Vostra Grazia» mormorò Simon, inchinandosi profondamente. «Non era nelle mie intenzioni impormi alla vostra ospitalità.»

«Per niente, signor Tremarton» disse gentilmente la duchessa, tendendo la mano al vecchio. Presentò Lady Charlotte e fu segretamente compiaciuta di vedere sua figlia scombussolata nel vedersi baciare la mano da un uomo che considerava adatto solo per la forca di Tyburn. Le stava bene: la duchessa era ancora furiosa con lei per aver fatto venire Sir Oliphant.

Lady Charlotte quasi si ritrasse, quando le presentarono Plantagenet Halsey. Dovette sforzarsi per porgergli la mano. Secondo lei il vecchio, con i suoi sentimenti repubblicani, non era al suo posto in una casa aristocratica; meglio invitare a cena un bandito di strada. Non fu più cortese con Simon Tremarton. Ovviamente, era un amico di questo traditore, altrimenti non ne avrebbe diviso la carrozza. Quando i levrieri cominciarono ad annusare le sue scarpine di seta fu troppo da sopportare e si scusò in fretta, sussurrando e agitando il ventaglio dipinto a gouache.

Plantagenet Halsey rise apertamente alla fuga della donna. Mandò fuori Tam con i cani a cercare suo nipote e si rivolse alla duchessa con un sorriso. «Allora è quella, che Alec chiama faccia di granchio. Tutte le vostre figlie sono come quella, Vostra Grazia?»

«Fortunatamente no, anche se Sybilla non è molto sveglia» rispose la duchessa sorridendo. Prese il braccio che le offriva Plantagenet Halsey e, con il signor Tremarton che li seguiva, andarono nella Long Gallery, dove si era riunita la maggior parte degli ospiti, per un pomeriggio di carte. «Farò cercare Alec da Neave. Vorreste qualcosa da bere?»

Plantagenet Halsey le diede un colpetto sulla mano. «Non preoccupatevi di noi, Tremarton e io possiamo aspettare il tè. Ditemi come state» disse un po' burbero, guardandola preoccupato. «E non raccontatemi fandonie!»

Disorientata dal modo rude di parlare, ma altrettanto contenta, la duchessa si sedette con lui su un sofà, lontano dai suoi ospiti, e Simon Tremarton si scusò educatamente, andando verso i tavoli da gioco.

Vide subito sua sorella. Era completamente concentrata sulle carte che aveva in mano. Quando per caso alzò gli occhi, Simon le fece l'occhiolino. La donna quasi sussultò. Fece cadere a terra il ventaglio. Un gentiluomo in piedi lì accanto lo raccolse e lo mise sul tavolo accanto alla sua reticella. Lei lo ringraziò in modo frettoloso. Stavano tutti aspettando la sua mossa. Lei scartò in modo avventato. Il sorriso di Simon si allargò e si allontanò per raggiungere un gruppetto di persone che poltriva su una serie di poltrone al centro della lunga stanza. Lord Gervais era tra loro e, anche se non era molto affezionato al fratello della moglie, ebbe le buone maniere di invitare Simon a unirsi a loro.

«Cacciate, Tremarton?» chiese Lord Andrew Macara. «Sedetevi! Sedetevi! Non c'è bisogno di fare cerimonie qui, forza!»

«Mi dispiace doverlo dire, milord, ma non ho tempo per indulgere in quella passione» disse Simon, appollaiato sull'orlo di una poltrona. «Sparo solo occasionalmente.»

«Ah» rispose Macara, ripiombando nel silenzio.

«Tremarton è nel servizio diplomatico» spiegò Lord Gervais a Selina, seduta alla sua destra a sventolarsi languidamente le spalle nude. «Sempre sul continente.»

«Il signor Tremarton e io siamo già stati presentati» rispose Selina, con gli occhi scuri che non lasciavano un attimo il volto di Simon. Lo guardò arrossire e distogliere lo sguardo. «Corti straniere e usi stranieri! Tutti quegli intrighi. Forse dovrei mettermi a viaggiare...?

«Lo odiereste, Selina» disse Sir Cosmo con una risata. «Forse non Parigi. Ma i viaggi. Le strade senza fine!»

«Avete ragione, ovviamente.» Sospirò melodrammaticamente e si portò la lunga mano bianca alla tempia. «I viaggi mi fanno venire il mal di testa. È già stato abbastanza arduo venire fin qua. Tutti i novanta minuti.» Lei e Sir Cosmo risero tra di loro. «In quello non sono molto diversa da mio cugino Jack. Jack odiava viaggiare. Era decisamente un uomo da Londra. Mi chiedo che cosa l'avesse indotto ad andare nello Yorkshire...?»

«Tetraoni» dichiarò Macara. «Devono essere state i tetraoni.»

«Davvero? In questo periodo dell'anno?» chiese Selina, con un tono esagerato di sorpresa, allarmando Sir Cosmo e puntando nuovamente i suoi grandi occhi scuri su Simon. «E io che pensavo fosse per mettere nel sacco un uccello di tutt'altro genere. Forse, signor Tremarton, voi potete illuminarci. Dopo tutto avevate accompagnato Jack nello Yorkshire, no?»

Simon Tremarton impallidì e mormorò che sì, era andato nello Yorkshire su invito di Jack Belsay. Lord Andrew Macara intervenne dicendo: «Ah, è così, Tremarton? Sparato a qualcosa di cui valga la pena di parlare?»

Simon aprì la bocca, con una veloce occhiata a Selina e fu lei che disse a sua signoria con un sorriso: «Non ho idea della precisione della mira del signor Tremarton ma Jack era molto contento della sua notevole abilità nel maneggiare la sua arma. Sospetto che i tetraoni avessero un'importanza secondaria.»

Macara annuì. «Deve avere una buona tecnica. Niente di peggio di un uomo che non sa reggere la sua arma e scaricarla nel modo giusto!»

Selina rise dietro il ventaglio ma i suoi occhi erano talmente ridenti che Sir Cosmo si fece un appunto mentale di scoprire che cosa l'aveva divertita tanto. Ma proprio in quel momento la sua attenzione, insieme a quella di tutti gli altri, fu attirata verso la coppia immersa nella conversazione dall'altra parte della stanza.

«Chi è quel tipo sciatto in intima conversazione con Sua Grazia? Eh, Tremarton? Lo conoscete?» chiese Lord Gervais, portandosi l'occhialino all'occhio acquoso.

«È il signor Plantagenet Halsey, milord» rispose suo cognato, enormemente sollevato che la curiosità avesse trovato un altro bersaglio.

Diversi occhialini si voltarono nella direzione del vecchio. Lord Gervais sbuffò sdegnato. Sir Cosmo sorrise. Macara sembrò non capire e chiese a Selina di spiegarsi.

«Il signor Halsey è un membro del parlamento molto schietto, milord.»

«Schietto, col cavolo! Chiedo scusa, signora» ringhiò Lord Gervais. «Quell'avvoltoio è un traditore del re e del suo paese!»

«Ha dei sentimenti repubblicani, certo» aggiunse con calma Sir Cosmo.

«Repubblicani? Puah!» disse Lord Gervais. «Quell'uomo è un pazzo. Se non fosse alla Camera dei Comuni, l'avrebbero già gettato nella Torre a questo punto.»

«Sono proprio contenta che abbia deciso di venire» disse contenta Selina Jamison-Lewis. «Cominciavo a disperare che ci fosse un po' di eccitazione.»

«Nel nome di tutto quello che è sacro, che cosa ci fa qui?» chiese Lord Gervais.

«È lo zio di Delvin» rispose con un sorriso Sir Cosmo, ammiccando a Selina.

«Quell'uomo è un fastidio per la società!» borbottò Lord Gervais, leggermente placato dal fatto che l'uomo avesse un buon pedigree. «Lui pensa che dovremmo cedere alle pretese di quei coloni americani. Scrive dei pamphlet sediziosi che incitano la plebe a rivoltarsi.»

«Ma se non sanno nemmeno leggere» sottolineò Selina.

«Non riesco a capire di che cosa possano parlare» disse Macara. «Se potesse, quell'uomo ci farebbe decapitare tutti. Spaventoso, ecco!»

«Oh, non so se le opinioni del signor Halsey siano così sanguinarie, milord» disse Selina, con un'occhiata allusiva a Lord Gervais. «Ma, alla sua tavola, voi avreste lo stesso rango di uno spazzino.»

Lord Andrew Macara spalancò gli occhi ed esplose. «*Spazzino*? Bene! Davvero!»

«Quell'uomo è da internare!» dichiarò Lord Gervais, la cui rabbia non dava segno di spegnersi. «Siete un suo discepolo, Tremarton?»

«Certamente no, milord! Lo conosco appena. Suo nipote, il signor Alec Halsey, e io lavoriamo insieme al ministero. La mia associazione con il signor Halsey è, grazie al cielo, molto limitata.»

Sir Cosmo scosse la testa incipriata. «È un peccato, Tremarton. Plantagenet Halsey è un uomo che vale la pena conoscere. Sotto tutta quella retorica c'è un brav'uomo, onesto.»

Simon Tremarton arrossì penosamente. «Non intendevo suggerire…»

«Non me ne importa un fico secco della sua onestà!» interruppe Lord Gervais. «È una seccatura per la società e un ipocrita a mostrare qui la sua faccia! Dovrebbe essere fatto sloggiare immediatamente.»

«Attento, Gervais» disse minacciosamente Lord Andrew Macara. «Invitato da Sua Grazia. Non è possibile buttarlo fuori. Pessime maniere. Non sarebbe educato.»

«Ma quell'uomo non crede nemmeno nella primogenitura e nel vincolo d'inalienabilità!» insistette Lord Gervais. «Dove finirebbe la continuazione della vostra stirpe e della proprietà, milord, se non passasse al vostro figlio maggiore ed erede? Chi mai ha sentito dei secondi o terzi figli che ricevano una pari porzione del diritto ereditario del loro fratello maggiore? Eh? Follia!»

Lord Andrew Macara alzò l'occhialino per vedere meglio Plantagenet Halsey, con una ruga tra le sopracciglia, unico segno di disapprovazione che si permetteva di mostrare per la scelta di ospiti della duchessa. Una pausa nella conversazione diede a Simon Tremarton l'opportunità di scusarsi. Si era appena alzato che gli piombò addosso sua sorella. Non si scusò mentre lo trascinava via, verso la relativa intimità di un'alcova accanto alla portafinestra.

«Contenta di vedermi, mia cara?» chiese spiritosamente Simon Tremarton, mentre toglieva le dita della sorella dal pizzo ai polsi.

«Non riesco a immaginare che tu abbia ricevuto un invito» sussurrò lei, irritata. «Perché sei qui, Simon?»

«Sono venuto a vedere Alec Halsey. È il fratello del tuo…»

«So perfettamente chi è!»

«Ah, allora hai incontrato la statua greca vivente. Gli hai già messo le grinfie addosso, Cindy?»

«Perché supponi che io sia interessata a lui?» disse Cynthia, facendo il broncio, con il nasino per aria.

Simon sogghignò e le diede un colpetto sotto il mento. «Rifiutata, eh? Povera Cindy. Che colpo per la tua autostima. Ti sei probabilmente già gettata anche addosso a lui.»

«Prova tu e vediamo se riesci a fare di meglio!» lo stuzzicò.

Simon rabbrividì di piacere e disse, sollevando le sopracciglia: «Se ne avessi una mezza possibilità, mi piacerebbe scoprire se è virile come sembra.»

«Sei disgustoso!»

Simon scrollò le spalle. «Non più disgustoso di te che ti metti sulle ginocchia per i tipi come Delvin.» Guardò in tutta la stanza. «Dov'è l'amante conte?»

«Se n'è andato via con Lady Charlotte...»

«Rivale, amor mio?»

«No! Quella donna è una puritana.» Smise di muovere il ventaglio e fissò suo fratello. «Che cosa vuoi da lui, Simon? Tu stai progettando qualcosa. Dimmelo!»

«Ho degli affari in sospeso con il conte...»

«Edward non ti darà dei soldi.»

«Non voglio un misero migliaio.»

Lady Gervais restò senza fiato. «Simon? Sei riuscito a raccogliere il denaro per Reubens?»

«No, non sono ancora riuscito a raccogliere i soldi. Come pensi che potessi farlo nello spazio di pochi giorni? Ma li avrò, e anche più di quello che serve. Vedrai.»

«Co-come?»

Simon sorrise. Tolse dalla tasca della redingote una busta ingiallita e consumata. «Con questa. Il tuo amante sarà disposto a darmi molto più di un misero migliaio di sterline. E io intendo spremerlo più forte che posso. E, se è abbastanza stupido da sottrarsi, suo fratello sarà decisamente interessato a vedere che cos'ho e pagherà per averlo.»

«Sei pazzo! Non puoi ricattare Edward o suo fratello. Non solo perderai il tuo incarico ma probabilmente finirai con una spada conficcata in corpo, come Belsay.»

«Ah! Jack era un pazzo ingenuo a pensare che Delvin avrebbe giocato pulito. Ora torna alla tua partita. Il tuo ottuso marito ci sta fissando.»

«Che cosa me ne importa? Mi fissa continuamente.»

«Sbircia sempre te e l'amante conte dal buco della serratura?»

Cynthia Gervais voltò la testa sopra la spalla nuda e trovò lo sguardo fisso di suo marito. Lord Andrew Macara gli stava parlando ma lui non gli prestava attenzione. Si voltò verso suo fratello, con un leggero rimorso di coscienza. «Non fare niente per farlo adirare,

Simon. Hai già messo a dura prova la sua pazienza con quell'orribile faccenda del Ganymede. È riuscito a tirarti fuori da quel pasticcio ma lui prende molto sul serio i suoi doveri di magistrato. Se pensi che si metta in mezzo e ti salvi il collo una seconda volta, ti sbagli di grosso.»

Simon sorrise e le baciò la guancia, con gli occhi puntati sul cognato. «Non preoccuparti, mia cara. Non è il mio collo che ha bisogno di essere salvato.» E con un inchino, andò a tentare la sorte a uno dei tavoli di carte.

Tam trovò Alec nel poco usato cortiletto nell'ala della servitù. Era in maniche di camicia e impegnato a dare una lezione sui punti più raffinati della scherma a un giovanetto allampanato con il volto foruncoloso. Quattro ragazzine erano appollaiate su un muretto di pietra. Tam notò con un sorrisetto che avevano usato la redingote del suo padrone per non bagnare le loro gonne. Un ragazzo che assomigliava al compagno di scherma di Alec era appoggiato al muretto lì vicino, in silenzio come le sue sorelle e altrettanto preoccupato.

La diceva lunga sullo spettacolo offerto dal suo padrone, che la presenza di Tam passasse inosservata per un minuto intero. E poi furono Cromwell e Marziran che interruppero la lezione, tirando i guinzagli, bramosi di andare dal loro padrone. Guardare una lezione di scherma non poteva competere con l'attrattiva di due levrieri saltellanti. Gli squittii dei bambini più piccoli fecero finire in fretta la lezione e Alec obbedì agli ordini dei suoi spettatori, aiutando le bambine a scendere dal muretto.

Erano abbastanza bene educate da non correre da Tam e, quando lui lasciò un po' di libertà ai levrieri, i bambini si avvicinarono timidamente con le mani tese per offrire grattatine, buffetti e carezze. I due ragazzi si ritenevano al di sopra di un divertimento così infantile e trattennero Alec con mille domande, finché una servetta uscì dalla cucina portando un vassoio di rinfreschi, che appoggiò sopra una meridiana. Un cameriere portò ad Alec un boccale di birra, quasi rovesciandolo quando sei bambini ansiosi corsero attraverso il cortile acciottolato per ricevere il loro bicchiere di punch e una fetta di pan speziato.

«Sei venuto a salvarmi, Tam?» chiese Alec sorridendo, tirando con affetto le orecchie dei suoi cani. «Mio zio è arrivato sano e salvo?»

«Il signor Halsey è con Sua Grazia, signore. Abbiamo portato con noi un visitatore.»

«Sì?»

«Un certo signor Simon Tremarton, signore.»

«Tremarton?» Alec attese che Tam continuasse ma il ragazzo si era rannuvolato e distratto e giocherellava con i guinzagli dei cani.

«Il signor Tremarton era a St. James's Place quando sono arrivato» spiegò Tam. «Ha chiesto di vedervi, signore, e si è agitato un po' quando il signor Wantage l'ha informato che sareste stato assente per il fine settimana. È allora che è arrivato il signor Halsey con la sua valigia e hanno cominciato a parlare. Una cosa tira l'altra e ora è qui.»

«Allora scoprirò presto che cosa vuole.»

«Signore…!» cominciò a dire Tam, poi si fermò perché il ragazzo con il volto foruncoloso, con suo fratello al seguito, si fecero avanti per farsi notare.

«Oliver e io volevamo ringraziarvi ancora, signore» disse il ragazzo e tirò il fratello davanti a lui. «Non siamo ancora dei bravi spadaccini, ma miglioreremo tra qualche anno. Allora, forse potremo usare delle vere spade, invece di questi stocchi spuntati, ed è una cosa che io… beh, Oliver e io… vorremmo più di tutto!»

La loro sorella maggiore li chiamò. Erano tutti desiderati in casa, immediatamente. Charles strusciò i piedi e si sentì penosamente imbarazzato di vedersi comandare da una femmina di fronte al suo eroe.

«Oliver e io di solito non passiamo molto tempo con le nostre sorelle» confidò. «Il nostro tutore, il signor Brown, ha preso l'influenza quindi mamma non ha voluto che venisse. Anche se papà dice che il signor Brown non ha niente di più di un leggero raffreddore.»

«Lewis e il cugino Harry oggi non possono uscire, per via di uno scherzo che hanno giocato alla vecchia balia» spiegò Oliver, a sostegno del fratello. «Mamma li ha fatti restare in casa e lavorare sul loro latino.» Guardò il fratello maggiore per farsi aiutare. «Ecco perché siamo stati obbligati a restare in compagnia delle nostre sorelle.»

«Che sfortuna per voi» disse Alec con simpatia. «Ma sono sicuro che vi prendete buona cura delle vostre sorelle, anche se a volte sono un tormento per un uomo.»

Charles annuì serio. «È vero, signore. Sono un tormento.» Tirò le falde della giacca di Oliver. «Andiamo, Oliver. Al signor Halsey non interessa sentire del cugino Harry e Lewis. Solo uno stupido scherzo infantile» assicurò ad Alec. «Stavano fingendo di essere fantasmi sulla scala di servizio ieri sera, per spaventare la vecchia balia, e sono stati scoperti, non una ma due volte.»

«Da chi, Charles?» Lo interruppe Alec, cercando di sembrare indifferente.

I fratelli si scambiarono un'occhiata sorpresa e poi Charles disse: «Lewis ha detto che il primo gentiluomo gli ha ringhiato contro, spaventandoli a morte e facendoli correre fino in fondo alla scala, nel corridoio di servizio. È lì che li ha beccati il secondo gentiluomo. Mamma dice che Lewis e il cugino Harry devono scrivere un biglietto di scuse a Lord Delvin. Ben gli sta, dico io. Comunque, dobbiamo andare, signore, prima che vengano a cercarci. Grazie ancora, signore!» Fece ad Alec un piccolo inchino formale e corse via, con Oliver alle calcagna.

Tam prese la redingote stropicciata e sporca, se la mise sul braccio e aspettò di essere notato. La diceva lunga sul suo recentemente acquisito autocontrollo, che si mordesse la lingua e non riprendesse immediatamente la conversazione, cominciata quando i due ragazzi lo avevano interrotto. Ma non poteva mettersi tra i devoti animali e il loro padrone, e si appoggiò al basso muro di pietra, osservando Alec che giocava con i suoi cani, che caracollavano per il cortile senza guinzagli. Poi Alec finì la birra e, chiamando i levrieri, si avvicinò a Tam.

«È ora di cambiarsi per il tè, Tam. Si deve sempre apparire al massimo dell'eleganza, che sia per il tè coi pasticcini o per il ballo dei fuochi di artificio» disse, srotolando le maniche della camicia. «Hai portato il panciotto con i fili d'argento per stasera?»

«Sì, signore.»

«E la lettera per Yarrborough e Yarrborough: l'hai consegnata personalmente nei loro uffici?»

«Sì, signore. Signore...!»

«C'è stata qualche risposta?»

«Il giovane signor Yarrborough ha detto che avrebbe avuto qualcosa per voi per domani pomeriggio se possibile... Signore! Non ho finito di parlarvi di Simon Tremarton.»

Alec si fermò. «È vero. Allora?»

«L'ho già visto, signore.» Quando questa rivelazione non produsse altro che uno sguardo assente, Tam aggiunse in fretta. «L'ho visto dal signor Dobbs, signore. È vero! Non sono mai stato più sorpreso di quando l'ho visto arrivare a casa vostra. Non credo che mi abbia riconosciuto, quindi potete stare tranquillo, signore.»

«E se il signor Tremarton ti avesse riconosciuto, avrei dovuto preoccuparmi?»

«Lui-lui non veniva in bottega per le solite ragioni, signore» rispose Tam lentamente, senza guardare il padrone negli occhi.

Alec si appoggiò di nuovo al muretto di pietra e mise le braccia conserte. «Mi sorprendi. Perché visitava Dobbs?»

Tam rimase in silenzio per un attimo. Guardò il volto impassibile di Alec. «Io-io non sono stato del tutto sincero con voi, signore.»

«No?»

«Non mi avreste fatto restare se lo fossi stato!» esclamò Tam. «E non è come se vi avessi mentito! Non è vero. Ero l'apprendista del signor Dobbs, ed è tutto quello che ero. Anche se non mi crederete!»

«Pensavo che mi conoscessi meglio.»

Tam abbassò la testa. «Beh, non mi avreste creduto se ve lo avessi detto subito, quando vi ho chiesto di essere il vostro valletto» si corresse. «Non è che io abbia fatto qualcosa di male. Non è così. Ma comunque non mi avreste tenuto.»

«Vuoi dirmi in che cosa era coinvolto Dobbs, oltre che nella sua pratica di farmacista, oppure devo tirare ad indovinare?»

«Ve lo dirò, signore. Avevo intenzione di farlo. Era solo che... Avevo intenzione di dirvelo.»

«Ma l'arrivo del signor Tremarton a St. James's Park ha suscitato il tuo desiderio improvviso» dichiarò Alec. «Se ti rende le cose più facili, ti assicuro che non ho intenzione di licenziarti per qualcosa che ha fatto Dobbs, legale o illegale che sia. Dici che eri il suo apprendista e che ti limitavi a quei compiti. Ti credo sulla parola.»

«Grazie, signore.» Tam respirò più liberamente. «Spero solo che mi crederete riguardo al signor Dobbs, signore, perché era un brav'uomo. Non c'è un grammo di verità in quello che hanno detto di lui. *Bugie e tradimenti*. Non può aver fatto quello che dicono abbia fatto. Ve lo dico io, signore, il signor Dobbs era un brav'uomo. Gentile, onesto, e niente di quello che dicono mi farà mai credere il contrario!»

«Forse, se mi dici esattamente che cosa si suppone abbia fatto il signor Dobbs?» Lo invitò gentilmente Alec.

«Sì, signore. Scusate signore. Mi fa solo arrabbiare pensare che un uomo buono e di valore sia stato condannato per qualcosa che non ha fatto!» Fece un profondo respiro e cominciò la sua storia. «Il signor Dobbs aveva la sua bottega appena fuori Fleet Street e gli affari andavano abbastanza bene. Preferiva vivere sul retro, in due stanze dietro il laboratorio. Io avevo una branda sotto il bancone da lavoro e prendevo i miei pasti alla tavola del signor Dobbs tutte le volte che voleva un po' di compagnia. A volte era di cattivo umore, specialmente dopo essere stato alla parrocchia. Andava con il vicario, il signor Blackwell, per curare i poveri e gente del genere. Immagino fosse per quello che non guadagnava molto. Non parlava di questa parte del suo lavoro, o della sua famiglia. Eccetto sapere che la signora Hendy era la sorella...»

«La governante a Delvin?»

«Sì, signore. Quando la contessa è morta, la signora Hendy mi ha collocato come apprendista con il signor Dobbs.»

«Sai perché?»

Tam scosse la testa. «Tutto quello che diceva la signora Hendy era che non potevo aspettarmi di vivere della carità di sua signoria, ora che sua madre non c'era più. Diceva che sua signoria non avrebbe accettato volentieri di avermi sotto il suo tetto.»

«E Dobbs?»

«Il signor Dobbs aveva la sua bottega di farmacista al pianterreno» spiegò Tam. «E mi proibiva di salire agli altri tre piani. Diceva che, se mai l'avessi fatto, sarei stato licenziato. Al primo piano c'era una casa da gioco malfamata, chiamata Jack di Cuori, e anche gli altri due piani erano affittati a questo club. Era frequentato da gentiluomini eleganti, con il pizzo ai polsi e redingote costose, che andavano e venivano a tutte le ore della notte. Alcune notti c'era talmente tanto rumore e traffico sopra le nostre teste che non riuscivamo a dormire granché.» Diede un'occhiata ad Alec, il cui volto non rivelava emozioni, qualunque cosa pensasse, poi continuò.

«Un giorno entrò il signor Tremarton. Lo riconobbi perché una volta era entrato in bottega ubriaco e aveva chiesto di vedere un ragazzo di nome Phillip. Aveva detto che era il suo solito ragazzo. Quando il signor Dobbs lo aveva informato che era nel posto sbagliato, il signor Tremarton si era arrabbiato. Era stato solo quando era arrivato un gentiluomo dai modi gentili e aveva accompagnato fuori il signor Tremarton che ci eravamo liberati di lui. Il gentiluomo gentile era tornato qualche minuto dopo. Si era scusato con il signor Dobbs e aveva lasciato un paio di ghinee sul bancone.

«Quando il signor Tremarton venne in bottega la seconda volta, non era ubriaco e chiese di parlare con il signor Dobbs in privato. Ma il signor Dobbs cercò di liberarsi di lui, dicendo che non voleva gente del suo genere nella sua bottega; che i suoi affari erano rispettabili. Ma il signor Tremarton non si lasciò persuadere e disse che, se il signor Dobbs non avesse parlato con lui con calma, lo avrebbe denunciato! Allora il signor Dobbs lo portò nel laboratorio. Rimasero là per un po', prima che arrivasse lo stesso gentiluomo beneducato amico del signor Tremarton a prenderlo.»

«Riconosceresti il gentiluomo beneducato se lo vedessi di nuovo, Tam?»

«Sì, signore, perché parlò direttamente con me. Mi chiese se mi piaceva vivere in città e se mi mancava l'aria di campagna e poi offrì le sue scuse al signor Dobbs per averci disturbato. Io aprii la porta per farli passare e ricordo che il signor Tremarton disse al gentiluomo beneducato, con una voce allegra, che se non si sbagliava di grosso avevano trovato la gallina dalle uova d'oro e che cosa ne pensava lui, Jack?»

«Jack? Sei sicuro che Tremarton si sia rivolto al suo amico chiamandolo Jack?»

«Sì, signore» rispose Tam, osservando il suo padrone che camminava su e giù davanti al muretto, con i levrieri che restavano fermi obbedienti ma con gli occhi che non lasciavano un attimo il loro padrone. «Lo ricordo in particolare perché la casa da gioco si chiamava Jack di Cuori e pensai che fosse una strana coincidenza, ecco tutto.» Quando Alec si limitò ad annuire, con una ruga tra le sopracciglia scure, Tam si leccò le labbra secche, aggiungendo sommessamente. «Non so di che cosa abbiano parlato il signor Tremarton e il signor Dobbs ma dopo quell'episodio mi disse che se mai avessi parlato con un gentiluomo sconosciuto con i pizzi ai polsi, mi avrebbe frustato a sangue. Signore...»

Nel silenzio, mentre Tam esitava, Alec si voltò e lo guardò con un sorriso comprensivo. «Qualunque cosa tu mi dica, Tam, resterà tra noi. E ho visto abbastanza del mondo per non sorprendermi per qualunque cosa tu mi possa confidare.»

Tam annuì e abbassò gli occhi sulle lastre sconnesse. «Se si vive in quella parte della città si impara qualcosa, qualcosa della *vita*, signore. Di tutti i tipi. Prostitute a ogni angolo e un palazzo sì e uno no un bordello, o uno di quelli con il nome elegante, come Bagno Turco. Ma non mi ero mai aspettato... Quello che sto cercando di dire è: so che i gentiluomini che visitavano il Jack di Cuori non lo facevano solo per il gioco d'azzardo e il vino! Ma non avevo idea che il bordello al terzo piano fosse maschile. È una cosa inconcepibile, signore!»

Dopo una pausa, che a Tam sembrò lunga una vita, Alec disse: «Come hanno scoperto Dobbs?»

«Il signor Dobbs non aveva niente a che fare con quello!» disse Tam con un broncio ribelle. «Lui si occupava della sua bottega. È tutto quello che faceva!»

«Ovviamente, sapeva quello che succedeva sopra la sua testa.»

«Sì, immagino che dovesse saperlo. Ma solo sapere di quei traffici non lo rende complice, signore.»

«Perché non ha riferito alle autorità quello che sapeva?»

«A che scopo, signore? Che cosa avrebbero fatto le autorità?» Si sforzò di guardare Alec negli occhi. «Molti gentiluomini visitano i

bordelli e alla legge non importa un bel niente, perché prendono la
loro stecca. Chiudono un occhio, nessuno sa niente ma diventano più
ricchi facendolo!»

Alec sostenne lo sguardo del ragazzo. «È vero, ma la legge alla fine
ha posto il suo occhio su questo bordello maschile, perché?»

Tam sentì le lacrime che riempivano gli occhi e abbassò di nuovo
lo sguardo sulle pietre sotto i suoi stivali. «Non lo so. Cioè, i gendarmi
si sono tenuti a distanza, per un bel po', e poi un giorno, senza preavviso, si è fatta viva la milizia e ha ripulito il posto. E non solo i piani
sopra di noi. Hanno distrutto anche la bottega. Hanno rovesciato i
tavoli e rotto i falconi e-e... Tutti quegli anni di lavoro! E gli apparecchi del signor Dobbs...»

«Tu che cosa hai fatto?»

«Io? Mi sono nascosto nella canna fumaria. Sapevo che se mi avessero trovato avrebbero pensato che fossi uno di loro. Il signor Dobbs
non mi ha mai tradito. Ha tenuto la bocca chiusa. Signore!» disse
improvvisamente Tam: «Io so che il signor Dobbs non ha mai avuto
niente a che fare con il traffico di sopra. Come hanno potuto incolpare lui per quello che facevano quei gentiluomini dietro le porte
chiuse?»

«Se quello che dici è vero, sembra che il tuo signor Dobbs sia stato
usato come capro espiatorio per i crimini di altri» disse gentilmente
Alec. «Forse, se si fosse fatto avanti subito quando si è reso conto di
cosa stava succedendo, sarebbe riuscito a evitare l'accusa? Restare
fermo e lasciare che continuassero quelle perversioni... Meritava di
essere punito per...»

«Bene, lo hanno impiccato!» esclamò bruscamente Tam, con le
lacrime che rigavano le guance brucianti. «Lo hanno marchiato come
sodomita e ruffiano, e lo hanno impiccato! Nessuno si è fatto avanti
per difenderlo. Nessuno di quei disgraziati che curava gratuitamente
con le sue medicine. Non il signor Blackwell. Non la signora Hendy.
Non io: *nessuno*. E scommetterei qualunque cosa che nessuno di quei
gentiluomini che si divertivano con quei ragazzi è stato sfiorato dalla
legge. Guardate il signor Tremarton. È qui alla St. Neots House, a
godere dell'ospitalità di Sua Grazia! Non è corretto e non è giusto!»

Alec diede a Tam il suo fazzoletto. «No, non lo è. Specialmente
per quelli che non possono far valere privilegi e potere. È un fatto
della vita e c'è molto poco che tu o io possiamo farci. Non sto dicendo
che sia giusto. Non lo è. Mio zio fa del suo meglio per dare voce alle
sue preoccupazioni in parlamento, ma è una voce solitaria. Gli uomini
che pagavano per i favori sessuali di quei ragazzini, meriterebbero di

essere eliminati allo stesso modo del tuo signor Dobbs. In effetti, meritano di peggio. Di essere frustati pubblicamente e messi alla gogna, perché li vedano tutti. Non c'è una punizione maggiore per un gentiluomo, di vedere insozzati il suo carattere e il suo buon nome.» Sospirò. «Tam, non posso riportare in vita il signor Dobbs. Non so nemmeno se posso credere senza rifletterci a quello che mi hai raccontato. Non sto dicendo che non do credito alla tua storia. Eppure, ci possono essere delle circostanze che non hai capito completamente.»

Tam si soffiò il naso. «Il signor Dobbs era un uomo onesto!»

«Così mi hai detto. Farò qualche indagine per conto mio...»

«Potete-potete farlo, signore?»

«Farò del mio meglio. Ora, dimmi: tu sei nei guai con la legge?»

«Non lo so, signore. Non credo. Nessuno è venuto a cercarmi. Nessuno, eccetto la signora Hendy, sa che ero apprendista dal signor Dobbs. Oh, eccetto il signor Tremarton e il suo amico. Pensate che loro...»

«No, il gentiluomo beneducato certamente non ti disturberà» lo rassicurò Alec. *Il povero Jack non disturberà più nessuno*, pensò tristemente mentre raggiungeva il resto degli ospiti per il tè pomeridiano nell'opulento salotto orientale, dove c'erano risate e musica e il tintinnio di fine porcellana. Andò immediatamente al carrello, come se una ciotola di caffè, in qualche modo, potesse lavar via il disgusto e la rabbia che provava sapendo che Dobbs, il farmacista, era finito sulla forca come capro espiatorio, per coprire i peccati di quelli più in alto di lui. Vide Simon Tremarton in piedi accanto al pianoforte, dove Lady Sybilla e Sir Cosmo pestavano sui tasti in un duetto, ed evitò i suoi occhi, cercando rifugio in fondo alla stanza, senza nessuna voglia di chiacchierare. Era solo questione di restare accanto alla finestra, senza essere notato, mentre le ciotole di tè e caffè, e i piatti di dolcetti e pasticcini venivano passati intorno. Riuscì perfino a evitare di dire più di una parola cortese alla sua ospite, per quanto lei desiderasse che le stesse accanto, quando gli passò la ciotola.

Suo zio stava chiacchierando con uno degli ospiti. Suo fratello gironzolava impettito per la stanza, con una magnifica redingote di satin color zafferano ricamata ai polsi e sulle falde con tralci di vite e frutti, e calzoni in tinta con le fibbie di diamanti alle ginocchia. Sorrideva benevolo a tutti quelli su cui cadeva il suo sguardo; sorrise perfino a suo fratello. Alec dovette girare la schiena per evitare che qualcuno vedesse l'espressione sul suo volto. Guardò fuori dalla finestra, verso la foresta più in basso che si stendeva come un fitto tappeto verde, abbracciando il fiume che serpeggiava a est verso la città, e sentì delle gonne col cerchio che gli sfioravano le gambe. Si voltò e trovò Lady Gervais che gli sorrideva, con il volto perfettamente dipinto e con i nei finti. C'era un luccichio nei suoi occhi mentre sorseggiava il tè e lo osservava da sotto le sue lunghe ciglia scurite.

«Ballerete con me stasera, vero?» Gli chiese dolcemente, con il lieve tremito nella voce che indicava come temesse un rifiuto.

Alec le sorrise ma la sua risposta non fu quella che si aspettava Lady Gervais. «Siete andata direttamente nell'appartamento di Delvin ieri sera, milady, dopo essere uscita dal salotto cinese?»

Lady Gervais sbatté le palpebre, stupita. «Prima di venire da voi? Ve l'ho detto. Non era nelle sue stanze…»

«Ma voi non siete andata nelle sue stanze, vero?» Quando la donna alzò gli occhi sconcertata, aggiunse: «Non ce n'era bisogno. L'avevate visto da qualche altra parte prima.»

«E se così fosse?» chiese la donna, sulla difensiva.

«Dove l'avete visto?»

Lady Gervais fece un passo, e si premette contro la sua gamba, le gonne voluminose non permettevano a nessuno di quelli nella stanza di accorgersene. «Più tardi, possiamo finire quello che abbiamo cominciato ieri sera?»

Il sorriso di Alec fu quasi sufficiente a farla andare in deliquio.

«Avevamo cominciato qualcosa, milady? Allora, dove avete visto mio fratello?»

Lady Gervais sbuffò. «Ve l'ho detto. Era con Selina Jamison-Lewis.»

«Non quando lo avete visto voi.»

Lady Gervais finse di interessarsi alle stecche del suo ventaglio di avorio intagliato. «Se proprio volete saperlo, l'ho scoperto tra i cespugli, con una sgualdrinella, un'insignificante lavapiatti.»

«È successo subito dopo aver lasciato il salotto cinese?»

«No, non subito dopo» gli rispose imbronciata. «Aveva dovuto scortare la sua fidanzatina in camera sua, perché l'eccitazione le aveva fatto venire il mal di testa.» Aprì il ventaglio con uno scatto nervoso. «Edward e io dovevamo incontrarci in terrazzo ma quando non si è fatto vivo dopo cinque *gelidi* minuti, sono andata a cercarlo. Non sono mai stata più mortificata, quando l'ho scoperto con una servetta. Riuscite a immaginare, preferire una sgualdrina da quattro soldi a me?»

«Che pessime maniere da parte sua.»

«È per quello che sono venuta da voi.»

«Per riavere la vostra autostima e dare una lezione a Delvin?» Alec si inchinò sulla sua mano. «Perdonatemi per non essere stato più sensibile verso i vostri bisogni, milady.»

La battuta le fece tornare il buonumore e ridacchiò. «Ma come facevate a saperlo?»

«Eravate stata fuori casa. C'era del fango sulle vostre scarpe e le calze che coprivano i vostri adorabili piedini erano umide» le disse, vedendo i suoi occhi che si spalancavano. «Oh, e potete stare tranquilla, milady. La signora Jamison-Lewis e mio fratello non sono amanti.»

«Ho dei piedi adorabili, vero?» disse Lady Gervais con un sospiro soddisfatto e poi, capendo appieno quello che aveva detto Alec, le si accese una scintilla negli occhi. «Non sono amanti? Davvero? Ma Edward diceva...»

O era un'attrice di prim'ordine, oppure era veramente ottusa. Alec propendeva per la seconda ipotesi. Vuota quanto bella. Proprio il tipo di donna che andava bene per Delvin. Quindi, suo fratello era tra i cespugli con una servetta; poteva azzardarsi a indovinare che la ragazza non era altri che la servetta mandata a prendere il latte per Emily. Tam aveva descritto il suo aspetto come scarmigliato. Nessuna meraviglia che tenesse la bocca chiusa con Neave. Una servetta non avrebbe certo confessato di aver intrattenuto uno dei gentiluomini ospiti, sarebbe stata immediatamente licenziata.

Ma, e Delvin? Secondo Cindy Gervais, aveva accompagnato Emily nelle sue stanze ma doveva averla lasciata sulla porta. E, secondo i ragazzi, Charles e Oliver, Lewis e il cugino Harry si erano imbattuti in Delvin nel corridoio di servizio in fondo alle scale che portavano nella stanza di Emily. Se stava giocando a biliardo, avrebbe facilmente potuto sentire i ragazzi che correvano nel corridoio. Ma stava giocando a biliardo prima o dopo la sua liaison con la servetta? E chi era il gentiluomo sconosciuto che aveva ringhiato contro i ragazzi? Forse Delvin si era imbattuto nella servetta nel corridoio. Era tra i cespugli quando c'era stata l'aggressione? E allora perché non l'aveva detto e non aveva usato la ragazza come alibi? Ma che figura avrebbe fatto, ammettendo di aver fornicato con una serva, mentre la sua promessa sposa veniva aggredita nelle sue stesse stanze?

Alec sperava che Cosmo avesse qualche notizia per lui. Almeno lui aveva passato la giornata mescolandosi con gli ospiti, mentre lui, Alec, faceva da bambinaia a un branco di ragazzini. Non che si lamentasse. Si era divertito e Charles e Oliver gli avevano involontariamente rivelato un'informazione interessante. Conscio che Lady Gervais lo stava ancora guardando in attesa, le disse:

«Se avete ancora posto nel vostro carnet, milady, sarò onorato di ballare con voi.»

Soddisfatta, Lady Gervais sorrise e avrebbe continuato a parlare, se non fosse stata distratta da un movimento accanto alla porta che la fece voltare, vedendo Lady Charlotte, con Emily al suo fianco, vestita in uno splendido abito di organza a fiori, con un semplice filo di perle al collo. La ragazza non guardò né a destra né a sinistra e andò direttamente al carrello del tè, scortata dalla zia. Lady Sybilla lasciò il pianoforte e sussurrò in fretta qualche parola alla nipote ma fu rimessa a posto da una parola aspra della sorella maggiore. Ma quando il conte di Delvin si unì a loro, Lady Charlotte gli rivolse un sorriso caloroso e consegnò Emily alle sue cure, prima di ritirarsi accanto al carrello del tè per aiutare la madre. Lady Sybilla restò lì accanto e ad Alec non sfuggì che Emily cercasse di andare da lei, il conte però la condusse via, per unirsi a un gruppetto dei suoi più intimi amici seduti accanto al pianoforte.

«Spero che il ballo sia un po' più animato di questa gente» disse Plantagenet Halsey, prendendo il posto di Lady Gervais di fianco ad Alec. Seguì lo sguardo del nipote. «È l'immagine sputata di sua madre, ragazzo mio.»

«Scusate, zio? Olivia vi ha assegnato delle stanze di vostro gradimento?»

«Sì. Emily St. Neots è l'immagine della sua mamma.»

«Davvero?»

«La duchessa di Beauly era una bella donna. Faceva voltare le teste dovunque andasse. Lo fa ancora, se devo credere al mio corrispondente italiano.»

«Sul serio? Se venissi assegnato in Italia dovrei presentarmi?»

«Fallo. Qualunque siano state le mancanze della donna, non lasciarti convincere che quell'umiliante divorzio sia stato solo colpa sua. Beauly era un mascalzone e un donnaiolo. E lei era innamorata di un altro uomo.» Sembrò a disagio. «Non credo nei matrimoni forzati. Donne vendute come mobili. Puah!»

«Mi piacerebbe leggere il vostro ultimo pamphlet... sui diritti coniugali?»

Plantagenet Halsey grugnì e appoggiò la ciotola sul davanzale della finestra. «Niente che tu non mi abbia già sentito predicare in passato.»

«Olivia mi dice che per poco non siete stato citato per diffamazione per quella particolare pubblicazione.»

Il vecchio aggrottò le folte sopracciglia. «Mi incolpa per la morte di quella canaglia, vero?»

«A dire il vero, sembrava veramente grata perché avevate avuto l'audacia di fare il nome del tizio.»

«Lei potrà essermi grata ma ti dirò chi non lo è, la sua vedova. Non si può biasimarla, comunque. Ho messo in piazza il loro matrimonio.»

«È un vero peccato che non abbiate sentito la necessità di dirlo a me, prima di rivelarlo a tutti quanti.»

Plantagenet Halsey guardò incuriosito il nipote. «Era già abbastanza depressa. Averti lì in agguato nell'ombra, avrebbe solo reso le cose più difficili per lei. Meglio per te restarne fuori. Suo marito era un folle possessivo.»

Alec si chinò verso suo zio e parlò, mentre guardava Emily dall'altra parte della stanza, seduta muta accanto a Delvin, che chiacchierava con Sir Cosmo e una donna sconosciuta con un'esagerata acconciatura di piume. «Meglio lasciare che fosse picchiata, piuttosto di dirmelo in modo che potessi porvi fine?»

«Meglio restare in vita tutti e due!»

«Zio!? Non mi avrebbe mai battuto in un duello!»

Il vecchio lo guardò apertamente. «No, ma lui l'avrebbe uccisa piuttosto di lasciarti avvicinare a lei.»

Alec distolse lo sguardo, con la gola stretta sotto la lavallière espertamente annodata. «Allora, se sapevate che la picchiava, sono sorpreso che non abbiate scritto quel pamphlet anni fa.»

«Ragazzo mio, non è stato il mio pamphlet che l'ha convinto a bruciarsi le cervella» rispose compassionevole Plantagenet Halsey. «Sua Grazia e il resto della sua razza possono continuare a pensarlo; lasciamoglielo fare. Fino al giorno in cui hanno trovato Jamison-Lewis morto nel bosco, lui aveva tutte le intenzioni di portarmi in tribunale. Il suo avvocato l'aveva detto chiaro e tondo. Quindi, dovrai cercare da qualche altra parte per scoprire il motivo della sua morte.»

«Forse è stata un incidente?» Quando suo zio sbuffò, scettico, Alec aggiunse: «Allora, perché si è sparato?»

Plantagenet Halsey scrollò le spalle. «Beh, dovrai chiederlo alla sua vedova. Ed ecco che arriva la virago.»

Alec fu sorpreso dell'espressione di ammirazione di suo zio, mentre guardava Selina Jamison-Lewis che attraversava la stanza, con un bell'abito di seta grigio ostrica e sottogonne di tessuto d'argento, agitando un ventaglio di seta irrigidita dipinto a gouache, con una pesante nappa d'argento. Salutò Alec con un breve cenno, senza guardarlo negli occhi e tese giocosamente la mano a suo zio.

«Sono così contenta che siate qua, signore. Il vostro arrivo ha fatto perdere tutta la sua compostezza all'altro vostro nipote e ha risvegliato dal loro sonno i leoni sdentati!» disse con un sorriso, poi rise quando Plantagenet Halsey si chinò sulla sua mano con un gesto esagerato. «La mia noia è finita e per questo sono pronta perdonarvi i vostri scritti impertinenti.»

Lungi dall'offendersi, il vecchio ridacchiò e le strinse la mano. «Grazie, mia cara. Permettetemi un'ultima impertinenza: da vedova avete un aspetto magnifico!» Diede uno sguardo d'intesa ad Alec: «Non è così, ragazzo mio?»

Ma Alec non stava ascoltando. Stava guardando preoccupato Emily e suo fratello, e senza scusarsi attraversò la stanza per mettersi di fianco a Emily, dicendo, senza preamboli: «State bene, mia cara?»

Emily non alzò lo sguardo. «Sì, signor Halsey, sto bene. Grazie.»

«Forse una passeggiata in terrazza vi ridarebbe un po' di colore?»

«No. No, grazie.»

«Emily...»

A quel punto, Delvin smise di parlare con la signora alla sua sinistra e si alzò per affrontare il fratello. Risate, musica e il chiacchiericcio delle voci continuarono tutto intorno a loro ma più di una testa si voltò nella loro direzione. Il conte aprì una tabacchiera d'oro e smalto e prese un pizzico di tabacco. Quando ebbe finito disse lentamente: «Non posso, veramente non posso permetterti di allontanare Emily da me, Secondo. Lei appartiene a me. Non è vero, Emily carissima?»

«Lascia che sia lei stessa a dirlo» dichiarò Alec.

Ma Emily, che si era alzata in piedi anche lei, lo fissava come se fosse trasparente, con il volto impietrito.

«Signori, per favore» sussurrò stridula Lady Charlotte. «Signor Halsey, dovete lasciare Emily alle cure del suo fidanzato!»

Il conte offrì il braccio a Emily. «Ricordate il consiglio di Oliphant, mia cara, non dovete agitarvi ancora.»

Alec si rannuvolò. «Oliphant? Il medico?»

«Allora questa è Miss Emily» li interruppe Plantagenet Halsey, inserendosi tra i due fratelli per prendere la mano di Emily e chinarsi a baciarla. «Dovete scusarmi se mi presento da solo ma i miei nipoti mancano tristemente di buone maniere. E se assomigliate almeno un po' a vostra nonna, perdonerete la franchezza di un vecchio.» Mentre parlava, aveva preso Emily a braccetto e le dava dei colpetti confortanti sulla mano. «Ho bisogno anch'io di un po' d'aria fresca, facciamo una passeggiata? La signora Jamison-Lewis si è gentilmente offerta di mostrarmi la terrazza. Non sono ancora stato da quella parte. Lasceremo tutta questa gente al loro tè e alle loro cattive maniere.»

Il conte fece un passo verso di loro, poi indietreggiò quando suo zio gli rivolse un'occhiata dura. «Ottima idea, zio!» disse con un sorriso fisso, girò sui tacchi e andò a raggiungere un gruppo di gentiluomini raccolti intorno al camino.

«Vi accompagnerò io, signor Halsey» dichiarò Lady Charlotte, scuotendo le sottane.

«Voi resterete qui dove siete, signora, se non volete che faccia della vostra intromissione uno spettacolo pubblico» ribatté Plantagenet Halsey. Fece un cenno a Selina, che uscì dal salotto con lui ed Emily.

Alec restò in mezzo alla stanza con una ciotola vuota di caffè in mano, finché Sir Cosmo lo prese per il gomito e lo portò in un angolo lontano, accanto a una finestra con le tende tirate.

«Una parola di avvertimento» disse Sir Cosmo sotto voce, mentre controllava la stanza attraverso l'occhialino. «Tieni tuo zio lontano da William Gervais. L'uomo sta schiumando dalla bocca per la voglia di venire alle mani con lui. Odia le idee politiche di tuo zio. E chi non le odia? Ma non è un motivo per rinchiuderlo! E Gervais lo farà, se trova una scusa. È un giudice alla Westminster Hall.»

«Sembra più un allevatore di maiali che un giudice.»

«Ehi, è vero!» rispose Sir Cosmo con una smorfia. «Ma il nostro William adora le belle impiccagioni. Manda sulla forca tutti i poveri cristi che gli compaiono davanti...»

«Davvero? Non è quel giudice che i giornali hanno ribattezzato Lord Forca?»

«Proprio lui. Fa sempre impiccare il suo uomo, donna o bambino se è per quello, il nostro William Gervais. E... ehm... un'altra cosa» continuò esitante Sir Cosmo, un po' imbarazzato. «Meglio stare alla larga da sua moglie.»

Alec sogghignò. «Mio caro Cosmo, se solo lei stesse lontana da me!»

Sir Cosmo scoppiò in una sonora risata e diede una gomitata all'amico. «Chi non preferirebbe uno stallone a un somaro?»

«Quello che mi meraviglia, Cosmo, è questo,» disse Alec, con lo sguardo puntato sul gentiluomo in questione, che stava divorando pasticcini alla crema mentre chiacchierava con una distratta Lady Sybilla e una signora magra in là con gli anni, «se l'uomo è quello che dici, allora perché si lascia cornificare da Delvin?»

«È semplice» disse Sir Cosmo senza mezzi termini. «Quell'uomo è abbagliato da noi, dalla nobiltà, voglio dire. Un titolo è tutto per qualcuno che si è fatto da sé. È solo baronetto a vita. Per servizi resi alla legge. Capisci. Deve essere divorato dalla gelosia e dalla frustrazione perché quel cervello di gallina di sua moglie divide il suo letto con Delvin. Ma Delvin è un conte. Che cosa ci può fare Gervais? Un conte gli ha fatto l'onore di portarsi a letto sua moglie. Quindi, i raggi dorati della nobiltà brillano anche su di lui.»

«Buon Dio! È davvero quello che pensa?»

«Affascinante, no? Pensavo che questo genere di marciume fosse morto nel medioevo. Ah, credo che il signor Tremarton voglia scambiare due parole.»

«Alec, posso parlare con te?» chiese Simon Tremarton, che era rimasto lì vicino ad aspettare e prese il passo indietro di Sir Cosmo come il segnale che poteva interromperli.

«Non qui» rispose bruscamente Alec.

«È piuttosto urgente» balbettò Simon, sconcertato dall'accoglienza fredda.

Alec lo accompagnò fuori dalla stanza, congedandosi dalla duchessa con un cenno della testa e, quando raggiunsero il suo salottino, spalancò la porta. «Allora che cosa vuoi da me, Simon?»

NOVE

CROMWELL E MARZIRAN FECERO UN PIGRO SBADIGLIO E alzarono la testa dal tappeto turco davanti al camino, quando il loro padrone entrò nel salotto. Non conoscevano il visitatore e sarebbero andati ad annusargli le scarpe, se Alec non avesse ordinato loro di accucciarsi accanto alla poltrona. Offrì a Simon la poltrona davanti a lui ma l'uomo non riusciva a restare seduto fermo e, dopo aver camminato un po' su e giù, si sedette sul bracciolo della poltrona, mordicchiandosi un'unghia. Si chiedeva qual era l'approccio migliore, il suo compito era reso ancora più difficile dal fatto che Alec restava impassibile, con le gambe accavallate ad aspettare, in silenzio.

«Non sono sorpreso che tu sia irritato» disse Simon con un sorriso imbarazzato. «Ne hai tutti i diritti. Non ho mantenuto il nostro appuntamento a Parigi e non mi sono presentato per la riunione informativa del dipartimento. E poi, quando mi hai cortesemente invitato a casa tua, sono stato tanto maleducato da non presentarmi. Posso solo dire che non sono più me stesso ultimamente, vuoi con la malattia di mia madre…»

«Tua madre è morta cinque anni fa.»

«Allora lo sai?» La sorpresa di Simon fu minima. «Suppongo che te l'abbia detto Cindy. È stata lei a dirti che sono andato nello Yorkshire?»

«No. L'ho capito da solo.»

«La malattia di una madre è meglio della verità, no?»

«La verità, qualunque sia, è sempre preferibile. Se ti vergognavi del tuo rapporto con Jack Belsay, mi meraviglia che tu abbia accettato il suo invito.»

«Avrei dovuto dire al dipartimento che andavo nel casino di caccia di Belsay? Pensi che mi avrebbero dato la licenza?»

«Non avevi bisogno di mentire con me. Non avrei detto una parola al dipartimento. E quanto a sospettare qualcos'altro, chi, a Londra, a parte i suoi amici più intimi, sapevano dell'omosessualità di Jack?» Alec alzò le sopracciglia quando Simon fece una smorfia a quella parola. «Jack era molto più a suo agio con la sua sessualità di quanto lo sia tu. Non è così, Simon?»

«Tu puoi anche schernirmi! A mio agio? Ah! Va bene per quelli come Belsay essere a proprio agio con le proprie preferenze verso gli uomini! Aveva titolo e ricchezza, non gli mancava nulla. E tu, tu potresti lasciare il servizio domani e le tue tasche e le tue prospettive non ne soffrirebbero! Tu non hai bisogno di essere il lacchè di un ambasciatore, se non per tua scelta. Mi meraviglia che lo faccia. Io non lo farei, se fossi al tuo posto.»

«Io ho scelto di farlo perché voglio essere utile e il lavoro mi piace.»

«Ecco, tu puoi scegliere! Per me è diverso. Io devo lavorare o morire di fame» disse Simon, imbronciato. «Io devo-devo fare delle cose che non mi piacciono, per andare avanti. Fa tutto parte del gioco. Tu puoi giocare o tirartene fuori. La maggior parte delle volte, ti tiri fuori. E con tutti i tuoi nobili collegamenti, non hai bisogno di alzare un dito. Sei uno di loro. Si prenderanno cura di te, ti daranno un'ambasciata tutta tua, un giorno. Domani, se stasera sussurrassi una parolina nell'orecchio giusto!»

«Ti concedo che il sistema delle sinecure e dei patrocini puzzi di corruzione, Simon, ma si può superare, usarlo per fare bene, se si è pronti a lavorare duramente e a stare al gioco, senza perdere di vista i propri principi. Guarda Sir Harold Hegarty. Era il figlio di un carradore analfabeta!»

Simon sbuffò sdegnoso. «Quell'uomo ha cinquantacinque anni. Io non posso aspettare così a lungo. Altri non sono obbligati a farlo. Farò qualunque cosa serva per andare avanti, ma lavorare un mucchio di ore e sudare sulle carte di qualcun altro, perché lui sta leccando il culo a qualche buon amico titolato non fa per me! Non posso permettermi di essere nobile come te!»

«E amare Jack faceva parte del gioco, Simon? Qualcosa che *dovevi fare* ma che non ti piaceva?»

«Amare?» sbuffò Simon e fissò il fuoco nel camino. «Se dicessi di no non mi crederesti. Con un sì mi disprezzeresti ancora di più.» Prese la tabacchiera d'argento e picchiettò il coperchio prima di offrirla ad Alec, che rifiutò. «Dimenticavo» disse con un sorrisino storto. «Tu non *fiuti*. C'è qualche vizio in cui indulgi?»

La bocca di Alec si contrasse ma non ripose.

Simon fiutò una presa di tabacco e osservò Alec che badava al fuoco, ridando vita alle fiamme con un attizzatoio di ottone.

«Mi servono mille sterline per lunedì pomeriggio» disse senza preamboli. «Ho preso in prestito il denaro da un prestasoldi di nome Reubens. Delvin aveva detto che, per ottocento sterline, avrebbe potuto farmi avere una sinecura al dipartimento. È finito tutto nel nulla. Ha attirato l'attenzione su di me, ma è stato tutto. Belsay mi avrebbe dato i soldi ma si è fatto stupidamente uccidere, lasciandomi in questo pasticcio.»

Alec rimise l'attizzatoio sul suo sostegno elaborato. «Non te ne importava un fico secco di Jack, vero Simon? Eri interessato solo a quello che potevi ottenere da lui. Lo stavi usando.»

L'imbarazzo fece sorridere Simon. «Jack Belsay era uno stupido, i romantici lo sono, ma non era tanto stupido da pensare che sarei stato il suo amante senza una ricompensa pecuniaria. Che si fosse innamorato di me era un problema suo, non mio. E se Delvin non lo avesse infilzato, ora sarei ricco. Jack avrebbe fatto qualunque cosa per tenermi.»

«Allora era veramente uno stupido. A un uomo innamorato si può perdonare molto, mentre tu...»

«È così che hai giustificato il tuo comportamento con quella testa rossa dabbasso?» Lo derise Simon. Eppure, l'espressione sul volto di Alec lo fece allontanare dal camino. «Jack mi ha detto che hai deflorato sua cugina il giorno delle sue nozze. È quello il vizio particolare della statua greca del dipartimento, deflorare le spose vergini...»

In un batter di ciglio, Simon Tremarton si trovò sbattuto contro la parete, con la cravatta attorcigliata tanto penosamente stretta che nient'altro importava, se non riuscire a respirare. Le braccia erano ricadute lungo i fianchi e aveva la distinta sensazione che i piedi non toccassero terra. Tutto quello che riusciva a fare era annaspare e tossire e guardare con gli occhi in fuori un volto pieno di disprezzo e di rabbia.

«Tu ti permetti... Tu ti permetti di deridere me? Tu, piccolo disgustoso frocio!» Alec ribolliva di rabbia, lasciò cadere Simon con una spinta sprezzante. «No, Cromwell! Marziran! Non vale nemmeno la pena di morderlo.» Si voltò e appoggiò le braccia tese alla mensola del camino, con la testa china. «Una parola di avvertimento, Tremarton, anche se Dio solo sa perché lo sto facendo. Scappa sul continente. È l'unica speranza che hai di sfuggire a Newgate.» Voltò la testa. Simon stava ancora cercando di recuperare il fiato. «Viste le tue inclinazioni sessuali, ti suggerirei di arrivare fino in Persia. In qualunque altro posto ti impiccherebbero!»

Simon si sistemò la cravatta. «Ho preso nota del tuo suggerimento. Comunque, preferisco tentare la fortuna con tuo fratello. Mi darà molto più di un migliaio di sterline, quando avrò finito con lui.»

«Non essere idiota! Delvin non ti darà un bel niente. Ha passato Jack a fil di spada, quindi, che cosa lo tratterrebbe dall'assassinare uno spregevole verme come te?»

«Pensi che Jack stesse ricattando Delvin ed è per quello che è morto?» disse incredulo Simon. «Belsay non avrebbe minacciato un moscerino!»

«Allora, perché hanno incrociato le spade? Forse ho sbagliato a scegliere il genere? Forse il duello era a causa tua?»

A questo punto Simon si mise a ridere di cuore. «Io? Conosci proprio bene tuo fratello! Odia i tipi come noi con una passione che sfiora la follia. E odiava particolarmente Belsay.»

«Questo non aveva niente a che fare con le visite di Jack a un particolare club sopra la bottega di un farmacista?»

Simon aggrottò per un attimo la fronte e poi sorrise. «Saresti sorpreso di sapere quanti eccellenti gentiluomini, di buona famiglia, indulgano in tutti i tipi di comportamenti devianti. Il club Ganymede era solo uno dei tanti club che soddisfano tutti i gusti e tutte le perversioni, popolati da gente simile a quella nel salotto di sotto.» Prese un altro pizzico di tabacco, con un'occhiata di traverso ad Alec. «Il tuo nuovo valletto ti ha detto che cos'è successo?»

«Che hanno fatto irruzione nella sala da gioco e nel club, e che il farmacista Dobbs è stato impiccato per sodomia, un crimine di cui il suo apprendista è convinto non fosse colpevole.»

Simon Tremarton scrollò le spalle con indifferenza. «Qualcuno doveva prendersi la colpa e, fortunatamente per il resto di noi, Dobbs era a portata di mano.»

«Non provi nessun rimorso?»

«*Rimorso?*»

«Che un uomo innocente sia stato impiccato per un crimine che non ha commesso.»

Simon fece una smorfia di disgusto. «Per l'amor del cielo, Halsey, quell'uomo era poco più di uno spala letame. Meglio lui che uno di noi.»

Alec spalancò la porta sul corridoio. «Sei spregevole e senza coscienza. Fuori, prima che ti torca il collo!»

Ma Simon Tremarton era calmo in modo esasperante e rimase fermo in mezzo al tappeto turco. Tolse una busta ingiallita dalla tasca interna della redingote e la alzò. «Per tremila sterline puoi avere questa lettera. Prova che tuo fratello ha ucciso Jack Belsay, e perché.»

«Non pagherò un penny! Fuori.»

«Non importa» disse Simon con un sospiro, rimettendosi in tasca la busta. «Ne spremerò cinquemila al nostro caro conte. Non può permettersi di non accettare le mie condizioni.» E con un inchino esagerato aggiunse: «Se non stai attento ti chiederò di ballare il primo minuetto!» gli gridò dal corridoio. *«Au revoir, bel ami.»*

ALEC SBATTÉ LA PORTA COSÌ FORTE CHE TREMÒ SUI CARDINI. Camminò avanti e indietro nella stanza, con una mano tra i capelli, sperando che la rabbia si esaurisse, prima di danneggiare un oggetto inanimato, o, più probabilmente, una mano. Colse un movimento con la coda dell'occhio e si guardò attorno di scatto, trovando Sir Cosmo che aspettava imbarazzato sulla porta che collegava il salotto allo spogliatoio.

«Vedo che il tuo valletto è portato alla chimica» disse in tono leggero. «Ho sentito il trambusto fuori in corridoio e ho pensato che ti servisse una mano. Sono entrato e ho trovato il ragazzo tutto curvo su qualche tipo di apparecchio scientifico. Mi stava parlando del suo apprendistato come farmacista. Ragazzo interessante. Bello, da parte tua, lasciarlo continuare a pasticciare.»

«Sì, e avere l'apprendista di un farmacista come valletto è piuttosto strano. Lo so. Ma vedi, Cosmo, francamente è una storia lunga e complicata, che non ho il tempo o la pazienza di raccontarti.»

«Vuoi qualcosa da bere? Il ragazzo è andato a prendere una bottiglia di borgogna.»

«Grazie» disse Alec e seguì Cosmo attraverso lo spogliatoio, con i levrieri che saltellavano dietro di lui. Prese il bicchiere che Cosmo aveva riempito per lui e dopo un sorso disse, in tono molto più caloroso: «Hai avuto successo con qualcuno degli ospiti?»

Sir Cosmo diede un'occhiata intenzionale a Tam, che si affrettò ad alzarsi e Alec, svelto a capire, mandò Tam a far fare una corsa ai cani, dicendo: «Non avrò bisogno di te per un'altra mezz'ora.»

Sir Cosmo aspettò di sentire la porta esterna chiudersi. «Hai mostrato più pazienza di me, con quella serpe di Tremarton.»

«Avrei voluto strozzarlo! Hai sentito tutto?»

«La maggior parte. Anche il ragazzo deve aver sentito, anche se ha continuato con il suo esperimento, come se fosse completamente sordo. Dai molto credito alle scempiaggini di Tremarton?»

Alec sorseggiò pensieroso il vino. «Che Delvin abbia assassinato Jack? Senza dubbio. Lo indica tutta la scena a Green Park, l'assenza dei secondi o delle formalità richieste da un duello. Jack non era geloso di Delvin. Non era nemmeno interessato alle donne. Aveva una relazione con Simon Tremarton.»

Sir Cosmo scosse la testa. «Mio Dio! Impensabile!» Ma la sua sorpresa non sembrava genuina.

Alec aggrottò la fronte.

«Sapevi già delle inclinazioni di Jack.»

«Ehm, beh, sì» confessò Sir Cosmo con aria colpevole e aggiunse in fretta, quando le rughe sulla fronte di Alec divennero più marcate: «Non che me l'abbia detto Jack. Oserei dire che, per lo più, la gente non guarda oltre la superficie. Ovviamente, alcuni di noi hanno sempre avuto dei sospetti riguardo a Jamison-Lewis, anche se non è qualcosa che si vuole chiedere o sapere di un uomo, e poi aveva sposato Selina, quindi aveva messo tutto a tacere. Ma, quando Selina mi ha parlato in confidenza del suo matrimonio, è stato uno shock orribile e quando ha menzionato la parte di Jack in tutta la faccenda, e ci ho pensato un po', mi sono reso conto di come andavano le cose, beh, insomma, ecco!»

«Chiedo scusa, ma non ti capisco» disse educatamente Alec. «Che cosa sapevi di Jamison-Lewis e che cosa ha a che fare con Jack e le sue preferenze?»

Questa volta fu Sir Cosmo che restò sorpreso e sbatté gli occhi.

«Ah, beh. Adesso ci sono...» disse più che altro a se stesso, e fiutò una presa di tabacco. Rimise la tabacchiera smaltata nella tasca della redingote e si chiese come spiegarsi meglio. Tossicchiò. «Presumevo lo sapessi, ma dato che non avevi idea delle-delle botte, vedo che non potevi avere assolutamente idea del resto della sordida storia. Forse, sarebbe meglio che non dicessi altro. Sto parlando troppo e Selina potrebbe non volere che...»

«Per l'amor del cielo, Cosmo!» esclamò Alec, esasperato. «Parla e falla finita. Ora che so come la trattava quel mostro, certamente non può esserci niente di peggio!»

«Jack era l'amante di Jamison-Lewis» disse senza mezzi termini Sir

Cosmo, con il colore che gli invadeva il volto. «Lo era da anni. Non era cambiato niente, dopo il matrimonio di Jamison-Lewis. Selina era lì per fornire un erede. George non la considerava niente più di una giumenta da riproduzione e la trattava di conseguenza.»

Alec si sedette pesantemente. Gli sembrava che gli avessero tolto il fiato a botte.

«Quello che non capisco è la posizione di quel verme disgustoso di Tremarton in tutta la faccenda» continuò Sir Cosmo, inconsapevole dell'effetto delle sue parole, avrebbe tranquillamente potuto parlare ad Alec attraverso una nebbia fitta. «Jack deve aver tenuto ben nascosta la relazione con Tremarton. Tutti sapevano che mostro possessivo fosse Jamison-Lewis con Selina, quindi immagina i suoi sentimenti se avesse scoperto che Jack lo tradiva!» Sir Cosmo si strofinò il mento ruvido. «Adesso che ci penso, Alec, Jack era molto più a suo agio con le sue inclinazioni di quanto fosse Jamison-Lewis. J-L faceva l'impossibile, per sembrare il più virile tra gli uomini. Penso che sia per quello che alla fine si sia sposato. Ned sapeva di Jamison-Lewis, ma non ha mai mostrato apertamente il proprio disgusto. Penso che tuo fratello avesse un po' paura di lui.»

«Non ne dubito. E Delvin è abile a sfruttare quelli più deboli di lui» disse a bassa voce Alec, con la mente che turbinava ancora per le nuove informazioni. «Riesco a immaginare Delvin che prendeva in giro Jack per la sua relazione con Jamison-Lewis, fuori dalla portata d'orecchio di quel mostro. E Jack non era il tipo da fare chiacchiere. Si sarebbe occupato della faccenda nel suo modo tranquillo.»

«Battersi a duello a Green Park non mi sembra proprio un modo tranquillo.»

«Ma minacciare Delvin, con qualcosa di devastante per la sicurezza di mio fratello, sì.»

Sir Cosmo schioccò le dita. «La lettera di Lady Margaret! Jack ha minacciato Ned con la lettera che tua madre scrisse a Lady Margaret. Deve essere quella. È quella, la briscola in mano a Tremarton. Ci scommetterei! Ti ha mostrato le carte?»

«Una vecchia busta sciupata. Personalmente, credo che Tremarton stia facendo un bluff elaborato. Da quello che sappiamo, metà Londra oramai è al corrente della favoletta messa in giro da Lady Margaret. Tremarton potrebbe essere partito da lì, averla magari sentita da Jack e semplicemente usarla per i suoi scopi. È certamente abbastanza disperato da fare una cosa così stupida. Non c'è modo di saperlo, a meno di mettere le mani su quella busta.»

«Allora, dobbiamo mettere le mani su quella busta» ripeté Sir

Cosmo con evidente piacere, ma si sgonfiò immediatamente quando il suo amico non mostrò lo stesso entusiasmo. Guardò attentamente Alec e si chiese se non si sentisse improvvisamente male. Poi, tutto gli tornò in mente in un lampo e i pezzi andarono al loro posto. «Alec, amico mio, mi dispiace. Ho sbagliato a parlarti di Jamison-Lewis e avrei preferito che lo scoprissi da qualcun altro e non da me...»

«Meglio da te che da chiunque altro» dichiarò sommessamente Alec, con le guance arrossate, e bevve l'ultima sorsata di vino. Si riprese a sufficienza per dire bruscamente: «Hai saputo qualcosa, oggi, che ci possa aiutare con le indagini?»

Sir Cosmo si mise comodo su una poltrona, di fronte allo sgabello del tavolino da toilette di Alec. «Sì! Ecco perché ero qui» disse, chinandosi in avanti, con gli occhi che brillavano. «Il mio uomo ha fatto un po' di domande dabbasso. Gli piace. Se non sto attento, scapperà e andrà a raggiungere il fratello dell'uomo di Macara a Bow Street. Ovviamente, dabbasso sono tutti nervosi. Hanno tutti paura di perdere il posto. Neave c'è andato giù pesante ma nessuno dice una parola! Comunque si è messo a chiacchierare con il valletto di Ned, un tizio untuoso che si dà delle arie, che è pronto a giurare sui carboni ardenti che il suo padrone ha passato tutta la sera nelle sue stanze.»

Alec lo guardò scettico. «La parola del valletto di Delvin, Cosmo?»

«Lo so! Lo so! Non gli do molto credito neanch'io. E ha avuto la sfacciataggine di dire che il suo padrone stava intrattenendo due delle cameriere...»

«*Due* cameriere?» Le spalle di Alec tremarono. «Oddio, la storia diventa sempre più divertente! Suppongo che il suo valletto avesse un occhio al buco della serratura per godersi l'orgia? Guarda, Cosmo, Cynthia Gervais è venuta in camera mia ieri sera, dopo aver scoperto che Delvin non era nelle sue stanze.»

«Probabilmente il valletto le ha mentito, per coprirlo.»

«Senza dubbio, e Cindy Gervais mi ha riferito di aver scoperto Delvin nei cespugli con una sgualdrinella lavapiatti. Penso che fosse la servetta di Emily.»

«Allora *c'è*, una cameriera coinvolta!» disse con soddisfazione Sir Cosmo.

«Ma questo non spiega dov'era, dopo aver finito con la servetta e prima di andare nelle stanze di Selina.»

«Di certo non ha alzato le sottane della servetta, per poi andare a cercare di violentare Emily e poi essere colto *in flagrante delicto* con Selina? Gli servirebbe un corno d'avorio!»

Alec si mise a ridere. «Oppure gli piacerebbe farci pensare che ce l'ha!»

Sir Cosmo abbassò il mento e disse, imbronciato: «E a me non interessa quello che hai visto con i tuoi occhi! Io non la bevo che Selina e Ned stessero…»

«Sì, lo so adesso, e mi scuso per essere saltato a una conclusione. Ma è esattamente quello che Delvin voleva farmi pensare.»

«Perché?»

Alec alzò le spalle, sembrò a disagio ed evitò di rispondere alla domanda. «Non voglio credere che Delvin sia capace di uno stupro o di assassinare la cameriera di una signora, perché è mio fratello. Ma ho dei sospetti su di lui, Cosmo. Il fatto che il suo valletto stia facendo girare la storia che era in camera sua con due cameriere, mostra fino a che punto sia arrivato per coprire le sue tracce. E quanto a essere nei cespugli con la servetta e Cynthia Gervais che li scopre…? Pensaci un attimo, la serva non si farà certo avanti a raccontarci i dettagli intimi di quell'incontro. Significherebbe il licenziamento immediato, senza referenze. Delvin può dire tutto quello che vuole sui servitori e, che sia vero o falso, nessuno di loro smentirà mai la parola di un nobile. Quindi, non c'è modo di sapere per quanti minuti Delvin è restato là tra la verzura. È troppo facile, Cosmo. E proprio quel genere di cose che Delvin userebbe come alibi. Che la sua amante lo abbia colto sul fatto, potrebbe essere un'astuta manovra a suo favore.»

«Come te lo spieghi?»

«È la stessa manovra che ha assicurato che lo trovassi nelle stanze di Selina. E ciò che vedi, come tu mi hai giustamente fatto notare, non è necessariamente quello che sta veramente succedendo.»

«Che dannato pasticcio!» borbottò Sir Cosmo. «Ho passato tutta la giornata con l'orecchio a terra e questo è tutto quello che ti posso offrire. Non sono di grande aiuto, mi dispiace.»

«Sei l'unico aiuto che ho» Alec sorrise. «Niente di interessante, dagli ospiti di Olivia?»

«Da quello che ho potuto capire, si sa cosa hanno fatto tutti dopo che si sono ritirati per la notte. Tutti, eccetto quelli menzionati prima. Macara è restato alzato fino a tardi, gironzolando in terrazza e fumando i suoi dannati sigari. Sembra che non dorma bene, una vecchia ferita alla schiena. Se Cynthia Gervais era con te, sei coperto anche tu» disse, inciampando nella lingua quando Alec sogghignò. «Non volevo fare un gioco di parole! Resta solo Gervais. E, da quanto mi dice Neave, il nostro zotico giudice è rimasto stra-vaccato accanto alla credenza. Due camerieri sono venuti per portarlo a letto quando hanno ritirato il porto, ma se n'era andato. Poi resto io. Ah, sì, temo di essere stato piuttosto noioso e di aver dormito da solo, quindi, resto l'unico che è andato in bianco tra di voi!»

Alec ridacchiò. «Contane due, Cosmo. Oh, non fare quella faccia sorpresa. Non sono un santo, quando si tratta di belle donne, ma mi rifiuto di portare a letto l'amante di un altro, di mio fratello oltre a tutto!»

«Oh, c'è un'altra cosa» aggiunse Sir Cosmo. «La redingote lasciata nella stanza del biliardo. Appartiene a Ned. Il suo uomo l'ha afferrata appena Neave l'ha portata nella sala dei servitori. Quindi non serve a molto, no?»

«No? Il suo valletto dichiara che stava intrattenendo due cameriere nella sua stanza; la sua amante dice di averlo visto tra i cespugli con una sguattera; io lo scopro che molesta Selina; e la sua redingote era nella stanza del biliardo, a indicare che ha passato del tempo giocando una partita di biliardo, quella sera. Che il figlio di Sybilla e suo cugino siano stati beccati da Delvin nel corridoio, all'esterno della stanza del biliardo, sembra confermarlo. E tutto questo è successo più o meno nel momento in cui aggredivano Emily? Incredibile!»

«Sembrerebbe che ci fosse più di un Ned, in giro per il palazzo!»

Alec fece un sorrisetto. «Sì, immagino che sia precisamente quello che qualcuno vorrebbe farci credere.»

PLANTAGENET HALSEY arrivò dallo spogliatoio di suo nipote e restò a guardare Tam, che dava gli ultimi tocchi alla toilette del suo padrone. Gli infilò una redingote di velluto nero, con i grandi paramani risvoltati ricamati col filo d'argento e le corte falde irrigidite con stecche di balena. Aveva dei volant di pizzi finissimi ai polsi, fibbie incrostate di diamanti sulle linguette di pelle delle lucidissime scarpe, un fiocco di satin bianco sulla nuca e un altro in fondo alla spessa treccia nera, che gli ricadeva tra le scapole. A completare questo abito da ballo, alla gola Alec portava una spilla con un grosso diamante, tra le pieghe della cravatta dal nodo elaborato.

Tam si fece indietro per vedere l'effetto d'insieme e fu felice quanto il vecchio, di vedere il suo padrone tanto splendidamente attraente. Alec li colse entrambi che sorridevano, provando immediatamente un acuto imbarazzo.

«Sembro un pavone, vero? Oppure dovrei dire una gazza? Non porto abiti di corte da quando ero a Versailles e posso dirvi, zio, datemi una vecchia giacca marrone da equitazione! Sempre! Questa roba stringe da matti!»

«Dovresti essere lieto di avere un aspetto così favoloso senza bisogno di un busto. Dannatamente scomodo e si sposta quando meno te lo aspetti!» disse Plantagenet Halsey, sistemandosi la cravatta di lino nel lungo specchio accanto al tavolino da toilette. Vide il nipote che lo squadrava dalla testa ai piedi con un sorriso e fece una smorfia. «Che cos'hai da ridere, *aye*?»

«Oh, stavo pensando a che aspetto magnifico avete, per un uomo che non sopporta i fronzoli» disse allegramente Alec. «Olivia sarà *veramente* impressionata dal suo ospite repubblicano.»

«Adesso smettila!» disse burbero il vecchio, rivolgendosi poi a Tam, che era ancora nella stanza: «Non hai niente da fare, tu?»

«Venite in salotto» suggerì Alec, accompagnando suo zio fuori dallo spogliatoio, mentre raccoglieva un fazzoletto in mezzo alla confusione del tavolino da toilette. «Non siate troppo duro con il ragazzo. Ne ha passate più di quanto crediate. Il che mi ricorda, ve lo chiedo adesso perché non ci saranno altre possibilità stasera. Domani pomeriggio aspetto la visita di un certo signor Yarrborough, Junior o Senior, non so quale...»

«Gli avvocati?»

«Esatto. Ho chiesto loro di trovarmi delle informazioni su un'impiccagione che è avvenuta circa sei o sette mesi fa. Se per qualche motivo io non sono lì, ho chiesto loro di dare a voi le informazioni, quindi, state attento se arrivano. Non voglio che parlino con nessun altro.»

«Certamente, ragazzo mio. Chi è stato impiccato?»

«Dobbs, il padrone di Tam.»

Il vecchio era incredulo. «Per che cosa? Ha dispensato farmaci senza ricetta?»

«Per sodomia.»

Plantagenet Halsey era troppo stupito perfino per imprecare.

«Sopra la bottega del farmacista c'erano una sala da gioco e un bordello, apparentemente giovani prostituti maschi per i benestanti. Ma, prima che me lo chiediate, no, Tam non era coinvolto. Mi dice che era solo l'apprendista di Dobbs e nient'altro, e io gli credo.»

«Il ragazzo ha qualche problema con la legge?»

«No, a quanto ne sa.» Alec tolse un granello di polvere dalla manica di velluto. «Tam è perentorio che il suo padrone era innocente. Dice che Dobbs sapeva bene che cosa succedeva ma che preferiva voltare le spalle, piuttosto che far rapporto alle autorità.»

«Allora non era meglio di loro. Non dico che meritasse di essere impiccato come sodomita ma…»

«Lo so. La sua compiacenza fa venire dei dubbi sul perché permettesse un tale comportamento oltraggioso sotto il suo tetto. Voglio scoprirlo e scoprire anche chi gestiva il cosiddetto Club Ganymede; se Dobbs è stato veramente usato come capro espiatorio e da chi. Spero che Yarrborough possa aiutarmi a scoprire la verità.»

Plantagenet Halsey inalò tra i denti stretti. «Alec, se Dobbs era un capro espiatorio, se questo Club Ganymede era frequentato da gente ricca e di rango, Yarrborough si scontrerà con un muro di omertà dovunque faccia domande.»

«Non lo nego ma ci sono verità che non si possono coprire. Chi era il giudice che ha condannato Dobbs? Chi ha testimoniato contro quell'uomo? A chi appartiene l'edificio che alloggiava sia la farmacia sia l'attività ai piani superiori? Dovrebbe essere relativamente facile trovare queste informazioni.» Alec fissò suo zio. «Zio, c'è qualcosa che sapete del ragazzo che vorreste dirmi?»

«Di Thomas Fisher?» Il vecchio era perplesso.

«Tremarton sa che viene da Delvin; che era un apprendista al tempo della morte di Lady Delvin.»

«Davvero? Non vuol dire molto. Ma, per quello che vale, la prima volta che ho visto il ragazzo, ho trovato qualcosa di familiare in lui, quindi non sono stato sorpreso di sapere che sua zia era governante a Delvin e che sua madre fosse la sorella più giovane di quella donna, Iris Fisher. Hanno tutti la testa rossa come Tam. Tutti i Fisher. Non ricordo di aver mai visto il ragazzo, quando andavo a Delvin. Ma ovviamente sarebbe restato dabbasso. È nato dalla parte sbagliata del letto. Iris Fisher non si è mai sposata.»

«Era carina?»

Gli occhi grigi di Plantagenet Halsey guardarono il nipote senza espressione. «Sì, molto, a detta di tutti. È morta di parto.»

Alec fece un sorriso cupo. «Interessante, che sappiate tanto dei Fisher di Delvin.»

«Non poi tanto, ragazzo mio. Tua madre non aveva molto altro per occupare il tempo, quando era costretta a letto, eccetto i ricordi. Ovviamente, i pettegolezzi familiari occupavano una posizione di primo piano nei suoi ricordi.»

«Diversamente da suo figlio» mormorò Alec, con un'ultima occhiata allo specchio.

«Alec, c'è qualcosa che ti devo dire, prima che tu ti unisca ai festeggiamenti» disse suo zio. «Emily St. Neots è decisa a sposare

Delvin. Vuole diventare la contessa di Delvin. Me l'ha detto lei stessa.»

«Sì, lo so.»

Plantagenet Halsey non sapeva come interpretare questa risposta secca e disse, diffidente: «C'è l'allettamento del titolo. Helen, tua madre… Se io fossi stato un conte e Roderick il secondo, beh, le cose sarebbero finite diversamente.»

«Diversamente come?» chiese al riflesso di suo zio nello specchio. «Vi sarebbe rimasta fedele, avrebbe avuto vostro figlio e non avrebbe rinunciato a lui, come ha fatto con me? Avreste sposato una creatura così superficiale, sapendo che era il vostro titolo che l'aveva persuasa?»

Il vecchio abbassò gli occhi sulle mani strette l'una all'altra. «Non sai nemmeno la metà di quello che è successo, ragazzo mio; perché ha fatto le scelte che ha fatto. E io… io l'amavo nonostante tutto.»

Alec si sistemò le pieghe della cravatta. «Non meritava la vostra devozione» gli disse brutalmente. «Non vi ha dato niente in cambio.»

«Mi ha dato te» fu la sommessa risposta di suo zio, prima di voltarsi e darsi inutilmente da fare con la linguetta della scarpa sinistra.

Alec sorrise amorevolmente alla schiena curva. «E per quello le sarò eternamente grato.»

«Dannazione! Ho parlato a lungo con la ragazzina, e mi ha fatto una testa così con i suoi piani per il matrimonio!» esclamò Plantagenet Halsey per coprire una pausa imbarazzante. «Parlava come se tutta la sua vita e la sua felicità dipendessero da questo matrimonio, come se dovesse cancellare gli errori di sua madre. Se non sapessi che non è così, direi che quella bambina è ottusa come pochi.»

«Cancellare gli errori di sua madre…» Ripeté Alec a voce bassa. «Ecco qual è la briscola di Lady Charlotte.»

«Non potresti trovare due donne tanto diverse l'una dall'altra, di quelle che hanno fatto un giro in terrazza con me» continuò suo zio, nello stesso tono agitato. «Una deve ancora farsi delle opinioni proprie e l'altra è troppo supponente per il suo stesso bene. E quell'amazzone dai capelli color tiziano ha la lingua pronta e un gran senso del ridicolo. È meraviglioso che sia riuscita a sopravvivere a un matrimonio così disastroso virtualmente illesa…»

«Zio, io…»

«Il che mi porta a quello che ti dovevo dire. Intromissione di Delvin a parte, avresti dovuto lottare per averla. È una tigre e ti renderà pan per focaccia, ma non è tipo da accettare scempiaggini e se vuoi la mia opinione lei…»

«... è quella che ha respinto la mia corte» spiegò con calma Alec, sorridendo mesto, quando suo zio lo guardò incredulo. «Le ho chiesto di scappare con me. Ero pronto a sfidare i suoi genitori, Delvin, voi. Io ero deciso ad andare a Gretna ma lei non ha voluto. I suoi genitori avevano accettato la proposta di Jamison-Lewis, che possedeva una fortuna ed era il nipote di un duca. Io, d'altra parte, a quel tempo non avevo niente, salvo un fratello che aveva annunciato pubblicamente che non avrebbe accettato il mio matrimonio con una considerevole ereditiera. Tutto questo e la giovane età di Selina sono stati sufficienti a farle rinunciare all'idea di fuggire con un signor nessuno. Ricordate, aveva l'età che ha Emily adesso.» Fece una risatina di scusa, tirandosi gli stretti risvolti. «Si potrebbe pensare che avessi imparato la lezione. Invece mi sono messo in testa una ragazza che pensa a me con affetto fraterno!» Scrollò le spalle. «Come nel caso di Emily, ovviamente i sentimenti di Selina non erano radicati. E non aveva la forza di carattere di voltare le spalle alla scelta della sua famiglia riguardo a suo marito, mettendo la nostra felicità sopra la loro.»

Con le palpebre abbassate sugli occhi pallidi, Plantagenet Halsey guardò spassionatamente suo nipote.

«Le hai fatto un torto. Quello che ha fatto, lasciarti andare in quel modo, sacrificando la sua unica possibilità di felicità, per sposare un uomo di cui non le importava niente, per evitare la tua rovina, quella è vera forza di carattere. Chi può dire se sareste arrivati a Gretna? Fuggire con un'ereditiera avrebbe posto fine alla tua carriera, niente più ambasciate, niente trattamenti di favore. I suoi genitori, Jamison-Lewis e i suoi compagni, per non parlare di tuo fratello, avrebbero fatto tutto il possibile per rovinarti politicamente e socialmente. Ci hai mai pensato, ragazzo mio?»

No, non ci aveva pensato e ora Alec sapeva che cosa volevano dire le parole che Cosmo gli aveva lanciato sotto la pioggia. Fu una rivelazione. Si chiese se ci fosse al mondo un altro uomo altrettanto egocentrico. La risposta gli sarebbe arrivata quella sera quando, nel salone da ballo, si sarebbe trovato a faccia a faccia con suo fratello. Fu riscosso dai suoi pensieri da una manata sulla larga schiena.

«Mi sento allegro al punto di essere dissoluto questa sera, ragazzo mio» disse suo zio in tono leggero, con un luccichio negli occhi. Diede scherzosamente un colpetto alla treccia nera del nipote. «Andiamo a vedere se tu e io riusciamo a far girare qualche bella testolina stasera, *aye*?»

«Beh, almeno una,» mormorò suo nipote.

DIECI

LA ST. NEOTS HOUSE ERA SPALANCATA PER IL BALLO DEI FUOCHI di artificio. In cima allo scalone principale, con un piccolo esercito di camerieri in livrea gialla, c'era Neave, con la schiena diritta e il mento per aria, a ritirare i cartoncini d'invito bordati d'oro e annunciare ogni ospite alla compagnia riunita. Signore con le ampie gonne col cerchio, di seta luccicante, con i loro accompagnatori in parrucca e treccia d'oro, passeggiavano da una cavernosa sala all'altra. Grandi ventagli piumati sfarfallavano su rotondi seni di alabastro e gli occhialini penzolavano da cordini di seta, pronti a essere incollati a un occhio curioso.

C'erano due orchestre. Una nel salone da ballo, un'altra in una sala dove gli ospiti assaggiavano ostriche e bevevano punch, e facevano chiasso con risate tanto acute da soffocare la musica. Lo champagne scorreva liberamente in bicchieri di cristallo gelati. Era tutto un turbinio di luci, di colori brillanti e nuvole di profumi inebrianti.

Durante le soirée, in parecchi salotti non si era parlato d'altro che del ballo dei fuochi di artificio e tutti avevano predetto che sarebbe stato l'evento della stagione. Non c'era un nobile, a Londra, che non ritenesse un onore ricevere un invito dalla duchessa. L'elenco degli invitati includeva non meno di cinque ambasciatori, quattro principi stranieri con il loro entourage e membri della casa reale inglese. Tutte le famiglie che contavano nel regno avevano mandato qualcuno a rappresentarle. Quindi fu con non poca trepidazione che Emily si apprestò alla sua prima grande occasione, era il centro dell'attenzione, ed era il motivo per cui sua nonna non aveva risparmiato sulle spese per festeggiare il suo fidanzamento.

Era una visione di gioventù, in un abito di organza di seta color perla, con i riccioli biondi delicatamente incipriati e raccolti, e un sorriso che era talmente candido da abbagliare.

Conversava con tutti quelli che le presentavano ma, nell'attimo in cui si spostavano, dimenticava tutto di loro e non riusciva nemmeno a ricordare di che cosa avessero parlato. Ballava senza pensare, eppure era impeccabile, con una grazia naturale. Il conte ballò il primo minuetto con lei e poi, correttamente, la scortò alla sua sedia, ma il principe di Baden la riportò immediatamente sulla pista da ballo. Le disse che danzava come un angelo. Emily sorrise al complimento e conversò, e quando il minuetto arrivò alla fine, il conte e un gruppo dei suoi amici la portarono nella sala dei rinfreschi, pieni di complimenti per il suo successo con il principe.

Da una posizione privilegiata, in un angolo del salone usato come sala dei rinfreschi, Sir Cosmo osservava sua cugina attraverso l'occhialino, circondata com'era da questo gruppo chiassoso di vagheggini chioccianti. Era contento che stesse sorridendo e fosse più rilassata, meno rigida di quanto apparisse al tè, quel pomeriggio. Ispezionò la folla con l'occhialino, e stava per tornare nel salone da ballo, quando ricordò che non era probabile che trovasse lì Selina, alle vedove non era permesso ballare. Si chiese se intendesse addirittura fare un'apparizione, poi la vide incorniciata da un portale ad arco, che si guardava attorno come se fosse appena arrivata. Vederla gli fece mancare il fiato. Gli ricordava un ritratto che aveva visto una volta della disgraziata Regina Mary di Scozia, perché era vestita tutta di velluto nero. L'abito dalla profonda scollatura era cosparso di perle, come le scarpine. Aveva un ventaglio di pizzo rigido, appeso a un cordino di seta nera con un fiocco annodato. Non portava gioielli ma non ne aveva bisogno, con una pelle così traslucida e i riccioli fiammeggianti senza cipria e raccolti sopra il lungo collo.

Rispose con un sorriso al saluto di Cosmo e sarebbe andata da lui, che però la raggiunse in un istante, dopo aver afferrato in fretta due bicchieri di champagne, mentre si avvicinava nel mare in movimento di seta e profumi. Brindarono facendo tintinnare i bicchieri e bevvero.

Selina guardò l'amico dalla testa ai piedi, dalla parrucca incipriata con un enorme fiocco scarlatto, ai festoni di nastri scarlatti alle ginocchia dei calzoni di seta. Indossava tre sigilli d'oro e due occhialini gli pendevano dal collo. Selina ridacchiò nel bicchiere di champagne, con le bollicine che le solleticavano il naso. «Mi piacerebbe poter ballare questa sera e con voi che sembrate un'ara macao! Mettete in ombra il principe di Baden con quelle sete festose, Cosmo.»

Sir Cosmo sorrise incerto, senza capire se gli stesse facendo un complimento o lo stesse prendendo in giro. «Ah, e io che volevo essere Bothwell per la vostra Mary, mia cara» mormorò.

«Oh! Sembro pronta per il ceppo del boia?» Gli rispose con una risata, alzando le spalle nude. «Meglio una regina disgraziata che una mosca nello zucchero!» Porse distratta il bicchiere vuoto a Sir Cosmo, con gli occhi scuri che ispezionavano la moltitudine cinguettante, senza rendersi conto dello sguardo scrutatore di Sir Cosmo.

«Dovete solo chiedermelo, mia cara, e vi dirò dove potete trovarlo» disse in tono leggero, con l'occhialino incollato a un occhio vivace.

«Quello champagne era piuttosto buono» mormorò, con un'occhiata scaltra all'amico.

«Sì, deve essere per quello che la vostra carnagione perfetta ha quel delizioso rossore» le rispose argutamente. Ricevendo con una risatina il colpetto di ventaglio sulle nocche. «Ah! Ecco che arriva il vostro Bothwell!»

Selina stava per dirgli che cosa pensava delle sue supposizioni, quando la spinsero rudemente e fu obbligata a cercare la protezione della robusta figura di Sir Cosmo contro quella che sembrava un'invasione dei francesi.

Due lacchè francesi saltellanti, che facevano parte dell'entourage dell'ambasciatore, precedevano il gruppo di dignitari stranieri, che si dirigevano verso i tavoli dei rinfreschi come se fossero l'avanguardia di un esercito invasore. L'ambasciatore francese e il suo gruppetto di damerini profumati e ossequiosi si fermarono accanto a Sir Cosmo e Selina, per essere serviti dai camerieri in attesa. Tutti parlavano un francese così rapido, pieno di inflessioni e sfumature sottili, che nessun inglese, eccetto quelli con un addestramento linguistico particolare, poteva seguire il corso della conversazione. Stavano riferendo una storiella licenziosa, una storia lunga e complicata che teneva incantati gli ascoltatori. L'ambasciatore francese intervenne a un certo punto con un suo ricordo boccaccesco, che gli ottenne una risata di cuore dai suoi compagni. Era evidente che l'ambasciatore si stava divertendo immensamente, e alla fine del racconto scoppiò in applausi e in una risata acuta, asciugandosi gli occhi brillanti con lo straccetto di pizzo che chiamava fazzoletto.

La marchesa, sua moglie, lo trovò allora. Ma non era suo marito che voleva. No, *Madame la Marquise* cercava l'attenzione dell'amico di suo marito, quello che aveva raccontato la storiella licenziosa. Gli picchiettò le stecche del ventaglio d'oro e avorio sulla manica di velluto e lo sgridò scherzosamente. L'ambasciatore sorrise a entrambi, e, con una parola sussurrata all'orecchio dell'amico, se ne andò con il suo entourage verso la sala dove giocavano a carte, lasciando Madame sua moglie a bere champagne con il suo buon amico.

L'ambasciatore francese aveva lasciato sua moglie a flirtare, oltraggiosamente, con Alec Halsey, che era quello che aveva raccontato la storiella licenziosa e in un francese tanto fluente che chiunque non lo conoscesse, lo avrebbe preso per un francese di nascita. Sorrise e chiacchierò con *Madame la Marquise* come se fosse una cara amica.

«Mi ha stupito la prima volta che l'ho sentito snocciolare il suo francese» ammise Sir Cosmo. «Ho passato due settimane con lui a Parigi. Era talmente a suo agio in quella lingua, che quasi mi chiedevo se avesse dimenticato di essere inglese! Sapete che parla cinque lingue altrettanto fluentemente?»

«Sì, accidenti a lui» confermò Selina, decisa a guardare ovunque pur di non guardare Alec che flirtava con *Madame la Marquise*.

Vederlo vestito con tanta magnificenza di velluto nero e pizzo, la sconvolgeva sempre. Lo aveva visto a parecchi eventi, sempre a distanza, uno dei numerosi funzionari del ministero degli esteri assegnati a occuparsi dei nobili stranieri, eppure era Alec che era costantemente circondato da un gruppo di bellezze straniere. Selina era riuscita a voltargli la schiena in quelle occasioni, eppure non riusciva a impedire ai suoi pensieri di vagare in quella direzione, come facevano anche stasera. Quando era sposata, era stata grata che Alec passasse quasi tutto il suo tempo sul continente. Supponeva che la sua conoscenza di cinque lingue straniere fosse pari solo alla frequenza con cui si portava a letto le donne del posto. Sapeva che si era guadagnato la reputazione di libertino mentre era all'estero, ma la distanza e la propria indisponibilità avevano reso più facile accettare le sue numerose relazioni; dopo tutto, non duravano mai molto e non si era innamorato di nessuna di quelle donne. Ma i suoi sentimenti per Emily erano diversi. Avrebbe voluto sposarla. E il modo in cui la guardava...

Si rimproverò mentalmente e stava per lasciare la sala dei rinfreschi per andare a guardare i ballerini, quando Sir Cosmo le tirò il pizzo al gomito, dicendo in un sussurro abbastanza forte da farsi sentire: «Guai in vista! Il felice promesso sposo è stato preso in trappola.»

L'esercito invasore dei diplomatici francesi si era spostato, portando con sé una nuvola di profumo e di chiacchiericcio dal tono acuto ma si era fermato quasi immediatamente, perché *Madame la*

Marquise aveva trovato quello che le interessava. Il conte di Delvin
stava ricevendo le congratulazioni di un principe di sangue reale che
gli era stato presentato dalla duchessa di Romney-St. Neots. *Madame*
attese pazientemente il suo turno e il principe di sangue fece quasi
subito un passo indietro, inchinandosi a *Madame la Marquise*, poi se
ne andò, con la duchessa al braccio e il suo entourage al seguito.

Delvin fu tutto un sorriso con la moglie dell'ambasciatore francese
ma, quando vide chi era il suo interprete, il sorriso divenne fisso e non
guardò nemmeno una volta in direzione di suo fratello. Cercò di
rispondere alla marchesa nella sua lingua ma la signora scosse imperio-
samente la mano e disse qualcosa all'orecchio di Alec, che aveva abbassato la testa e che poi si rivolse per suo conto al profilo impietrito del
conte.

«*Madame la Marquise* preferirebbe che le rispondeste in inglese,
milord» riferì Alec. «Desidera far pratica nel capire l'inglese. Se volete,
sarò lieto di fare da interprete...»

«Non mi serve il tuo miserevole aiuto» disse il conte sottovoce, a
denti stretti, con un sorriso abbagliante e un secondo profondo
inchino a *Madame*.

Alec scrollò le spalle e parlò a lungo con *Madame la Marquise*,
prima di rivolgersi a suo fratello. «*Madame* vorrebbe sapere quando
avrà luogo il matrimonio.»

«Appena possibile.»

«*Madame* vorrebbe sapere se Lord Delvin intende portare la sua
sposa a Parigi per la luna di miele. Dice che Parigi è la destinazione
preferita dagli sposini e, ora che le nostre due nazioni sono in pace, è
sicura che questa pratica potrà solo crescere.»

«No. Non Parigi» rispose Delvin con il più radioso dei sorrisi a
Madame. «Ho tutte le intenzioni di portare la mia giovane sposa nella
mia tenuta in campagna...»

«Cosa?» Lo interruppe Alec sottovoce, guardando la folla come
distratto, ma concentrato su suo fratello. «Non vorrai seriamente
portare Emily in quel mucchio di pietre cadenti?» disse sdegnoso.
«Che bella luna di miele!»

«Attieniti al tuo lavoro come lacchè dei francesi, *Secondo*» ringhiò
Delvin.

La marchesa parlò con Alec che disse: «*Madame* dice che è veramente un peccato che non abbiate scelto di andare a Parigi. Dice di
ripensarci. *Madame la Marquise* è sicura che la campagna inglese sia
molto piacevole, ma non è Parigi. Parigi, dice *Madame*, è l'unica città
per gli amanti.»

Il conte fiutò una presa di tabacco. «Per gli amanti, certo, ma sicuramente non il posto dove portare la propria moglie.»

La battuta cadde nel vuoto, con *Madame* che chiese ad Alec di
tradurre la frase del conte, che poi guardò con aria sorpresa e offesa. A
Delvin non piaceva essere guardato in quel modo, e da una straniera
papista, e fece per salutare. Si inchinò ma lo ignorarono, *Madame* e il
suo entourage chiacchieravano tra di loro e alla fine decisero di
raggiungere il marchese nella sala dove giocavano a carte. *Madame* e
Alec continuarono a conversare e poi lei lo lasciò con una risatina e un
luccichio negli occhi, mentre lui le baciava la punta delle dita, ringra-
ziandola del complimento.

Il conte diede un colpo deciso alla schiena diritta del fratello.
«Non hai tradotto tutto quello che ti ha detto la francese, Secondo»
disse con cattiveria, pieno di rabbia perché si sentiva così fuori posto e
perché suo fratello era considerato degno di nota dai francesi. «E non
cercare di imbambolarmi con le tue bugie suadenti!»

Alec voltò la testa, con un ultimo inchino a *Madame*. «*Madame la
Marquise* ha detto di augurarti grande felicità.»

«Ha farfugliato molto più di quello!»

Alec fece una smorfia. «Stavo solamente cercando di risparmiare i
tuoi sentimenti,» disse strascicando le parole, «ma se insis...»

«Certo!»

Alec sospirò, come annoiato, e spazzolò un immaginario granello
di polvere dalla manica di velluto. «*Madame* è dell'opinione che forse
un inglese deve aver bisogno di essere circondato da mucche, pecore e
maiali per poter scoprire che cosa deve fare con la sua attrezzatura in
luna di miele.»

«Come ti permetti...»

«Non farei aspettare la duchessa di Beauly» lo interruppe Alec e
sorrise al volto arrossato del fratello. Ebbe la soddisfazione di vederlo
andar via di malumore e, ammiccando a Sir Cosmo, si avvicinò a
Emily. Era al braccio del giovane duca di Beauly, l'unico figlio
maschio di sua madre e quindi suo fratellastro. Il duca aveva deciso
autonomamente, nonostante la caduta in disgrazia di sua madre e la
nascita bastarda di Emily, di riconoscere sua sorella, ora che doveva
diventare contessa. La sua presenza al ballo dei fuochi di artificio
voleva dire moltissimo per Emily e, nonostante la prova del pomeriggio, il suo umore era decisamente migliorato. Almeno finché Alec si
chinò sulla sua mano.

Beauly e Alec si scambiarono qualche parola e poi Alec disse a

Emily, che era arrossita e si stava agitando: «Posso chiedervi il ballo dopo Beauly?»

Anche se aveva parlato in tono gentile, Emily si ritrasse da lui e afferrò la manica di satin del duca dicendo, con gli occhi bassi: «No! Non posso. Mi dispiace, non ho più posto nel carnet.»

«Certamente avete lasciato un piccolo spazio nel vostro carnet dove posso mettere il mio nome?»

Emily scosse i riccioli incipriati e disse in fretta: «Vostra grazia, per favore, dobbiamo andare, altrimenti perderemo il ballo e poi il mio carnet è completo.»

Il duca sembrò incapace di intervenire e in qualche modo fu sollevato quando Cynthia Gervais si lanciò su Alec, dichiarando che il suo nome era il prossimo sul suo carnet. Si impossessò del suo braccio e lo condusse via nel salone da ballo, con il duca di Beauly e la sua sorellastra poco dietro.

Cynthia Gervais passò tutto il tempo del ballo con Alec ad alludere di aver bisogno di aria fresca e che una passeggiata nei giardini illuminati sarebbe stato proprio quello che ci voleva. Ma il suo partner non raccolse le allusioni e Lady Gervais fu obbligata a offrirgli un invito franco a raggiungerla al chiaro di luna. Ma Alec si scusò con il suo sorriso più generoso, facendo sospirare la signora per una simile opportunità perduta. Lo lasciò andare solo quando il suo amante si avvicinò e reclamò quella che considerava una sua proprietà, per riportarla sulla pista da ballo, con tutto l'autocontrollo che riuscì a raccogliere; con l'amante che ebbe la temeraria slealtà di voltare la testa a guardare delusa la schiena di Alec che si allontanava.

Alec andò a cercare la sua prossima partner, con un'occhiata frettolosa alla fila di portefinestre aperte che conducevano all'ampio balcone dove, tra la folla, c'erano Sir Cosmo e Selina. Mentre danzava, tenne d'occhio il loro andirivieni e fu lieto quando vide che Selina lo osservava, anche se fingeva che il suo interesse fosse rivolto altrove.

Poi fu Lady Sybilla a danzare con lui, e per due contraddanze. Alec insistette, se non altro per assicurarsi che Cynthia Gervais non venisse a cercarlo di nuovo e per infastidire Lady Charlotte. Lady Sybilla non sembrava più lei e scoprì presto il perché, quando le offrì di prenderle una limonata e restare con lei mentre la beveva. La sua sollecitudine aveva un secondo scopo ed era di interrogare la zia di Emily riguardo a quello che aveva saputo dopo la lezione di scherma con i bambini, nel cortile di servizio.

«Non mi diverto tanto a ballare da quando Charles e io siamo

andati al ballo in maschera di Wentworth» disse Lady Sybilla, un po'
senza fiato. «È stato prima del suo ultimo incarico in mare.»

«Dovete uscire più spesso. Prendete una casa per la stagione,
invece di passare tutto il vostro tempo nel Berkshire» disse Alec. «Inoltre, sarebbe una buona cosa per Harry.»

«Oh, sì, mi piacerebbe. Harry gradirebbe particolarmente essere
più vicino ai suoi cugini ma-ma l'ultima cosa che voglio è essere obbligata a passare del tempo con Charlotte. È soffocante. So che non è
una cosa caritatevole da dire della propria sorella...»

«... ma è molto vera. Non vi biasimo. Il pensiero di essere soffocato da Charlotte è veramente inquietante.»

Lady Sybilla ridacchiò.

Alec le baciò la mano. «Così va meglio. Non mi piace vedere infelice la zia preferita di Emily. È tutto il pomeriggio che siete così.»

«Vi prego, per favore, non chiedetemi perché. Non ve lo posso
dire! Vorrei ma io... Se solo sapeste. Charlotte sarebbe così furiosa
con me!»

«Milady, non agitatevi. Non ho intenzione di farvi nessuna
domanda imbarazzante.» Le assicurò Alec. Le prese il ventaglio e lo
sventolò per lei per un momento. «È stata un'idea di Charlotte di
convocare Sir John?»

«S-sì.»

«E voi siete stata messa così a dura prova dallo scherzo che quei
ragazzi hanno cercato di fare ieri notte?»

«Oh, quello!» disse Sybilla con un sospiro di sollievo. «Lewis e
Harry sono così ostinati. Non so che cosa gli è entrato in testa, per
aggirarsi furtivamente nel mezzo della notte! Sospetto che Harry sia
stato influenzato da Lewis. I ragazzi di Charlotte sono ingestibili e lei
è assolutamente cieca davanti ai loro difetti.» Quando Alec sorrise con
simpatia, Lady Sybilla continuò. «Meno male che la vecchia balia è
sorda. Correre su e giù dalle scale, ululando come fantasmi, è roba da
non dire!»

«Immagino che si siano presi un bello spavento quando Delvin li
ha colti sul fatto?»

Lady Sybilla si stupì. «Delvin? Oh no, sarebbe stato già abbastanza
brutto ma è stato decisamente mortificante che sia stato Lord Gervais
a prenderli per la collottola.»

«*Gervais?*»

Lady Sybilla sbatté gli occhi davanti alla sorpresa nella voce di
Alec. «Sì, lui e Delvin stavano giocando a biliardo, quando sono stati
disturbati dai rumori nel corridoio di servizio. Lord Gervais ha detto

che sospettava che fossero un paio di servitori che facevano scherzi ed è andato a dare un'occhiata. I ragazzi gli sono praticamente finiti contro in corridoio.»

«Ha parlato con voi?»

«S-sì. È venuto nelle mie stanze. Era terribilmente arrabbiato. Ha sbuffato e ansimato per cinque minuti buoni, prima di arrivare al punto; come se per la rabbia avesse corso per tutta la strada! Penso proprio che Lord Gervais si aspettasse che punissi immediatamente Lewis e Harry. Ovviamente, ero proprio sottosopra perché Harry si era lasciato coinvolgere da Lewis ma non so che cosa si aspettasse che facessi, a quell'ora.»

Alec mandò via impaziente con un gesto della mano un cameriere, che si era fermato accanto a loro con un vassoio di bevande. «A che ora vi ha disturbato Lord Gervais?»

Lady Sybilla guardò il cameriere che se ne andava e sospirò mentalmente. «Ora? Oh, non so con precisione l'ora ma so che ero in vestaglia, mentre mi spazzolavano i capelli, quindi era tardi.»

«Pensate che sua signoria avesse bevuto troppo?»

A questa domanda Lady Sybilla arrossì e si agitò, rispondendo in fretta: «Signor Halsey, per che tipo di donna mi avete preso? Non mi sono avvicinata abbastanza da annusare l'alcool nel suo fiato!»

«So che non l'avreste mai fatto,» confermò tranquillo, «ma forse avete notate se indossava la redingote?»

Lady Sybilla sbatté le palpebre alla strana domanda. «Redingote? Mi avete frainteso. Io non l'ho visto. Ero in vestaglia» gli disse, sventolando il ventaglio tutta agitata, «ho parlato con lui da dietro il paravento. È quello che Charles si sarebbe aspettato che facessi.»

Alec le sorrise rassicurante, mentre si alzava in piedi. «Certamente. È stato maleducato da parte sua disturbarvi a un'ora così tarda per un'inezia. Avrebbe dovuto portare i ragazzi direttamente nella nursery e poi parlarvi dell'incidente l'indomani mattina.»

«Oh, Harry e Lewis non erano con lui. Era da solo.»

SEMPRE UN PERFETTO GENTILUOMO, SIR COSMO EVITÒ DI aggiungere il suo nome sul carnet di qualunque signora, per restare al fianco di Selina che non poteva ballare. Passeggiarono ai margini di quelli che si attardavano ai bordi della pista da ballo, per osservare le danze e commentare balli e costumi. Più di una volta, lo sguardo di Selina lasciò le figure che cambiavano per dare un'occhiata ad Alec. Era difficile da non notare, vestito di velluto nero e con i capelli senza

cipria, esattamente come lei era fin troppo evidente nelle sue gramaglie vedovili. Così, si fece in dovere di evitare di guardarlo a lungo, nel
caso lui la notasse mentre lo faceva.

Anche se il pensiero che lui la stesse cercando era talmente
presuntuoso, da parte sua, da farla infuriare, come il modo in cui
quella Gervais si stava strusciando contro il braccio di Alec. La sua
unica soddisfazione era che anche il conte di Delvin era testimone
del tentativo di flirt da parte della sua amante e la cosa lo imbestialì
al punto di fargli perdere il controllo e andare a separare la coppia,
con il sorriso fisso in contrasto con l'espressione furiosa del volto
duro.

Quando Alec ballò ancora una volta con Lady Sybilla, molte delle
matrone dall'ampio petto notarono che aveva avuto la sfrontatezza di
ballare più volte di seguito con una donna sposata. Selina sentì un
commento maligno che si scambiarono due vedove, dotate di figlie in
età da marito ma bruttine, e sorrise tra sé. Alec Halsey poteva anche
non far parte della cerchia ristretta, era un figlio minore ed era considerato un libertino, ma questi fatti non potevano avere un peso
maggiore della ricchezza e del lignaggio; il suo aspetto favoloso era
solo la ciliegina sulla torta. Lasciamole tentare, si disse, irritata perché
non aveva mai pensato, prima che Alec mostrasse interesse per Emily,
che fosse nemmeno remotamente interessato al matrimonio. Almeno,
poteva avere la soddisfazione di sapere che l'aveva chiesto a lei per
prima... Che vittoria vuota.

«Parliamo di essere sconfitti dai francesi» commentò Sir Cosmo,
con l'ombra di una risata, ricordando l'ultimo commento di *Madame
la Marquise* nella sala dei rinfreschi. «Se Ned ne sapesse anche solo la
metà! Ma è un bene per l'autostima di Ned che Alec non abbia
tradotto tutto quel bel discorsetto.»

«Sì, la stoccata finale di *Madame* era diretta solo in parte al Lord
Delvin, la parte critica» disse Selina, con lo sguardo fisso sui ballerini.
«Ha lasciato i complimenti più dolci per il suo interprete. Qualcosa
riguardo all'ultima volta che Alec è stato a Parigi...? Se non ho
sbagliato a capire, *Madame* era dell'opinione che a lei non servisse una
stalla piena di fieno, per riconoscere uno toro da monta quando ne
vedeva uno.»

Sir Cosmo, che stava esaminando il ballo attraverso l'occhialino,
voltò un occhio ingrandito verso Selina, strozzandosi. «S-sì. Piu-piut-
tosto sba-sbalordivo dire una cosa del genere tra gente di sesso di-
diverso!»

«Sì, veramente sconcertante.» Selina aggrottò la fronte. «Mi chiedo se quell'osservazione sia frutto dell'esperienza personale o sia solo un sentito dire...?»

Sir Cosmo decise di ignorare la domanda. «Devo dire che sono veramente impressionato dalla vostra comprensione delle frasi idiomatiche del francese, Selina.»

«Sono impressionato anch'io» disse una voce bassa al suo orecchio. «Uscite in balcone, devo parlare con voi.»

Era Alec, che fece capire a Sir Cosmo con un'occhiata che desiderava restare solo con Selina. Sir Cosmo fece il nobile gesto e se ne andò a mettere la testa nella sala da gioco.

I GIOCATORI SERI OCCUPAVANO PARECCHI TAVOLI SISTEMATI PER quello scopo. Indifferenti agli spettatori e agli altri intrattenimenti disponibili, niente li interessava eccetto le carte che avevano in mano. L'ambasciatore francese e il suo entourage poltrivano sui divani accanto alle finestre aperte e alcune vedove stavano giocando a picchetto per pochi spiccioli, senza più interesse per il salone da ballo, dopo la fine del minuetto. Le contraddanze non le divertivano e più di una di loro ammutolì per lo stupore, vedendo la duchessa di Romney-St. Neots al braccio di quel barbaro, che avrebbe permesso alla plebaglia di governare, se fosse stato Primo Ministro, e lei, con le guance rosate come una ragazzina che stesse flirtando. Era oltraggioso! Vedendo Sir Cosmo, quelle matrone dal seno abbondante lo chiamarono. Certamente, lui avrebbe saputo gli ultimi pettegolezzi, quel ragazzo era sempre aggiornato.

Sir Cosmo agitò l'occhialino, salutando le vecchie signore incipriate e impiumate, e fece per attraversare la stanza per andare al loro tavolo, ma il suo interesse fu distratto da due gentiluomini in piedi accanto al camino di marmo. Quindi si attardò.

Erano il conte di Delvin e Simon Tremarton. A un osservatore casuale, non c'era niente degno di nota nel loro comportamento. Entrambi gli uomini sorridevano e sembravano a loro agio. Anche Sir Cosmo non avrebbe prestato loro più di un attimo del suo tempo, se non avesse notato il sottile fascio di pergamene che Simon Tremarton aveva tolto a metà dalla tasca della redingote e poi aveva rimesso dentro, al sicuro, battendo sull'esterno della tasca, come per confortarle. L'interesse di Sir Cosmo si acuì. Diede un'occhiata al conte. L'uomo stava ancora sorridendo, forse più di prima.

Schermato da quattro gentiluomini, che stavano andando lentamente verso uno dei tavoli, tutti presi dalla loro conversazione su una

puledra che doveva essere iscritta alla prossima riunione di Newmarket, Sir Cosmo si avvicinò, sperando di origliare. Era troppo tardi.
Tremarton aveva salutato con un inchino e se n'era andato. Lord
Delvin fiutò una presa di tabacco e si voltò verso lo specchio sopra il
camino, per sistemarsi le pieghe del pizzo che aveva al collo. Sir
Cosmo dovette accontentarsi di quello che aveva visto e riferirlo ad
Alec appena fosse stato possibile. Le cinque vedove lo stavano aspettando e sapeva che l'amico aveva lasciato il turbinio delle contraddanze per restare da solo con Selina. Ah, che bellezza essere un
giovanotto popolare con le dame, anche se erano solo care vecchie
signore, sorde e rugose. E, mentre gli riempivano le orecchie con gli
ultimi *on-dit*, selezionati dalla sala dei rinfreschi, la sua mente vagava e
si chiese, con un profondo sospiro mentale, che cosa stessero discutendo quei due sotto le stelle, alla luce della luna…

IL BALCONE ERA DESERTO MA, SUGLI AMPI GRADINI CHE
portavano ai prati vellutati, c'era un gruppo di giovani gentiluomini in
redingote imbottite e aderenti calzoni di satin, che fumavano sigari e
bevevano vino. Due coppie che cercavano un po' d'aria fresca, dopo la
claustrofobica aria profumata del salone da ballo, seguirono Alec e
Selina nell'aria notturna e quindi Alec guidò Selina oltre il gruppo di
buffoni e nell'angolo più lontano dove le portefinestre, chiuse contro
l'aria della notte, riempivano il balcone di luce proveniente dall'interno e permettevano una vista ininterrotta dei ballerini. La luce non
arrivava fino alla balaustra e fu lì che si fermò Alec, nella penombra.

«Mi scuso per avervi portato via dal divertimento ma c'è qualcosa
che non può aspettare fino a domattina.»

«Se si tratta dello strano comportamento di Emily di questo
pomeriggio, penso di potervi aiutare» gli rispose Selina, grata per la
luce alle spalle e sentendosi ancora a disagio con lui, dopo la sua
reazione emotiva sul pontile. Quando Alec aspettò che lei continuasse,
Selina abbassò lo sguardo sulle mani. «Charlotte ha fatto visitare
Emily da Sir John Oliphant. A prima vista, non era una cosa tanto
stupida, dopo quello che era successo la notte prima. Ma, essendo
Charlotte quello che è, la sua preoccupazione non riguardava la salute
di Emily, voleva che Oliphant certificasse che Emily era ancora vergine.» Fece una smorfia quando Alec imprecò. «È stato Delvin a convincerla. Il che mi fa pensare se non stessi sbagliando, sospettandolo di
tentato stupro, altrimenti perché avrebbe voluto quella conferma?»

«Forse è quello che vuole che crediamo? Molto furbo a distogliere i sospetti da se stesso, cercando l'assicurazione di Oliphant che la sua promessa sposa era intatta. Nessuno a questo punto può avere sospetti nei suoi confronti, se mostra di essere anche lui una parte lesa.»

«Se siete pronto a sospettare vostro fratello di tentato stupro, allora dovete essere pronto a sospettarlo anche di assassinio; e non intendo solo l'assassinio di Jack, ma anche di quella povera cameriera...» Quando Alec annuì distratto, Selina sorrise sarcastica. «Come mai questo improvviso cambio di opinione, signor Halsey?»

Allora Alec la guardò. «Che cosa ci faceva Delvin nelle vostre stanze?»

Selina gli ritornò lo sguardo e disse, calma: «Negli ultimi anni, vostro fratello ha preso la fastidiosa abitudine di tentare di obbligarmi a commettere adulterio. Naturalmente, sceglieva bene il momento, quando non c'era Jamison-Lewis. *Il codardo.* Posso solo presumere che la sua vanità gli facesse credere che era la minaccia della violenza di Jamison-Lewis, a impedirmi di cadere tra le sue braccia. Immagino pensasse che, con la vedovanza, avrei immediatamente cambiato idea. Così è venuto nelle mie stanze. E io intendevo punirlo per questa disgustosa supposizione.» Distolse lo sguardo, imbarazzata, con il delicato profilo che si stagliava contro le luci brillanti dei candelieri attraverso la finestra. «Solo perché mio marito... Solo perché Jamison-Lewis si prendeva delle libertà con la mia persona, non voleva dire che avrei accettato un tale trattamento da un altro uomo. E certamente non da uno che ho sempre disprezzato e di cui ho sempre diffidato. E quando penso al suo perverso piacere nel presentarsi a voi come il mio... Che lui e io... Che eravamo *amanti*. Ah! Vorrei che quella cera fosse stata acido!»

«Mi vergogno a dirlo ma per un momento mi aveva convinto» confessò Alec sommessamente, guardandola camminare su e giù alla luce del salone da ballo. Riuscì a fare un sorrisino sghembo. «Spero solo che mi perdonerete.»

«Che altro dovevate pensare, con quello che vi è apparso davanti agli occhi?»

«È molto magnanimo da parte vostra. Non merito...»

«È stato stupido da parte mia lasciargli credere di non essere contraria ai suoi abbracci. Avrei dovuto buttarlo fuori immediatamente! Ma ero decisa a dargli una lezione.»

«E l'avete fatto?»

Gli occhi neri brillarono pieni di malizia. Smise di camminare e lo guardò in volto, con la mano davanti alla bocca per reprimere un'involontaria risatina. «Gli ho gettato addosso la cera bollente nel momento *cruciale*.»

Le spalle di Alec vennero scosse da una risata. «Meraviglioso! Ci avrei scommesso che gli avreste inflitto la punizione giusta, ragazza sveglia!»

«Per uno spaventoso momento, mi sono chiesta se sarei riuscita a farlo. Oh, e poi quando l'ho fatto... Vedere lo sguardo oltraggiato sul volto di Delvin... Oh, ne valeva la pena. Vorrei... vorrei aver avuto la forza di carattere di fare la stessa cosa a Jamison-Lewis.»

Si sentì un urrah arrivare dai giovanotti vestiti di satin sui gradini. Uno di loro era riuscito a ingollare mezza bottiglia di rosso in una sola sorsata. Una coppia di passaggio li scansò abilmente, mentre un altro di quei buffoni si tuffava tra i cespugli per svuotare lo stomaco del suo contenuto. Alec si avvicinò a Selina, nel clamore che scemava. Voleva prenderle le mani, invece infilò le sue in tasca, con una mano che afferrava stretti gli occhiali.

«Forza di carattere ne avete in abbondanza» le disse gentilmente. «Anche spirito di autoconservazione. Jamison-Lewis era posseduto da molti demoni, vero, Selina? Non era mai riuscito ad accettare la sua omosessualità.»

Selina sobbalzò e, dopo una veloce occhiata in quei profondi occhi azzurri, distolse lo sguardo e scosse la testa. «No. Non l'avrebbe mai ammessa. Nemmeno con me, che sapevo tutto della sua relazione con Jack. Jack, come me, era maltrattato da J-L, ma in modo diverso. Jamison-Lewis non lo maltrattava fisicamente. Amava Jack, per quanto era possibile per lui amare qualcuno, ma non riusciva a essergli fedele ed era quello che avrebbe voluto Jack.» Mandò giù il groppo che aveva in gola, imbarazzata di discutere argomenti che erano talmente lontani dalle esperienze di una persona comune, da dare al tutto la qualità di un sogno. Ma non era stato un sogno, era stato un incubo. «Quando Jack incontrò Simon Tremarton e si innamorò di lui, è allora che le cose cominciarono ad andare male per Jack. Lo disse a J-L...»

«Quando?»

Selina ci pensò un momento. «È stato prima che Jack portasse Simon al suo casino da caccia.»

«Più o meno all'epoca dell'ultima violenza di J-L?» Le suggerì gentilmente.

«Sì, Jack era talmente felice. Mi disse che era per Simon, che aveva finalmente trovato il coraggio di dire a J-L che voleva porre fine alla loro relazione.» Selina fissò attraverso le alte finestre del salone da ballo, guardando i ballerini girare e percorrere la fila a coppie. «J-L mi incolpò della defezione di Jack. Vedete, ero io a spingere Jack a rompere con J-L. Non c'erano documenti legali che li tenessero insieme.» Inconsciamente, prese il fazzoletto che le offriva Alec e si asciugò gli occhi. «Jack era venuto a Jamison Park per il fine settimana, per fare i suoi addii e dirmi che ci saremmo visti a Londra la settimana seguente. Quella sera, Jack e J-L discussero in biblioteca. Io sapevo che riguardava Simon. J-L cercava di convincere Jack a non andarsene. Più tardi, Jack venne nelle mie stanze per discuterne e mi informò che intendeva andarsene prima dell'alba, per evitare un altro litigio. Poi J-L venne in camera mia, dicendo a Jack di uscire. Erano quasi le quattro del mattino; erano sei mesi che non si avvicinava a me...» Le mancarono le parole, poi riprese. «Jack si rifiutò di uscire, quindi J-L mi trascinò nel guardaroba e chiuse a chiave la porta. Quando-quando ebbe finito con me, fece entrare Jack. Sapeva che effetto avrebbe avuto su Jack, ma non mostrò alcun rimorso; era senza coscienza, quindi come poteva? Ovviamente J-L incolpò Jack per quello che aveva fatto a me.» Si interruppe nuovamente, deglutendo. «Povero Jack! L'espressione sul suo volto; non la dimenticherò mai.»

«Potete dirmi che cosa successe dopo?» Le chiese, prendendole le mani, con lo sguardo che non lasciava il suo volto.

«La mattina seguente sul tardi, o era primo pomeriggio? Jack venne nelle mie stanze con il vassoio della colazione. Ero sorpresa di vederlo, perché sarebbe già dovuto essere partito, ed è allora che mi informò che c'era stato un incidente e che J-L era morto.»

«È stato un incidente?»

Selina ritrasse le mani dalle sue e si allontanò dalla luce brillante delle finestre, per mettersi nell'ombra, accanto alla balaustra. Alec la seguì, con un occhio ai giovanotti sulle scale, che come un sol uomo si erano decisi a ritornare all'interno, all'annuncio fatto da un cameriere impettito che i fuochi di artificio stavano per cominciare.

«Quando Jack mi diede la notizia, c'era un deciso luccichio nei suoi occhi» gli rispose lentamente. «E per un angoscioso momento ebbi la stranissima sensazione che la morte di J-L non fosse stata un incidente. Ma poi il momento passò e a me non importava che fosse vero o meno. Quello che importava era che quella bestia fosse morta e che Jack e io fossimo liberi. Era tutto quello che mi importava.»

«Ma voi non pensate che si sia sparato da solo, vero, Selina?»

«Che importanza ha adesso?» Gli gettò addosso furiosa. «Voglio che il ricordo di Jack resti quello che è. Dio sa che quando era vivo non ha avuto un momento di pace. Io sono stata sposata a J-L per sei anni ma Jack… Jack l'ha sopportato per tre volte tanti anni! Per favore, evitiamo di parlarne ancora! Voglio pensare al futuro, non voglio rivivere il passato. Non riuscite a capirlo?»

«Sì. Certamente» le disse in tono tranquillo e la prese tra le braccia, appoggiando leggermente il mento sui riccioli morbidi. «Non ne parleremo più. Preserviamo il ricordo di Jack come avrebbe voluto lui. Merita di essere lasciato in pace.» Ma quello che stava pensando gli faceva battere forte il cuore. Se il dolce e placido Jack aveva sparato a J-L a sangue freddo, forse Jack aveva anche obbligato Delvin a battersi? E se era così, allora i suoi sospetti su suo fratello erano infondati? Allora, per che cosa diavolo si erano battuti a duello?

Sentì Selina che si agitava tra le sue braccia e le alzò la testa da dove lei l'aveva appoggiata sul suo petto. Le sorrise rassicurante, guardando il suo volto arrossato, con la bella bocca che tremava e i grandi occhi scuri pieni di domande, e sentì il desiderio incontenibile di proteggerla da tutti i mali del mondo. Rimasero fermi, bloccati in quel momento; nessuno dei due voleva fare una mossa falsa, eppure ciascuno dei due aspettava che l'altro facesse il primo passo. Fu Selina che fece riprendere il tempo a scorrere, furiosa con se stessa per aver stupidamente pensato che lui volesse baciarla, quando era ovvio che la guardava come avrebbe potuto fare un fratello, non come un amante avrebbe guardato l'oggetto del suo amore e del suo desiderio.

Il salone da ballo era silenzioso e vuoto. I ballerini si erano trasferiti sulla terrazza, con la sua vista sui giardini che portavano giù verso il Tamigi, dove le chiatte ondeggianti piene di fuochi di artificio aspettavano di essere accese. Boati lontani, come di tuono, arrivarono da quella parte della casa, poi, secondi dopo, bagliori di luce brillante, come lampi, illuminarono le stelle in alto. I fuochi di artificio erano cominciati. Il silenzio inquietante sul balcone fu sufficiente perché Selina si rendesse conto che non erano proprio soli e si allontanò dal suo abbraccio confortante.

«Per favore, signor Halsey» disse, agitata. «Vi sarei molto grata se la smetteste di trattarmi come un cucciolo che ha bisogno di una casa! Sono perfettamente in grado di prendermi cura di me stessa e lo faccio da…»

Alec sbatté gli occhi e arrossì. Era troppo arrabbiato per farsi distrarre dal rumore della porta che sbatteva o notare la coppia ridente che corse fuori sul balcone, scambiandolo per la terrazza, e poi scomparve nuovamente con un fruscìo di sottane di seta e profumo.

«Buon Dio, Selina, siete la donna più esasperante che conosca!

Signor Halsey, proprio! Che cosa ridicola chiamarmi così, dopo quello che c'è stato tra di noi.»

«È esattamente per quello che c'è stato che sembra vi divertiate a gettarmi in faccia alla minima occasione il mio nome da sposata!» gli rispose amaramente, raccogliendo le pieghe della gonna di velluto, pronta ad andarsene. «I fuochi di artificio sono cominciati e ci cercheranno. Sua Grazia si aspetterà che…»

«Olivia può tranquillamente aspettare tutto il tempo che ho aspettato io!» ringhiò, con una mano sul suo braccio. «Pensate che mi piacesse rivolgermi a voi con quel nome offensivo? Come mi fate torto! Tutte le volte che lo pronunciavo avrei voluto fare di voi una vedova, in quello stesso momento!»

«Davvero?» Gli rispose sdegnata, con una rabbia divorante quanto quella di Alec che le fece gettare al vento la cautela. «E, con questa dichiarazione, devo ritenere che tutte le volte che davate piacere a una delle vostre innumerevoli amanti, voi pensavate di star portando *me* in paradiso? Ah! Non mi avete mai rivolto un solo pensiero!»

«Vi sbagliate di grosso sul mio carattere, signora» proferì a voce bassa e, prima che lei avesse il tempo di voltarsi, la strinse in un abbraccio soffocante e premette selvaggiamente la bocca sulla sua, mormorando, mentre la baciava per la seconda volta in un modo completamente diverso: «Dannazione a voi per avermi obbligato a comportarmi non meglio di lui…»

UNDICI

La duchessa di Romney-St. Neots era sulla terrazza, circondata dalla sua famiglia, la felice coppia accanto a lei e la folla rumorosa e ridente dietro di lei. Neave aveva mandato un cameriere in riva al fiume, dove gli operai aspettavano di accendere i fuochi di artificio, e tutte le teste erano ansiosamente rivolte al cielo notturno, in direzione del Tamigi.

Sir Cosmo fu l'ultimo a unirsi alla profumata moltitudine e restò in fondo alla folla che premeva, aspettando lo spettacolo dei razzi, allungando il collo per trovare Alec e Selina. Ma dopo cinque minuti in punta di piedi, rinunciò al tentativo e preferì lo spazio aperto dei giardini, dove molti degli ospiti si erano sistemati sui gradini e lungo i sentieri che bordavano le aiuole, per sfuggire alla ressa della terrazza. Passò più di una volta accanto ai cespugli, sentendo risatine e mugolii e i suoni di gente che faceva l'amore. Credette di aver visto Macara dietro un cespuglio che inseguiva una signora, con le sottane alzate fino alle ginocchia. Non fu sorpreso poi di sentire uno strillo acuto, al momento della cattura. Scosse la testa davanti a un comportamento così volgare e continuò per la sua strada.

Un'altra bordata di razzi salì verso il cielo notturno prima che si fosse allontanato molto, in una successione veloce e assordante, mandando una pioggia di·stelle di diamanti nell'oscurità; le scintille illuminarono tutti i giardini per un istante e poi ricaddero nel Tamigi, in una cascata di luce soffusa. Poi stelle gialle, e arancio, e poi di nuovo bianche e alla fine un'esplosione di una tale magnificenza che sembrò che fosse uscito il sole, e con un tale accompagnamento di tuoni che molti pensarono stesse per piovere.

Era una visione magica e Sir Cosmo guardava a bocca aperta, come il resto delle quattrocento teste che puntavano verso il cielo. Una pausa nello spettacolo gli fece abbassare la testa, sulla visione sconcertante di Lady Gervais che si faceva palpare il seno da Lord Andrew Macara. Sotto la luce rossa di una lanterna cinese, l'uomo stava baciando e accarezzando il seno nudo della donna, come se avesse pagato per quel privilegio; e lei si stava tranquillamente sistemando i capelli, come se fosse da sola nell'intimità del suo spogliatoio! Alla fine Lady Gervais lo spinse via, baciò la sua bocca aperta e si divisero sul sentiero, lei per andare verso la rotonda coperta di edera e lui per risalire il sentiero verso casa, sistemandosi i vestiti mentre andava. Passò vicino a Sir Cosmo, ma se lo notò non ne diede segno, e salì sulla terrazza, ricordandosi solo all'ultimo momento di raddrizzarsi la parrucca.

Per il gran finale dei fuochi di artificio, diedero fuoco alle strutture di legno sulle chiatte, e le fiamme disegnarono sagome di cigni e orsi e una pagoda cinese. Piccoli razzi partivano da queste strutture fiammeggianti mentre si consumavano, e il cielo notturno si illuminò per l'ultima volta, accompagnato dagli *ooh* e *aah* degli spettatori entusiasti. Poi la folla si disperse per rientrare all'interno, o per fare un'ultima passeggiata nei giardini prima di far chiamare le carrozze per rientrare in città; e la duchessa ed Emily furono subito attorniate da amici e simpatizzanti pieni di complimenti ampollosi e sbrodolanti per gli intrattenimenti di quella serata, che non avevano l'uguale in tutta la stagione. La duchessa si guardò attorno cercando il conte e si chiese perché fosse scivolato via all'apice dello spettacolo nel cielo notturno. Aveva perso il meglio dei fuochi.

Sir Cosmo pensava di aver visto di tutto, finché gli capitò di avventurarsi più all'interno dei giardini, e poi desiderò di aver continuano a guardare verso l'alto.

Alec e Selina tornarono a notare quello che li circondava all'ultimo applauso degli spettatori sulla terrazza. Si divisero e restarono a guardarsi sul balcone deserto, un po' disorientati, eppure acutamente consci che non sarebbe stato possibile disfare quello che era appena successo tra di loro. Avevano perso tutto lo spettacolo dei fuochi di artificio sopra le loro teste; e non importava a nessuno dei due.

Senza dire una parola, Selina si portò una mano ai riccioli disordinati e Alec raccolse il ventaglio dalle piastrelle dove lei l'aveva lasciato cadere, e si rialzò tenendolo in mano. Non guardava lei ma il ventaglio, con le sue stecche di avorio intagliato e il pesante fiocco d'argento, cercando di raccogliere i pensieri, desiderando esporle le sue emozioni disordinate, eppure timoroso che qualunque parola detta in quel particolare momento non potesse rivelare la profondità dei suoi sentimenti. Gli fu risparmiato un discorso sconclusionato quando Selina sobbalzò e Alec si voltò, trovando Emily che veniva verso di loro, con il volto arrossato e molto agitata. Quando Emily vide Alec, scoppiò a piangere.

DOPO AVER SALUTATO IL DUCA E LA DUCHESSA DI BEAULY, EMILY si era allontanata dal fianco della nonna ed era andata a cercare il conte di Delvin. Lei, come sua nonna, non era tanto interessata ai fuochi di artificio da non notare che il suo promesso sposo era svanito a metà dello spettacolo. Le aveva rovinato la gioia di quello che avrebbe dovuto essere il gran finale di una serata meravigliosa, e quando non era riapparso per salutare i loro ospiti, Emily si era preoccupata che gli fosse capitato qualcosa. Senza dire nulla alla duchessa, era rientrata in fretta in casa e aveva cominciato a cercare nelle stanze di ricevimento. Poi era arrivata in mezzo al salone da ballo, dove restavano solo i musicisti che stavano ritirando i loro strumenti, chiacchierando tra di loro, quando fu distratta da una coppia che era entrata nel salone da ballo nel bel mezzo di un litigio. Erano così presi dalla loro rabbia che non notarono che non erano soli. Le loro urla rimbalzavano dalle quattro pareti.

La donna strillò quando l'uomo cercò nuovamente di afferrarla. Si ritrasse ancor più all'interno della stanza. Lui la seguì, con la mano tesa. Emily non riusciva a crederci. Erano Lord e Lady Gervais.

«Non sapevo che fosse Delvin» urlava lui. «Cindy! Cindy. Non lo sapevo, pensavo fosse Macara. Ti avevo visto con Macara!»

«Così pensavi!» gli lanciò lei. «Pazzo ubriacone. Babbuino. Non era Macara nella rotonda, no. Era Edward. Edward che hai disturbato. Signore! Vorrei aver visto la sua faccia quando ti sei precipitato tra i cespugli come un idiota, chiedendo di sapere che cosa stava facendo!» Fece una risatina stridula. «Ma dato che ero in ginocchio e avevo la bocca piena, non ho avuto quel privilegio!»

«Stai zitta, sgualdrina sboccata!»

«Oh! Così va meglio!» lo prese in giro lei, allontanandosi con un balzo e saltellando nella stanza. «Se sono una puttana, di chi è la colpa, William? Certamente non mia! E tu lo sai. Quand'è stata l'ultima volta che hai sentito qualcosa muoversi naturalmente tra le tue gambe? Quando?»

«Vieni qua! *Vieni qua*!» tuonò, lanciandosi verso di lei e mancandola. «Ti farò vedere io, miserabile baldracca!»

«Mi farai vedere? Vedere *che cosa*? Non ti è ancora caduto? Posso dichiarare di non averlo visto negli ultimi dieci anni. Forse lo tiri ancora fuori per le occasioni speciali? Come una bella impiccagione o quando spii le visite di Edward?»

«Io non spio! Io non ho mai...»

«Oh, non mentire con me. Sono tua moglie, ricordi? La graziosa innocente che hai deflorato, non riuscendo poi a fare altro. Dio! E per tutti quegli anni avevo pensato che fosse colpa mia! È quello il tuo vero feticcio, no? Non ce la fai, a meno che sia con una ragazza che non ha idea di quanto tu sia disgustosamente scarso come amante!»

Lord Gervais impallidì. «Solo perché non voglio dividere il tuo letto di appestata! Vieni qua ti ho detto!» Fece un ultimo balzo e afferrò una manciata di sottane. «Ti farò vedere io!»

«Non ci riusciresti nemmeno se lo volessi!» lo stuzzicò la donna.

Lord Gervais la afferrò in vita, spingendola contro la parete, facendo cadere diverse sedie, e le infilò una mano sotto le gonne. Lei non tentò di scappare. Si limitò a ridere e continuò a stuzzicarlo, riuscendo solo a infiammarlo di più. Si dimenava, ma era solo una finta. Le raccolse le gonne sopra le ginocchia, a mostrare le cosce bianche, e stava armeggiando con la patta dei calzoni, quando Emily tornò in sé e si voltò, correndo ciecamente verso le porte del balcone. Ma non riuscì a evitare di dare un'ultima occhiata e restò inchiodata, incapace di distogliere lo sguardo dalla coppia, finché non si sentì un forte tonfo quando un leggio cadde sul pavimento. C'erano ancora alcuni musicisti e, dai loro sorrisi soddisfatti, si stavano godendo quello che consideravano il clou della serata. Emily lanciò loro un'occhiataccia, arrossì, diventando scarlatta, e fuggì finalmente all'aria fresca, lasciandosi alle spalle i suoni di Lord e Lady Gervais che consumavano la loro rabbia.

Alec spinse il ventaglio nelle mani di Selina e andò incontro a Emily. Le prese le mani. Erano innaturalmente fredde. «Che c'è? Che cos'è accaduto?»

Emily continuava a singhiozzare, afferrando il fazzoletto di pizzo.

Scosse la testa incipriata quando Alec le chiese per la seconda volta di dirgli che cosa l'aveva sconvolta. Continuava a tenerle le mani e questo la confortava, e alla fine, tirando su con naso, disse in fretta:

«Avete visto Edward? Non riesco a trovarlo da nessuna parte. Lui-lui non è sulla terrazza. Doveva salutare gli ospiti e la nonna sarà furiosa con lui per non aver salutato i Beauly. E, oh, Alec! Non ha guardato i fuochi di artificio con me! Non so dov'è. Devo trovarlo. Per favore, aiutatemi a trovarlo!»

«Ma certamente non è la scomparsa di Edward che ha causato questa agitazione?» Le chiese gentilmente.

«Sì, sì, è quello!» gli assicurò Emily. «Devo trovarlo, vedete, devo.»

«Non può essere lontano» le disse calmo, prendendole il fazzoletto di pizzo e asciugandole le guance bagnate. «Perché non andiamo nel salone? So che ci sarà una cena per gli ospiti che restano. Forse è là, adesso?»

L'idea la colpì ed Emily annuì, d'accordo, e sarebbe andata con lui ma impallidì quando Selina uscì dall'ombra. Si sentì immediatamente un'intrusa. Il volto e il collo di Selina erano arrossati. e qualche ricciolo scomposto era sfuggito dalle forcine e le ricadeva sul petto. Non guardò Alec, né lui guardò lei, ma era penosamente chiaro anche a Emily nella sua agitazione che, nel loro mutismo, erano felici in modo imbarazzante. Era troppo da sopportare per lei. Come potevano essere felici loro, mentre lei era completamente infelice? Eppure, quella sera avrebbe dovuto essere la più felice della sua vita. Era fidanzata con un nobiluomo che aveva scelto lei e tutti dicevano che sarebbe stato il matrimonio dell'anno! Allora, perché si sentiva completamente disgraziata? Perché Edward l'aveva abbandonata? Era veramente andato con quella puttana dipinta di Cynthia Gervais? Non poteva essere la sua amante, vero…?

Quando Alec tentò di riprenderle la mano, Emily si scostò così in fretta che quasi inciampò nelle sue sottane. Nella sua disperazione, si scagliò violentemente contro Selina; quella donna non aveva il diritto di essere felice quando lei era così disperata.

«La zia Charlotte incolpa Alec per quello che vi è successo nel bosco!» esclamò. «Ma io penso che *voi* l'abbiate incoraggiato! Voi volevate che vi seducesse! L'avete attirato voi nel bosco e l'avete-l'avete stregato, non siete meglio di quella sgualdrina adultera di Cynthia Gervais…»

«Emily!» la interruppe Alec stridulo e fece un passo verso di lei, ma Selina lo interruppe.

«Quello che è successo nel bosco è stato prima del mio matrimonio, Emily» disse Selina, avvicinandosi lentamente alla ragazza. «Ma avete ragione. È successo su mia istigazione. Nessuno può biasimare Alec.»

«La zia Sybilla pensa di avervi fermato prima che fosse troppo tardi, ma non è così, vero? Ha preso la vostra ver...»

«Adesso basta!» ringhiò Alec.

«Voglio saperlo! *Devo* saperlo!» gridò Emily, guardando Selina.

«Sì, grazie al cielo, Sybilla è arrivata troppo tardi» le disse Selina con calma. «Non sono mai stata più contenta di qualcosa in vita mia. Sybilla ha visto quello che voleva vedere ma in realtà Alec mi stava aiutando a rivestirmi, non a svestirmi.»

Emily fissò apertamente Alec, che si voltò davanti ai suoi occhi pieni di lacrime, con una mano nei riccioli neri in un gesto imbarazzato, andando verso la balaustra. Ma Selina sorrise comprensiva alla ragazza. Il balcone era talmente tranquillo che i suoni dell'attività dei servitori nel salone, delle tavole che venivano apparecchiate con argenteria pulita, porcellane e cristalli, si sentivano distintamente attraverso una delle portefinestre aperte. Emily si avvicinò a Selina, come se i servitori in quella parte della casa potessero sentirla.

«Grazie» le disse sommessamente. «Sono contenta che zia Charlotte si sbagli su Alec e che voi abbiate avuto un momento di felicità insieme, prima del vostro disgraziato matrimonio con quell'uomo orribile. Meritate di essere felice. Meritate... Oh Selina! Sono così *infelice*» singhiozzò Emily, seppellendo la testa bionda nel corpetto di velluto di Selina.

Sir Cosmo arrivò in quel momento, seguito da Plantagenet Halsey. Arrivavano dai gradini che partivano dal prato, avendo fatto il giro della casa dalla terrazza invece di passare attraverso le stanze di ricevimento, rischiando di incontrare un servitore ficcanaso o un ospite curioso. Entrambi avevano un'espressione cupa ma Alec tirò ugualmente un sospiro di sollievo per la fortuita interruzione. Lasciò Emily nelle capaci mani di Selina e andò loro incontro in mezzo al balcone. Fu allora che vide le macchie scure sul davanti del panciotto di seta color ostrica di Sir Cosmo. L'uomo era cereo.

«Che cos'è successo?» chiese, vedendo l'aspetto scarmigliato di Sir Cosmo; era senza redingote e aveva arrotolato le maniche della camicia fino ai gomiti. Alec notò le macchie d'erba sui calzoni di seta e lo stato delle sue mani. Erano sporche. Ma non era sporcizia, era sangue.

«Vieni giù in giardino, ragazzo» disse sommessamente Plantagenet Halsey, con un'occhiata alle due donne, e fece strada.

«Non stai bene, Cosmo?» chiese Alec.

«Sì, sì. È stato uno colpo, ecco tutto» rispose Sir Cosmo con la voce incerta.

«È Tremarton» spiegò il vecchio. «L'ha trovato Mahon. I piedi sporgevano da sotto un cespuglio. Trascinato lì, immagino. Non era ancora proprio morto, allora, vero, Mahon?»

«Non ancora, signore. Respirava ancora, in effetti. Nessuna speranza per lui, comunque. Povero cristo.»

PLANTAGENET HALSEY CONDUSSE SUO NIPOTE VERSO I GIARDINI sotto la terrazza. Lasciò il sentiero e si spinse attraverso una siepe, in una piccola radura erbosa che divideva le aiuole. C'erano due servitori di guardia e un altro li raggiunse, portando una coperta piegata sotto il braccio, tutti e tre si guardavano come se cose del genere non fossero nuove per loro. Erano state infilate delle torce nel terreno soffice ai lati della radura, e gettavano un bagliore inquietante su una scena macabra.

Il corpo senza vita di Simon Tremarton giaceva sulla schiena, gli occhi chiusi, la testa, un po' voltata di lato, era appoggiata sulla redingote di Sir Cosmo, piegata frettolosamente. Aveva una posa talmente rilassata che era difficile credere che l'uomo fosse morto e non stesse solamente dormendo dopo aver bevuto un po' troppo. Eppure, guardando più attentamente, Alec si rese conto che la sua prima impressione era solo uno scherzo della luce tremolante. C'era una certa rigidità intorno alla bocca. Sangue e saliva fuoriuscivano dalle labbra aperte e colavano lungo la parte sinistra del mento. Una mano si teneva lo stomaco, con le dita contorte nell'imbottitura fradicia di sangue e premute contro un buco aperto sul fianco sinistro dell'uomo. Il sangue inzuppava la camicia e i calzoni e aveva imbevuto l'erba bagnata.

Alec si alzò su un ginocchio e distolse lo sguardo. Sir Cosmo vomitò per la seconda volta nella siepe, con i conati che punteggiavano la tranquilla aria notturna.

«Il colpo lo ha attraversato» osservò freddamente Alec, cercando qualcosa da dire.

«Sì,» confermò suo zio, portandolo da un lato della radura, lontano dai servitori. «Un buco grande come il mio pugno. Una faccenda spaventosa. Quel povero pazzo non ha avuto la minima possibilità. Quando Cosmo l'ha trovato, era quasi andato. Sono capitato lì e ho trovato Mahon che cercava disperatamente di sciogliere il nodo della cravatta di quel poveretto. Povero Mahon. Se non l'avessi spinto via e rimproverato aspramente per farlo ricomporre, sarebbe pronto per Bedlam. Non riusciva a credere che gli avessero sparato, finché non gli ho mostrato una mano coperta di sangue. È servito allo scopo. L'ha fatto vomitare. Ho cercato di tamponare il flusso di sangue ma è stato inutile. Gli causava solo più dolore, quindi ho smesso. È finita in fretta.»

«Dannazione!» esclamò Alec, con un profondo sospiro. «Nessuna possibilità che ci sia qualche testimone? Sarebbe chiedere troppo. E l'assassino non sarebbe stato così negligente. Troppo buio e c'era troppo andirivieni, perché qualcuno si accorgesse di due gentiluomini che facevano una passeggiata per prendere un po' d'aria. Dannazione! Dannazione e morte!» disse a Sir Cosmo, che ritornava asciugandosi la fronte: «Suppongo che tu non abbia visto nessuno?»

«Mi dispiace. Venivo da questa parte a cercare te e Selina. Ho incontrato la mia fetta di debosciati, che si precipitavano dentro e fuori i cespugli, ma era tutto per gioco e divertimento; niente di particolare. E poi c'erano i fuochi di artificio che attiravano l'attenzione.» Si mise in tasca il fazzoletto, con la mano che tremava. «Francamente, ho guardato per aria per la maggior parte del tempo.»

«Come chiunque altro» disse il vecchio, irritato. «Un'opportunità perfetta per sparare a qualcuno a bruciapelo. Abbastanza rumore e caos per un'intera scarica di colpi, se vuoi il mio parere!»

«Non dovremmo fare qualcosa?» chiese Sir Cosmo, con il fazzoletto pronto un'altra volta. «Coprirlo, portarlo via? Qualcosa! Che cosa si fa con cadavere fresco?»

«Dovrò chiamare un'altra volta Oakes» disse Alec. «È stato più che lieto di redigere un certificato di morte per la povera Jenny, senza fare tante domande, ma Dio sa che cosa farà per questo!»

«Uno di quegli uomini che si sente in obbligo con quelli più in alto di lui, *aye*?» Ringhiò Plantagenet Halsey. «Tutto per un Lord, se significa meno fastidi per loro! Parassiti!»

Alec diede istruzioni ai servitori di avvolgere il corpo come meglio potevano e di portarlo in cantina, sotto le cucine. Sir Cosmo andò a fare due passi, mentre completavano quel compito macabro.

«Non per difendere Oakes, zio, ma voleva che Jenny fosse sepolta senza troppe storie. Dubito che sarà tanto compiacente questa volta, con la morte di Jenny ancora irrisolta. E ora hanno sparato a uno degli ospiti di Olivia. Inoltre, sarò ben contento se Oakes causa un putiferio.»

«Coinvolgere la magistratura?»

«Sì, certo, è quello che voglio.»

«A che cosa può servire il magistrato se non ci sono testimoni, niente arma del delitto e niente per andare avanti, eh?» Brontolò il vecchio, seguendo Alec attraverso il giardino, fino alla panca su cui era seduto Sir Cosmo con la testa incipriata tra le mani. «E molto probabilmente non ci sarà mai.»

Alec guardò solennemente suo zio. «Questa faccenda non è pulita come un duello a Green Park.»

Il vecchio lo fissò duramente. «Sarà meglio che mi racconti qualcosa di questo tizio, Tremarton. A me ha detto di essere un tuo collega al ministero degli esteri.»

«È così, era anche un membro del Club Ganymede.»

Plantagenet Halsey lo guardò sorpreso. «Era immischiato con quella gentaglia?»

«Sì. E lui e Jack Belsay erano amanti.»

«Tu sai qualcosa di questo tizio, Mahon?»

«Solo quello che mi ha detto Alec. E ho-ho sentito per caso una conversazione tra Alec e Tremarton, che mi ha fatto francamente ribollire il sangue.» Sir Cosmo rabbrividì. «Quell'uomo non valeva uno sputo!»

Il vecchio si lasciò cadere sulla panchina accanto a lui. «Cristo! Non sarei del tutto sorpreso se gli avessero sparato per aver fatto un'avance a qualche ragazzotto che aveva attirato la sua attenzione. Gli avrei sparato anch'io.»

Alec fece un sorrisetto storto. «Non credi che sia quello che è successo, vero, zio?»

«Certo che no. Ma non c'è niente che impedisca agli altri di dirlo, no? E ci sarebbe anche parecchia simpatia per l'assassino.» Guardò suo nipote. «Che cosa lo lega a Delvin?»

«Ha consegnato a Delvin ottocento sterline per comprargli una sinecura. Poi è finito tutto in niente e si è trovato in debito con un prestasoldi che voleva un migliaio di sterline per lunedì. Tremarton non le aveva.» Alec si mise le mani in tasca. «Ha cercato di vendermi una lettera, che diceva minacciasse la sicurezza di Delvin. Quando ho rifiutato, era deciso a ricattare Delvin per farsi dare cinquemila sterline in cambio della lettera.»

«La lettera di Lady Margaret!» interruppe Sir Cosmo, sedendosi diritto. Si rivolse al vecchio. «Credo che Jack fosse in possesso della lettera scritta dalla contessa di Delvin a Lady Margaret, in cui confessava la verità sull'ordine di nascita dei suoi due figli. Che in effetti il maggiore è Alec e quindi l'erede…»

«Voci! Niente di più!» lo interruppe Plantagenet Halsey, scuotendo una mano come accantonando l'idea. «Non credo a una sola parola! E non posso raffigurarmi Helen scriverlo in una lettera piena di chiacchiere. Non era da lei!»

«Ma signore! Margaret era un'amica e una corrispondente particolare della contessa di Delvin ed è quello che racconta Lady Margaret. Ha ripetuto la storia a tutta la città, per vendicare la morte di Jack.» Guardò Alec. «Tu che ne pensi?»

Alec alzò le spalle. «Sai che cosa penso di quella storia.»

«Ma...» Farfugliò Sir Cosmo.

«Quanto al fatto che Jack abbia messo le mani su quel documento,» continuò Alec, «e a quale scopo, chi lo sa? Che poi Tremarton sia venuto così opportunamente in possesso della lettera, sono più che scettico.»

«Allora perché gli hanno sparato?» chiese Sir Cosmo. «Se non per la lettera, allora perché? Ti ha detto che avrebbe spremuto i soldi a Ned. E tu avevi predetto che Ned lo avrebbe ucciso, se avesse tentato. E non è quello che è appena successo? Beh, non è così?»

«Senza uno straccio di prova per dimostrarlo» disse Plantagenet Halsey.

Sir Cosmo allargò la mano sinistra e contò sulle dita. «Uno: abbiamo la minaccia di Tremarton ad Alec, che ho sentito per caso. Due: abbiamo Lady Margaret che va raccontando a tutta la città della sua lettera perduta, che prova il vero diritto di nascita di Alec. Tre: abbiamo il collegamento di Tremarton con Ned e, quattro: non dimenticate il duello di Jack e Ned, che in qualche modo è collegato a questa faccenda. Poi, cinque: c'è il fatto che io ho visto Ned e Tremarton nella sala da gioco stasera, tutti pappa e ciccia, e ho visto con i miei occhi Tremarton che toglieva una busta dalla tasca, in modo molto sospetto. Doveva essere la lettera! E...»

«Hai finito le dita, Mahon» mormorò il vecchio.

Sir Cosmo si sgonfiò immediatamente. «Non vedete il collegamento? Nessun motivo da parte di Ned di...»

«Ci sono motivi a sufficienza» disse Alec. «Anche se Tremarton stava bluffando, Delvin doveva mettere le mani su quella busta.»

«Ed è per quello che ha passato Jack a fil di spada e ora ha ucciso Tremarton» ribatté Sir Cosmo. «È così dannatamente ovvio che è lui, l'assassino!»

Plantagenet Halsey lo guardò di nuovo. «Hai certamente cambiato bandiera, Mahon. Da quanto ricordo, cercavi in tutti i modi di scusare la bravata di Delvin a Green Park, definendola un duello.»

«È vero!» disse Sir Cosmo, sulla difensiva. «Prima di tutta questa storia, però. Non sono mai stato più sbalordito di quando Ned ha accusato Alec di aver cercato di violentare Emily. E quello è un altro punto contro di lui. Beh, Alec? Non sei ancora convinto?»

«Voglio esserne certo. Voglio... Non importa!» disse sbrigativamente Alec, girando sui tacchi. «Devo convocare Oakes e forse potrei riuscire a esaminare il corpo di Simon, per cercare quella busta. Venite?»

I due uomini lo seguirono in casa, con Sir Cosmo che rimaneva indietro per dire sottovoce a Plantagenet Halsey: «Voi lo conoscete meglio di chiunque altro, signore. Perché è così riluttante?»

Il vecchio rifletté prima di rispondere. Fissava un punto in mezzo alle larghe spalle del nipote, con una ruga profonda tra le sopracciglia cespugliose. «Disprezzare Delvin è una cosa. Pensare che sia un assassino freddo e senz'anima è tutta un'altra faccenda. Sono fratelli. C'è un legame che non si può spezzare, è dannatamente difficile per lui. Dannatamente difficile.»

COME AVEVA PREDETTO ALEC, HENRY OAKES NON ERA DEL parere di firmare certificati di morte, o di fare molto altro, eccetto sbraitare della sua reputazione professionale nella comunità e dei suoi obblighi nella situazione attuale. Diede un'occhiata al corpo sotto il lenzuolo e si rifiutò di procedere oltre. Voleva un magistrato e lo voleva immediatamente. Alec era pronto a discutere la faccenda con lui. Plantagenet Halsey non aveva tanta pazienza.

«Non vi stiamo chiedendo di fare niente che non rientri nei vostri compiti, buon uomo!» scattò. «Siete stato chiamato per visionare il corpo e dare la vostra opinione sulla causa della morte. C'è qualcosa di più semplice? *Aye*? Oppure non siete capace di esprimere un'opinione? Eravate attaccato alla bottiglia?»

Henry Oakes sporse il suo doppio mento. «Certamente no! L'accusa mi offende! E dato che non ho il piacere di conoscere il vostro nome, né so qual è la vostra parte in questa faccenda, vi prego di tenere per voi le vostre opinioni!»

«Allora è così che la vedete. Il nome è Halsey, P. Membro del Parlamento. E, se potessi fare a modo mio, i cavadenti come voi non potrebbero esaminare le capre, tanto meno un uomo morto!»

Il medico farfugliò incontrollabilmente, con i menti che ballonzolavano su e giù, tanto da ricordare agli occhi stanchi di Sir Cosmo un tacchino spaventato. Dato che erano tutti in piedi in una fredda, umida cantina, una delle tante che ospitavano bottiglie su bottiglie di vino, conserve e carni, il pensiero non era così assurdo, visto il suo stato mentale. Sternutì, spostandosi da un piede all'altro. Non gli piaceva essere rinchiuso in un posto umido, nel bel mezzo della notte, con una stanza piena di carcasse dondolanti e un cadavere steso sulla tavola al centro.

«Zio, siate così cortese da andare a cercare Neave, per favore» ordinò Alec. «Qui dentro è pieno inverno e a tutti piacerebbe qualcosa di caldo da bere. Che ne pensi, Cosmo? Oakes?» Entrambi annuirono, con i denti che battevano, e il sollievo fu evidente sul volto di Sir Cosmo quando Alec aggiunse: «Se possiamo espletare le formalità di un esame, Oakes, poi potremo andare di sopra e discutere la faccenda in un ambiente più confortevole.»

Oakes era riluttante. Plantagenet Halsey aprì la bocca ma la chiuse subito a un'occhiata di suo nipote. Andò a cercare Neave, sapendo che non sarebbe stato un compito difficile. Il maggiordomo aveva l'abilità di essere proprio dove qualcuno lo voleva.

«Esaminerò il corpo se mi darete la vostra parola che chiamerete un magistrato.»

«Come fatto,» gli assicurò Alec. «Il cognato del defunto è un giudice ed è ospite in questa casa. Mi sono preso la libertà di parlare con lui, mentre aspettavamo il vostro arrivo. In questo momento sta consolando sua moglie. Come potete immaginare, Lady Gervais ha preso veramente male la notizia. Simon Tremarton era il suo unico fratello. Ovviamente, Lord Gervais farà tutto quello che può.»

«*Aye*, sì» brontolò imbronciato Oakes, anche se era evidente dall'espressione del suo volto che era più che soddisfatto. Quale miglior balsamo per l'autostima a pezzi di un uomo, di far aspettare i suoi comodi a un giudice. «Lady Gervais ha bisogno di un sedativo, signore?»

«Grazie, abbiamo già provveduto. Il mio valletto è anche un farmacista ed è stato tanto cortese da prescrivere un sedativo a sua signoria. Sì,» disse Alec, quando il medico sobbalzò sentendoglielo dire, «so benissimo che la Reale Accademia è decisamente contraria a che un farmacista faccia una prescrizione, ma conto sulla vostra comprensione. La donna era, a dir poco, isterica.»

Sir Cosmo si scusò, allontanandosi durante l'esame. Andò a raggiungere Plantagenet Halsey nel salottino accanto alla sala della colazione. Restarono seduti in silenzio con un brandy e il caffè; il minimo scricchiolio di una porta o del pavimento di legno, il suono lontano di passi, facevano sobbalzare Sir Cosmo, irritando il vecchio. Neave e un cameriere dallo sguardo offuscato andavano e venivano, per che cosa poi, i due uomini non lo chiesero, né interessava loro. Il tempo sembrava non importare. Importavano solo quei minuti e passavano lentamente. Alec e il medico erano ancora occupati in cantina.

Tam infilò la testa nella porta e si avvicinò a un segno di Plantagenet Halsey. «Il signor Halsey ha bisogno di qualcosa, signore?»

«No, ragazzo. Se sei deciso ad aspettare alzato, siediti. Ci sono brandy e caffè, o qualunque altra cosa ci sia sulla credenza. Serviti.»

«No, signore, grazie» rispose rigidamente Tam, vedendo lo sguardo sorpreso di Sir Cosmo. Sapeva qual era il suo posto, anche se lo zio del suo padrone non lo conosceva.

«Non fare il martire! A Mahon, qui, non interessa, no?»

«Certamente no.»

«Inoltre, te lo sei guadagnato. Lady Gervais è più tranquilla, adesso?»

«Sì, signore. Le ho dato una pozione che dovrebbe farla dormire fino a domattina.»

«Grazie al cielo. L'ultima cosa di cui abbiamo bisogno è una donna isterica che urla tanto forte da far scappare i pipistrelli dalla torre campanaria.»

Sir Cosmo rabbrividì all'idea e mandò giù un sorso di brandy.

La porta si aprì ed entrò Neave, seguito da Lord Gervais abbigliato con una vestaglia di seta cinese magnificamente ricamata. Indossava una parrucca incipriata di fresco sulla pelata e aveva un'espressione di fredda superiorità sul volto florido. Plantagenet Halsey alzò gli occhi al cielo. Quell'uomo era un fastidio e un imbranato, se si trattava di convenevoli sociali ma, rimesso nel suo milieu legale, trasudava altezzosa autorità. Si capiva subito che sarebbe stato un bacchettone difficile con cui trattare.

Lord Gervais gettò un occhio critico sulla stanza e lo lasciò cadere su Sir Cosmo. «Ah, Mahon! Bene.» Si rivolse al maggiordomo. «Informate Oakes che lo riceverò adesso.» Si versò una ciotola di caffè e lo bevve rumorosamente, in modo irritante. «Mahon! Ditemi quello che sapete di questo sfortunato incidente...»

«*Incidente*?» Esplose il vecchio.

«Non ricordo di aver chiesto la vostra opinione, signore» disse freddamente Lord Gervais.

«Ho trovato io il-il cadavere» disse apatico Sir Cosmo. «Beh, non era un cadavere allora. L'uomo era ancora vivo...»

Lord Gervais fece un salto. «Vivo? Ne siete sicuro?»

«Sì, ne sono certo! Respirava. E poi è arrivato il signor Halsey e ha cercato di aiutare. Beh, ha fatto tutto lui, a dire il vero. Io non ero in condizioni di fare molto.»

«Non siate duro con voi stesso, Mahon» disse gentilmente Plantagenet Halsey.

«Volete lasciar parlare Sir Cosmo?» Lo interruppe Lord Gervais.

«Il signor Halsey ha fatto tutto quello che poteva, per mettere comodo Tremarton. Era tutto quello che si poteva fare. Non c'era speranza che l'uomo si riprendesse. Nessuna.»

«State dicendo che Halsey, qui, ha interferito con mio cognato?»

«Interferito?» Il vecchio era balzato in piedi. «In-ter-fe-ri-to?»

«Gervais! Questo è troppo!» dichiarò rabbiosamente Sir Cosmo. «Se non fosse stato per l'interferenza del signor Halsey, come la chiamate voi, Tremarton avrebbe passato i suoi ultimi momenti di vita in totale agonia. Per come sono andate le cose, il signor Halsey ha fatto tutto quello che poteva, per assicurarsi che l'uomo fosse meno a disagio possibile. Gli dovete gratitudine, non rimproveri!»

«Quanto a quello,» disse Lord Gervais con un sorriso frettoloso, «permetterete a me, di decidere. Ditemi, Mahon, mio cognato vi ha detto qualcosa prima di morire?»

«No.»

«Niente? Nemmeno una parola?»

«No! Sentite, Gervais. Tremarton stava morendo, una morte orribile» disse esasperato Sir Cosmo. «Stava sanguinando copiosamente da un grosso buco aperto nel fianco. Non doveva essere dell'umore giusto per chiacchierare, no?»

Lord Gervais alzò altezzosamente il naso. «Non c'è bisogno di essere sarcastici, in un momento così serio. Vi ho solo chiesto di rispondere alle mie domande.» Sembrò che vedesse Tam per la prima volta e fece una smorfia. «Prego, che cosa ci fa qui questo servo, a bere caffè?»

«Oddio! Come se questo avesse a che fare con le indagini!» rise il vecchio. «Lasciate stare il ragazzo. Ha lavorato duramente e ha diritto a questo rinfresco.»

«Certamente. Comunque, può andare a bere il caffè nella sala dei servitori, al suo posto. Io non lo voglio qui.»

Il volto di Tam si fece rosso come la sua zazzera. Appoggiò la ciotola di caffè e il piattino, e fece un passo verso la porta, quando Plantagenet Halsey gli ordinò di restare dov'era.

«Quand'è che Dio vi ha dato il diritto di decretare chi non è degno del vostro tocco? Il ragazzo ha altrettanto diritto di restare in questa stanza di qualunque odioso, leccaculo, giudice forcaiolo!»

«State diffamandomi, Halsey?»

«Signori! Per favore!» li pregò Sir Cosmo, con la voce flebile.

«È la gente come voi, Halsey, che, se potesse, farebbe a pezzi la nostra società ben ordinata.»

«Con uno schiocco delle dita, se servisse e la liberasse dei parassiti spietati come voi!»

«Signore, voi siete una minaccia per la società e dovreste essere rinchiuso! Ho una mezza idea...»

«Attento ora a non gonfiarvi troppo, altrimenti scoppierete!»

Sir Cosmo si gettò tra di loro. «Signori, per l'amor di Dio! Ricordate dove siete. Questi meschini battibecchi...»

«*Battibecchi*?»

«*Meschini*?»

Alec entrò nella stanza giusto in tempo per essere testimone di questa scena e, se non fosse stato tanto stanco, si sarebbe messo a ridere forte. Henry Oakes era dietro di lui e vide immediatamente il brandy. Entrò Neave e si mise accanto ai rinfreschi, silenzioso e con il volto inespressivo. Lord Gervais si era ripreso a sufficienza da farsi presentare al medico e chiedergli tutta una serie di domande, sotto il manto della sua assoluta autorità di giudice. Sir Cosmo e Plantagenet Halsey si erano ritirati nelle loro poltrone, e se il vecchio ebbe la tentazione di interferire qua e là con dei commenti caustici, si controllò per il bene del nipote, che stava cercando di fare del suo meglio per far arrivare al punto il medico e Lord Gervais, di modo che tutti potessero ritirarsi per le poche ore che restavano prima della mattina.

Un'ora dopo, Lord Gervais, dopo aver interrogato tutti con sua soddisfazione e con somma frustrazione di tutti gli altri, annunciò gravemente: «Signori, mi vedo obbligato a concludere che Simon Tremarton non è morto di sua mano ma è stato crudelmente e brutalmente assassinato. L'opinione di Henry Oakes è che lo strumento della morte sia stato un colpo di pistola, sparato a bruciapelo, uno solo, e che il proiettile sia entrato nello stomaco, lacerando gli organi interni e facendo sanguinare a morte Tremarton. Io accetto le sue conclusioni. Comunque, in assenza dell'arma del delitto e date le difficili circostanze della scena di questo atto odioso, c'erano in corso i fuochi di artificio, con oltre quattrocento ospiti, i giardini non erano sufficientemente illuminati; e l'assenza di testimoni, o, se ce n'erano, non si sono presentati, qualunque sia il loro motivo, non posso procedere con questa faccenda, finché non mi saranno portate ulteriori prove e una persona, o più persone, non si faranno avanti con informazioni sostanziali che possano portare a un arresto.»

«Bravo!» esclamò il vecchio. «Quest'uomo è una meraviglia! Gli ci è voluta un'ora per scoprire quello che noi abbiamo scoperto in cinque minuti! Se sua signoria è d'accordo, io me ne vado a letto prima che i domestici comincino a preparare la tavola per la colazione.»

«Signore! Questo è un oltraggio!» esclamò Lord Gervais. «Restate dove siete!»

Plantagenet Halsey agitò una mano e uscì dalla stanza, rivolgendo un allusivo buona notte a suo nipote e a Sir Cosmo. Tam lo seguì in silenzio, per preparare la stanza del suo padrone. Lord Gervais fu lasciato a guardare Alec, con gli occhi allucinati.

«Vi avverto, Halsey, non ho finito con vostro zio!» sputacchiò. «Lo considero un oltraggio e ho intenzione di perseguirlo per legge. È una minaccia che mi ha intralciato a ogni passo!»

«Attento adesso, Gervais» lo interruppe Sir Cosmo. «È un po' rude, ma non ha assolutamente fatto danni. In effetti, si è espresso piuttosto bene, se volete saperlo.»

«Mahon! Voi, il figlio di un barone, nipote di una casa ducale, sostenete quel tipo di usurpatore? Quel repubblicano...»

«Gervais, non potete che perdonare mio zio per la sua franchezza,» disse Alec con fredda gentilezza, «come figlio di un conte, e zio di un altro, per non parlare delle sue parentele per nascita con la maggior parte delle famiglie che governano questo regno, mio zio è naturalmente abituato a dire quello che pensa e a fare quello che gli va. Non è forse il modo di comportarsi della gente di nobile nascita?»

«ODDIO! COME HAI FATTO ABBASSARE LA CRESTA AL VECCHIO Gervais!» disse Sir Cosmo ridendo, appoggiato alla balaustra del pianerottolo fuori dalla stanza di Alec. «Peccato che tuo zio non fosse lì ad ascoltarti!»

«È stata una cosa spregevole da buttare addosso a un uomo come Gervais, la cui *raison d'être* è il suo labile collegamento con la nobiltà.»

«Ehi, prima che vada» sussurrò Sir Cosmo, guardandosi attorno. «Adesso che cosa succede? Gervais non può fermarsi qui, no? È stato ucciso un uomo!»

«Non c'è nient'altro che possa fare. Finché qualcuno non si fa avanti con un'accusa di omicidio nei confronti di un altro, il nostro giudice non può procedere. Potrebbe far intervenire i gendarmi, per cogliere i pettegolezzi e le voci, nel caso ci sia qualcosa di rilevante da raccogliere tra gli ospiti, anche se dubito che la duchessa approverebbe che la sua casa fosse invasa.»

«Diavolo! Non posso dire di essere rattristato per la morte di Tremarton, ma non è giusto che un assassino se la cavi così! Da quanto dici, sembra improbabile che sapremo mai chi gli ha messo in corpo la pallottola. Beh,» si corresse Sir Cosmo, «noi lo sappiamo ma non diventerà di pubblico dominio, no?»

«No, salvo che uno di noi sia pronto a fare una denuncia a Lord Gervais. E, da quello che so della legge, non c'è niente che dica che non si può fare un'accusa anche se mancano le prove.»

Sir Cosmo respirò a fondo. «Già, ma come facciamo a essere assolutamente certi?»

«Sì, come?» disse Alec con un sorriso cupo e girò la maniglia.

«Aspetta! La busta! Hai guardato? L'hai trovata?»

«Ho frugato nelle tasche della redingote e del panciotto.»

«E?»

«C'era una busta...»

«C'era? Pensavo...»

«... che l'assassino l'avrebbe presa? Direi di sì, se avesse contenuto qualcosa di interessante.»

«Deve essere stata una faccenda dannatamente orribile.»

«Troppo, Cosmo. Buona notte.»

«E se l'assassino avesse preso quello che c'era nella busta e poi l'avesse rimessa nella tasca di Tremarton, per fingere di non averla mai toccata, gli avesse sparato e se ne fosse andato? Forse gli ha sparato prima, poi ha preso la lettera dalla busta. Aspetta un momento! E se...»

Alec si mise a ridere. «Buona notte, Cosmo» ed entrò in camera sua, con il sorriso che spariva nell'attimo stesso in cui chiudeva la porta alle sue spalle.

Tam stava usando lo scaldino per togliere il gelo dalle lenzuola del letto del suo padrone, quando Alec entrò passando dal salotto, scrollandosi di dosso la redingote di velluto nero. Tam disse qualcosa, ma Alec era talmente preoccupato che attraversò il guardaroba senza una parola o uno sguardo. Si sedette al tavolo da toilette e rimosse distrattamente la spilla di diamanti dalle pieghe della cravatta di pizzo intorno al collo. Rimosse da una tasca del panciotto di filo d'argento la busta ingiallita e stropicciata, che aveva trovato sul corpo insanguinato di Simon Tremarton.

Appoggiò la busta contro lo specchio e la fissò, come se fosse possibile leggere il contenuto senza effettivamente togliere la pergamena piegata dall'interno. Alec non era completamente certo di voler leggere quello che c'era scritto su quel foglio. Aprire quella lettera avrebbe potuto cambiare per sempre la sua vita e non era sicuro che sarebbe stato per il meglio. Conosceva bene l'alta scrittura elegante sull'esterno della busta. Apparteneva a sua madre, Helen, contessa di Delvin. E la busta era indirizzata a Lady Margaret Belsay, Cavendish Square, Westminster.

EVANS DEPOSE IL VASSOIO SUL TAVOLINO ACCANTO AL CAMINO E continuò a lavorare nella stanza da letto, in silenzio, con un orecchio alla conversazione in salotto, dove Selina ed Emily erano sedute vicine sulla chaise longue, con i piedi verso il calore del fuoco. La cioccolata calda le avrebbe riscaldate, dopo la fredda aria notturna sul balcone, ma Selina pensava che ci volesse qualcosa di più forte, dopo una serata simile e, mettendosi un dito sulle labbra, perché Emily non parlasse, tolse un paio di cuscini infiocchettati da un'estremità della chaise longue e trovò la fiaschetta d'argento con il monogramma, che aveva nascosto lì nel pomeriggio. Aggiunse una generosa dose del contenuto in ognuna delle tazze e ne diede una Emily.

«Ci aiuterà a dormire» le assicurò, quando Emily annusò incerta le volute di vapore. «Meglio del laudano e senza mal di testa la mattina dopo.»

Emily sorrise e bevve, trovando che la correzione dava alla cioccolata un tocco morbido, vellutato. «Perché la nascondete?» chiese, indicando la fiaschetta che Selina aveva rimesso sotto i cuscini.

«Oh, non la nascondo. Ma non sarebbe divertente per Evans, se la lasciassi in vista. Le dà qualcosa da fare. Meglio che tenti di salvarmi dall'inferno del bere, che lasciare che la sua testa si orienti su altre cose. È una discepola dei Metodisti, sapete.»

«È con voi da molti anni, vero?» chiese Emily, preferendo parlare di tutto meno che di quello che le occupava la mente.

«Da quando ho finito la scuola» rispose tranquilla Selina, ma gli occhi scuri osservavano attentamente Emily. «I miei genitori ne pensavano molto bene; però non sospettavano che Evans avesse un'indole romantica! L'avrebbero bandita nella campagna selvaggia alla frontiera del Galles, da dove viene.» Sorseggiò la sua cioccolata e disse con un sorriso: «La cara, arcigna Evans era affranta, quando i miei genitori hanno organizzato per me un matrimonio perfettamente rispettabile.»

«Non ne sono sorpresa. Avete permesso che vi maritassero a Jamison-Lewis, quando eravate innamorata di Alec» disse veementemente Emily, mostrando un po' di animazione per la prima volta da quando lei e Selina erano fuggite dalla scala posteriore, per ritirarsi nelle stanze di Selina piuttosto che partecipare alla cena nel salone. «Non lo capisco proprio!»

«Sapete bene quanto me che le ereditiere non scelgono i loro mariti, mia cara» disse Selina senza mezzi termini. Scrollò le spalle, come se non fosse importante, a beneficio di Emily. «Tutto quello che importava ai miei genitori erano gli antenati di Jamison-Lewis; che fosse il nipote di un duca e valesse dodicimila sterline l'anno. Voi siete veramente fortunata, che Olivia valuti la vostra felicità sopra ogni altra considerazione.»

«Sì, è vero» disse Emily a voce bassa e sentì le lacrime che le riempivano gli occhi. «Voglio che sia felice per me.»

«Allora *voi* dovete essere felice» disse Selina, accarezzando la guancia di Emily con il dorso della mano. «Voi siete felice, Emily?»

Emily scosse la testa, mentre fissava la tazza vuota. «Pensavo di sì. So che lo ero... ieri. Ma oggi... non ne sono sicura.»

Selina mise da parte le tazze e si rannicchiò in fondo alla chaise longue per guardare in faccia Emily, con le sottane nere che si gonfiavano intorno a lei, come una nuvola. «Allora, non dovete sposarvi finché non sarete completamente sicura della vostra decisione.»

«Oh, ma non posso rimandare il matrimonio. La nonna ed Edward, i nostri amici, tutti si aspettano che il matrimonio...»

«Stupidaggini! Olivia vi ha regalato la possibilità di scegliere e voi dovete usarla saggiamente. Se non siete felice, se avete anche un solo dubbio riguardo al matrimonio con Delvin, adesso è il momento di sfruttare quel dono. Il matrimonio di vostra madre è stato un disastro; il mio matrimonio è stato un disastro. Ma è semplice, per noi, biasimare le ambizioni dei nostri genitori. Voi, invece, non potrete biasimare nessun altro che voi stessa, se farete un errore.» Selina le sorrise rassicurante. «Olivia vi ha fatto un regalo, che però comporta un'enorme responsabilità.»

Emily deglutì il groppo che aveva in gola. Non aveva mai pensato alla sua decisione di sposare un nobile scelto da lei sotto questa luce e sembrò appesantire il fardello che sentiva sulle spalle. Ieri, non avrebbe pensato due volte al suggerimento di Selina ma, dopo essere stata l'involontaria testimone della sordida scena recitata da Lord e

Lady Gervais, la sua fiducia nel suo promesso sposo era stata scossa fino in fondo. Si alzò e lisciò le sottane, fissando i ceppi che brucia-vano nel camino.

«Zia Charlotte ha detto che la nonna sarà affranta, se non sposo Edward» spiegò con una vocina timida. «Dice che il matrimonio con Edward raddrizzerà i torti di mia madre.»

Selina la interruppe con una sbuffata di incredulità. «Che stupi-daggini! Le opinioni di Charlotte su vostra madre sono deformate dalla gelosia. Charlotte è stata trascurata da Beauly a favore di vostra madre; non è corretto che la sorella minore si sposi prima che la maggiore sia maritata. Macara, alla fine, ha chiesto la sua mano perché i vostri nonni l'hanno comprato e perché francamente non gli impor-tava un fico secco chi avrebbe messo al mondo i suoi figli legittimi, purché la madre avesse un pedigree, e Charlotte ne ha in abbondanza, e gli ha dato un erede.» Quando Emily si voltò a guardare Selina con sorpresa, questa aggiunse: «Sono sicura che Olivia mi perdonerà, se vi dico che vostro zio ha un'altra famiglia. In effetti, ha messo su casa con questa moglie di fatto circa vent'anni fa e lei gli ha dato otto marmocchi. Tutti sanno di quest'altra sua famiglia ma, ovviamente, nessuno la menzionerà mai nei circoli dell'alta società. Vi meraviglia che Charlotte sia così acida, quando deve mantenere la facciata della signora felicemente sposata, e censuri lo stile di vita di vostra madre, quando è Madeleine che è più felice, sposata con il suo conte italiano? Ferirete Olivia molto di più, se porterete avanti questo matrimonio, se non è quello che volete veramente.»

Emily sospirò, le faceva male la testa, e si voltò di nuovo verso le fiamme con la fronte aggrottata, perché era decisa a togliersi l'ultimo dubbio. «Quella donna, Lady Gervais, è l'amante di Edward?»

«L'ho sentito dire.»

Emily annuì in modo distaccato, come se stessero parlando di qualcuno che non aveva nessun rapporto con lei, e non del suo promesso sposo. «Grazie per avermelo detto. Non lo sapevo. L'ho scoperto stasera. Molti gentiluomini hanno un'amante, e mogli di fatto, a quanto pare! Ma...»

«... è una cosa completamente diversa, quando è l'uomo che si ama che prodiga le sue attenzione a un'altra?» Selina l'aveva raggiunta davanti al fuoco e le prese le mani. «Credetemi, Emily, è il dolore più grande da sopportare. Essere tanto innamorati di qualcuno, che basta che guardi semplicemente un'altra per sentire una tale fitta di dolore che fa male il cuore...» Si sentì bussare alla porta esterna e sentirono Evans che parlava con qualcuno, prima di affacciarsi alla porta. Selina fece un cenno alla sua cameriera e disse dolcemente a Emily: «Peeble è venuta a prendervi. Parlate con Olivia, domani mattina. So che la troverete notevolmente ricettiva a una vostra richiesta di rinvio. Sei mesi passeranno in fretta. Delvin capirà, se vi ama...»

«E se non fosse così?»

Selina le baciò la fronte e la abbracciò. «Oh, sono sicura che vi ama a modo suo, carissima Emily. Ma chiedetevi» le sussurrò all'orecchio, perché Peeble era sulla porta accanto a Evans, «siete pronta a dividerlo con un'altra?»

«Povero agnellino sperduto» disse Evans con un profondo sospiro, quando la porta si chiuse alle spalle di Peeble, eppure inconsciamente stava canticchiando una canzone e camminava come se non toccasse terra. «Obbligata a sposare quel donnaiolo, non mi meraviglia.»

«No, non dovrebbe meravigliarvi» disse Selina, dandole di traverso un'occhiata sospettosa, mentre la cameriera girava nella camera. «È dietro al più piccolo dei tre cuscini» le disse. «E deve essere riempita!» Sentì la cameriera che brontolava sottovoce e sorrise tra sé, mentre cominciava a svestirsi dietro il paravento decorato nell'angolo della stanza. Evans la raggiunse quasi subito e, dall'espressione sul suo volto, si capiva che avrebbe fatto difficoltà per la fiaschetta, quindi Selina tenne la bocca chiusa mentre si preparava ad andare a letto. «Non ho ballato, se è quello che vi state chiedendo» disse con un'altra occhiata a Evans, che stava piegando le calze di Selina con un tocco leggero e un sorrisino sulla bocca generalmente arcigna. «Ma non mi sono nemmeno comportata bene» aggiunse, facendo girare di colpo sui tacchi la cameriera, con il volto pieno di aspettativa, mentre Selina andava verso il tavolino sotto la finestra. «So che pensate solo alla mia salute mentale, ma non serve nascondermi i libri contabili» la ammonì gentilmente Selina. «Devo controllare una registrazione. È tutta la sera che mi preoccupa. Evans?»

«Lo so, milady» confessò Evans, quasi squittendo per l'eccitazione. «Vi abbiamo visto insieme, dalla finestra.»

Selina tolse la testa da uno dei cassetti dell'armadio, con una smorfia. «Ci avete visto? Dalla finestra? Noi? Oh, povera me!» Si voltò, arrossendo eloquentemente. «Avete... avete messo i registri in uno dei bauli?»

Evans la guardò con uno stupido sorriso sentimentale. «Miss Peeble e io abbiamo dato un'occhiata dalla galleria al salone da ballo, proprio mentre stava finendo l'ultimo ballo. Stavamo andando sul tetto con gli altri servitori dei piani alti, per vedere i razzi. Che spettacolo! Non ho mai visto niente di simile in vita mia.»

Selina chiuse il coperchio del baule da viaggio. «È stato uno spettacolo? Io-io l'ho perso, temo. Ditemi dove avete nascosto i registri, Mary.»

Evans guardò Selina in piedi nella sua chemise bianca e i piedi nudi, con i capelli sciolti sulla schiena, e pensò che era così assurdamente giovane che le venne un nodo in gola. Riuscì a malapena a impedirsi di abbracciare la ragazza per la gioia; invece, tirò su col naso e disse con voce stridula: «Se sapete che cos'è bene per voi, milady, non ve lo lascerete scappare una seconda volta!»

Selina represse un sorriso. «Ho preso nota del consiglio, Evans. Ora, dove avete messo i registri?»

«I registri? Erano sul tavolo laggiù, quando sono uscita per vedere i fuochi di artificio» rispose Evans, che andò al tavolo mettendo una mano nel punto in cui aveva visto per l'ultima volta i tre libri contabili, come se il contatto fisico con la superficie di legno potesse confermarle che i registri erano effettivamente scomparsi. «Lo ricordo con precisione perché avevo pensato di ritirarli, quando è arrivata Miss Peeble.»

Selina si sedette pesantemente sul letto. «Ma come ha fatto a trovare il tempo di rubare i registri, se era sulla terrazza con Emily e la folla che guardava i fuochi di artificio...?» Si chiese e poi guardò Evans. «Non vi siete imbarcata in una crociata domestica oggi, chiedendo alle cameriere di rifare il letto, vero?»

Evans si offese. «Scusate, milady?»

Selina sorrise e saltò giù dal letto per spingere da parte i cuscini, appoggiandoli alla testata scolpita. «Allora devo chiedervi scusa, Evans.» Gettò oltre la spalla i lunghi capelli e allungò la mano nello stretto spazio tra il materasso e la testata, ed estrasse a fatica un pacchetto spesso, avvolto in una federa. Lo appoggiò sul copriletto. Dalla federa estrasse uno dei tre registri che aveva lasciato sul tavolo. «Pensa di essere molto furbo, ma, grazie al cielo, sono stata più furba di lui» disse, con un profondo sospiro di soddisfazione. «E domani ho intenzione di dimostrarlo.» Mise il registro sotto le coperte e salì sul letto. «Evans, potete pensare quello che volete ma *M'sieur le Livre de Comptes* e io passeremo la notte insieme. E domani mattina avremo bisogno di un'ora senza essere disturbati. Buonanotte.»

Evans non disse niente. Dentro di sé era dell'opinione che, prima la sua cara ragazza si fosse risposata, prima la sua testa si sarebbe liberata di quell'ossessione per quelle sciocchezze matematiche. Spense la candela e uscì, annotandosi mentalmente di riempire la fiaschetta con la limonata.

DODICI

«Forse accetterò la vostra offerta di passare qualche settimana nelle zone selvagge delle colline Mendips» disse cupo Sir Cosmo, entrando nel salottino di Selina accanto alla camera. Vide il vassoio della colazione e stava per andare verso la chaise longue accanto al fuoco, ma Selina era scomparsa in camera e lo chiamava perché lo seguisse. Lo fece con cautela, conscio che l'onnipresente Evans doveva essere in agguato in un armadio e che non sarebbe stato il caso di farsi scoprire nella camera della sua padrona. Assistere a una toilette attorniato da cameriere e visitatori, mentre *madame* era seduta alla sua *petineuse* e la stavano acconciando, era una cosa, ma essere da soli nella camera di una signora, con lei che indossava solo la chemise e una vestaglia e, Sir Cosmo dovette reprimere un rantolo, a piedi nudi, era essere un po' troppo intimi. Comunque, le obbedì e andò a raggiungerla al tavolino accanto alla finestra. «Tuoni, fulmini e saette» aggiunse rabbrividendo e sentendosi ancora un po' giù di corda, dopo la notte precedente. «Ma, grazie al cielo, non ci saranno cadaveri in cui inciampare...»

Selina aveva preso il registro dal letto, dove l'aveva lasciato sotto un cuscino, e l'aveva aperto sul tavolino accanto alla finestra. «Tremarton non è riuscito a dirvi niente, vero?» Gli chiese con aria indifferente, sfogliando le pagine piene di file e file di numeri, registrati con una calligrafia pesante e nitida.

Sir Cosmo scosse la testa, sbirciando sopra la sua spalla. «Niente. Sotto shock, direi. Con un buco nel fianco; sanguinava dappertutto.»

Selina aggrottò la fronte, pensierosa. «Peccato. Simon Tremarton era una serpe opportunista ma non meritava una fine così violenta.» Tirò Sir Cosmo per la manica di seta, in modo che si avvicinasse, e indicò una serie di annotazioni scarabocchiate sul margine sinistro. «Guardate queste. Sono quelle che mi preoccupavano. Per la maggior parte dei pagamenti l'importo varia, cosa che ci si può aspettare per cose come il cibo, la cera, il carbone e così via, ma due pagamenti sono costanti, nell'intervallo e nell'importo. E, quello che è ancora più sconcertante, è che tutti gli introiti sono indicati con le lettere CG e corrispondono a un identico importo tolto dal registro della proprietà, senza annotazioni. Mi sorprende che Andrews non abbia mai fatto domande; ma forse le ha fatte e Jamison-Lewis ha preso qualche scusa...?»

«Anche le uscite mensili regolari hanno delle sigle ma una è più sconcertante dell'altra. La prima è indicata LJG; la seconda è indicata solo con la lettera D. Non ho idea di chi possa indicare la prima, ma posso ben immaginare cosa indichi la seconda.»

Sir Cosmo, che non aveva testa per i numeri, non aveva idea di che cosa stesse parlando. «Ne avete parlato con il sovraintendente di J-L?»

«Andrews?» Rispose sprezzante Selina. «Non aveva idea che esistesse il registro. Sembra che J-L stesse ritirando notevoli somme di denaro dalla proprietà e mettendole in questo conto. Beh, era così ricco che poteva permettersi di dirottare un sacco di soldi senza che avesse un vero impatto sulla nostra vita quotidiana, no? Immagino che fosse per quello, che Andrews non ha mai fatto storie.» Selina sfogliò alcune pagine e si fermò a un mese a caso. «Guardate. Succede la stessa cosa per marzo, aprile e maggio. I soldi che J-L depositava su questo conto erano indicati chiaramente, come le solite spese per cibo, carbone eccetera, ma non ho idea del perché dovessero essere incanalate su questo conto segreto. E chi riceveva mensilmente quel mucchio di quattrini?»

«Come siete venuta in possesso di questo registro, se Andrews non se sapeva niente?»

Selina chiuse il libro contabile. «Era aperto sulla scrivania di J-L la mattina in cui è stato trovato nel bosco.»

Sir Cosmo rimase a bocca aperta. «Strano.»

«Strano?»

«Strano che avesse lasciato aperto sulla scrivania un registro, che ovviamente teneva nascosto al suo sovraintendente, e poi sia andato a spararsi. Avrei pensato che lo mettesse al sicuro, prima di uscire.»

«Potrebbe aver avuto intenzione di tornare a prenderlo. Non era il giorno di Andrews. Non era probabile che qualcun altro entrasse nello studio. Forse, è andato nel bosco per schiarirsi la testa, prima di tornare a finire i conti?»

Sir Cosmo si strofinò il mento appena rasato. Non era convinto. «Schiarirsi la testa? Se l'è fatta saltare, la testa, mia cara ragazza. Perché addirittura aprire il registro? È più importante lasciare un biglietto, che non cercare di far quadrare i conti, quando si sta per spararsi alla tempia!»

«Mi chiedo che cosa significhino le lettere CG?» Mormorò Selina, ignorando l'incredulità dell'amico. «Questo registro non ha niente a che vedere con i suoi interessi nelle corse, o il gioco, o i pagherò per il suo club. Andrews li ha visti e io ho controllato i conti. Sono tutti registrati correttamente. Ma studiando questo registro, si potrebbe quasi presumere che J-L avesse un'impresa separata e segreta, come se tenesse un'amante. Ma sappiamo non essere questo il caso, quindi...»

«C'è il Club Ganymede» suggerì Sir Cosmo, senza dargli importanza. «Le iniziali concordano.» Quando Selina lo guardò senza capire, deglutì a vuoto. «Ah, non ne sapevate niente, allora?»

Fece un profondo respiro. Perché era toccato a lui portare alla luce quella sporcizia? Prima Alec con J-L e ora Selina, con la seconda sordida vita di suo marito. Maledì la propria capacità di infilarsi in quelle strettoie. Abbassò il mento nell'alto colletto della banyan di seta a righe e disse, con voce rotta: «Bordello per omosessuali sopra un negozio di farmacista a Fleet Street. Tremarton era un habitué e, sembra, anche Jack. Non riesco a pensare perché un gentiluomo con un po' di rispetto di sé possa interessarsi ai ragazzini...»

«*Ragazzini*?» La parola le fu strappata di bocca.

Sir Cosmo alzò le mani. «No, no, non ragazzini! No. Giovani. *Giovani uomini*.»

«Ragazzi? Giovani? Giovani uomini? Sono comunque minori e sfruttati da uomini ricchi e potenti. Che differenza fa?» Rispose Selina con un sussurro angosciato. Si appoggiò al tavolo ed era così pallida che Sir Cosmo si chiese se non stesse per svenire. Eppure, la sua voce non tremò mentre si teneva stretta al bordo del tavolo, con lo sguardo fisso sul volto dell'amico. «Sapevate di questo bordello maschile, questo Club Ganymede?»

«Ho appena saputo anch'io di quel posto» spiegò Sir Cosmo, seguendola in salotto. «Credetemi Selina. Se l'avessi saputo...»

«Se l'aveste saputo, allora cosa, Cosmo?» chiese rabbiosa Selina, gettando il registro sulla chaise longue e lasciandosi cadere lì accanto. «Ne avreste ignorato l'esistenza, come hanno fatto tutti ovviamente, così come hanno chiuso un occhio sul fatto che J-L picchiasse sua moglie. Fintanto che l'onorevole George Jamison-Lewis recitava la sua parte di nipote di un duca in pubblico, frequentava il White e Newmarket come un buon compagno, presentava sua moglie nei salotti e ai balli, con i lividi attentamente nascosti, era meglio non pensare a quello che faceva in privato.» Si passò le mani gelate sul volto, con la gola così secca che le faceva male deglutire. «Nessuno l'ha mai affrontato riguardo a questo Club Ganymede?»

Sir Cosmo abbassò le spalle imbottite, senza riuscire a guardarla. «Si presume di no. Io non avevo idea dell'esistenza di quel club fino a ieri. E, ovviamente, quelli che lo conoscevano erano clienti. Siamo tutti colpevoli di ipocrisia, Selina. Alcuni di noi forse non l'avrebbero creduto di George, anche se l'avesse sbandierato al mondo. Non è il genere di cose si vuole credere di un uomo che appartiene al tuo club.» Sospirò e spostò il registro sul tavolo con la colazione, per sedersi accanto a lei. «Perdonatemi, mia cara, per non avervi salvato… Per non essere stato abbastanza uomo da affrontare George… Per…»

«Per l'amor del cielo, Cosmo!» lo interruppe impaziente Selina, per nascondere l'imbarazzo davanti alla sua espressione contrita. «Non c'era niente che poteste fare! Sapete quanto me che picchiare le mogli è una prerogativa dei mariti, socialmente accettata. Inoltre, George vi avrebbe ucciso. Non aveva coscienza e se vi foste fatto avanti e aveste tentato, non sarebbe servito allo scopo. Avrei solo perso uno dei miei più cari amici, ecco tutto! Già così ho perso Jack ed è già troppo da sopportare per entrambi noi. Ecco» gli disse, mettendogli davanti il bricco della cioccolata. «Rendetevi utile e versatene una tazza per ciascuno, mentre io do un'altra occhiata a queste registrazioni.» Mise il registro in equilibrio sulle ginocchia. «Se presumiamo che abbiate ragione, e che CG significhi Club Ganymede, allora a me sembra che J-L stesse gestendo il suo bordello maschile privato. E direi che era un bordello costoso, a giudicare dagli importi depositati in questo conto. Ma quello che non capisco sono le uscite annotate…?»

«Deve essere costato parecchio, gestire un'impresa simile» suggerì sommessamente Sir Cosmo, mentre le porgeva una tazza piena. E poi ebbe un lampo di genio e inghiottì in fretta una boccata di cioccolata calda. «E se ci pensate, i bordelli possono restare aperti solo con la tacita collaborazione delle autorità locali: pagare i negozianti, gli uscieri e i magistrati della parrocchia. Avranno teso tutti la mano, per avere una fetta dei profitti, per chiudere occhi e orecchie sui traffici della nobiltà.»

Selina non era per niente sorpresa. Strinse gli occhi. «Allora, è molto probabile che la lettera D stia per Delvin...»

«Delvin? *Cosa*?» Sir Cosmo inorridì al solo pensiero. «Mio Dio, Selina! Delvin non si avvicinerebbe a cinque metri da un bordello maschile!»

Selina sembrò compiaciuta. «Non ne avrebbe bisogno. Non per farsi pagare.»

Sir Cosmo appoggiò la tazza di cioccolata con la mano tremante. «Pensate che Ned stesse ricattando J-L?»

«Era molto interessato ai registri di J-L, quando si è introdotto a forza in camera mia l'altra notte. Non riusciva a distogliere gli occhi. E ora quei tre registri sono spariti.»

«Ma perché ricattare J-L?» Sir Cosmo rabbrividì. «Non è che dubiti che Ned ne sarebbe capace, dopo quello che ha fatto a Jack e il suo comportamento esecrabile con Alec durante il finesettimana, solo che ricattare J-L... Dio, Ned deve essere pazzo!»

«C'è una linea sottile tra la spavalderia e la pazzia, Cosmo» disse Selina con un sorriso. «Inoltre, J-L poteva permettersi di pagare. La domanda è, perché Delvin aveva bisogno di soldi?»

«E le altre iniziali indicate sul registro? Forse questo altro ricattatore sconosciuto è quello che ha rubato i registri?»

Selina bevve un sorso della cioccolata calda e dolce, e si tirò la vestaglia di seta sulle spalle. «Allora bisogna presumere che abbiamo *due* ricattatori in questa casa.»

«Oddio! Non ci avevo pensato!»

«Mi correggo, *tre* ricattatori. Anche se, essendo il terzo il recentemente defunto signor Tremarton, conta probabilmente poco, no? Sembrate certo che Delvin abbia sparato a Simon. Proprio come ha freddamente e cinicamente assassinato Jack, e tutto perché Tremarton minacciava di esporre il nostro caro conte come impostore, con una lettera che non aveva e che effettivamente non esiste? Non è un argomento molto convincente, vero, Cosmo?»

«È come se non credeste all'esistenza della lettera di Lady Margaret» le rispose, un po' ferito dal suo scetticismo. «Non devo ricordarvi, mia cara, che avete contribuito anche voi a trasformare quel venticello in un uragano.»

«E volentieri. Ma non serve che io creda che una lettera del genere esista, per farlo.» Sorrise maliziosa. «Sarò lieta di diffondere ogni pettegolezzo scurrile su Delvin, se serve a togliergli lustro. Quell'uomo non è degno del suo blasone.»

«Ma è proprio così!» ribatté Sir Cosmo, con gli occhi che si illuminavano. «Ned non è degno del suo blasone, perché non ne ha diritto. Io credo che Jack avesse scoperto la verità su Ned e Alec, e abbia minacciato Ned di rivelarla. Forse Jack stava usando quella lettera per contrastare il ricatto a J-L? Jack probabilmente ha discusso della lettera con Tremarton, o gliel'ha mostrata. Potrebbe averla consegnata a quell'uomo perché la tenesse al sicuro e poi, quando Jack è morto, Tremarton ha cercato di usare la lettera per i suoi scopi. Non aveva niente da perdere.»

«Eccetto la vita. Stupido! Cosmo... ne avete parlato con Alec?»

«Discusso a fondo» fu la risposta compiaciuta di Cosmo. «Ovviamente, Alec non è convinto che sua madre abbia potuto scrivere qualcosa di così devastante per la sua reputazione. Ma vi dirò una cosa, mia cara ragazza. Il vostro Bothwell sa che suo fratello è un impostore.»

La sincerità di Sir Cosmo non fece sparire la ruga tra le sopracciglia di Selina. «Se è così, allora Plantagenet Halsey lo sa anche lui, e se lo sa, perché lui, il paladino della giustizia e della verità in qualsiasi tipo di causa, non ha ritenuto giusto denunciare che suo nipote il conte è un impostore? E non ditemi che lo zio avrebbe tenuto la bocca chiusa per evitare uno scandalo familiare, non è un ipocrita.»

Sir Cosmo continuò a sembrare fiero di sé, irritando Selina. «Ah, ecco dove vi stupirò, mia cara. Plantagenet Halsey considera i successi nella vita di un uomo, quello che un uomo riesce a fare da solo, un merito molto più grande di un mero titolo nobiliare.»

«Oh, questo lo so» disse indifferente Selina. «Ma non spiega la mancanza di volontà del vecchio di raddrizzare un torto.»

«Beh, c'è il fatto che Alec non vuole essere un conte.»

La frase ebbe un effetto immediato su Selina, la cui irritazione si trasformò in rabbia. «È proprio da lui, rinunciare a quello che è suo di diritto per qualche ridicolo pregiudizio che gli è stato istillato da quel vecchio stupido!» Lanciò un cuscino a Sir Cosmo, che stava sogghignando. «Non vedo che cosa ci sia da essere così orribilmente allegro, Cosmo!»

Sir Cosmo ridacchiò: «Il valore del nostro amico repubblicano sale e scende con la marea dei vostri sentimenti, mia cara.»

«C'è la possibilità che Plantagenet Halsey non caldeggi la causa di Alec, perché sa tutto dell'adulterio della contessa di Delvin e che, anche se Alec è legalmente il maggiore, non è figlio di suo padre e quindi non ha diritto al titolo.»

«Cioè?»

«Che Alec potrebbe essere il primogenito di sua madre ma

questo non lo rende automaticamente il primo figlio del conte. In quel caso, Plantagenet Halsey, in tutta coscienza, non potrebbe sostenere la causa di Alec, quando in realtà Delvin è l'erede legittimo, nonostante sia il secondo figlio. Non avete pensato a questa possibilità, Cosmo?»

«No» rispose accigliato Sir Cosmo e divorò un panino in due bocconi, aggiungendo, con un tono di forzato disinteresse: «Intendete comunque averlo, no?»

«Non abbiamo deciso niente tra di noi.»

«Avrei creduto che la sua dichiarazione sul balcone fosse già una decisione sufficiente...?»

Selina voltò la faccia verso la finestra ma non prima che Sir Cosmo vedesse il rossore. Sospirò profondamente.

«Mi ferisce ma sopravvivrò, mia cara. Però non aspettatevi che partecipi al vostro matrimonio. Avvizzirò e andrò a passare le acque a Bath, o in qualche altro buco del genere per i malati e i deboli di mente.»

Selina rise ma disse, perfettamente seria: «Beh, potremo passare le acque insieme, perché intendo restare una vedova.»

«Posso capire il vostro pregiudizio nei confronti dello stato matrimoniale ma stiamo parlando di Alec. Il matrimonio con lui sarebbe tutt'altra cosa del vostro primo.»

«Sì, ma per la prima volta nella mia vita ho la libertà e non posso contemplare di rinunciarvi così presto.»

Sir Cosmo strinse le labbra e scosse la testa. «Non lo capirà, sapete. Potrà anche avere la reputazione, nei circoli delle corti straniere, di essere un po' un libertino ma, una volta sposato, darà e pretenderà devozione totale; è nella sua natura.» Le pizzicò il mento. «State attenta, mia cara. Alec non si accontenterà di niente di meno. Ha molti scrupoli: l'educazione di suo zio, temo. E non vi vorrà come amante, se è quello che pensate. Dovrete giocare secondo le sue regole o rischiare di perderlo... questa volta, forse, per sempre.»

«Eccovi qui!» tuonò Lord Gervais verso Plantagenet Halsey, quando entrò nella sala della colazione, con il conte di Delvin due passi dietro di lui. «Siate così gentile da chiudere la porta, milord» disse al conte, con un occhio fisso su Sir Cosmo. «Siete qui anche voi, Mahon? Molto bene. Ne sono lieto. Se questo... *gentiluomo* non vuole cooperare, forse lo farete voi!»

I modi di Lord Gervais irritarono immediatamente Sir Cosmo. Si acciglió e guardó il conte, che si limitó a scrollare le spalle e tiró fuori la tabacchiera.

«Che cosa significa questa intrusione, Gervais?» chiese Sir Cosmo.

«Potete proprio chiederlo!» disse Lord Gervais, gonfiando le guance.

«È quello che ha fatto» interloquì sarcastico il vecchio, infilando con la forchetta un'aringa sul suo piatto.

«Zio, non sarete così beffardo quando sentirete che cos'ha da dire Gervais» disse a bassa voce il conte.

Plantagenet Halsey mangiò l'aringa. «No? Parlate. Siete venuto ad arrestarmi?»

Sir Cosmo allungò una mano verso di lui. «Signore! Per favore, non scherzate su queste cose.»

«Dov'è vostro nipote, signore?» chiese Lord Gervais.

Plantagenet Halsey appoggiò forchetta e coltello. «In piedi dietro di voi.»

Il volto di Lord Gervais si infiammò. Sir Cosmo si lasciò sfuggire una risata involontaria. Il conte sbuffò.

«Dov'è il signor Alec Halsey, se non vi dispiace?» disse Lord Gervais, con una voce vicina alla rottura.

«Come faccio a saperlo?» disse il vecchio scrollando le spalle. «Non ha l'abitudine di informarmi dei suoi andirivieni. Ed è normale che sia così.»

«Signore, se continuerete a ostacolare i miei sforzi, non avrò altra scelta che arrestarvi per complicità! Risponderete alle mie domande e direte la verità!»

«Davvero?»

Delvin fece una smorfia. «Vi consiglio di rispondergli, zio.»

«E da quando accetto i tuoi consigli?» Rispose seccamente Plantagenet Halsey.

Lord Gervais gonfiò ancora di più le guance. «Signore...»

Sir Cosmo interruppe con un colpetto di tosse. «Posso fare una domanda?»

Tutti e tre i gentiluomini lo fissarono.

«Perché volete sapere dov'è Alec?»

«Perché, Mahon,» disse Lord Gervais, con una voce che non poteva nascondere la sua nota di trionfo, «è ricercato per l'assassinio di Simon Tremarton!»

Il proclama di Lord Gervais non riuscì a produrre l'effetto voluto. Appena le parole ebbero lasciato la sua bocca, Plantagenet Halsey gli rise in faccia. Ed era anche una grassa risata, che fece solo intensificare il colore sulle guance del giudice. Quando si riprese dallo shock iniziale di un'accusa così assurda, Sir Cosmo si mise a ridere anche lui. I suoi sforzi produssero più un risolino e non fece niente per nascondere quel suono assurdo. Lord Gervais pretese la calma. Pretendeva che lo ascoltassero ma il suo pubblico, eccetto uno, lo fissava come se fosse un pazzo furioso. Guardò il conte per avere istruzioni. Il conte non gli fu di aiuto. Si era appoggiato alla finestra e stava guardando fuori sulla terrazza.

«Non riesco a capire...» Balbettò sua signoria.

«... come abbiate fatto a diventare un giudice!» esclamò sprezzante Plantagenet Halsey.

Sir Cosmo sorrise al vecchio e formò la parola 'buffone' con la bocca, mentre fiutava una presa di tabacco.

«Potete pensare di me quello che volete» disse Lord Gervais, con le narici che si stringevano. «Ho ricevuto un'accusa contro Alec Halsey per l'assassinio di Simon Tremarton e ho intenzione di assicurarmi che risponda alle accuse.»

«Palle! Non so perché sto ancora qui ad ascoltare queste cavolate!» lo schernì il vecchio. «Accuse da parte di chi? Alec non era nemmeno vicino ai giardini, quando è successo. Era con tutti noi sulla terrazza e circondato da mezza dozzina di petti seminudi, immagino!»

Gli occhi di Sir Cosmo si spalancarono e scosse lentamente la testa verso il vecchio, che strizzò gli occhi. Fortunatamente per entrambi, Lord Gervais dava la schiena a Sir Cosmo mentre diceva: «Anche se così fosse, deve comunque rispondere dell'accusa. È la legge, signore.»

«Davvero? Beh, è una legge stupida! Accusare Alec, davvero!» Il vecchio puntò un occhio fiammeggiate sul conte. «Che cos'hai da dire tu, eh?»

Il conte voltò la testa incipriata per guardarlo. «Io? Assolutamente niente. Come vi ha detto Lord Gervais, Secondo deve rispondere dell'accusa. Se è innocente, deve solo dirlo. Sono sicuro che ci debbano essere almeno una mezza dozzina di... ehm... petti seminudi che possono testimoniare dove fosse. Forse anche tu stesso e... Cosmo?» Quando suo zio apparve immediatamente a disagio, il conte fece un sorrisetto. «No, zio? Non potete? Che peccato, un membro così eminente della comunità come voi sarebbe un eccellente testimone per la difesa.»

Sir Cosmo sbatté gli occhi. «Non puoi fare sul serio, Ned. Non puoi veramente pensare che ci sia qualcosa di vero in questa accusa.»

«Io non so che cosa pensare, Cosmo. Triste, eh?»

«Ma... ma che ragione poteva mai avere Alec per voler...» Sir Cosmo si fermò e fece un colpetto di tosse poco convincente.

«Sì, Cosmo?» Lo incitò subdolo il conte.

«Chi ha presentato quest'accusa?» chiese Plantagenet Halsey.

«Pensate che sia stato io?» Il conte assunse un'espressione meravigliata. «Andiamo, andiamo, zio. L'ultima cosa che desidero è uno scandalo in famiglia.»

«A meno che sia uno scandalo costruito da te!»

Il conte sogghignò. «Come mi conoscete bene.»

«Signori, signori! Se non vi dispiace!» tuonò Lord Gervais. «Ora, signor Halsey, mi direte dove si trova vostro nipote.»

«Marcite all'inferno!» esplose il vecchio e si precipitò fuori dalla sala della colazione, sbattendo la porta.

Nel silenzio che seguì, Sir Cosmo chiuse di scatto la tabacchiera, inclinò leggermente la testa verso il conte e, ignorando il giudice, seguì Plantagenet Halsey fuori dalla stanza.

Il giudice Gervais fissò impotente il conte.

«Vi avevo avvisato» disse Delvin con calma.

Lord Gervais si allentò la cravatta con un dito. Non era mai stato trattato con tanto disprezzo. Era abituato al rispetto, rispetto per la sua carica, se non per la sua persona, e ora dall'imbarazzo scaturì la rabbia. «Vostro zio è una minaccia per la società. Ho una mezza idea di farlo rinchiudere!»

Il conte sospirò. «Incarcerare il vecchio non risolverebbe il problema attuale.»

«L'accusa reggerà, vedrete.»

«Davvero?» Il conte sembrava scettico e intinse con calma un dito nella tabacchiera. «Avreste dovuto arrestare Secondo ieri sera, quando ne avete avuto l'occasione.»

«Senza l'autorità a sostenere l'accusa? Mi prendete per un pazzo, milord? Devo aspettare l'arrivo dei gendarmi di Bow Street.»

Delvin fiutò una buona quantità di tabacco. «Ma faranno quello che volete?»

«*Aye*. Quegli uomini devono a me la loro posizione. Non ci sarà dissenso.»

Il conte sorrise felice. «Splendido! Avete già fatto cose del genere, vedo.»

Lord Gervais lo squadrò risentito. «E voi lo sapete, milord.»

Il sorriso del conte si allargò ma la luce negli occhi azzurro pallido era gelida. «Non è probabile che dimentichi un atto di codardia che ha considerevolmente ridotto i miei introiti.»

«Che cosa volevate che facessi, quando quella casa da gioco era solamente una copertura per scopi molto più sinistri?»

Delvin finse sorpresa. «Davvero, Gervais, non avevate idea che le stanze sopra la bottega del farmacista alloggiassero un bordello per omosessuali?»

«I due piani erano affittati come sala da gioco. È stato solo quando un membro della nobiltà mi ha presentato l'informazione, e ha insistito perché agissi, che sono stato informato in pieno della situazione reale.»

«Bugiardo» disse Delvin a voce molto bassa. «Per due anni avete voltato la faccia davanti a quello che succedeva in quel bordello maschile e vi pagavano sontuosamente per questa cecità selettiva. E il nostro comune, ricchissimo e molto perverso conoscente mi ha orgogliosamente mostrato il registro, che implica sia voi sia me.»

Gervais sembrò a disagio. «Non potevate certamente aspettarvi che io, un giudice rispettabile, potessi ignorare l'accusa di Lord Belsay? Sarei stato rovinato, come voi, milord. Colpevoli di favoreggiamento. E voi lo sapete, perché vi siete battuto a duello con lui proprio per questo.»

Il conte guardò con un'espressione di scherno il giudice dal volto pallido. «Che cosa ne può sapere di duelli, il nipote di un macellaio? Belsay voleva far chiudere quel bordello, per dare una lezione al suo amante e perché era innamorato cotto del vostro ipocrita cognato. Pensate che mi sarebbe minimamente importato che diventasse di pubblico domino che la mia amante è la moglie-baldracca di un giudice corrotto, che tende la mano per farsi dare una fetta dei malguadagnati introiti di un bordello maschile? *Pazzo!*»

Lord Gervais venne avanti, livido di rabbia. «State attento, milord, o io...»

«Voi cosa?» Lo stuzzicò il conte e saltò giù disinvolto dal davanzale della finestra. Spazzolò la cipria dai paramani ricamati. «Adesso ho io quel registro ed è ora che cominciate a pagare me, per quello scivolone giudiziario. E mi aspetto che Secondo sia sotto custodia prima di cena.»

«Delvin!»

Il conte si fermò sulla porta, senza parlare.

«Lei... Cynthia, potrebbe cambiare la sua storia una volta che il laudano...»

«Non la cambierà.»

«È stato un grande shock» continuò mansueto il giudice, senza più grinta. «Era una feccia senza valore ma era comunque suo fratello.»

«Ragione di più per catturare il suo assassino» rispose il conte e lasciò Lord Gervais in piedi da solo in mezzo alla stanza, dove rimase per alcuni secondi, autoconvincendosi che arrestare Alec per l'omicidio sarebbe stato nell'interesse di tutti.

Risoluto, uscì dalla stanza, più che mai deciso a mettere in atto il suo piano d'azione, e nel corridoio si scontrò con Emily St. Neots. In effetti, fu lei a scontrarsi con lui. Era venuta a cercare il conte. Nella confusione che seguì, Emily lasciò cadere il cappello di paglia. Lord Gervais lo raccolse.

«Grazie» disse Emily un po' senza fiato. «Come sono sbadata! Avete-avete visto Lord Delvin, signore?»

«È in giardino. Dovete stare più attenta, Miss Emily» disse apatico, continuando a tenere in mano il cappello.

«Sì, è vero» gli rispose Emily, con un'improvvisa fitta di imbarazzo, ricordando il suo comportamento nel salone da ballo la sera prima. «Come-come sta Lady Gervais? Ho sentito la terribile notizia.»

«Sta riposando. È stato un grande shock. Un grande shock per tutti noi.»

«Sì, sì davvero» disse Emily dopo un momento di esitazione, perché anche se non lo stava guardando negli occhi, aveva la spiacevole sensazione di sentire il suo sguardo sopra il suo petto ansante. «Il mio cappello, signore, per favore...»

A quel punto Lord Gervais le tese il cappello e le sarebbe passato accanto ma, come spesso succede, anche lei fece un passo nella stessa direzione e si scontrarono un'altra volta. Questa volta, l'uomo non tentò nemmeno di togliersi di mezzo ma le restò vicino, così vicino che Emily poté sentirne l'odore, il suo respiro caldo e affrettato sulla propria guancia arrossata. Sentendosi in trappola, le prese una paura folle e lo spinse via, obbligandolo a spostarsi contro la parete, con affrettate parole di scusa mentre fuggiva fuori in giardino. Fu quasi un sollievo trovare il conte da solo.

«Mia cara! Che aspetto magnifico!» disse Delvin allegramente e si avvicinò per baciarle la mano. «Questo abito, mussolina indiana, vero? Veramente incantevole.»

Emily tenne le dita salde intorno alla tesa del cappello di paglia. «Grazie. Sono lieta di avervi trovato da solo, Edward.»

Il sorriso del conte si fece più ampio. «Molto lusinghiero.» Le offrì il braccio. Invece di prenderlo, Emily camminò davanti a lui fino dall'altra parte del giardino, dove un gruppo di giardinieri stava lavorando nelle aiuole in fondo ai terrazzamenti. Si legò il cappello, mettendoci più tempo del necessario, perché non sapeva come cominciare quel colloquio. Il conte le risparmiò la necessità di farlo.

«Mia carissima Emily,» disse in tono dolce, prendendole la mano, «sembrate un po' stanca. Ieri sera è stato un enorme successo, eppure sembrate tutt'altro che felice. Forse vi pesa ancora quel terribile episodio dell'altra sera? Non lo vorrei proprio, mia cara. Dobbiamo metterci alle spalle le cose spiacevoli e pensare al nostro futuro: insieme.»

«Signore, è-è proprio il nostro futuro insieme, che vorrei discutere con voi.»

Il conte si illuminò in volto e le baciò la mano. «Così va meglio! E ne parleremo. Non vedo l'ora. In effetti, sono così ansioso che ho parlato con la duchessa questa mattina e l'ho persuasa ad anticipare il matrimonio...»

Emily fu sbigottita. «Anticipare? Perché?»

«Non riuscite a indovinarlo?» Mormorò facendo le fusa. «Vi voglio tutta per me, oggi, adesso, in questo istante. Non lo desiderate anche voi? Il vostro rossore è una risposta sufficiente.»

Emily ritirò la mano e respirò a fondo. Le sembrava che la vita stesse scorrendo troppo in fretta, tutta di colpo. E l'entusiasmo del conte non stava avendo l'effetto desiderato, in effetti le sembrava di non avere più controllo, quando aveva sempre pensato di essere stata lei, a prendere la decisione di sposare il conte. Ricordò quello che le aveva detto Selina sulla responsabilità e quasi ne fu travolta.

«Milord! Per favore. Mi rendo conto del grande onore che mi fate, volendo sposarmi. So di essere l'invidia di molti ma... ma ho avuto il tempo di riflettere e vorrei potervi sposare domani con la coscienza pulita. Vorrei essere fiduciosa come voi, riguardo a questo matrimonio. Ma dopo quello che è successo, dopo averci pensato, vorrei avere più tempo per riconsiderare le cose. Non è che non voglia sposarvi, è solo che sento che se avessimo un po' di tempo separati per riflettere...»

«Andiamo, mia cara» le disse, con il sorriso più comprensivo. «Non è inconsueto sentirsi apprensivi. Lo sono anch'io. È un grande passo da fare ma è un passo che voglio fare con voi e solamente con voi.»

«Ne sono lusingata, Edward, veramente, ma mi serve tempo per...»

«Pensate a che grande coppia saremo, voi e io, una volta sistemati!» l'interruppe il conte e la tirò lontano dagli occhi indiscreti che guardavano dalle finestre della biblioteca. «Non vi mancherà niente come contessa di Delvin. La società vi prenderà sotto la sua ala!»

«Per favore, Edward! Per favore. Vi chiedo solo sei mesi...»

«No» rispose il conte, in modo talmente perentorio che gli occhi di Emily si alzarono di colpo e in un istante videro una tale freddezza in quei pallidi occhi azzurri, che un brivido le attraversò tutto il corpo. «Ci sposeremo alla fine del mese.» Quando Emily tentò di allontanarsi da lui, non la lasciò andare e la rabbia ebbe la meglio su di lui. «È stato Secondo a convincervi, vero?»

Emily deglutì a vuoto. «No! No! Nessuno mi ha detto una parola!»

Il conte lottò per controllare la rabbia e si obbligò a sorridere tristemente. «Mia cara, pensate che non abbia un cervello? Siete una bambina troppo dolce. Siete stata educata a fare quello che vi chiedono, quello che pensano sia meglio per voi. Queste parole dure, questi dubbi, non vi appartengono. Come posso tranquillizzarvi? Vi ho offeso in qualche modo? Il mio unico desiderio è di fare di voi mia moglie. Pensavo che fosse anche il vostro desiderio.»

Emily sentiva le lacrime che le premevano negli occhi. «Edward. Edward... Lady Gervais è la vostra amante?»

Delvin distolse lo sguardo e prese la tabacchiera. «Mia cara, vi sminuite facendo una domanda così spregevole. Non ho intenzione di rispondervi.»

«Ma io devo saperlo!» insistette Emily, torcendosi le mani. «Lei è la vostra amante, vero? Lo so, perché ho sentito lei e Lord Gervais nel salone da ballo...»

Il conte tese la mano. «Adesso basta. Non discuterò di quella donna con voi, né ora né mai.»

«No? Ma comunque andate a letto con lei?»

«Ascoltatemi!» scattò, afferrandola forte per le spalle e tirandola vicina a sé. «Il mio unico desiderio in questa vita è sposarvi. Siete voi che voglio come mia contessa. Voi avete tutto quello che un uomo può sperare in una moglie: bellezza, obbedienza, gioventù. Sarò un buon marito per voi, ma il resto della mia vita non è affar vostro; né dovrete occuparvene. Voglio che mi diate dei figli. Voglio...»

Le lacrime le rigavano il volto. «Per favore, milord, mi state facendo male.»

Il conte la fissò senza espressione, poi la lasciò andare di colpo, rendendosi conto che stava perdendo in fretta il controllo su di lei. «Questo fine settimana vi ha esaurito. Non siete più voi. Dopo una settimana di riflessione vedrete che ho ragione. Parlerò con Sua Grazia e...»

Emily scosse la testa. Raddrizzò le spalle e si sistemò il cappello di paglia. «Non siete voi, milord. È solo che non posso sposare un uomo che tiene come amante una donna simile; che fornica con lei durante la sua stessa festa di fidanzamento! Non è quello che è successo ieri sera? Non siete andato con lei in giardino? Sapete come mi fa sentire? Essere divorata da una tale infelicità…»

«*Infelicità*?» La parola gli fu strappata di bocca e, a quella sola parola, Emily vide andare a pezzi per sempre la tranquilla e affascinante maschera di Delvin. «Che ne sapete dell'infelicità?» Le disse sprezzante. «Osate mettermi da parte solo perché sono un uomo? Voi, il prodotto di una liaison degradante tra una puttana e un mandriano? Avreste dovuto essere soddisfatta, se avessi fatto di voi la mia amante! Per come stanno le cose, sono considerato uno zimbello dai miei pari, per aver voluto allearmi con gente come voi! Non cambierete idea adesso, facendomi fare la figura del buffone, bersaglio di ogni barzelletta in città!»

Usa solo alle sue cortesie, Emily fu così sbigottita dall'improvviso cambiamento, che per qualche momento perse la capacità di parlare. Con le guance rosse raccolse le gonne, pronta a fuggire per trovare sua nonna, quando intravide Sir Cosmo e Plantagenet Halsey che arrivavano verso di loro attraverso i giardini. «Io-io, mi dispiace, milord, ma sarebbe meglio se noi…»

Il conte le prese il braccio prima che lei potesse passargli davanti e la tirò contro di sé. «Farò un patto con voi» le sibilò nell'orecchio. «Sposatemi e salverò Secondo dalla corda del boia.»

Emily lo fissò con il cuore in gola, senza riuscire a comprendere questo nuovo essere, che assomigliava al conte di Delvin solo nella figura. «La corda del boia?» Ripeté sbalordita e si voltò in fretta per guardare Plantagenet Halsey, quando il vecchio ordinò al nipote di lasciarla andare. Era così sollevata, che cadde singhiozzando tra le braccia del vecchio.

Sir Cosmo alzò l'occhialino per vedere meglio il conte ma fu Plantagenet Halsey che parlò.

«La tua vita va di male in peggio» disse in un tono freddo, per nulla dispiaciuto. «Niente di più patetico di un uomo che non è all'altezza del suo titolo.» E andò verso casa, con un braccio sulle spalle di Emily, Sir Cosmo due passi dietro di lui e il conte abbandonato sulla terrazza, rosso in volto e ribollente di rabbia.

· · ·

Alec era seduto in maniche di camicia sulla grossa radice contorta e sporgente di una quercia, con le lunghe gambe distese davanti a sé e la schiena appoggiata al tronco massiccio. Era venuto nel boschetto con i suoi due fedeli cani, proprio mentre il sole e i servitori si stavano alzando, e prima che Tam si svegliasse e avesse l'opportunità di chiedergli dove stava andando. Aveva bisogno di un momento di quiete che solo quel posto idilliaco nel bosco di casa poteva fornirgli. La notte precedente era stato in dubbio se leggere la lettera di sua madre o bruciarla senza aprirla. Eppure, lì nel boschetto, con il sole che filtrava tra le cime degli alberi sullo spesso letto di antiche foglie cadute, con il muschio che copriva le radici degli alberi e il piccolo spazio aperto punteggiato di giacinti selvatici, era sicuro che, quali che fossero i segreti che la contessa di Delvin aveva affidato alla penna, il passato non sarebbe riuscito a sconvolgere il futuro.

Si sbagliava.

Con gli occhiali d'oro appollaiati sulla punta del naso sottile, aprì la busta, il cui sigillo era stato rotto tanto tempo prima, e ne tolse due fogli. La carta era sottile, ingiallita ai bordi e scritta su un solo lato. A una prima occhiata ai due fogli, fu chiaro che erano le prime pagine di due lettere diverse. Erano entrambe scritte nella calligrafia femminile della contessa di Delvin ed entrambe indirizzate a Lady Margaret Belsay. Il primo foglio era datato circa sei anni prima, mentre il secondo era più ingiallito e molto più vecchio, scritto quasi sedici anni prima. Alec scelse la lettera più vecchia e lesse:

Carissima Meg (cominciava)

Oggi l'ho visto! Ero nella mia carrozza a Oxford Street. C'era un incidente di qualche tipo più avanti, che mi ha obbligato a restare seduta ad aspettare per quasi mezz'ora al caldo e in mezzo al rumore. Perché abbia deciso di venire in città a metà agosto non lo capirò mai, ora vorrei non averci pensato, eppure una parte di me è contenta di averlo fatto, perché l'ho visto. Sì! Riesco a malapena a crederci anch'io e mi dispiace se ti sto tenendo in sospeso, ma mi piace prenderti in giro, no?

Stavo fissando nel vuoto fuori dal finestrino (avevo fissato la tappezzeria per dieci minuti o più, desiderando di essere a casa e maledicendo la mia stupidità), guardando la città che si faceva gli affari suoi, quando da una libreria è uscito Plantagenet Halsey, con una pila di libri infilata sotto il braccio, avvolta in

*carta da pacchi e spago. Senza dubbio una raccolta dei libri
sovversivi che preferisce e che io non capisco assolutamente.
Eravamo così vicini che, se avessi allungato il parasole dal finestrino, avrei potuto toccarlo. Non l'ho fatto, ovviamente! Stavo per
ricadere contro il sedile, in modo che non mi vedesse, quando
dietro di lui è uscito un giovane alto con una massa di riccioli
nero-blu che gli ricadevano negli occhi.*

*Non l'ho riconosciuto immediatamente, ho solo visto che era
attraente in un modo un po' spigoloso, con un lungo naso e il
sorriso più affascinante, oh! e gli occhi più azzurri che abbia mai
visto in un uomo. In verità, Meg, un Adone. So che starai
ridendo di me e penserai che mi sono innamorata di un bel volto
ma è la verità. Riderai ancora più forte, quando ti dirò che l'ho
fissato piuttosto sfacciatamente, con il naso premuto contro il
vetro. Puoi immaginare com'ero agitata, quando mi ha fissato. So
che sono arrossita. Io, una donna anziana, che arrossisce! E per un
momento angosciante, sono stata trasportata indietro a quando
ero una giovane sposa, appassionatamente innamorata e adultera.
Vedere questo giovane uomo, vedere quanto assomiglia a suo
padre… mi ha tolto il fiato.*

*Mi sono gettata contro i cuscini. Stavo tremando! Poi, un attimo
dopo, ero di nuovo davanti al finestrino, per cogliere un'altra
occhiata di mio figlio, e lui se n'era andato. Andato! Andato a
braccetto di Plantagenet Halsey, nella direzione opposta alla mia,
così che non ho più potuto vedere il suo volto.*

*Meg, era mia figlio! Mio figlio Alec. Il mio primogenito cui sono
stata costretta a rinunciare alla nascita, come punizione per il
mio adulterio. Non dimenticherò mai il suo volto, la sua espressione, quel sorriso. Ha i miei occhi, Meg! Ma, oh, è il figlio di suo
padre. Mi tormenta. Non solo di notte, quanto sono a letto da
sola, ma durante il giorno, quando sto ricamando, o in giardino,
o quando parlo con la signora Pringly di come meglio imbotti-
gliare le mie marmellate di fragole.*

*È la mia coscienza sporca. Non riesco più a vivere con me stessa,
con questo segreto, che ho mantenuto così stretto nel mio cuore che
minaccia di spremerne fuori la vita. Devo dirlo a qualcuno. Devo
dirlo a te, anche se, dicendolo, rischio di perdere il tuo amore e*

la tua amicizia. Prego perché tu mi capisca perché è la verità, Meg, e Dio mi è testimone. Brucerò all'inferno per quello che ho fatto, per quello che ho permesso a Delvin di fare. Ora non mi importa. In qualche modo devo raddrizzare questo torto. In qualche modo…»

Alec si ritrovò senza fiato, con il volto senza colore. Era arrivato alla fine della pagina e voltò in fretta il foglio, aspettandosi di trovare dell'altro, eppure quello che aveva appena letto era più che sufficiente per sopraffarlo. Sopra la montatura degli occhiali vide i due levrieri al margine del boschetto, che scorrazzavano nel sottobosco. Avevano trovato la tana di qualche sventurata creatura del bosco. Guardandoli, Alec piegò inconsciamente il foglio e lo mise nella tasca interna del panciotto, prima di lasciar cadere le sguardo sul secondo foglio.

Carissima Meg (cominciava anche questa lettera)

La mia malattia mi impedisce di scrivere molto, in questi giorni. Mi stanco così facilmente e passo la maggior parte della giornata costretta su una poltrona, con Martha che si affanna su di me. Il dolore nelle giunture è notevole. Niente mi dà sollievo.

La faccenda di cui ti ho parlato durante la tua ultima visita, la ricordi? È arrivato il momento per me di affrontare mio figlio. Non mi aspetto una reazione calorosa, forse addirittura nessuna reazione. Eppure, in coscienza, prima di morire devo persuaderlo a fare quello che è giusto e corretto. Dopo tutto, stiamo parlando della sua stessa carne e sangue, per quanto possa negarlo.

Non ho avuto altra scelta che mandare via il bambino, perché chi vorrebbe il promemoria costante della propria mancanza di fibra morale che ti guarda in faccia tutti i sacrosanti giorni? Non sono la persona giusta per giudicare, quanto a questo! L'ho mandato da suo zio, e con abbastanza soldi perché il ragazzo ricevesse un'educazione per potersi fare strada nel mondo. Dio sa che meriterebbe di più, il titolo, se fosse in mio potere assegnarglielo! Non mi importa un fico secco che suo padre sia…»

Qui era arrivata in fondo alla pagina, ma questa volta Alec non voltò il foglio. E per un lungo tempo restò lì, con quella pagina tra le mani, fissando oltre la piccola radura di giacinti, chiedendosi che

cosa fare con le lettere di sua madre. Si chiedeva che cosa fosse
successo alle pagine seguenti e si disse che dovevano essere state
nascoste in qualche posto sicuro, perché tutto quello che serviva per
ricattare suo fratello erano queste pagine, prova che esistevano veramente queste lettere scritte dalla loro madre e che lo condannavano.
Si chiese anche che rivelazioni contenessero le pagine mancanti, se la
loro madre, dopo aver menzionato così apertamente il suo adulterio,
avesse menzionato anche suo padre per nome. Ma non c'erano dubbi
nella sua mente che Jack Belsay avesse sottratto le lettere a sua
madre, se poi le avesse consegnate a Simon Tremarton perché le
tenesse al sicuro, o se Simon gliele avesse rubate, nessuno poteva
dirlo.

Alla fine, dopo un tempo che sembrò lunghissimo, in cui restò
seduto, immobile, rimise la pagina nella busta stropicciata, si tolse gli
occhiali e li mise entrambi nella tasca della redingote che si era tolto.
Si sentiva ancora stordito, tanto che il rumore secco di un rametto che
si rompeva gli fece alzare gli occhi con scarso interesse, per vedere chi
fosse che violava la sua solitudine.

Era Selina. Arrivava attraverso il boschetto nella luce filtrata dai
rami, con un sorriso esitante su quelle belle labbra, che desiderava
tanto baciare, ancora e ancora. Le restituì il sorriso, convinto di
sonnecchiare, perché l'ultima volta che lui e Selina si erano incontrati
nel boschetto era, senza che lui lo sapesse, il giorno del matrimonio di
lei. Selina ora era una vedova e indossava abiti a lutto, non un
mantello di velluto del viola più profondo, con il cappuccio leggermente alzato sopra i suoi folti riccioli albicocca. Selina si fermò poco
lontano, con le mani guantate davanti a sé, strette a un frustino, e lo
guardò preoccupata.

«Sono venuta ad avvertirvi,» gli disse, come attraverso una nebbia
fitta. «Gervais ha mandato a chiamare i gendarmi. Sua moglie vi
accusa di aver ucciso Simon Tremarton.»

«Davvero?» disse pacatamente. «Sapete, sono invecchiato di un
anno nello spazio di un'ora. Strano… non lo sento nelle ossa ma solo
sapere…»

«Alec! Sembra che non capiate» insistette Selina e fece un passo
avanti. «Gervais intende arrestarvi per *omicidio*.»

«Sì, me l'avete detto, tesoro» rispose. «Mi chiedevo quando
avrebbe fatto la sua mossa.»

Selina si meravigliò. «Gervais? Avete dei sospetti su quel pomposo
giudice?»

«Sì, e per parecchie ragioni. Accusando me di omicidio, mi toglie la stessa opportunità. Ora non posso volgere il dito su di lui senza che la gente pensi che è per una vendetta maligna.»

Selina osservò Alec alzarsi in piedi, con una ruga tra le sopracciglia. «Pensate che abbia ucciso suo cognato e che, accusando voi, voglia distogliere i sospetti da sé? Ma perché uccidere Simon Tremarton?»

Alec le diede un buffetto sotto il mento. «Oh, potrei pensare a un validissimo motivo perché un pomposo, rigido membro dell'ordine giudiziario voglia liberarsi dell'imbarazzo di un cognato omosessuale, che sta cercando di ricattare un membro dell'aristocrazia. Ma no, non stavo per accusare il nostro fastidioso giudice di omicidio, anche se resta un sospetto, ma di tentato stupro.»

«Emily?»

«Sì. La notte in cui Emily è stata aggredita, ha commesso l'errore di andare nelle stanze di Sybilla a lamentarsi dei ragazzi che stavano facendo uno scherzo nel corridoio di servizio» spiegò. «Ovviamente, si era lasciato prendere dal panico, forse pensando che l'avessero visto fuggire dalle scale posteriori, e sperava di distogliere i sospetti da sé andando da Sybilla, prima che i ragazzi arrivassero da lei con la loro versione dei fatti. Eppure, tutto quello che ha fatto è stato attirare l'attenzione su di sé. Che cosa ci stava facendo in quella parte della casa, addirittura in un corridoio di servizio? Parlando con Sybilla della visita del giudice, decisamente inconsueta e a tarda sera, ho ricordato la conversazione che Gervais e io avevamo avuto quella sera, prima che Emily fosse aggredita.

«Parlava e agiva come un uomo quasi completamente ubriaco. Ma mi chiedo ora se lo fosse veramente. Si sdilinquiva su come fosse dolce e innocente sua moglie, quando si erano sposati. E il modo in cui guardava Emily mentre parlava, come fosse una preda... Dolce, innocente Emily che stava per dividere il letto di Delvin, proprio come faceva la moglie di Gervais, e io sospetto che sia stato sufficiente, per far perdere la testa al giudice. Era l'opportunità di vendicarsi di un uomo che l'aveva reso cornuto ma che non poteva condannare pubblicamente, per paura di perdere la faccia...» Scrollò le spalle con un sorriso e baciò la mano guantata di Selina. «Ovviamente, sono solo ipotesi da parte mia» e sembrò vederla per la prima volta. «Quel mantello è veramente incantevole» disse in tono piacevole. «Mette in evidenza i vostri bellissimi capelli.» Alzò un angolo del mantello. «Il lutto non impone alle vedove colori più sobri? E, se non mi sbaglio di grosso, quell'abito da cavallerizza è verde fiorentino.»

«Mio caro signor Halsey,» rispose Selina con una risata, «parlate di possibili stupratori e atti di vendetta e della mancanza di un lutto adeguato da parte di una vedova ipocrita nella stessa frase! Se non vi conoscessi meglio, direi che avete bevuto, ma...»

«Ma mi conoscete meglio di così» mormorò e la baciò dolcemente sulla bocca.

Il loro secondo bacio, come la sera prima sul balcone sotto le stelle, fu molto diverso. Era pieno di passione, di desiderio, di un bisogno pressante. E lì, nel silenzio e nell'intimità del boschetto, non c'era niente che impedisse loro di soddisfare quel bisogno. Eppure, Alec tornò in sé e la spinse via, con gli occhi azzurri pieni di turbamento. Quando Selina gli mise una mano sulla guancia, lui la baciò bruscamente e poi si allontanò un po', lasciandola accanto alla quercia a sentirsi stupida per aver pensato che la sera prima li avesse riportati al punto di partenza, dove erano prima del suo matrimonio con J-L. Doveva averci ripensato. Perché aveva pensato che avrebbero potuto ricominciare? Perché l'aveva baciato come se la sua felicità futura dipendesse solo da lui? Perché era vero e lei doveva essere una stupida.

Ma non avrebbe potuto sbagliarsi di più. Alec desiderava baciarla, voleva portare quello che quel bacio aveva risvegliato, alla sua giusta conclusione. Eppure, quando si trattava della sola donna che veramente importava nella sua vita, esitava come un dannato scolaretto al suo primo incontro. Alla faccia dell'amante esperto, lui che aveva fatto più politica nelle stanze da letto di quanto avrebbe voluto! Eppure, se voleva essere brutalmente onesto con se stesso, negli ultimi sei anni, in troppe occasioni aveva dato e ricevuto piacere dalle sue amanti immaginando che fosse Selina, che si muoveva e gemeva sotto di lui. E ora lei era vedova. Era ovvio che lo amasse quanto lui amava lei. Avrebbe dovuto essere pazzo di gioia, perché la provvidenza aveva dato loro una seconda chance. Ma la sensazione era oscurata dal bisogno di ottenere la sua fiducia, di farle sapere che la amava e la rispettava più di chiunque altra; che era sempre stato con lei, che avrebbe voluto passare la vita. Come fare a spiegarglielo senza sembrare condiscendente, e quando era arrivato a un pelo dal chiedere a Emily di sposarlo?

Tornò a camminare su e giù davanti a lei, non sentendosi all'altezza di esprimere i suoi sentimenti (proprio lui, conosciuto in tante corti straniere per i dolci nonnulla sussurrati a bellezze dalle torreggianti pettinature, fin troppo desiderose di dividere il suo letto), così fu brusco e poco lusinghiero, e alla fine del suo discorso imbarazzato si chiese se mai qualcuno fosse suonato meno romantico.

«Selina! Ammetto di avervi odiato per aver sposato Jamison-Lewis, ma questo non vuol dire che ho smesso di amarvi! Mi ero auto convinto che non valesse la pena di sentire niente per voi, quando eravate sposata a un altro. Sono persino arrivato al punto di pensare stupidamente di potervi sostituire. Non parlo delle *liaisons* occasionali che ho avuto. Quelle donne facevano parte del tentativo di dimenticarvi. Dio sa che è facile soddisfare un bisogno fisico, ma non mi bastava più. E poi, quando ci siamo scontrati per caso sulle scale quel giorno e vi ho sentito contro di me e ho sentito il profumo dei vostri capelli...» Rise imbarazzato, con una mano tra i riccioli scomposti. «Dannazione, non ci sto riuscendo molto bene!»

«Continuate» gli disse gentilmente Selina, togliendosi i guanti, con un sorriso esitante che aleggiava sulla bella bocca. «State riuscendoci splendidamente.»

Alec si fermò davanti a lei, con gli occhi azzurri che la fissavano. «Sono andato in un Bagno Turco quella stessa sera,» confessò, «deciso a cancellare la sensazione di avervi tra le braccia con la prima puttana che mi fosse capitata. E sapete, il pensiero di toccare... di *fare l'amore*... con un'altra donna, era così repellente che credo mi abbiate reso impotente. Così, ho bevuto fino allo stordimento. E la cosa peggiore di tutto questo è che, in tutto quel tempo e da quel fatidico momento sulle scale, non ho mai rivolto un solo pensiero a Emily.»

«Io non ho mai rivolto un pensiero a nessun altro uomo.»

A quel punto Alec la abbracciò. «Allora promettetemi, piccola strega, che questa volta mi sposerete.»

Selina si rannicchiò tra le sue braccia, con la guancia contro il suo petto, godendo della sensazione del suo corpo muscoloso; un cambiamento tanto apprezzato, dopo le carni molli per gli eccessi di un marito crudele e disinteressato. «Possiamo cominciare da capo?» Gli chiese. «Qui. Adesso. Come sei anni fa.»

Alec ridacchiò piano. «No, dovete sposarmi prima.»

«Devo proprio?» Gli chiese lei, guardandolo come a valutare la sua proposta. Tolse il cappuccio del mantello dai capelli, slegò il cordoncino che lo teneva al collo e lo lasciò cadere ai suoi piedi. «Ma io non ho la fermezza d'animo per aspettare che finisca il mio periodo di lutto» confessò e fece un passo indietro, slacciandosi il davanti del corpino di velluto verde. «E, spero, nemmeno voi...»

Con lo sguardo fisso sul suo volto, e non sul seno nudo sotto la sottile chemise di cotone, mentre Selina lasciava cadere il corpino sul tappeto di foglie, le disse pacatamente: «Tesoro, vi voglio come moglie, non come amante.»

A quel punto Selina sganciò le sottane e lasciò cadere i metri di

pizzo e velluto lungo le gambe tornite, fino alle caviglie. Restò davanti
a lui con la chemise di cotone trasparente che le copriva a malapena le
cosce, le calze bianche legate con nastri sopra al ginocchio e gli stiva-
letti. Sorrise, quando finalmente lo sguardo di Alec lasciò il suo volto
per ammirarla apertamente. E per la prima volta in sei anni, vide una
scintilla di desiderio negli occhi di un uomo e non si vergognò del suo
corpo, ritenuto niente più di qualcosa di repellente, mezzo necessario
a un fine, e si sentì desiderata come dovrebbe sentirsi una donna, e
dall'uomo che amava più di chiunque altro.

Si liberò della *chemise*. «Ah, amor mio,» disse sospirando, «e io che
speravo di essere entrambe le cose.»

Bastò quello per far svanire le ultime resistenze di Alec. La prese
tra le braccia e si lasciarono cadere sugli abiti scartati, sul morbido
profondo tappeto di foglie secche.

MOLTO DOPO, MENTRE RIPOSAVANO TRANQUILLI L'UNA NELLE
braccia dell'altro, Alec allungò la mano per prendere la camicia stropicciata ma Selina lo fermò. Lo tirò nuovamente indietro accanto a sé,
con un braccio intorno al collo e le lunghe ciocche disordinate di
capelli che le accarezzavano il seno.

«Ancora.»

Fecero l'amore per la seconda volta, assolutamente inconsapevoli
che il bosco ora risuonasse dei pesanti passi di intrusi. Due di loro alla
fine arrivarono al boschetto, brandendo dei manganelli, e si staglia-
rono minacciosi sopra di loro.

TREDICI

Alec e Selina si affrettarono a vestirsi, tra gli ululati di scherno di quattro bruti con in mano i manganelli. Alec ebbe solo il tempo di infilarsi i calzoni, prima di spingere lontano Selina, mentre lo colpivano sulle spalle un pesante bastone. Si voltò verso i suoi attaccanti e riuscì ad evitare un altro colpo, afferrando il polso del bruto e allontanando il braccio armato, mentre con l'altra mano piazzava un diritto sul mento mal rasato. L'uomo barcollò all'indietro, stordito, con la vista del proprio sangue sulla punta delle dita che bastò a farlo ricadere sul letto di foglie. Mentre scuoteva la mano per far passare il dolore, Alec fu colpito nuovamente da dietro, questa volta alla base del cranio. Il colpo lo fece cadere sulle ginocchia.

Altri due bruti apparvero dal boschetto e si unirono alla zuffa. Selina urlò, chiamando aiuto. Vestita con la sola chemise, corse in difesa di Alec, colpendo selvaggiamente e indiscriminatamente i tre uomini. Fu afferrata alla vita e trascinata via, scalciando all'indietro con tutta la sua forza contro le gambe di chi la teneva prigioniera, ma i suoi sforzi furono vani. Uno strappo forte e doloroso ai lunghi capelli la obbligò ad appoggiare la testa sul petto dell'uomo e dovette restare a guardare, inorridita e incredula, mentre il conte di Delvin veniva avanti, spingeva da parte i tre bruti e, con la frusta tenuta in alto sulla testa, colpiva il fratello indifeso con una forza alimentata dall'odio più assoluto.

Alec cercò di alzarsi in piedi ma fu nuovamente costretto sulle ginocchia da una serie di forti colpi brucianti sulla schiena nuda. Sentì la voce alterata del fratello e poi Selina che lo implorava di smettere.

Ma le frustate continuavano e, in un ultimo atto di sfida, Alec si rimise in piedi, solo per sentire il tacco di uno stivale che lo colpiva forte all'altezza dei reni. Stava soffrendo ma quello che gli tolse la voglia di lottare fu capire che era il suo stesso fratello, che gli stava infliggendo quel tormento.

Delvin alzò nuovamente la frusta, la sua rabbia non era minimamente esaurita. Non aveva avuto intenzione di unirsi alla mischia, solo restare uno spettatore interessato e assicurarsi che suo fratello fosse preso in custodia. Vedere Selina nuda tra le braccia di suo fratello aveva cambiato tutto. La sua espressione di serena soddisfazione gli diceva che si era già data a suo fratello. Lei avrebbe dovuto essere *sua*; lei avrebbe dovuto essere sua, *da sempre*. Avrebbe voluto sentire Alec pregarlo di smettere ma il silenzio di Alec lo pungolò, e la frusta ricadde ancora e ancora.

«Dannato bastardo mulatto! Imploram di smetterla!» esplose alla fine il conte. «Forza, *pregami*! Rinuncia a quel piagnucoloso, schifoso orgoglio fuori luogo! Fallo! *Aye*, mostro…»

«Per l'amor del cielo, Delvin! Fermatevi! *Fermatevi*!» urlò Selina e fece un ultimo sforzo per liberarsi, scalciando il bruto sullo stinco con il tacco dello stivaletto. Barcollò in avanti e tentò di togliere la frusta dalla mano di Delvin, ma lui la spinse semplicemente via e Selina cadde al suolo, graffiandosi il braccio dal gomito al polso. «Cosmo? Oh, grazie a Dio!» ansimò, trascinandosi seduta, mentre una figura imponente si lanciava al fianco del conte e chiedeva di sapere che cosa stava succedendo.

Per un attimo, tutto quello che Sir Cosmo riuscì a fare fu fissare quello che aveva fatto Delvin. Ma non restò fermo. Si lanciò verso la mano che teneva la frusta e la tolse facilmente al conte, sorpreso, che aveva abbassato la guardia nel tentativo di ottenere una reazione da suo fratello. Sir Cosmo lanciò la frusta più lontano che poté.

«Tu sei un dannato pazzo!» Tuonò Sir Cosmo. «*Gesù Cristo*, Ned! Sei un dannato folle!» Si lasciò cadere a terra accanto ad Alec. «Alec? Alec, amico mio, stai bene? Parla!»

«Tu, stupido idiota!» gridò stridulo il conte. «Non riesci a capire che si meritava di essere picchiato? Lo sporco, miserabile *bastardo*!»

Sir Cosmo lo guardò incredulo. «Non hai nessun sentimento? Quest'uomo è tuo *fratello*.»

Il conte lo fissò, impassibile. Il sudore gli colava dalle guance arrossate. «Cosa? Questo bastardo mezzosangue un Halsey? *Mai*» disse deciso, voltò la schiena e se ne andò.

Sir Cosmo aiutò Alec a sedersi. «Mio Dio che disastro» mormorò, controllando la schiena lacerata dell'amico. «Selina? Selina, siete ferita?» Quando lei scosse la testa, le disse piano. «Rimettetevi i vestiti, mia cara, poi datemi una mano, non ce la faccio da solo.»

Stordito dal dolore, Alec alzò la testa. «Redingote.»

«Non parlare» lo consigliò Sir Cosmo. Quando Alec gli afferrò il braccio e lo tirò verso di sé, dovette chinarsi più vicino per sentirlo. «Che c'è, amico?»

«Redingote... Prendila... Tienila al sicuro...»

Selina e Sir Cosmo si guardarono. Pensavano che Alec stesse vaneggiando. Sir Cosmo gli strinse la mano. «Tutto per farti contento, amico.»

«Prendila... *subito.*»

«Sì, certo» disse Sir Cosmo per calmarlo.

Alec scosse la testa, cadendo di fianco contro il braccio di Sir Cosmo mentre lo faceva, con il volto contorto dal dolore lacerante dietro al collo. Stava per svenire ma prima doveva farlo capire a Cosmo. L'ultima cosa che voleva era che Delvin mettesse le mani sulle lettere di sua madre. Come l'aveva chiamato Delvin? *Mulatto? Mezzo sangue? Bastardo?* Si tirò seduto e sentì una mano sulla fronte, che gli toglieva dolcemente i capelli da volto. Era Selina. E c'erano voci tutto intorno a lui, e gente. Chiuse gli occhi e fece un ultimo tentativo di parlare. «Cosmo, voglio... voglio... Non lasciare che lui...»

«Zitto» gli disse dolcemente Selina, asciugandogli il volto con un angolo del suo mantello viola.

«*No! È importante! Importante. La mia redingote. Tenetela al sicuro, non lasciate che trovi lettere.*»

Ma Selina e Sir Cosmo continuavano a occuparsi delle sue ferite. Non aveva idea che non lo sentissero, che avesse solo pensato di parlare. Se non volevano aiutarlo, avrebbe dovuto fare da solo. Cercò di alzare gli occhi e si sentì curiosamente la testa leggera. Le orecchie gli ronzavano. Sentì l'abbaiare familiare di Cromwell e Marziran. A che cosa stavano abbaiando? A uno dei cervi di Olivia? Sorrise. Molto distante, alcune persone stavano urlando. Fece una smorfia. Era tutto così dispersivo. Doveva arrivare alla grande quercia, prendere la redingote e tenere al sicuro le lettere. Cosmo non capiva quanto fosse importante? Più importante di fasciare i tagli e i lividi. Non gli facevano poi nemmeno tanto male; era solo quel fischio nelle orecchie e il dolore alla testa. Ecco, quello era quasi insopportabile. Ma doveva ignorare il dolore. Doveva arrivare alla grande quercia prima degli altri. Se le lettere fossero cadute nelle mani sbagliate... Se Delvin avesse scoperto... Perché era così difficile muovere le gambe? Perché non riusciva ad alzarsi? Era una cosa così semplice da fare. Perché non riusciva...

La duchessa di Romney-St. Neots era furiosa. Normalmente una donna placida, che riteneva indegno di sé lasciarsi andare a sfoghi di rabbia, ciononostante, quando era provocata, era capace di furia al calor bianco, che non si esauriva facilmente. Era in quello stato in quel momento, mentre si precipitava nelle stanze di Alec senza annunciarsi, disperdendo i gendarmi stazionati da Lord Gervais per tenere d'occhio l'accusato.

«Fuori!» gridò ai due robusti ruffiani che poltrivano sui suoi mobili, e diede un'occhiata furente alla stanza. Lo sguardo si fermò su Alec, che era nudo fino in vita mentre il suo valletto gli curava le ferite. «Come avete potuto?» Gli chiese. «Come-come avete osato?» E senza nemmeno allontanare il valletto, procedette a spogliare Alec di qualsiasi residuo di credibilità e umana decenza, con un linguaggio così caustico che, nonostante la sua preoccupazione, a Tam bruciarono le orecchie. Camminava su e giù di fronte alla sedia su cui Alec era seduto cavalcioni, con il petto ansante, la voce che diventava roca, finché alla fine tirò un lungo profondo respiro e disse: «Avete solo voi stesso da biasimare per questa situazione! Come se questa assurda accusa non fosse sufficiente a rovinare la vostra carriera, vi fate trovare a giocare ad Adamo ed Eva con Selina, nel boschetto. Suo marito è defunto da poco più di un mese, per l'amor del cielo! *Accidenti a voi!* Come avete potuto farle, fare *a voi stesso*, una cosa del genere?»

Lentamente e con grande sforzo, Alec alzò la testa dal braccio appoggiato sullo schienale della sedia. Gli rimbombavano ancora le orecchie e la base del collo pulsava talmente forte che era certo che il cranio fosse fratturato. Aveva rifiutato l'antidolorifico che gli aveva offerto Tam. Avrebbe considerevolmente ridotto il dolore e non lo voleva. Aveva bisogno di restare sveglio, di pensare, di dire loro quello che sapeva.

Trasalì. Desiderava che Tam si sbrigasse a curargli le ferite. Che cosa stava facendo il ragazzo lì dietro? «Attento!» ringhiò.

«Mi dispiace, signore. Solo un altro taglio da pulire e sistemare, e poi avrò finito.»

«Non avete niente da dire, in vostra difesa?» chiese amaramente la duchessa.

Alec fece una smorfia quando Tam gli applicò un panno imbevuto di astringente sulla schiena. «No» rispose placidamente. «Dov'è Selina?»

«Si sta mettendo qualcosa di decente addosso.»

«Ma sta bene? Non le hanno fatto male?»

«No, hanno solo ferito il suo orgoglio, scellerata ragazza!» rispose irritata la duchessa. «Quel buffone di Gervais ha messo due furfanti a guardia della sua porta. Sembra che sia deciso a trasformare la mia casa in Newgate! Idiota!» Fissò la testa china di Alec, con la sua criniera di riccioli nero-blu tirati davanti alla spalla, e disse bruscamente: «Non avete nemmeno avuto la decenza di difendervi!»

Ci fu un momento di silenzio.

«Non ero in condizioni di farlo» mormorò.

La duchessa arricciò le labbra. «No, non lo eravate.»

Alec alzò la testa a sufficienza per guardarla. «Olivia, non mi scuso per il nostro comportamento. Perché dovrei? Le convenzioni dicono che dobbiamo aspettare la fine del periodo di lutto di Selina, prima di poterci sposare, e le rispetterò, ma perché nel frattempo dovremmo vietarci i piaceri terreni?» Quando la duchessa distolse lo sguardo imbarazzata, disse aspro: «Dio sa che Selina si merita il suo paradiso in terra, dopo quello che hanno permesso di fare a quel mostro!»

«Permesso di fare…?» La duchessa si morse il labbro. «Sì, gli abbiamo permesso di essere un mostro, vero?»

Alec lasciò ricadere le testa sul braccio e fu allora che la duchessa notò i segni sanguinanti delle frustate che gli attraversavano la schiena e dovette voltarsi, con una mano sulla bocca per frenare un singhiozzo. Un braccio le circondò le spalle e la attirò in un abbraccio confortante. «Io-io non piango mai!» disse, frenando le lacrime. «Mi sto comportando come una stupida!»

«Non c'è niente di male a fare un bel pianto, una volta ogni tanto» disse allegramente Plantagenet Halsey e la fece sedere su una poltrona accanto al letto. «Vi porterò un bicchiere di chiaretto e dovrete berlo tutto!»

La duchessa era troppo spiazzata per rispondere. Non aveva idea che il vecchio fosse lì. Fu solo quando scomparve, che si rese conto che doveva essere stato nello spogliatoio per tutta la durata della sua tirata contro Alec. Il vecchio ritornò con una bottiglia di chiaretto e le tese un bicchiere con un sorriso.

«Se non vi dispiace, torneremo a rattoppare il ragazzo, prima che ci svenga tra le mani un'altra volta» disse con la stessa voce allegra. «Stavo facendo bollire un orribile intruglio preparato da Tam. Puzza di verdura marcia e aglio…*Aglio*! Mi assicura che funzionerà. E se lo chiedete a me, perderemo tutti i sensi solo per la puzza!» Si avvicinò al valletto e mise un piatto in mezzo a loro, arricciando il naso. «Sei sicuro che questa non sia una ricetta che hai trovato in cucina?»

«Mi dovete marinare?» disse scherzando Alec. «Ha una puzza schifosa.»

«Oh, è vero!» gli assicurò suo zio con una risata e una strizzata d'occhio alla duchessa. Passò a Tam un panno pulito. «Ora stai zitto e lasciaci continuare, altrimenti ti obbligheremo a prendere un sedativo.»

La duchessa rabbrividì, con un fazzoletto alla bocca.

«Non è brutto come sembra» le assicurò il vecchio, continuando a lavorare. «È fortunato ad avere una testa piena di capelli, come una donna. L'ha salvato dal lasciarci la pelle.»

«Non gli avete dato niente per il dolore?» Quando nessuno rispose, aggiunse. «Ma deve... Come fa...»

Plantagenet Halsey si portò un dito alle labbra e, quando il suo compito fu finito, condusse la duchessa nel salotto, mentre Tam cominciava a riporre i suoi medicinali e i panni sporchi.

«CHE COSA STA CERCANDO DI FARE GERVAIS?» chiese il vecchio senza preamboli, mentre chiudeva la porta.

«È dabbasso con il resto dei suoi furfanti» rispose la duchessa. «È deciso a trascinare Alec fuori dal letto e a metterlo ai ferri a Newgate.»

«Sul mio cadavere!»

«Potrebbe proprio essere così, perché niente di quello che ho detto l'ha fatto vacillare» ribatté la duchessa. «Si limita a sputare scempiaggini sul suo dovere, il giusto procedimento di legge e altre fesserie del genere. L'ho minacciato di scatenargli addosso l'intero Consiglio della Corona e ha avuto l'audacia di informarmi che avrei ostacolato il corso della giustizia. Quell'uomo è da internare!»

«Alec ne uscirà bene, vedrete» disse il vecchio, in modo poco convincente. «L'accusa non reggerà. È un'assoluta stupidaggine. Se ne renderanno conto tutti.»

«Certo che è una stupidaggine! Ma lo sconsiderato comportamento di Alec non ha reso le cose più facili per lui. Un uomo che conosceva al ministero degli esteri è stato assassinato nei miei giardini e la mattina dopo Alec non si trova, finché non lo cercano nel bosco, trovando lui e Selina che pensano di essere nel giardino dell'Eden. Potete anche sogghignare ma è una cosa seria. Gervais vuole aggiungere l'accusa di stupro...»

«*Cosa*?» Tuonò Plantagenet Halsey.

«Ovviamente sono solo scempiaggini! Ma sembrate non capire la serietà della situazione di Alec. Gervais può e vuole portare avanti l'accusa, nonostante le mie obiezioni, semplicemente perché può farlo. Che Alec sia stato accusato di aver sedotto Selina quando lei aveva appena diciotto anni, può solo peggiorare le cose per lui. E per quanto riguarda lo stupefacente comportamento di Delvin, picchiare suo fratello come se fosse un animale da domare…» Rabbrividì. «A dire la verità, Delvin mi fa paura. Sono veramente contenta che Emily abbia deciso di rimandare il matrimonio.»

«È veramente un demonio» affermò asciutto il vecchio. «Lui era lo stesso. Mio padre. Senza cuore. Non abbastanza cervello per essere una persona decente ma appena sufficiente da tenerlo fuori da Bedlam.»

Nonostante tutto, la duchessa non poté evitare un sorriso. «Questo non è il momento di scherzare!»

«No» rifletté il vecchio. «Come ho detto, non preoccupatevi. Questa accusa inventata di omicidio non starà in piedi, perché Alec è innocente. E perché è la nostra parola e la parola di quelli che erano al ballo, contro Gervais. Non ha speranze!»

La duchessa lo guardò sbattendo gli occhi. «Oh, ma non capite?» disse esasperata. «Che cosa importa se alla fine l'accusa verrà lasciata cadere? È il solo fatto che Alec sia stato accusato, che sarà la sua fine. Non mi fa paura che Alec arrivi al processo e men che meno al patibolo. Buon Dio, farò in modo che ogni membro del consiglio, dei Lord, si appelli al Re, se si dovesse arrivare a quello, ma non succederà. Una parola da parte mia nell'orecchio giusto e Gervais sarà obbligato a ritirare l'accusa.» Quando il vecchio sbuffò, gli disse: «Potete anche guardarmi con quella faccia da cocciuto, ma è quello che farò! È bellissimo avere alti ideali. Proclamare la propria innocenza e aspettare compiaciuti che il mondo finalmente vi vendichi, è tutto molto nobile, ma alla fin fine non funziona, quando è la società che condannerà…»

«La società? Signora…»

«No, permettetemi di finire! So quello che ne pensate e potete ripetermi fino alla nausea tutto quello che volete sui quattrocento parassiti o come diavolo ci chiamate, ma quello che detta la società importa! Importa molto, se uno vuole farcela nella propria professione, come Alec. Per quanto lavori duramente, non potrà mai avanzare nei circoli diplomatici, non assurgerà mai al rango di ambasciatore, non diventerà mai ministro, se sarà pubblicamente accusato di omicidio. Lo scanseranno. Gli volteranno la schiena. Nessuno vorrà la sua compagnia, qui o sul continente. Tanto varrebbe ritirarsi in campagna domani!»

Plantagenet Halsey aprì la bocca e poi la chiuse. Avrebbe voluto lanciarsi in una tirata contro la sua stessa classe, contro tutti quei leccapiedi, con la loro insopportabile, presuntuosa boria. Ma c'era troppa verità, in quello che diceva la duchessa. Alla fin fine, sapeva benissimo quello che pretendeva la società e che cosa poteva fare a un uomo dal punto di vista sociale. Dopo tutto, non era forse uno di loro? E se voleva essere onesto con se stesso, era più che disposto a rinunciare all'orgoglio e a sacrificare i suoi principi, se si trattava di salvare la reputazione e la carriera di Alec dalla censura della società. Niente e nessuno erano più importanti di Alec, per lui.

Si strofinò il mento. «Mi chiedo perché Gervais sia così deciso ad andare avanti? Quell'uomo è un buffone leccapiedi. Si potrebbe pensare che le vostre minacce di coinvolgere il consiglio della corona sarebbero state sufficienti per farlo strisciare ai vostri piedi. Non ditemi che è un accanito difensore della legge; certamente no, se comporta la sua rovina. Ed è quello che succederà, se voi sussurrerete nell'orecchio giusto. E deve saperlo. Allora, che cos'ha da guadagnare, esponendosi in quel modo? Ditemelo voi!»

La duchessa lo fissò come se avesse detto qualcosa di profondo. «Non ne ho idea.»

«Ma io sì» disse Alec. Si appoggiò allo stipite della porta, una banyan dai colori vivaci appoggiata sulle spalle e sostenuto per un gomito da Tam, che lo aiutò a sedersi.

«E adesso che cos'è questa pazzia?» chiese il vecchio.

«Dovreste essere a letto!» aggiunse la duchessa.

«Non è brutto come sembra» disse sommessamente Alec. «Ho solo un mal di testa infernale.» Li guardò entrambi. «Ma va un po' meglio, sapendo che non mi avete rinnegato.»

«Oh, state zitto!» gli ordinò burbera la duchessa. «Alla fin fine nessuno è più contento di me, che voi e Selina abbiate avuto l'opportunità di ricominciare da capo.»

Alec deglutì a vuoto. «Olivia, riguardo a Emily... avete tutti i diritti di considerarmi un mascalzone incostante.»

«Scempiaggini» disse stridula, e avrebbe aggiunto qualcos'altro, ma Tam era entrato nella stanza, portando un vassoio con una bottiglia di vino e tre bicchieri. Un bicchiere era già pieno e lo porse ad Alec, prima di offrire il vino al vecchio e alla duchessa.

«Il signor Neave ha detto che c'è un certo signor Yarrborough dabbasso, che desidera parlare con il signor Halsey» disse loro Tam. «Il signor Neave desidera sapere se deve mandarlo via finché...»

«No, fallo salire» disse Alec, appoggiandosi cautamente all'imbottitura e bevendo tutto il bicchiere di vino, perché aveva la gola secca come stoppia e la testa stava cominciando a pulsare in modo intollerabile.

Quando Tam uscì, Plantagenet Halsey si rivolse preoccupato al nipote. «Se sei deciso a fare il pazzo e vedere questo Yarrborough, forse puoi dirci perché Lord Forca vuole perseguirti.»

«Credo che speri di distogliere i sospetti da sé. Ma perché pensi che accusare me dell'omicidio di Tremarton faccia qualche differenza sulla sua colpevolezza, non lo so!» Aprì gli occhi per guardare suo zio e poi la sua madrina. Era evidente che nessuno di loro sapeva niente di più. «Ho contattato Yarrborough perché sospetto che Gervais fosse il giudice che ha fatto impiccare Dobbs.»

Plantagenet Halsey si strofinò il mento. «Non è una coincidenza, quella. Giusto?»

«No, se il mio sospetto viene provato, allora penserei che Gervais era fin troppo contento di chiudere il bordello e impiccare Dobbs, anche solo per evitare a suo cognato uno scandalo certo.» Chiuse di nuovo gli occhi. «E prima che questo pulsare mi obblighi a cedere alle richieste di Tam di prendere un sedativo, devo dire a entrambi che mia madre ha effettivamente scritto le lettere a Lady Margaret Belsay, confessando. Le ho trovate, o dovrei dire, ho trovato delle pagine scelte da due lettere di Lady Delvin a Lady Margaret, sul corpo di Tremarton. Sembra che Cosmo abbia sempre avuto ragione.»

Plantagenet Halsey sbuffò impaziente e incredulo. «Chi dice che non sia stato Tremarton a falsificare...»

«Per vostra informazione, signor Halsey» cominciò a dire la duchessa, «io per prima non ritengo che Margaret Belsay sia una bugiarda. Quindi, se dice che Helen Delvin le ha scritto...»

«Per favore, Olivia» la interruppe Alec, girando lentamente la testa che pulsava per guardare suo zio. «Le pagine erano scritte di pugno di mia madre. Forse è ora che smettiate di cercare di proteggermi dalla verità, per quanto possa essere terribile. Durante il suo accesso di rabbia, Delvin mi ha chiamato bastardo mezzosangue.»

«Scempiaggini!» tuonò il vecchio. «Delvin direbbe che sei un cinese, se pensasse che la cosa può reggere.»

«Ma la contessa di Delvin non aveva una relazione con un cinese, no, zio?»

Plantagenet Halsey scosse la testa. «No, non un cinese... Le sue lettere ti hanno dato un nome, ragazzo mio?»

«Confessa che sono il primogenito e di essere un'adultera, ma quanto al nome di mio padre, no» disse Alec, con un'occhiata alla duchessa, che aveva abbassato gli occhi sulle mani strette in grembo. «Forse nelle pagine che mancano è andata oltre. Speravo che mi risparmiaste la ricerca...?»

«Mi piacerebbe moltissimo dirti che sono io tuo padre,» disse Plantagenet Halsey, «ma non sono mai stato l'amante di tua madre. C'è stato un momento in cui avrei voluto confessarlo, se non altro per risparmiarti una vita di incertezze. Eri veramente il primogenito di tua madre e sei nato durante il matrimonio, legalmente sei l'erede del conte di Delvin ma, in tutta coscienza, di Helen e io, cui lei aveva confessato la situazione in cui si trovava, non potevamo presentarti a mio fratello come se fossi suo.»

«Coscienza? Accidenti alla vostra coscienza, signore!» tuonò la duchessa. «È la *vostra* coscienza che ha derubato Alec dei suoi diritti!»

«Olivia...»

«Se Helen avesse tenuto la bocca chiusa, nessuno avrebbe saputo niente» continuò, ignorando la sommessa interruzione di Alec. «Chi può dire che Alec non sia veramente il figlio del conte? Helen ti ha detto il contrario? Ti ha detto il nome del suo amante? Aveva qualche idea su chi lo aveva concepito, suo marito o il suo amante? No! E a causa della vostra-vostra *coscienza* e del senso di colpa di Helen, un bruto e un demonio, che con tutta probabilità è matto, ostenta il titolo di conte di Delvin! Come farete a riconciliarvi con la vostra coscienza?»

«Olivia, non mi ha mai dato fastidio che Edward sia stato allevato come erede al titolo» disse Alec con un sospiro stanco. «È mio fratello. Che sia nato dopo di me non è importante. Sembra che non capiate...»

«Sì, invece!» disse la duchessa, sedendosi di nuovo e asciugandosi le lacrime. «Voi siete troppo tenero di cuore per voler ferire i sentimenti di vostro zio. Vi ha educato nell'errata convinzione che siano le vostre capacità e come le usate, che vi rendono quello che siete, non il destino, non la fortuna di essere nato nel posto giusto. Ma sono solo scempiaggini! La società non funziona in quel modo. Come conte di Delvin, potreste realizzare molto di più di quanto potrete mai fare come un impiegatuccio che cerca di scalare i ranghi della diplomazia per meriti propri!» Lanciò un'occhiata cupa al vecchio. «E nessuno lo sa meglio di vostro zio.»

«E se la situazione fosse invertita?» chiese Alec. «Se fossi stato io al posto di Delvin e lui al mio, sareste ancora dello stesso parere?» Quando la duchessa distolse lo sguardo, Alec sorrise e chiuse gli occhi. «Almeno io posso dormire tranquillo di notte, sapendo che tutto quello che ho, quello che sono, è mio di diritto.»

Il vecchio toccò leggermente la spalla di Alec. «Io ho fatto quello che ritenevo giusto, ragazzo mio» disse, senza la sua solita magniloquente sicurezza. «Per dire tutta la verità, potresti benissimo essere il primogenito del conte di Delvin.»

Alec appoggiò la sua mano su quella dello zio. «Vi conosco troppo bene, zio. Se aveste veramente creduto che io fossi l'erede del titolo, avreste lottato fino al vostro ultimo respiro per farmi riconoscere, ma visto che non l'avete fatto…»

«Alec!»

«… chi sono io, resta nascosto nella nebbia. Vieni avanti, Tam. Dov'è Yarrborough?»

«Non è rimasto, signore» rispose Tam. «Lord Gervais ha parlato con lui e ha preso il pacchetto…»

«Dannazione!» lo interruppe Alec. «Allora è come sospettavo. Tam, la redingote che avevo nel boschetto, nella tasca esterna ci sono i miei occhiali e con essi c'è una busta. Vai a prenderla.» Chiuse gli occhi, perché aveva una curiosa sensazione. Sentiva che lo stava invadendo, calda e confortante. E i dolori: il pulsare alle tempie e alla base del collo, la sensazione di bruciore sulla schiena, stavano cominciando a scivolare via, verso qualche lontana regione nei recessi della sua mente. Si sentiva come fluttuare nell'acqua fresca. «Tam ha messo qualcosa nel mio bicchiere…» Mormorò.

Plantagenet Halsey non fu abbastanza svelto da afferrare il bicchiere, prima che cadesse e versasse le ultime gocce di borgogna sul tappeto ai piedi di Alec. «Ti sentirai meglio dopo un buon sonno, ragazzo mio.»

«Troppo… da dire. Non posso riposare adesso. Devo affrontare Gervais… Quella lettera. Non permettete a Tam…»

«Tutto a tempo debito» lo tranquillizzò suo zio e chiamò Tam. «Che cosa gli hai dato?»

«Una piccola dose di laudano mischiata al vino, signore» rispose il valletto, mentre aiutava il vecchio a portare Alec in camera.

«Bene, ha fatto effetto! Ora mettiamolo a letto.»

Tam fissò la duchessa, che li aveva seguiti in camera e che era in piedi accanto al letto a baldacchino e guardava preoccupata il corpo afflosciato di Alec. «Per favore, Vostra Grazia, dobbiamo mettere a letto il signor Halsey.»

«Lo so!» rispose irritata la duchessa, senza rendersi conto che quello che intendeva veramente il valletto, era che doveva svestire il suo padrone, prima di infilarlo sotto le lenzuola. Quando continuò a restare lì in piedi, toccò al vecchio dirglielo, e senza mezzi termini. «Oh!» Fece per andarsene in fretta, poi si fermò e tese la mano a Tam. «La lettera. Dalla a me.»

Tam sbatté gli occhi e tese gli occhiali d'oro del suo padrone. «Ho trovato solo questi nella tasca della redingote del signor Halsey. La lettera... non c'è più.»

Sir Cosmo trovò Selina sulle scale che conducevano nella parte della casa dove erano alloggiati gli ospiti scapoli. Non aveva bisogno di tirare a indovinare dove stesse andando e non fu sorpreso, quando si irritò perché l'aveva intercettata. Comunque, aveva una notizia importantissima da comunicarle e non poteva aspettare.

«Lo avete visto?» Gli chiese Selina, prima che avesse la possibilità di parlare. «Hanno mandato a chiamare un medico? Quei mascalzoni sono ancora fuori dalle sue stanze? Che cosa sta facendo la duchessa per Gervais?»

«Mia cara, è in buone mani. Il suo valletto era un farmacista. Sono sicuro che lo stanno curando in modo eccellente e...»

«Ma non lo sapete! Non l'avete visto» disse e si voltò per andarsene.

«Ascoltatemi Selina!» le ordinò Sir Cosmo e la tirò in un'alcova rivestita di pannelli di legno. «Non stanno per portare Alec a Newgate. I gendarmi, li stanno rispedendo a Londra mentre parliamo; ecco perché avete potuto lasciare le vostre stanze. L'accusa nei confronti di Alec è stata ritirata e Gervais non ci può fare un bel niente! Questo lascia me a occuparmi di Delvin e intendo fare giustizia. Avete la mia parola.»

Selina fissò l'amico con una sorpresa che divenne un sospetto, quando l'assicurazione di Sir Cosmo fu accompagnata da un malizioso sorriso di trionfo. «Che cos'è successo Cosmo?»

Le tese un foglio di carta ingiallita. «Questa, mia cara, è la lettera della contessa di Delvin a Lady Margaret Belsay» dichiarò e non riuscì a evitare di scoppiare a ridere, quando Selina gliela strappò di mano e chinò la testa bionda per leggere la pagina. «L'ho trovata nella tasca della redingote di Alec, nel boschetto. Penso che scoprirete che conferma tutto quello che vostra zia è andata dicendo di Alec e suo fratello. Certamente ha fatto sì che Gervais cantasse tutta un'altra canzone!»

Selina gli restituì la lettera. «Dov'è il resto?»

Sir Cosmo si sgonfiò. «Immagino che Alec la tenga da un'altra parte. Non gli serve più di quello che c'è scritto qui, per convincere chiunque che è lui di diritto il conte e che suo fratello è un impostore! Gervais certamente non ha cavillato. È solo diventato di un bel rosa brillante e poi grigio come un cadavere. Immagino si sia reso conto di che figura da somaro ha fatto.»

L'espressione di Selina continuò a essere preoccupata. «Ma anche se quello che dite è vero, Cosmo, com'è possibile che abbia convinto Gervais a ritirare l'accusa di omicidio nei confronti di Alec?»

«Non è stato lui a ritirarla. È stata sua moglie. Era stata lei ad accusarlo, immagino sotto coercizione. Senza dubbio, appena si è resa conto che Ned non è il conte legittimo, si è sentita meno portata a pensarla come lui. E come legittimo conte di Delvin, Alec può essere giudicato solo dai suoi pari. I Lord, mia cara. Non dai tribunali comuni. Non è più giurisdizione di Gervais. Immagino abbia capito che, se avesse insistito con questa accusa senza senso, si sarebbe trovato sui carboni ardenti. Non vi soddisfano ancora i miei sforzi, mia cara?»

«Certo!» disse, sforzandosi di sorridere. Eppure, sembrava ancora preoccupata. «Avete mostrato la lettera a Delvin?»

«Non ne ho ancora avuto l'occasione. Ha avuto la sfrontatezza di mostrarsi a pranzo, come se non ci fosse niente di sbagliato. Ovviamente, quelli di noi che lo sanno hanno fatto finta di niente durante il pasto, per il bene della duchessa e dei suoi ospiti ignari. Ma nessuno aveva appetito, sapendo che Ned aveva aggredito il suo stesso fratello. Per quello che vale, Ned mi fa paura, Selina. Non sarei per nulla sorpreso se avesse assassinato...»

La frase non si concluse e Selina guardò inorridita, in silenzio, mentre Sir Cosmo rovesciava gli occhi e crollava al suolo con un forte tonfo, senza vita, sul pavimento. In piedi, sopra di lui, c'era il conte di Delvin. Puntava una pistola contro Selina.

«Voi verrete con me, Zingara» le ordinò, e prima che lei potesse scappare l'aveva afferrata per un polso. La tirò forte contro un fianco. «Mi prenderete il registro del Ganymede e poi avrete un po' di spiegazioni da darmi!»

• • •

Non furono i levrieri accucciati accanto al camino in camera da letto, che svegliarono Alec da un sonno profondo, senza sogni, ma il forte sibilo di una voce al suo orecchio sinistro, che gli ordinava di svegliarsi. Ad Alec servirono alcuni minuti, per rendersi conto che non stava sognando e anche di più, per obbligarsi a svegliarsi dal sonno profondo indotto dalla droga, che aveva lasciato le sue membra molli e i pensieri annebbiati e confusi. C'era un odore inconfondibile di vecchi sigari, mentre un braccio forte lo aiutava ad alzarsi. Lo lasciarono andare quando fu in piedi. Alec era grato per una cosa: lo straziante dolore al collo e alla testa era sparito, e sentiva solo il bruciore, un po' meno intenso, delle lacerazioni sulla schiena ferita.

Qualcosa gli sfiorò le gambe. Erano i suoi levrieri, venuti a mettersi tra lui e l'intruso, per proteggerlo dall'uomo che puntava una pistola al loro padrone. Alec li richiamò e, riluttanti, gli obbedirono, anche se continuarono a ringhiare.

«Avete intenzione di spararmi?» chiese fiaccamente.

Lord Andrew Macara ridacchiò, mostrando i grossi denti macchiati di tabacco e appoggiò la pistola sulla scrivania. «In questo momento, non è il caso di andare in giro in questo posto disarmati.» Guardò Alec che si scostava i capelli dal volto. «Oddio, amico, non farete mai carriera al ministero degli esteri, con i capelli lunghi come quelli di un selvaggio! Non è proprio la cosa adatta, no?»

«Non pretendo che sia la cosa giusta» rispose Alec con la voce rauca, spostandosi verso la luce. «C'è qualcosa che volevate dirmi?»

«Ah! L'avete capito eh? Lo pensavo. Furbo, troppo furbo. Comunque, non è stato da furbi lasciare che Delvin vi frustasse a sangue. Vi fa sembrare colpevole, lasciarvi punire come un cane. Perché non avete reagito?»

Alec lo guardò senza battere ciglio. «Perché lo avrei ucciso.»

Lord Andrew Macara vide che stava dicendo la verità e si lasciò sfuggire una risata senza freni. «Credo che l'avreste fatto. E come! Perché non l'avete fatto? Avreste risparmiato a tutti un sacco di inutili fastidi.»

Alec sbadigliò. «Intendete dire, risparmiarvi la fatica di spiegare le cose alla vostra spietata moglie vendicativa e dannarvi agli occhi di vostra suocera, l'unica donna di cui vi importi l'opinione?»

Macara prese un sigaro che bruciava ancora da un astuccio d'oro, se lo mise tra le labbra con le dita macchiate e inalò a fondo con piacere, continuando a guardare Alec con gli occhi socchiusi. «Voglio dirvi quello che so. Non volevo farmi coinvolgere. Non sono proprio affari miei e sarebbe meglio se questo fatto spiacevole si risolvesse da solo ma... Non posso restare fermo, a guardare quel signor nessuno del giudice spadroneggiare su Sua Grazia. Non sa qual è il suo posto. La donna è una duchessa. La sua famiglia è sul registro dei nobili normanni. Non posso restare zitto, nemmeno per Delvin, non ora che non sposerà più Emily. Non quando minaccia le donne carine, per far fare loro il suo lavoro sporco. Ha spaventato a morte la povera Cindy. Non si può obbligare la propria amante ad accusare falsamente il proprio fratello di assassinio e sperare di cavarsela! Pessime maniere.»

Alec non riuscì a nascondere un sorriso. «Come avete persuaso Lady Gervais a cambiare idea?»

Lord Andrew sorrise e tirò una boccata di fumo. «Sono finalmente riuscito a convincerla a lasciare Gervais, rinunciare a Delvin e permettermi di occuparmi di lei. Sa che sarà trattata bene, purché io sia il solo uccello nel nido.»

«Donna fortunata.»

«Fortunata? Dio, Halsey, quella donna è la puttana più esperta che io abbia mai incontrato! Dovreste saperlo!»

«Dovrò credervi sulla parola. E... ehm... l'altra vostra famiglia?»

«Niente. Sally è una donna ragionevole, sa come vanno queste cose. Non farà storie; non ne ha bisogno. Mi occuperò sempre di lei e dei marmocchi. Sono tutti contenti. Eccetto Charlotte, ma non può permettersi di fare storie, se vuole mantenere la sua superiorità morale e un marito che le trotterella al fianco nelle occasioni pubbliche. Grazie al cielo, Sua Grazia non si aspetta che io viva con quella vipera!»

Alec scosse la testa intontita, in segno di divertita incredulità. «Voi ve la cavate meglio a gestire queste cose, di quanto potrò mai fare io.»

«Allora è tutto a posto?» disse sua signoria. «Gervais non ha più un caso, ora che Cindy ha ritirato le accuse contro di voi» aggiunse con soddisfazione. «Lei si libera da quel pomposo babbeo e voi siete libero di continuare la vostra vita.»

«Non proprio» disse Alec, con un occhio alla porta, dove Tam aspettava incerto. «Va tutto bene, Tam. Sii così gentile da portarmi un bicchiere di limonata e prepara degli abiti.» Quando Tam si inchinò e si ritirò riluttante, Alec aggiunse: «Ditemi quello che sapete riguardo alla notte in cui è stata uccisa la cameriera di Emily e che cosa avete visto in giardino durante i fuochi di artificio.»

Macara fissò la punta incandescente del sigaro tra le dita macchiate. «Non ho molto da dire...»

«Allora forse correggerete le mie congetture: la notte in cui è stata uccisa la cameriera personale di Emily e lei è stata aggredita, Cynthia Gervais ha colto Delvin nei cespugli con una delle cameriere di Emily. Voi avete consolato l'amante oltraggiata nella stanza del biliardo, dove siete stati scoperti da Gervais, probabilmente... ehm... *in flagrante delicto*? Ragion per cui, Cynthia è venuta nelle mie stanze, per dare a tutti quanti una lezione e perché era stata lasciata piuttosto insoddisfatta. Aveva le scarpe infangate e puzzava di fumo, esattamente come la stanza del biliardo il giorno dopo, quando Cosmo e io siamo stati lì, e abbiamo scoperto che la stanza non era stata arieggiata ed era ancora in disordine dalla sera prima, con bottiglie di vino e bicchieri, e una redingote in un angolo...»

«Ah! Quella era mia» esclamò sua signoria, senza nemmeno tentare di confutare le conclusioni di Alec.

«Sì, lo pensavo anch'io. Quando ho visto Delvin quella stessa sera, indossava la sua. Ma, nella sua ansia di deviare i sospetti dal suo padrone, il valletto di Delvin ha pensato bene di star facendo la cosa giusta reclamando la proprietà della redingote. Quello che devo ancora decidere è: quando Gervais ha tentato di violentare Emily, per vendicarsi della dilagante infedeltà di sua moglie, ha ucciso Jenny mentre lo faceva oppure Jenny è inciampata in Delvin, che adescava la cameriera nel corridoio di servizio, circostanza che sicuramente avrebbe riferito alla sua padrona e, quando il tentativo di mio fratello di ragionare con lei è fallito, ha dovuto ucciderla per non rischiare che il fidanzamento fosse rotto?»

Lord Andrew Macara spense il sigaro sulla suola della scarpa. «A mio modo di vedere, a Delvin non sarebbe importato un fico secco, se una cameriera l'avesse trovato a montare una sguattera. Non una ragione sufficiente per torcere il collo di quella stupida ragazza, dai! Nessuno crede alla parola di un servitore contro la nostra ed è così che deve essere. Ma Gervais, beh, lui non è uno di noi, no? Non sa qual è il suo posto. Secondo me, si è fatto prendere dal panico e ha rotto il collo della cameriera per pura vigliaccheria. Ma qual è lo scopo? Niente riporterà in vita quella ragazza.»

«Non date molto valore alla vita di un servitore, milord» dichiarò Alec, prendendo il bicchiere di limonata che gli offriva Tam; Macara rifiutò il secondo bicchiere senza nemmeno guardare il valletto. «E il tentativo di stupro nei confronti di vostra nipote? Come lo valutate?»

Macara scrollò vagamente le spalle. «Charlotte ha fatto visitare Emily da un medico, le ha assicurato che la ragazza è vergine. Le sue prospettive matrimoniali sono intatte, no? È quello che conta, alla fin fine.»

«Davvero? E che ne dite della giustizia per vostra nipote e la giusta punizione per colui che ha commesso un atto così vigliacco e disgustoso?»

Sua signoria guardò Alec come se non ci avesse mai pensato. Scrollò nuovamente le spalle. «Beh, se è la giustizia che cercate, direi che il fatto che sua moglie viva apertamente come mia amante, praticamente ucciderà quel pazzo pomposo. La punizione? Una parola da Delvin o da me e quel tipo penzolerà dalla sua stessa corda.»

«Perché?»

Lord Andrew Macara fece un ampio sorriso. «Il motivo per cui vi ho svegliato. Volevo che sapeste che sono dalla vostra parte. Sono disposto a parlarne, se volete. Penso che sia quello che la duchessa vorrebbe che facessi, per quanto possa mettere in imbarazzo Charlotte. Non posso permettere che il figlioccio preferito di Sua Grazia sia spedito a Newgate! Avete chiesto dei giardini, quando hanno sparato al fratello di Cindy» aggiunse sua signoria, spiegandosi. «Non può essere stato Delvin e non sono stato io. Cindy si stava occupando di entrambi.» L'espressione sul volto di Alec lo fece scoppiare a ridere, poi gli diede un colpetto sul braccio.

«Ve l'ho detto, che era brava! Scommetto che vi dispiace non aver accettato la sua generosa offerta. Quindi, adesso lo sapete. Delvin ha un alibi in me e io in lui, ed entrambi abbiamo un alibi nella deliziosa Cindy. E, per aggiungere la ciliegina sulla torta, ho visto Gervais che discuteva animatamente con Tremarton. Non ero in condizioni di pensare molto, in quel momento… mi capite. Ma più tardi, a mente fredda, mi sono reso esattamente conto di cosa stava succedendo. Ecco! Gervais è il vostro uomo. Ha sparato lui a Simon Tremarton.»

QUATTORDICI

Alec entrò nel salotto cinese e la conversazione tra tutti i presenti si fermò di colpo. Non erano passate molte ore, da che furtivi sussurri erano circolati alla tavola da pranzo riguardo all'arresto di Alec Halsey per l'assassinio di Simon Tremarton, e con la benedizione del conte di Delvin. Ma appena effettuato l'arresto, dopo una zuffa con i gendarmi, si diceva, l'accusa era stata miracolosamente lasciata cadere per l'intervento personale della duchessa di Romney-St. Neots. Nessuno sapeva a che cosa o a chi credere, ma tutti sapevano che durante i fuochi di artificio un uomo era stato trovato ucciso tra i cespugli e che Lord Delvin riteneva responsabile suo fratello. Che la duchessa fosse stata in grado di far liberare il suo figlioccio, non sorprendeva nessuno. Ma il suo intervento non cancellava la sua colpa.

Le signore fissarono Alec da dietro i ventagli fluttuanti e poi distolsero riluttanti lo sguardo, mentre i signori ripresero in fretta le loro conversazioni interrotte; molti ricorsero alle tabacchiere, per avere qualcosa da fare. La duchessa gli fece cenno di avvicinarsi e gli versò una ciotola di caffè, scontenta che non fosse restato a letto a curarsi le ferite ma lieta comunque di vederlo in piedi. Lady Sybilla andò a porgergli la ciotola ma Lady Charlotte, momentaneamente sbalordita dalla sfacciataggine dell'uomo, afferrò il polso della sorella. Sybilla non le diede retta, si liberò, versando il caffè sul piattino, e porse timidamente la ciotola ad Alec, che la accettò con un sorriso.

«Vi-vi sentite meglio, dopo aver riposato?» Gli chiese timidamente.

«Molto meglio, grazie.»

Lady Charlotte si alzò di scatto, chiudendo il ventaglio. Un'occhiata fulminante ad Alec e si rivolse a sua madre, seduta accanto al carrello del tè. «Mi perdonerete se mi ritiro presto, mamma. Non posso, non ho intenzione, di bere il tè in compagnia di-di qualcuno che ha osato portare la vergogna e la disgrazia sulla nostra famiglia!»

Lady Sybilla restò senza fiato.

«Vattene Charlotte!» protestò la duchessa. «Ti suggerisco di restartene molto lontano, nel Gloucestershire, perché non ti voglio qui.»

Lady Charlotte la fissò allibita. «State mandando via *me*, quando è quest'uomo che è accusato di…»

«Non sprecare il fiato con la tua indignazione!» ordinò la duchessa. «Ho esaurito la pazienza con te. Non sai niente di questa faccenda!»

«No? *No?*» disse Lady Charlotte, con un sussurro stridulo. «Vedremo chi ha ragione, cara signora, quando la società ci volterà le spalle a causa del vostro sostegno a questo…» Scosse il ventaglio di avorio verso Alec, «… questo *donnaiolo assassino.*»

Alec si inchinò davanti a lei. «Come sempre, signora, la vostra pubblica dimostrazione di ipocrisia non delude mai.»

A quel punto, Lady Charlotte lo fissò furibonda, con il petto ansante. «Vostro fratello mi fa veramente pena!»

«Anche a me, signora» disse, rimettendo la ciotola vuota sul carrello del tè, con la schiena rivolta alla scena della donna che se ne andava. Il suo sguardo percorse la gente nella stanza. «Selina è ancora nelle sue stanze, Vostra Grazia?»

«Siate tanto cortese da spostarvi, signore!» ordinò Lady Charlotte a voce alta.

«Se ci farete la stessa cortesia, signora, saremo lieti di accontentarvi» ringhiò Plantagenet Halsey. Stava sostenendo Sir Cosmo per il gomito, il robusto gentiluomo si teneva una mano dietro il collo e una smorfia di dolore gli deformava il volto rotondo. Vedendoli, la duchessa si alzò in piedi di colpo e Alec andò ad aiutare suo zio, ignorando Lady Charlotte e obbligandola a ritrarsi contro la tappezzeria a disegni cinesi.

«Che cos'è successo?» chiese Alec a suo zio.

«Non lo so, ragazzo mio, ho trovato Mahon sdraiato per terra, in un'alcova. Gli sarei passato davanti senza notarlo, se non fosse stato per i suoi forti gemiti.»

«Gemiti?» Si lamentò Sir Cosmo. «Fatevi colpire dietro la testa, con un bernoccolo grande come un uovo…»

«Chi è stato, Cosmo?» chiese Alec, che si tirò da parte per permettere a Lady Sybilla di mettere in mano a Sir Cosmo un bicchiere di brandy.

Sir Cosmo buttò giù il brandy, appoggiandosi allo stipite della porta, e restituì il bicchiere a Lady Sybilla, con un sorriso che assomigliava più a una smorfia. «Non ne ho idea. Da dietro, come ho detto. Ma Selina... Selina dovrebbe saperlo. Chiedetelo a lei. Stavo parlando con lei, quando tutto è diventato nero.» Si concentrò su Alec e all'improvviso, come se avesse ricordato qualcosa di importanza vitale, ficcò una mano nella tasca della redingote, con un sospiro, quando le dita toccarono la carta. Tolse la busta e la consegnò ad Alec. «Grazie al cielo è al sicuro! Pensavo mi avessero rubato la lettera; che fosse il motivo per stordirmi. Questa lettera ha compiuto il suo dovere. Appena Gervais ha letto la lettera di tua madre a Lady Margaret, non ha avuto altra scelta che rispedire i suoi mascalzoni a Londra, con la coda tra le gambe. Oltre a quello, gli ho fatto notare che appena la lettera fosse diventata di pubblico dominio, l'accusa di omicidio gli sarebbe stata tolta di mano e rimessa ai Lord, come consono alla posizione di Alec come...»

«*No*!» esclamò Alec. Si passò una mano sulla bocca, nel tentativo di calmarsi. «No, Cosmo» disse a bassa voce. «Hai fatto abbastanza. E non hai idea del danno che hai fatto!»

«Ma, ragazzo mio,» disse la duchessa, «quello che Cosmo ha fatto è per il vostro bene. E mi sembra che mostrare quella lettera a Gervais abbia fatto capire la ragione a quel pazzo.»

«Grazie, zia Olivia» disse Cosmo con un piccolo inchino.

Lady Charlotte, che non si era mossa dalla sua posizione accanto alla tappezzeria, fissò senza capire sua madre e poi Sir Cosmo, ed esclamò che stavano tutti parlando per enigmi.

Alec fissò la lettera. «Non è colpa tua» disse a un Sir Cosmo un po' scornato. «Come potevi sapere che questa era solo una, delle due lettere che ho trovato sul corpo di Simon Tremarton e che questa, la seconda e la più recente delle due, non riguarda affatto me...»

«*Cosa*?» dissero tre voci all'unisono.

Alec guardò suo zio e poi la duchessa, prima di rivolgersi a Sir Cosmo a bassa voce: «Questa lettera è stata scritta poche settimane prima della morte di mia madre. Era preoccupata per la sorte di un ragazzino, un ragazzino senza madre, che aveva passato i primi dodici anni della sua vita a Delvin. Era preoccupata che il padre naturale lo lasciasse alla deriva nel mondo. Quindi, ha fatto i suoi passi perché il figlio illegittimo di Lord Delvin fosse mandato come apprendista da un parente, un farmacista di Londra.»

Nel suo sbigottimento, Sir Cosmo dimenticò il bernoccolo dietro la testa. «Buon Dio... quel ragazzo, il tuo valletto, è il figlio naturale di-di... Delvin?»

«Credo sia quello che dimostra questa lettera. Sì» disse Alec e si rimise la lettera in tasca. «Credo che Jack abbia rischiato e perso la sua vita, per colpa di queste due lettere. Era abbastanza furbo da tenere solo le prime pagine di entrambe, nascondendo le altre da qualche parte per sicurezza. Jack ha minacciato di denunciare Delvin, non per la sua dubbia primogenitura ma per il suo disinteresse nei confronti di un figlio illegittimo, che lavorava come povero apprendista, un piano sotto a un famigerato bordello omosessuale.»

Quando quelli che erano a portata d'orecchi si riebbero dalla loro sorpresa e sbalordimento, Sir Cosmo disse a voce alta: «E l'altra lettera, che cosa prova, Alec?»

«La prima lettera, molto più vecchia, prova molto poco.»

«Solo che c'è stato un serio errore giudiziario,» disse la duchessa, «e che voi siete effettivamente il...»

«No, Olivia!» la pregò Alec. «Non dite altro!»

«Prego, mamma, continuate» le chiese Lady Charlotte, ed ebbe la soddisfazione di vedere ogni testa incipriata e impennacchiata fare un cenno di assenso.

Ma la duchessa esitò, sotto lo sguardo fisso di Alec. Toccò a Sir Cosmo essere risoluto. Si mise al centro della stanza, di modo che tutti quelli che avevano allungato le orecchie, cercando di cogliere qualche stralcio della conversazione che avveniva sulla porta, potessero sentire e, prima che Alec potesse fermarlo, dichiarò: «Alec Halsey è il figlio primogenito della contessa di Delvin e quindi il legittimo conte. Senza dubbio vi aspettavate un esito diverso, milady?»

Lady Charlotte si guardò attorno freneticamente, vide le espressioni sbalordite sulla maggior parte dei volti, aspettandosi che qualcuno contraddicesse Sir Cosmo ma nessuno disse una parola. Una risata isterica, che era un mezzo singhiozzo, le sfuggì mentre guardava l'entrata. «Bene, mia cara» disse amaramente, «dovreste essere contenta! Lo sapevate? Nessuna meraviglia che abbiate tentato di mettere da parte un fratello, per prostituirvi con l'altro. Non avrei mai pensato che aveste tanto cervello. Ma alla fine avete fallito nel vostro tentativo, perché questo fratello ha rinunciato a voi, preferendo il fascino più maturo di una vedova.»

Questa dichiarazione velenosa era diretta a Emily, in piedi appena dentro la stanza. Ma se Emily aveva sentito l'esclamazione di sua zia, non lo fece capire, perché guardava Alec con un'espressione vitrea.

«È successo qualcosa di orribile» riuscì a dire, deglutendo a vuoto. «Qualcosa di così terribile... Potete andare a vedere?»

«Certo» confermò Alec e la pungolò quando rimase in silenzio, «ditemi dove volete che vada.»

Emily annuì, come se lui avesse capito esattamente di che cosa stava parlando. «La stanza del biliardo. È successo nella stanza del biliardo. Ho sentito delle voci, voci forti. Urli. Pensavo fossero ancora quei ragazzini terribili, che giocavano e tiravano le palle da biliardo senza fare attenzione. Ma poi c'è stato un forte rumore, come qualcosa che cadeva sul pavimento. E poi la signora Jam... E poi Selina è corsa fuori nel corridoio e ha urlato di andare a cercare aiuto. Quindi sono qui e non ho la più pallida idea di che cosa stia succedendo, eccetto che è tutto molto sconvolgente!» Tirò un profondo sospiro tremolante e si coprì il volto con le mani. «Vorrei non aver visto tutto quel sangue! Sangue su tutto il davanti del suo bell'abito grigio tortora...» Fissò Alec e poi sua nonna attraverso le lacrime. «È Edward. È morto. Lei-lei gli ha *sparato*.»

IL CORPO DEL QUINTO CONTE DI DELVIN giaceva steso a faccia in su attraverso il tavolo da biliardo. Aveva la testa gettata all'indietro e un occhio fissava vuoto il soffitto di gesso decorato. La parrucca incipriata, che in vita incorniciava il pallido volto attraente, era stranamente di traverso e mostrava una testa di capelli biondi tagliati molto corti e un cranio sfondato, che rivelava quello che rimaneva del cervello malamente danneggiato. La parte sinistra del volto era completamente scomparsa. Quello che restava dei lineamenti familiari, era scomparso sotto una fitta coltre di sangue brillante. La cravatta, il panciotto e la redingote, tutto era schizzato di sangue. E anche il panno verde sul tavolo, con la pozza di sangue che da sotto la testa fracassata stava allargandosi lentamente verso un registro rilegato in pelle, che giaceva aperto accanto alla buca di mezzo.

Alec colse tutto con un'occhiata e si girò in fretta, per chiedere la redingote a un cameriere. La gettò velocemente sulle spalle e sulla testa del fratello, mentre Plantagenet Halsey e Sir Cosmo attraversavano la stanza avvicinandosi al tavolo. Niente poteva però nascondere la violenza della scena che si presentava davanti ai loro occhi.

Sir Cosmo diede un'occhiata al corpo parzialmente coperto e alla grande pozza di sangue con i frammenti di cervello e osso, e barcollò fuori dalla stanza più in fretta che poteva sulle gambe tremanti, con un fazzoletto premuto forte sulla bocca. Il vecchio guardava senza battere ciglio il tavolo da biliardo, ma la sua mente non registrava quello che i suoi occhi gli dicevano di vedere. Inebetito, guardò Sir Cosmo scappare dalla stanza e poi si svoltò verso Alec, come per chiedergli una spiegazione. Suo nipote lo accompagnò in silenzio e molto fermamente fuori dalla stanza e chiuse la porta. Il maggiordomo si avvicinò a loro con un'espressione educatamente interrogativa, con un aiuto-cameriere dietro di lui.

«Neave, c'è stato uno spiacevole incidente» disse Alec.

«Uno spiacevole incidente» ripeté il maggiordomo, con lo sguardo velato che si volgeva verso la porta.

«Assicuratevi che quella porta resti chiusa a chiave. Suggerisco di mettere due camerieri di guardia. E Neave, nessuno deve entrare per nessun motivo.»

«Sì, signore. Devo mandare a chiamare Oakes?»

Alec sospirò. Gli tremavano le mani. «Sì, suppongo di sì. Grazie, Neave.»

Il maggiordomo si schiarì la gola. «Signore, Henry dice di aver sentito uno sparo ma...»

«È vero» disse bruscamente Alec, reprimendo la curiosità del maggiordomo. «Sto cercando la signora Jamison-Lewis» continuò, cercando di non far sentire il panico nella voce. «L'avete vista di recente?»

«Credo che la signora Jamison-Lewis sia stata vista per l'ultima volta in compagnia di Lord Gervais, signore.»

«E sapete dove erano diretti?»

Il maggiordomo diede un'occhiata al vecchio, poi tornò a guardare Alec e si schiarì la gola. «La scala di servizio dietro la stanza del biliardo arriva fino al tetto, signore.»

«Grazie. Date un buon brandy al signor Halsey!» gridò Alec, mentre si precipitava nuovamente nella stanza del biliardo e sbatteva la porta.

Il maggiordomo si inchinò e la chiuse. Neave non voleva mai più rivivere un altro weekend maledetto come quello. Andò a prendere il miglior cognac francese della duchessa.

QUANDO ARRIVÒ IN CIMA ALLE SCALE, ALEC ERA SENZA FIATO e sentiva tutti i lividi e i tagli che aveva sul corpo. Si piegò in due con un crampo allo stomaco e cercò di mandare un po' d'aria nei polmoni, sforzandosi di restare calmo e sotto controllo. Non era il caso di andare in pezzi proprio in quel momento; non con Selina in pericolo

mortale. Immagini vivide dell'orrore inflitto dal mostro che ora aveva
Selina in suo potere attraversarono la mente di Alec: il corpo senza
vita di suo fratello sul tavolo da biliardo, con la testa esplosa; Jenny
con il collo spezzato; Simon, un grosso buco sul fianco; la piccola
dolce Emily, quasi violentata in casa sua. Selina e lui erano così vicini
a ottenere il perfetto inizio, dopo sei orribili anni passati lontani, che
non era il caso di rimuginare sul dolore e sulle sofferenze che il rispettabile giudice aveva inflitto ad altri. Perché Selina aveva voluto prendere lei in mano le cose? Avrebbe dovuto aspettare. Avrebbe dovuto
aspettare lui. Dannata la sua intromissione!

Non ci fu bisogno di aprire a forza la pesante porta che teneva
lontano il vento che spazzava il tetto. Stava sbattendo forte sui cardini.
Una forte raffica di vento, con un accenno di pioggia gelida, colpì
Alec in volto e quasi lo fece ricadere nella buia tromba delle scale. Si
spinse in avanti e uscì su uno stretto camminamento, con il parapetto
di pietra che correva per tutta la lunghezza di quella parte della casa e
non riuscì a girare l'angolo, per via della scossalina di piombo del tetto
che finiva in un gruppo di quattro comignoli. Non c'era nessun posto
dove scappare, per nessuno di loro.

Saperlo non gli impedì di correre lungo il bastione più in fretta
che poteva, senza scivolare sul piombo liscio che copriva le assi, reso
scivoloso dalla pioggerellina costante. Si tenne diritto con una mano
premuta contro il muro e l'altra sul parapetto di pietra. A metà strada
li vide, Gervais con una mano stretta intorno al braccio di Selina, che
la tirava come se avessero un posto dove andare. Alec si fermò di
colpo, per acquattarsi senza farsi vedere, abbastanza vicino da sentire
la loro conversazione e magari afferrare Selina, quando fosse il
momento. La sola cosa che lo rincuorava era che Selina era dalla sua
parte del camminamento. Tutto il resto gridava al disastro.

«È un errore!» gridò Selina attraverso la pioggerellina.

«Il vostro errore, signora, è stato quello di intromettervi!» ringhiò
Lord Gervais, continuando a trascinarla lungo il bastione.

Selina cercò di liberarsi. «Pensate che sia una cosa saggia? Venire
quassù, da dove non c'è un modo di scappare? Non sarebbe meglio
andare verso la costa? Tentare la fortuna per arrivare in Francia?»

Lord Gervais si fermò. «Io? Un giudice rispettato, *scappare*? Mi
prendete per un codardo, signora?»

Selina fissò i grandi occhi acquosi e i rivoli di pioggia che correvano lungo i lati del grande naso a punta, e rabbrividì. Ma non era
colpa della pioggia fredda. «No. Vi prendo per un assassino senza
cuore, signore!»

L'uomo rise, come se avesse detto una bella barzelletta. «Sì, sì, è vero.»

«Che cosa aveva fatto quella povera cameriera per meritarsi…»

Gervais scosse enfaticamente la testa. «No! No! Io non uccido le donne, signora! Non avrei torto un capello, a una bella ragazza.»

Selina si permise di sbuffare incredula. «No? Considerate lo stupro solo uno sport, signore?»

A quel punto Gervais le rise in faccia. «Delvin non si meritava una sposa vergine! Lui ha trasformato Cindy in una puttana! La moglie di un giudice, la mia carissima Cynthia, in ginocchio per un impostore senza un soldo! Oltraggioso!»

Nonostante la situazione in cui si trovava, la curiosità ebbe la meglio sulla paura di Selina. «Senza un soldo? Delvin? Ma…»

«Delvin viveva dell'elemosina di vostro marito, signora. Ora venite. È ora che voi e io ce ne andiamo da questo posto!»

«Per andare dove?»

L'uomo diede un'occhiata esitante oltre il parapetto. «Giù, là. Voi e io.»

«Giù?» E poi Selina capì e tutta la paura ritornò, minacciando di sopraffarla. Voleva urlare. Scosse la testa. Si disse di restare calma. «Qual è lo scopo di portarmi con voi?»

«Moriremo come fanno gli amanti. Ecco quello che penseranno. È quello che scriveranno.»

«Amanti?!» Selina era nauseata e si sentiva nella sua voce.

«Sì, è tutto sistemato. Ho lasciato una lettera. Qui, nella tasca della mia redingote. Spiega tutto. Le disgustose perversioni di vostro marito, il bordello maschile, le sue botte, il ricatto. Come ho finto di non vedere i suoi gusti e il suo club, finché è stato troppo per me e ho chiuso quel posto, quando me l'avete chiesto voi. Come ero pieno di rimorso ma mi sentivo obbligato, per il mio amore per voi, a fare quello che Delvin mi ordinava finché…»

«Siete un ipocrita repellente! Condannate Delvin ma anche voi incassavate un pagamento mensile da J-L! Voi, un giudice rispettato, un tutore della legge, avete finto di non vedere quello che succedeva in quel bordello e avreste continuato, se non fossero stati altri a condannarlo!»

«Basta! Ho sentito abbastanza, signora! È ora che voi e io siamo uniti all'inferno!»

«Il registro del Ganymede!» esclamò Selina. «Il registro del Ganymede dimostrerà che avete mentito.»

Con un piede sul parapetto, Lord Gervais si fermò, aggrottando la fronte. «Registro? Delvin ha rubato i vostri registri, signora, ma sono stato io a bruciarli nel camino.»

«Ha rubato i registri di casa e voi li avete bruciati, idiota! Ce n'era un terzo, uno che mio marito teneva specificamente per il club Ganymede. Ha il vostro nome scritto nelle colonne, perché tutti lo possano vedere.»

Il giudice era incredulo. «Allora Delvin... Quel volume sottile che teneva in mano nella stanza del biliardo... Non stava bluffando?»

«No. Per una volta nella sua vita, Delvin stava dicendo la verità.»

Gervais fu così sorpreso che per un attimo la presa sul braccio di Selina si allentò. Fu sufficiente. Selina si liberò, si voltò e corse indietro sul bastione, con le sottane di damasco tirate in alto sopra le caviglie.

«State bluffando!» gridò Gervais attraverso la pioggia, inseguendola. «E anche Delvin! Non esiste quel registro! Vostro marito non avrebbe osato mettere nero su bianco. Troppo incriminante. Tornate qua!» tuonò e si lanciò verso le sue sottane ma quello che sentì fu un forte colpo sotto il mento, che lo mandò a barcollare all'indietro.

Alec si era alzato di colpo, appena Selina lo aveva raggiunto, a poca distanza da dove Gervais l'aveva tenuta prigioniera, e con un'agile manovra l'aveva spinta dietro di sé, facendosi avanti con i pugni chiusi, pronto a scontrarsi con il giudice. Selina cadde in avanti sulle ginocchia e si rialzò, in tempo per vedere il colpo in risposta di Gervais verso la testa di Alec. Ma Alec fu più veloce e si abbassò, facendo finire nel vuoto il colpo del suo avversario, oltre il suo orecchio sinistro, tanto che Gervais fece un giro quasi completo su di sé e rimase completamente disorientato sotto la pioggia. Cercò di afferrarsi al parapetto e si raddrizzò, con un braccio teso verso il muro, senza sapere chi o che cosa l'avesse colpito.

«È finita. Arrendetevi e venite senza fare storie!» gridò Alec, togliendosi la pioggia dagli occhi. «Per il bene della vostra anima, non continuate con questo atto da codardo!»

Selina restava in piedi dietro ad Alec, con le braccia strette intorno alla sua vita, sentendone il calore e capendo in quel momento di essere veramente in salvo. Sbatté gli occhi, per liberare le lunghe ciglia dalle gocce, e sbirciò attraverso la pioggia la figura incerta del giudice, poco lontano, che ondeggiava da un piede all'altro, come indeciso. Si chiese che cosa intendesse fare e inconsciamente trattenne il fiato.

Alec fece un piccolo passo in avanti, con la mano tesa verso il giudice. E in quel momento finì tutto. Con un unico, semplice movimento Lord Gervais scavalcò il parapetto di pietre e sparì, nella pioggia e verso la morte sul viale di ghiaia sottostante.

La St. Neots House fu chiusa. I mobili coperti. Rimase solo un piccolo gruppo di servitori per la manutenzione. Il resto fu inviato nella casa di campagna della duchessa, nel Bedforshire. Le stalle erano vuote di cavalli e carrozze. C'erano due enormi carrozze da viaggio sul viale circolare, cariche di *portemanteau*, bauli e mobili dei quali la duchessa aveva dichiarato di non poter fare a meno. I cocchieri aspettavano i loro occupanti per partire.

I viaggiatori erano nella hall, per controllare gli ultimi dettagli. Alec li trovò lì, con la duchessa che dava istruzioni al giardiniere, per la cura dei suoi preziosi fiori e cespugli durante la sua assenza. Non tornava in quella casa da quando era partito per St. James's Place, tre settimane prima. Le faccende legali relative alla morte di suo fratello, la tenuta e gli affari finanziari lo avevano tenuto talmente occupato, che ogni giorno svaniva nell'altro, lasciandogli poco tempo per sé. Quando aveva ricevuto il biglietto della duchessa, che lo informava che stava lasciando la St. Neots House, vi aveva prestato poca attenzione, pensando che intendesse andare nel Bedforshire per qualche mese di meritato e necessario isolamento. Fu la lettera di Selina, consegnata a mano solo il giorno prima, che lo tolse alle sue occupazioni e lo mandò al galoppo attraverso la campagna, per vederla.

Selina era seduta su un divano e aspettava la duchessa ed Emily, con Evans accanto a lei, che si affannava intorno ai riccioli disordinati della sua padrona. La vecchia vide Alec per prima e decise che aveva bisogno di un po' d'aria fresca, prima di essere chiusa in una carrozza per ore e ore. Prima che Alec potesse andare da Selina, la duchessa riapparve dal fondo della hall e lo intercettò, dandogli un bacio sulla guancia.

«Sembrate esausto» gli disse preoccupata.

«Colpa di tutte quelle ore passate chiuso insieme ad avvocati che non avevo nessun desiderio di vedere.»

«Come vanno... le cose?»

Alec sospirò. «Un caos. Ci vorranno mesi, per riuscire a capirci qualcosa. Spero solo di non morire di noia nel frattempo. Mi aspetto che la mia visita a Delvin non dia migliori risultati.»

«Va tanto male?»

«Sì, mi hanno informato che le erbacce sono alte solo due metri sul prato sud e che, con considerevoli lavori di riparazione, tre dei camini possono salvarsi dalla demolizione. Per quanto riguarda lo stato delle fattorie dei mezzadri, dovrò fare un giro, prima di conoscere il peggio.»

«Povero ragazzo! Ne avrete fin sopra la testa per mesi.» Diede un'occhiata a Selina. «Forse è meglio così» mormorò e rivolse un sorriso radioso ad Alec. «Emily sta dando un'ultima occhiata al giardino. Vado a cercarla.» E lasciò Alec da solo con Selina nel vasto atrio di marmo.

«Olivia ha ragione» disse alla fine Selina, rompendo il silenzio e fissando coraggiosamente Alec negli occhi. «Sarete talmente occupato a dipanare il disastro lasciato da Delvin, che non avrete il tempo di... Il tempo di...»

«Questo non rende più facile il fatto che ve ne stiate andando» disse sommessamente, prendendole la mano quando si alzò. «Dovete proprio andare?»

«Un po' di tempo separati ci farà bene. Voi avete tanto da fare, come nuovo conte, e il mio lutto deve fare il suo corso se vogliamo sposarci, come insiste a dire Olivia, in modo ineccepibile e con la benedizione della società.» Si sforzò di sorridere. «Non sono mai stata a Parigi. Talgarth ci verrà incontro là. Non sarà uno splendido regalo per me?»

«Se fosse solo Parigi...»

Selina lo fissò negli occhi azzurri e avrebbe voluto non averlo fatto. «Non posso ancora stare con voi. Quindi, non posso restare a Londra. E siamo rimasti d'accordo di non annunciare il nostro fidanzamento fino al mio ritorno. Non vi dispiace, vero?»

«Vorrei dire di sì, perché sono egoista. Non voglio essere lasciato qui senza di voi. Ma capisco perché dobbiamo aspettare.»

Selina si morse il labbro e represse il desiderio di gettarsi tra le sue braccia. Doveva essere forte, per il bene di entrambi. «Non starò lontana più di nove mesi. Nove mesi passeranno in fretta. Sarete troppo occupato per pensare a me! Ed è giusto così.»

Alec sorrise e si portò la mano di Selina alle labbra. «Avete un'opinione molto bassa della mia costanza, mia cara.»

Selina voltò via la testa. «Non intendevo dire...»

«Perdonatemi» le disse Alec gentilmente, sapendo che era sull'orlo delle lacrime. «Sono un egoista scorbutico. Nove mesi passeranno abbastanza in fretta.»

Selina annuì, sentendosi di colpo depressa. Voleva che lui le impedisse di partire. Voleva che fosse furioso, perché lo stava lasciando.

Avrebbe reso in un certo senso più facile la separazione. Ma Alec non si sarebbe infuriato, lui non era così. E lei lo amava troppo per restare a Londra ed essere la sua amante. Ed era quello che sarebbe successo, se fosse rimasta. E non sarebbe stato un bene, né per lui né per lei, se la società l'avesse scoperto. Non con la morte sospetta di suo fratello ancora sulle labbra di tutti. Cercò di sorridere. «Scriverò.»

Alec le pizzicò il mento, poi accarezzò dolcemente la sua guancia arrossata. «Lo spero proprio. Io vi manderò notizie sulla vostra casa per gli orfani.»

«Sì, mi piacerebbe sapere come va. Sono sicura che vostro zio mi terrà informata degli sviluppi.»

«Sì, è veramente compiaciuto di essere un membro del Consiglio. Mi dice che la sovvenzione è di oltre ottomila sterline. È stato molto generoso da parte vostra; come aver intitolato l'orfanotrofio a Jack.»

«La generosità non ha niente a che fare con tutto questo» rispose sinceramente Selina. «In buona coscienza, non avrei potuto toccare un penny dei sordidi guadagni di J-L. Meglio utilizzarli per un buon fine.»

«Jack ne sarebbe stato contento.»

«Sì, è vero» gli rispose e cambiò argomento. «Vi ho detto che Cosmo porterà Emily e me a Venezia, a incontrare la mamma di Emily?»

«Cosmo?»

«Non vi aspettavate che Emily e io andassimo fino a Venezia senza un uomo come chaperon, vero?»

Le spalle di Alec tremarono per una risata silenziosa. «Ma... *Cosmo*?»

«E che cosa ci trovate di così divertente?» Gli chiese indignata.

«Cosmo è un viaggiatore così misero; voi e lui insieme! Povera Emily, seduta tra voi due che vi lamentate. Inoltre, non ha il minimo senso dell'orientamento.» Le accarezzò di nuovo la guancia. «Penso che sarebbe meglio che venissi con voi a Venezia.»

«No!» disse Selina, prima di riuscire a fermarsi, e poi arrossì. «Non intendevo dire...»

Alec le rivolse un sorrisetto sghembo e lasciò ricadere la mano lungo il fianco. «Va tutto bene, amor mio» le disse asciutto. «Capisco meglio di quanto crediate. Dopo questi eventi così sconvolgenti, abbiamo entrambi bisogno non solo di tempo ma anche di distanza. E poi potremo ricominciare da capo.»

«Sì» mormorò Selina. «Io speravo... Sapevo che avreste capito.»

Il loro momento di intimità si interruppe bruscamente quando

Emily, con un grande cappello piumato sui riccioli biondi, e Sir Cosmo, che giocherellava con i grandi bottoni lucidi del suo mantello da viaggio, arrivarono dal giardino, con la duchessa un passo dietro di loro, che dava le istruzioni dell'ultimo minuto alla governante.

«Alec! Sei venuto a salutarci?» disse allegramente Sir Cosmo. «Sei appena in tempo. Perderemo il traghetto da Dover, se non ci sbrighiamo.» Tese la mano ad Alec e se la strinsero. «Detesto i saluti» brontolò. «Scriverò da Parigi e Venezia. E da dovunque finiremo!» Diede un'occhiata a Emily. «Devo tenere d'occhio le signore. Non ti devi preoccupare, amico.»

Alec si chinò sulla mano tesa di Emily e sorrise. «Lo terrete d'occhio per me, vero Emily? Si perde con estrema facilità nei posti che non conosce e non parla nemmeno una parola decente di francese.»

Sir Cosmo si agitò, cercando di confutare l'affermazione ma, con una tirata di manica, la duchessa reclamò la sua attenzione. Emily ridacchiò e annuì, e fu trascinata in un'altra conversazione da sua nonna e Sir Cosmo, e tutti e tre poco dopo discutevano del loro prossimo viaggio. Alec li guardò, felice e sollevato nel vedere che si erano quasi completamente ripresi dal disastroso fidanzamento di Emily e dagli eventi terribili di quel finesettimana.

Selina non si unì alla conversazione. Voleva solo mettersi in viaggio, temendo le lunghe monotone ore di viaggio, eppure ansiosa di essere ovunque eccetto che in Inghilterra. Si voltò verso lo specchio e mise il cappellino sui riccioli albicocca, legando il nastro di seta sotto il mento, conscia che Alec la stava guardando, mentre si lisciava i guanti da cavallerizzo sulle dita.

Tante cose erano rimaste inespresse tra di loro. Eppure, entrambi sapevano che era meglio non dire troppo. Nove mesi. Non era poi un'attesa così lunga. Nove mesi. Divisi sarebbero sembrati un'eternità. Ma poi lei sarebbe tornata da lui e si sarebbero sposati. Sì, il tempo sarebbe passato in fretta.

Alec girò sui tacchi e si allontanò, fuori nella luce splendente di una perfetta giornata di primavera.

DIETRO LE QUINTE

Andate dietro le quinte di *Fidanzamento Mortale*—esplorate i posti, gli oggetti e la storia del periodo su Pinterest.

www. pinterest.com/lucindabrant

Le avventure di Alec Halsey continuano in …

I GIALLI DI ALEC HALSEY, SECONDO VOLUME

Il diplomatico di carriera Alec Halsey è stato elevato al titolo di Marchese, un titolo che non desidera e che l'alta società non ritiene che meriti. E con il sospetto che abbia ucciso il fratello che ancora aleggia nei salotti di Londra, tornare a Londra dopo sette mesi di isolamento potrebbe essere un errore. L'inquietudine di Alec peggiora quando un vicario di nessuna importanza cade stecchito a una cena politica e suo zio Plantagenet, l'agitatore di folle, è picchiato e lasciato per morto in un vicolo. Quando scopre la vera identità del vicario, Alec sospetta che l'uomo sia stato avvelenato. Ma chi poteva volere la morte di un uomo di Dio, apparentemente innocuo, e perché?

LONDRA, AUTUNNO 1763

ALEC HALSEY AVEVA accettato l'invito a cena di Sir Charles Weir, presumendo di essere l'unico ospite. Ora, in piedi nel salotto dell'uomo politico, circondato da una dozzina di facce sconosciute, si trovava nel bel mezzo di una cena politica di partito. Gli altri ospiti erano tutti, in qualche modo, collegati con il governo, riuniti per festeggiare il quinto anniversario dell'elezione di Sir Charles in parlamento, non una carriera diplomatica nel Ministero degli Esteri, come Alec. L'ospite d'onore, il duca di Cleveley, due volte Ministro del Tesoro e attuale Segretario degli Esteri, doveva ancora scendere tra di loro e Alec supponeva fosse questo, il motivo per cui la porta a due battenti della sala da pranzo rimaneva chiusa.

Bicchiere di vino in mano, Alec si avvicinò a una finestra che guardava su Arlington Street e voltò la schiena alla sala affollata e rumorosa. Detestava le riunioni di questo tipo. Troppo intime. In una folla senza volto, si poteva restare anonimi e godersi la serata. Qui, tutti conoscevano la storia della sua famiglia, avevano divorato sui giornali londinesi ogni scandaloso dettaglio delle macabre circostanze dell'omicidio del fratello con cui era in rotta. Nonostante il chiaro verdetto del medico legale, era Alec che la società biasimava per la morte del fratello, condannando così l'appena nominato Marchese Halsey a una vita di sospetto.

Perché era tornato in città? Avrebbe dovuto restare nel Kent, dove aveva passato sette mesi dopo la morte del fratello, a rimettere in piedi la tenuta di famiglia. Avrebbe dovuto essere occupato a visitare i suoi mezzadri e provvedere ai loro bisogni, non perdere tempo a mantenere i contatti con obesi e supponenti uomini politici e i loro portaborse, che evitavano accuratamente di guardarlo negli occhi. C'era tanto da fare e da imparare, su quell'eredità che non aveva voluto, e sapeva a malapena da dove cominciare.

Sorseggiò il vino e fissò una portantina, che si era fermata sui gradini della casa di città di Horace Walpole, rimuginando sul fato. Aveva passato la maggior parte della sua vita da adulto ai margini della buona società, come diplomatico sul continente a parlare lingue straniere. La morte prematura del fratello aveva cambiato per sempre la sua vita ordinata. Desiderava davvero gestire la tenuta e occupare il suo seggio alla camera dei Lord? Sapeva così poco di entrambe le cose che un incarico invernale a San Pietroburgo sembrava più attraente. Che cosa si supponeva che facesse con un marchesato che non voleva assolutamente e che i suoi pari ritenevano non meritasse? Eppure, era stato obbligato ad accettare con buona grazia il titolo appena creato. Come se passare dal titolo di famiglia di conte di Delvin a marchese Halsey potesse, in qualche modo, miracolosamente cancellare dalla memoria della buona società il suo collegamento con un fratello assassinato, che lo aveva odiato con una passione che sfiorava la pazzia. Secondo il modo di pensare di Alec, buttargli addosso un marchesato gli aveva considerevolmente complicato la vita e aveva solamente accresciuto i sospetti.

Forse, poteva chiedere una seconda missione a Costantinopoli?

Fu tolto dalle sue riflessioni dalla menzione del suo nome in una conversazione sussurrata sopra la sua spalla sinistra. Origliare il resto fu inevitabile.

«Non so perché Weir *lo* abbia invitato» si lagnò una debole voce maschile. «Non è uno di noi. E quando si considera che cosa ha fatto al povero Ned... Beh!»

«Sir Charles ha i suoi motivi per tutto» rifletté la sua compagna. «Mi chiedo...»

«Ovviamente, Charles non riesce a vedere le cose come noi, milady.»

«È piuttosto attraente, in un modo un po' spigoloso. Lungo naso ossuto e grandi...»

«Cosa? Niente cipria e un po' di pizzo lo rendono *attraente*?»

«... profondi occhi azzurri» finì Lady Cobham, con un sorrisetto, valutando Alec dai polpacci muscolosi ai riccioli neri come il carbone.

«Siete cieca! Si potrebbe tranquillamente prenderlo per un *sauvage américain*.»

«Sì, quella vecchia voce sul fatto...»

«Voce?»

«... che il suo vero padre fosse un lacchè negro di cui si era incapricciata Lady Delvin gli è rimasta appiccicata, no?»

«Gli è rimasta appiccicata, Caroline, perché quel diavolo scuro è un-un mezzosangue. Basta guardarlo, per capirlo!»

La donna fece un lungo sospiro. «Sì, basta guardarlo. Dicono che sia virile come un selvaggio...»

Ci fu un grugnito sdegnato. «Siete pronta per Bedlam, Caroline! Mio Dio! Quell'uomo è rozzo, incivile e irrispettoso! Al duca non piacerà vederlo qui stasera, nemmeno un po'.»

«Oserei dire che a vostro padre non piacerà, George, ma dato il protrarsi del lutto del duca per la duchessa, dubito che a Cleveley interesserà chi ha invitato a cena Sir Charles. I selvaggi possono avere gli occhi azzurri?»

«Siate ragionevole, Caroline» Lord George Stanton infilò i suoi menti nella cravatta e disse con gravità: «Papà sta pensando di abbandonare il suo ruolo di capo del partito.»

La signora rimase senza fiato. «Non potete essere serio. L'ha detto per scherzo!»

«Il duca, mia cara Lady Cobham, non *scherza mai*, e nemmeno io. E non pensate che il dolore di mio padre lo abbia reso cieco al mondo. Certamente avrà a che dire con Weir, per la sua mancanza di decenza per aver invitato un uomo che tutti sanno aver ucciso il suo stesso fra...»

«Oh, guardate, è finalmente arrivato» esclamò Lady Cobham. Fece una risatina nervosa, agitando il ventaglio quando Alec la fissò direttamente. Ma quando Lord George si voltò verso la porta, abbassò il ventaglio di avorio intagliato, per evidenziare il seno spinto in alto dal corsetto, prima di voltarsi ad ammirare un ritratto a figura intera tra le due finestre. «Mi chiedo se sia un Reynolds...» Rimuginò senza rivolgersi a nessuno in particolare, con un'occhiata furtiva di aperto invito ad Alec.

Un trambusto alla porta fece voltare tutti da quella parte. Il duca di Cleveley era arrivato. La diceva lunga sulla formidabile influenza politica e sociale dell'uomo, che la sua mera entrata avesse zittito tutti nella stanza. Fu subito circondato dai fedeli del partito, tutti che volevano essere notati, e Alec ebbe la soddisfazione di vedere il *grand'uomo* ignorare il suo figliastro, Lord George Stanton, per rivolgersi a un ecclesiastico con il colletto e i polsini lisi. Almeno, il duca non aveva intenzione di permettere a una natura arrogante di averla vinta sul senno, pensò con un sorriso beffardo.

Il pasto in sé non fu il penoso rituale che Alec si era aspettato. Tra le dodici portate ci furono parecchie discussioni politiche e diversi discorsi improvvisati, che lodavano i cinque anni di Sir Charles come membro del Parlamento per quell'orribile distretto elettorale di Bratton Dean. E poiché Alec era seduto accanto allo sciatto ecclesiastico, che lo ignorò preferendo conversare con il gentiluomo alla sua destra e Sir Charles, che era seduto a capotavola, cominciò a sentirsi più a suo agio. E con l'andirivieni dei due camerieri che offrivano le varie portate, ebbe l'agio di guardare gli altri ospiti.

Il duca di Cleveley era seduto direttamente davanti a lui e sembrava molto annoiato. Sua Grazia disse ben poco per tutte le discussioni, piluccò appena dai molti piatti che gli mettevano davanti e continuò a bere senza sosta, anche se questo non sembrava in alcun modo diminuire il suo acume politico. Alec osservò che, ogniqualvolta il duca si stancava della conversazione, giocherellava con la tabacchiera, e che l'interlocutore lo prendeva come l'indicazione che poteva abbassare la guardia, ma appena lo faceva, il grand'uomo interveniva con qualche critica caustica, che faceva immediatamente ripiombare i commensali in un turbine di contro-argomentazioni. Alec non sarebbe mai stato d'accordo con la politica del duca ma questo non gli impediva di ammirare il grande politico all'opera. Ora capì perché suo zio Plantagenet ritenesse il duca un avversario così di valore ed esasperante, e sorrise pensando a quello che avrebbe avuto da dire il vecchio gentiluomo a colazione la mattina seguente, quando Alec gli avrebbe raccontato chi c'era alla cena di Sir Charles Weir.

Sir Charles si chinò verso Alec.

«È tutto piuttosto noioso per te, temo. Non preoccuparti, quando le signore saranno uscite, noi uomini potremo berci un buon porto e rilassarci.» Diede un colpetto al paramano di velluto di Alec. «Sono lieto che tu sia venuto in città.»

«Avrei dovuto ricordarlo. A scuola riuscivi sempre a ottenere quello che volevi, di riffa o di raffa.»

Sir Charles alzò il bicchiere. «È quello che mi rende un politico efficiente, mio caro Lord Halsey.»

Alec trasalì. Sette mesi non bastavano, a sentirsi a suo agio nel sentirsi chiamare milord. Irritato per aver permesso a una tale sciocchezza sociale di irritarlo, buttò giù in un sorso il resto del vino. Alzando gli occhi, incontrò lo sguardo penetrante del duca. Alec restituì lo sguardo e il calore sulle guance fu rivelatore, perché il duca finì il suo bicchiere, prese la tabacchiera e gliela offrì attraverso il tavolo.

Alec scosse la testa. «Vi ringrazio, Vostra Grazia, ma non fiuto tabacco.»

Il duca inclinò la testa incipriata e rimise la piccola scatola d'oro sul tavolo. «Una delle molte eccentricità di vostro zio è il suo odio per il tabacco. Ho letto il suo pamphlet a questo riguardo con molto interesse. Vi ha educato lui, vero?»

«Sì, Vostra Grazia. Mi ha educato a formarmi le mie opinioni» rispose Alec, sorpreso che il duca si fosse preso la briga di leggere qualcosa scritto da suo zio. «Semplicemente, non trovo di mio gradimento fiutare tabacco.»

«Ah» disse il duca, accantonando l'argomento con un lungo sospiro, come se l'avesse improvvisamente annoiato. Alec trovava irritante il suo manierismo. «Ditemi che cosa pensate della questione di Midanich.»

«Esiste una questione Midanich, Vostra Grazia?» chiese Alec. Sapeva che gli altri commensali avevano interrotto le loro conversazioni e ascoltavano intenti. «Presumevo che quel piccolo angolo di Europa fosse stato rimesso a dormire. Dopo tutto, la piccola scaramuccia di confine del principato con la Francia è finita, e in gran parte grazie ai vostri sforzi.»

Il duca picchiettò la tabacchiera e aprì il coperchio di filigrana con un dito. Il suo sguardo rimase fisso su Alec, mentre valutava il suo commento, per decidere se conteneva qualche insinuazione ostile. Dopo tutto, il modo in cui il suo governo aveva trattato la reazione inglese alla disputa di Midanich con la Francia, non era stato popolare, molti dicevano che era stata un'indebita interferenza da parte dell'Inghilterra, offrire le truppe Hanoveriane al margravio di Midanich, per permettergli di chiudere le frontiere del principato all'invasione francese. «Voglio considerare positivo il vostro commento, Halsey.»

«Com'era mia intenzione, Vostra Grazia» rispose educatamente Alec.

Ci fu un lungo silenzio, interrotto solo dal rumore del duca che fiutava il tabacco. Toccò a Sir Charles interpretare l'atmosfera. Spinse indietro la sua sedia, con un cenno al maggiordomo; segno che le signore dovevano ritirarsi in salotto. Il resto dei gentiluomini si alzò, ancora in silenzio, aspettando un segnale dal duca, che sembrava indifferente alla tensione che aleggiava intorno a lui.

Con la porta chiusa alle spalle delle signore, Lord George Stanton andò dall'altra parte della lunga stanza, accanto alla credenza, dove Sir Charles stava riempiendo la sua tabacchiera da uno dei barattoli decorati sopra il ripiano più in alto di un armadietto di mogano. Gli altri gentiluomini si erano slacciati il primo bottone del panciotto e si stavano sistemando per bere un goccio del porto che il maggiordomo aveva messo sul tavolo, in grandi caraffe di cristallo.

Alec andò a sgranchirsi le gambe alla finestra, dall'altra parte della credenza, sfuggendo allo sguardo intenso di parecchi gentiluomini, che furono disorientati quando lo sciatto ecclesiastico si auto-invitò a sedersi accanto al duca. Il comportamento familiare del prete irritò questi uomini, che aspettavano l'occasione di farsi conoscere meglio dal grand'uomo. Alec notò che irritava anche il figliastro del duca, che non riusciva a nascondere il suo disprezzo per il vecchio ecclesiastico. E due bottiglie di chiaretto gli avevano sciolto la lingua.

«Ascoltatemi, Charles» sibilò forte Lord George, con un singulto. «Pensavo che avreste fatto qualcosa per quel *tipo*.»

«Che cosa suggerite che faccia con un prete, milord?» Rispose Sir Charles con pesante sarcasmo.

«Che cosa ci fa qui?» Fu l'arrogante domanda.

«Non è stata mia, l'idea di invitarlo. Pensavo fosse ovvio, perfino per voi» rispose tagliente Sir Charles, rimettendo il coperchio su un barattolo di tabacco da fiuto. Rimise il barattolo e il suo compagno sugli scaffali. «E per favore, abbassate la voce.»

«Non sono ubriaco, sapete» disse Lord George, prendendo un pizzico di tabacco dalla tabacchiera che gli veniva offerta. «Grazie. Il vecchio barbagianni è venuto per restare. Riuscite a crederlo? Papà che permette a quel sudicio pezzo di sporcizia di *risiedere* a St. James's Square? Ha la sua stanza, per l'amor del cielo!»

«Forse il suo dolore...»

«O, andiamo, Charlie!» lo derise Lord George, con un altro singhiozzo. «Mamma mi manca quanto a lui ma questo non mi ha fatto andare fuori di testa. Sono dodici mesi e io dico che è un tempo sufficiente per affliggersi. Dopo tutto, non è come se la mamma fosse una donna sana. È rimasta confinata nella sua stanza per buona parte dell'anno, prima di morire. Quindi, non cercate di darmi a bere quelle stupidaggini circa il profondo dolore!»

«Milord, io…»

Lord George appoggiò una grossa mano sulla credenza, con la faccia tonda vicina a Sir Charles. «Sapete che cosa penso, Charlie?»

«No, io non cr…»

«C'è qualcosa sotto.»

«*Cosa?*»

«Ricatto.»

«È assurdo» rispose Sir Charles, con una risata falsa. «Che cosa potrebbe mai avere quel vecchio vicario su…»

«Voi pensate di sapere tutto quello che c'è da sapere su di lui, solo che perché siete stato il segretario del grand'uomo per dieci anni? Allora, ditemi perché mio padre concede il suo tempo a quel verme. Solo ieri, sono rimasti chiusi in biblioteca per tre ore. *Tre ore*, Charlie.»

Sir Charles prese Lord George per il gomito e lo tirò, in modo che avesse la schiena verso la stanza. «Avete pensato che Sua Grazia potrebbe semplicemente star esaudendo un desiderio di vostra madre morente?»

Lord George ruttò. «Eh?»

Sir Charles fece un sorriso a labbra strette. «Se ricordate, milord, è stata la duchessa a chiedere di vedere il signor Blackwell. Proprio prima del suo declino finale ha convocato il prete al suo capezzale. È stato lui a somministrarle gli ultimi riti.»

«*Cosa?* Quel logoro signor nessuno al capezzale di mamma?» Era una novità per Lord George, che si voltò e guardò l'ecclesiastico dall'altra parte della stanza, che sembrava molto a suo agio con i nobili intorno a lui e si univa alle risate per i loro motteggi. «Perché l'ha fatto, mi chiedo?»

Sir Charles sospirò. «Non lo sapremo mai ora, e vi suggerisco di non infastidire il duca chiedendoglielo.» Si mise in tasca la tabacchiera, chiuse la credenza e girò la piccola chiave d'argento nella serratura. «Se Sua Grazia ritiene opportuno restare in contatto con un *logoro signor nessuno*, non tocca a noi fare domande.»

Lord George Stanton sbuffò e batté sulla schiena di Weir. «Sempre il fedele segretario, Charlie.»

Si allontanò con passo noncurante per unirsi agli altri. Sir Charles fece una smorfia di irritazione e si avvicinò ad Alec, con un sorriso pieno di rassegnazione. «Non devi far caso a Lord George,» si scusò, «è giovane e non regge l'alcool come noi. Gli fa dire cose che non pensa. Blackwell non è così male.»

La risposta vaga di Alec e il fatto che andò immediatamente a presentarsi all'ecclesiastico diedero da pensare a Charles. Se non fosse stato chiamato ad appianare una disputa su un punto di una legge, lo avrebbe seguito, per sentire che cosa aveva da dire il suo vecchio compagno di scuola al *logoro signor nessuno.*

«Signor Blackwell,» disse Alec, «vi devo delle scuse.»

Il reverendo Blackwell sorrise e offrì ad Alec la sedia accanto a lui. «Davvero, milord?»

«Sì, mi sento piuttosto stupido per non avervi riconosciuto a cena, ma ci siamo già incontrati; qualche mese fa, quando, su invito di mio zio, il Consiglio dell'Orfanotrofio Belsay si è riunito a casa mia, in St. James's Place.»

«Sì, è vero. Perdonatemi se sorrido, ma so chi siete e ricordo bene il nostro precedente incontro. Ho pensato che fosse meglio lasciare a voi la scelta se confermare o meno la nostra conoscenza.»

Alec fu sorpreso. «Come avete potuto pensare che non avrei voluto far vedere che vi conoscevo? Ammetto di essere stato un po' lontano dalla società da... Non vengo spesso in città, preferisco passare il mio tempo nel Kent; eppure ho apprezzato enormemente quel pranzo, specialmente perché incentrato sull'Orfanotrofio Belsay.»

«I miei compagni del Consiglio e io siamo onorati di essere stati nominati ma è vostro zio che fa girare le ruote, milord.» L'ecclesiastico colse l'espressione aggrottata di Alec e allargò le mani paffute in un gesto di simpatia. «Gli ultimi sette mesi non sono stati facili per voi. Mi dispiace. Un uomo senza la vostra tempra non ce l'avrebbe fatta. Eppure sono fiducioso, so che sfrutterete al massimo una circostanza che non avete creato voi.»

Alec alzò gli occhi dal pesante anello d'oro con sigillo, che portava al mignolo della mano sinistra, con due rughe profonde a lati della bocca. «Grazie per il vostro sostegno, Blackwell.»

Il vicario annuì e si chinò sopra il tavolo, per afferrare la tabacchiera più vicina. Era d'oro e identica nel disegno a quella del duca. «Carina, vero?» disse, cambiando argomento. «Un regalo. Non mi è mai veramente piaciuto fiutare tabacco, finché non mi hanno regalato una buona miscela.» Ne infilò una presa generosa in una narice. «Ho sempre fumato la pipa. Ma così è più piacevole, in compagnia.» Si infilò il resto nell'altra narice e si pulì le dita sulla manica della redingote.

Alec aspettò educatamente, anche se aveva parecchie cose da chiedergli. Non da ultimo, come mai stesse fiutando tabacco da una tabacchiera d'oro in un salotto elegante pieno di politici di alto rango, quando meno di un anno prima si occupava dei poveri derelitti nella parrocchia di St. Judes. Diede un'occhiata al duca, circondato dai fedeli del partito, curioso di sapere che collegamento poteva esserci tra un nobiluomo del più alto rango e questo povero prete malvestito di nessuna importanza. Il duca non si poteva certamente definire caritatevole. Il suo disprezzo per quelli socialmente inferiori a lui era ben noto. Era l'epitome di quello che Alec disprezzava di più del suo stesso ordine. Blackwell era un uomo onesto, dai modi gentili, senza pretese e ambizioni; una persona di poco valore per un politico consumato come il duca. Strani compagni di letto, davvero.

«Milord, per favore, riempietemi il bicchiere» disse l'ecclesiastico, con un sussurro roco, tirando la cravatta logora come per cercare aria.

Alec obbedì, e un'occhiata a Blackwell gli disse che l'uomo non stava bene. Il volto aveva cambiato colore e sembrava di colpo terribilmente accaldato. C'erano gocce di sudore sulla sua fronte. Alec sentì il polso dell'uomo e fu sorpreso dal pulsare rapido del battito. Allentò la cravatta dell'ecclesiastico, facendolo appoggiare allo schienale della sedia mentre lo faceva. Ma sembrò solo far peggiorare il vecchio. Blackwell lasciò ricadere la testa, mentre cercava di respirare dalla bocca rilassata. Alec aveva sciolto la cravatta e il panciotto dell'uomo ma Blackwell continuava ad annaspare, il suo ansimare così forte che gli altri ospiti si accorsero delle sue condizioni e la conversazione e le risa cessarono.

Sir Charles si precipitò al fianco di Alec, chiedendo al suo maggiordomo di portare una caraffa d'acqua. Si rivolse al suo vecchio compagno di scuola per avere istruzioni, non sapendo che cosa fare con il corpo ansimante che si contorceva sulla sua sedia. «Che possiamo fare?»

«Fai venire un medico!» ordinò Alec, cui sembrava che le braccia si stessero spezzando sotto il peso dell'ecclesiastico che si dimenava.

Proprio mentre lo diceva, Blackwell balzò in avanti e vomitò. Una grande massa puzzolente di cibo non digerito schizzò sulle gambe di Alec e ricadde in grossi grumi sul tappeto. Fu sufficiente per far arretrare gli spettatori. Un gentiluomo ebbe un conato di vomito, ficcò la testa nel vaso sotto il tavolo e seguì l'esempio dell'ecclesiastico. Alec controllò la propria nausea e riuscì a mettere in ginocchio l'ecclesiastico, che vomitò di nuovo. I grandi sussulti gutturali furono l'ultima goccia anche per gli stomaci più robusti e il cerchio di gentiluomini tutto intorno a loro si ruppe e si disperse. Lord George Stanton fece l'errore di sbirciare sopra la spalla di Sir Charles. La puzza lo colpì prima di vedere e barcollò all'indietro, e avrebbe perso l'equilibrio, se il duca non avesse afferrato il suo figliastro per il gomito, scaraventandolo su una sedia lì vicino.

Alec non sapeva proprio cosa fare, per alleviare le sofferenze dell'uomo. Finché non si fosse trovato un medico, non c'era molto da fare, eccetto restare lì, impotente e a disagio. Sir Charles cercò di mettere un bicchier d'acqua davanti alle labbra secche del vicario, senza successo. Blackwell, il cui colorito normalmente giallognolo ora era rosa acceso, continuava ad ansimare, inconsapevole di quello che lo circondava e incapace di chiedere aiuto.

Poi, di colpo, le convulsioni cessarono, all'improvviso come erano iniziate. Ci fu un sospiro collettivo di sollievo per tutta la stanza. Blackwell era perfettamente fermo, con la testa pelata, ora senza la parrucca castana, piegata in avanti come in preghiera. Tirò un ultimo grande respiro tremolante e crollò, a faccia in giù, nel disastro che aveva creato.

Era morto.

«Che fine orrenda, per una serata» si lamentò Lord George Stanton, riempiendosi il bicchiere di porto.

www.ingramcontent.com/pod-product-compliance
Lightning Source LLC
Chambersburg PA
CBHW030633110726
47901CB00002B/433